HEYNE BÜCHER

Fantasy

Herausgegeben von Friedel Wahren

Von **Tom Holt** erschienen in der Reihe
HEYNE SCIENCE FICTION & FANTASY:

Wer hat Angst vor Beowulf? · 06/5059
Der Fliegende Holländer · 06/5079
Wir haben Sie irgendwie größer erwartet · 06/5107
Der Ziegenchor · 06/5191
Der Garten hinter der Mauer · 06/5192
Liebling der Götter · 06/5193
Wenn die Zeit aber nun ein Loch hat ... · 06/5326 (in Vorb.)
Im Himmel ist die Hölle los · 06/5359 (in Vorb.)
Faust und Konsorten · 06/5426 (in Vorb.)

Weitere Romane in Vorbereitung

TOM HOLT

Liebling der Götter

Roman

Aus dem Englischen übersetzt
von
KALLA WEFEL

Deutsche Erstausgabe

WILHELM HEYNE VERLAG
MÜNCHEN

HEYNE SCIENCE FICTION & FANTASY
Band 06/5193

Titel der Originalausgabe
YE GODS!
Übersetzung aus dem Englischen von
Kalla Wefel
Umschlagbild: Andreas Reiner

Redaktion: Friedel Wahren

Die Erstausgabe erschien bei Orbit Books,
a Division of Little, Brown and Company (UK) Limited

Printed in Germany 1995
Umschlaggestaltung: Atelier Ingrid Schütz, München
Technische Betreuung: M. Spinola
Satz: Schaber Satz- und Datentechnik, Wels
Druck und Bindung: Presse-Druck, Augsburg

ISBN 3-453-08002-5

I

»Sie meinen also höhere Gewalt, Singular«, hakte der Versicherungsagent ungläubig nach.

»Die Frau hat mir aber etwas anderes gesagt«, widersprach die Stimme am anderen Ende der Leitung. »›Höhere Gewalten‹, hat sie gesagt, Plural. Ich bin mir völlig sicher. Sie hat das Wort sogar buchstabiert: G-E-W-A-L-T-E-N. Was mich angeht, so halte ich mich an das, was man mir erzählt. Außerdem, was macht das schon für einen Unterschied?«

»Nun ja…« Der Versicherungsagent hielt inne. Für einen Laien stellte das womöglich keinen großen Unterschied dar, aber wenn es um Versicherungspolicen geht, sollte man stets auf der Hut sein. Wie einem jeder Anwalt bestätigen wird, muß man beim Abschluß von Versicherungspolicen absolutes Gottvertrauen besitzen, denkt man allein an die in solchen Verträgen obligatorische Nichtleistungspflicht des Versicherers im Fall von höherer Gewalt. Wohlgemerkt im Fall von höherer Gewalt, Singular, und nicht im Fall von höheren Gewalten. Wenn es sich allerdings um einen Fall von höheren Gewalten, Plural, handelte, müßte er dann dem Antragsteller womöglich mehr als nur ein Formular schicken?

»Sind Sie noch am Apparat?« wollte die Stimme wissen.

»Ja, ich bin noch da«, bestätigte der Versicherungsagent, wobei er feststellen mußte, daß er seinen Bleistift bereits bis zur Hälfte abgekaut hatte. »Aber könnten wir die ganze Geschichte bitte nur noch ein einziges Mal von vorn durchgehen?«

»Na gut«, seufzte die Stimme.

»Ihre beiden als Haustiere gehaltenen Klapperschlangen«, begann der Versicherungsagent, »sind also irgendwie aus dem Terrarium entw …«

»Das absolut den behördlichen Auflagen entspricht«, unterbrach ihn die Stimme. »Ich habe sogar noch die Kaufquittung und die Behördengenehmigung.«

»Dessen bin ich mir absolut sicher. Trotzdem sind die Schlangen irgendwie daraus entwischt, dann haben sie die Hauptstraße überquert und sind das Fallrohr der Dachrinne von Hausnummer siebzehn raufgekrochen, wo sie sich in das Schlafzimmer von Missis Derrys sechs Monate altem Baby hineingeschlängelt haben, das die beiden schließlich erwürgt hat, richtig?«

»Ja, genauso war's.«

»Dann hat Ihnen Missis Derry von dem Vorfall erzählt und behauptet, es habe sich um einen Fall von höheren Gewalten gehandelt, stimmt's?«

»Gewalten, richtig.«

»Ich verstehe.« Der Versicherungsagent würgte plötzlich; er hatte das sich allmählich auflösende Ende des Bleistifts verschluckt, und zwar samt Radiergummi. »Also gut. Ich werde Ihnen noch heute mit der Post einen Schadensantrag schicken, aus dem bestimmt alles Weitere für uns ersichtlich wird. Einverstanden? Auf Wiederhören.«

Er legte den Hörer auf und kniff ein paarmal die Augen zusammen. Höhere Gewalten? Schlangen? Die Geschichte stank doch zum Himmel. Seit den letzten Orkanschäden war ihm solch ein Blödsinn nicht mehr zu Ohren gekommen.

In seinem Kopf nahm er eine äußerst feminine Stimme wahr, die ihm zwar mit Charme, aber dennoch mit sanftem Nachdruck empfahl, die Geschichte entgegen allen Widersprüchlichkeiten lieber zu glauben und Schadenersatz zu leisten.

Der Versicherungsagent blickte sich nach hinten um, aber da war nichts. Dann stand er auf und öffnete die Tür; im Büro nebenan hielt sich auch niemand auf. Am Schluß schaute er sogar in sämtlichen Schubladen und Papierkörben nach. Nichts. In seinem Kopf fragte ihn die Stimme, was er mit diesem albernen Herumgesuche eigentlich bezwecke, dann kicherte sie.

Zwei Monate später öffnete Mrs. Derrys schlangenbesessener Nachbar einen Brief von der Versicherung, begutachtete den Scheck, pfiff durch die Zähne und rief gleich darauf in einer Zoofachhandlung an, um sich nach deren im Sonderangebot erhältlichen Anakondas zu erkundigen.

Im Garten seines Hauses grub Mr. Derry gerade ein sehr großes Loch. Hin und wieder legte er eine kurze Pause ein und blickte sich nervös nach hinten um. Seine Frau stand dort und schwieg.

»Ich meine, ich will ja nur wissen: Von wem *hat* er das?« seufzte Mr. Derry, wobei er sich auf den Spaten stützte.

Mrs. Derry murmelte irgend etwas Unverständliches vor sich hin und blickte auf den toten Bären. Zwar wurden fast die gesamte obere Hälfte des Kadavers sowie der riesige Kopf und der gewaltige Brustkorb von ihrem schönsten Federbett verdeckt, doch war die Decke nicht groß genug, um bis zu den Füßen zu reichen.

»Außerdem ist das ja nicht gerade das erstemal gewesen, daß er so was gemacht hat«, stellte Mr. Derry überflüssigerweise fest.

Mrs. Derry nickte verdrossen. Im ganzen Garten waren die uneinheitlichen Umrisse kleiner Grabhügel zu erkennen; von Wölfen, Tigern, Wildschweinen und von diesem einen höchst absonderlichen, echsenartigen

Tier. In naher Zukunft dürfte wohl selbst die letzte Geranie dran glauben müssen.

»Bestimmt fällt jemandem bald etwas auf. Spätestens dann, wenn irgendein Tierpfleger die leeren Käfige entdeckt«, murmelte Mr. Derry, wobei er sich mit einem Taschentuch den Schweiß von der Stirn wischte.

Mrs. Derry stöhnte leise auf. »Ich hab's ihm mehrmals gesagt, Doug«, seufzte sie. »Ich habe ihm gesagt: ›Das ist unartig, so was tut man nicht.‹ Aber er hört einfach nicht auf mich. Du meine Güte, schließlich ist er erst drei und weiß noch nicht, was falsch oder richtig ist.«

»Jetzt komm mir bloß nicht damit!« Mr. Derry reagierte gereizt. »Als ich so alt war wie er, bin ich jedenfalls nicht überall rumgezogen, um wilde Tiere zu verdreschen. Wenn ich mich damals auch nur ansatzweise getraut hatte, die Katze mit dem kleinen Finger zu stupsen, mußte ich sofort ins Bett und kriegte nicht mal mehr was zu essen. Aber wir reden hier von Löwen, Tigern, Panthern ...«

Mrs. Derry biß sich auf die Unterlippe. Vielleicht hätte sie ihrem Mann lieber alles gleich erzählen sollen, damals, als die Geschichte mit den Schlangen passiert war ... oder sogar noch eher.

»Das müßte tief genug sein«, stellte Mr. Derry fest. »Du gehst jetzt auf die andere Seite und drückst mit allen Kräften.«

Während er sich nach unten bückte, nahm er aus den Augenwinkeln heraus irgend etwas wahr und sprang sofort wieder hoch. Ein kleines Kind hüpfte fröhlich über den schmalen Pfad auf sie zu. In der einen Hand hielt es eine fast einen Meter lange Gerüstbaustange, in der anderen das Schwanzende eines riesigen Krokodils.

»Das darf doch wohl nicht wahr sein!« stöhnte Mr. Derry laut auf. »Nicht noch so ein Vieh!« Dann blickte er sich verstohlen nach allen Seiten um und seufzte: »Tja, damit wären wir dann wohl auch die Terrasse los.«

Das Schulsportfest lief nicht sonderlich gut, meinte der Sportlehrer.

Nun, sicherlich war es kein herausragendes Ereignis – Schulsportfeste waren das nie. Aber normalerweise lag das daran, daß die Teilnehmer viel lieber zu Hause geblieben wären, um sich im Fernsehen die Billardmeisterschaften anzusehen, und nicht an irgendeinem …

Plötzlich duckte er sich; ein Speer zischte ihm mit der Geschwindigkeit einer Granate nur wenige Zentimeter über den Kopf hinweg und schlug in der Tür des Geräteschuppens ein, wo er mit markerschütternden Schwingungsgeräuschen steckenblieb. Vom anderen Ende des Sportplatzes grinste ein kleiner siebenjähriger Junge herüber.

Wie sich der Sportlehrer nur zu gut erinnerte, war bereits beim Diskuswerfen und Kugelstoßen genau dasselbe passiert. Und was das Eierlaufen betraf, sollte er sich lieber nicht mehr länger aufregen. Er fuhr sich mit der Zunge über die trockenen Lippen und warf einen Blick auf den Programmablauf. Als nächstes stand das 400-m-Rennen auf dem Plan – was könnte dabei bloß noch alles schiefgehen?

Die Teilnehmer stellten sich in einer Reihe auf, und der Sportlehrer hob die kleine Startflagge.

»AUF DIE PLÄTZE! FERTIG! L …!«

Irgend etwas Schnelles fegte mit einem Affenzahn über die Laufbahn. Wenige Sekunden später hatte es bereits vier Runden zurückgelegt und war in die Büsche am Rande des Sportplatzes verschwunden, aus denen es kurz darauf, einen riesigen, toten Fuchs hinter sich herziehend, wieder herauskam … falls es in diesem Landstrich Füchse in Wolfsgröße gab.

»Jason! Weißt du eigentlich, was … was sportliche

Fairneß bedeutet?« brüllte der Sportlehrer den kleinen Jungen an.

»Ja, Sir.«

Der Sportlehrer schluckte. Der Junge schaute mit unschuldigem, geradezu vertrauensseligem Blick zu ihm auf. Unglücklicherweise blickte aber auch eine große Anzahl Eltern zu ihm herüber, deren Körpersprache weit weniger ansprechend ausfiel. Offenbar gab es für ihn keine andere Wahl, als den Kleinen darum zu bitten, auf die Teilnahme am nächsten Rennen zu verzichten.

»Das heißt, hin und wieder auch mal jemand anderen gewinnen zu lassen«, klärte er den Jungen auf. »Hast du das verstanden?«

»Ja, Sir.«

»Ich weiß, ich weiß, das ist zwar nicht wirklich fair, Jason, aber in diesem Leben muß man manchmal auch betrügen, um fair zu sein. Verstehst du, was ich damit …?«

»Ich weiß, Sir«, unterbrach ihn der Junge. »Ich hab's ja auch versucht.«

Der Sportlehrer schluckte erneut. »Wie bitte?«

»Ich versuche es immer wieder, Sir. Aber irgendwie …« Der kleine Junge blickte verlegen zu Boden und errötete.

Allmählich erkannte Jason, daß es manchmal gar nicht so einfach war, ein Held zu sein.

Wie gewöhnlich parkte Mr. Derry den Wagen auf der Einfahrt, stieg aus und ging zur Garage, um das Tor zu öffnen. Er kippte das Tor hoch und erstarrte vor Entsetzen.

Nach den ersten Schrecksekunden rieb er sich ungläubig die Augen, aber das, was er sah, wollte einfach nicht verschwinden.

»Mir reicht's! Das muß jetzt endlich aufhören!«

Er schloß das Tor hinter sich, stieß mit dem Fuß das

vordere Ende eines ausgestreckten Rüssels beiseite und begab sich ins Haus. Da an der Garderobe ein toter Gorilla hing, warf er seinen Anorak auf einen Stuhl.

»Phyllis!« rief er durchs Haus. »In der Garage liegt ein toter Elefant! Das muß jetzt endlich aufhören, hörst du mich?«

Die Wohnzimmertür öffnete sich, und eine merkwürdige männliche Gestalt erschien. Blaue Flammen flackerten rings um ihre Schultern, und ihr Blick schien tiefe Narben in Mr. Derrys Netzhäute einzubrennen. In der linken Hand hielt die Gestalt ein Stück Walnußkuchen.

»Doug, das hier ist ein alter Freund von mir, den ich dir gern vorstellen möchte«, erklang Mrs. Derrys Stimme hinter dem Rücken der geisterhaften Gestalt.

»Doch, das verstehe ich alles«, sagte Mr. Derry. Er schloß die Augen, schaltete seinen Verstand ganz behutsam in den ersten Gang zurück, öffnete sie wieder und fuhr fort: »Jedenfalls glaube ich das. Aber warum dann diese Bären, Wölfe, Tiger und …?«

Draußen bot der Garten einen farbenprächtigen Anblick: Die ersten Ringelblumen reckten ihre goldenen Antlitze der Sonne entgegen, und zwischen ihnen ragten die weißen Spitzen unzähliger Gerippe aus dem Erdreich hervor.

»Also gut.« Der Fremde holte tief Atem; diese Geschichte stellte sich schwieriger dar als vermutet. »Wissen Sie, Mister Derry, ich meine, mein lieber Douglas, der kleine Jason ist nun mal nicht wie die anderen Jungen in seinem Alter.« Mister Derry nickte mit Nachdruck. »Er hat diese Art an sich – nun, man könnte sagen, es steckt ihm im Blut. Man könnte sogar sagen, er … er kommt ganz nach seinem …«

Mr. Derry wollte zwar protestieren, dann fiel ihm aber wieder ein, was ihm kurz zuvor alles zu Ohren gekommen war. Irgendwie wäre er am liebsten wütend über all das Gehörte gewesen, doch konnte er sich solch einen Luxus offenbar nicht leisten.

»Machen Sie so was eigentlich öfter?« erkundigte er sich auf fast zurückhaltende Weise. »Ich meine, wilde Tiere verdreschen und so weiter?«

»Nein, nein, überhaupt nicht«, wehrte der Fremde ab. »Das wollte ich damit auch gar nicht sagen, vielmehr handelt es sich dabei um eine Art Instinkt von uns, wirklich.«

»Von Ihnen?«

»Ja, von uns«, bestätigte der Fremde. »Wirklich, deshalb sind wir auch eigentlich hier.« Er erinnerte sich an etwas. »Richtiger gesagt: *waren* wir deshalb hier. Waren wir deshalb dort«, korrigierte er sich. »Jedenfalls handelt es sich dabei um eine Phase, die wir alle durchmachen.«

»Sie meinen, er wird sie überwinden?«

»Wahrscheinlich.«

»Und wie lange wird das Ihrer Meinung nach dauern?«

Dem Fremden wäre es lieber gewesen, Mr. Derry hätte ihn das nicht gefragt. Sicher, irgendwann war diese Phase von allen seinen anderen Kindern überwunden worden; nach dem Zeitbegriff eines Normalsterblichen hatte dieser Prozeß allerdings eher eine ganze Ewigkeit gedauert. Und bei der fortschreitenden Zerstörung des Regenwalds und der damit einhergehenden Reduzierung des natürlichen Lebensraums sah es ganz danach aus, als würde der Bestand an Wildkatzen bereits versiegt sein, noch bevor der kleine Jason es satt hätte, ihnen den Schädel einzuschlagen.

»Sehen Sie es doch einmal von einer anderen Warte«, schlug der Fremde vor.

»Und von welcher?«

Worum geht es hier eigentlich, verdammt noch mal? dachte der Fremde. *Man versucht, nett zu diesen Leuten zu sein, und wohin führt das?* »Wissen Sie, wer ich bin?« fragte er schließlich.

»Na, Sie haben mir doch gerade eben selbst gesagt, daß Sie Jasons wirklicher...«, begann Mr. Derry.

»Sicher«, unterbrach ihn der Fremde, »aber sonst noch was?«

»Sonst noch was?« Mr. Derry überlegte. »Nein.«

Der Fremde klärte ihn auf und sagte dennoch keinen Ton; denn diese bestimmte Information verbal zu vermitteln, war unmöglich, und deshalb verwandelte er sich ganz allmählich in seinen Urzustand zurück.

Mr. Derry fiel auf die Knie und hämmerte mit dem Kopf auf den Teppich ein. Er wußte zwar nicht, warum er das tat, doch es schien ihm in diesem Augenblick genau das richtige zu sein. Überall um ihn herum schossen blau- und goldfunkelnde Lichtstrahlen empor, und im ganzen Raum knisterte es von der statischen Aufladung. In der Küche schälte sich die Silberauflage des Bestecks ab, das einst der Kusine von Mr. Derrys Großmutter gehört hatte. Im selben Augenblick wurde die Hintertür geöffnet, und der kleine Jason, der den Kadaver eines riesigen Löwen hinter sich herzog, drängte sich rückwärts hindurch.

»Hallo, Dad!« begrüßte er beiläufig seinen Vater.

»Hallo, mein Sohn!« antwortete der Fremde.

Jason ließ den Löwen fallen, versetzte ihm verächtlich einen Tritt und stellte den Schulranzen auf dem Tisch ab. Dann blickte er den Fremden an und fragte: »Darf ich mit Stuart und Terry am Samstag zum Fußball gehen? Terrys Vater hat versprochen, uns alle mitzunehmen.«

Der Fremde dachte kurz nach und antwortete dann: »Wenn du bis dahin deine Schularbeiten gemacht hast, habe ich nichts dagegen. Aber denk daran, gleich nach dem Spiel nach Hause zu kommen«, fügte er hinzu. »Du weißt ganz genau, daß sich deine Mutter sonst Sorgen macht.«

»Okay, Dad«, willigte Jason ein und stürmte gleich darauf nach oben auf sein Zimmer.

Der Fremde grinste, und rings um die Elektroinstallationen flackerten kleine Lichtblitze auf. »Ist es nicht ein Jammer, daß Kinder irgendwann erwachsen werden?« seufzte er.

Mr. Derry sah den Fremden mit einer Mischung aus Neugier, Ehrfurcht und Eifersucht an. »Dann kennen Sie Jason bereits?« fragte er verdutzt.

»Sicher«, antwortete der Fremde. »Wer, glauben Sie, holt ihn wohl sonst jeden Tag von der Schule ab?«

Mr. Derry schnellte herum und blickte seine Frau finster an, die nur mit den Achseln zuckte.

»Falls Ihnen jedenfalls alle diese Vie…, ich meine diese Tiere und andere Dinge auf die Nerven gehen, sagen Sie einfach das Stichwort, und ich lasse jemanden vorbeikommen, in Ordnung? Merkur oder … na, irgend jemanden eben.« Der Gedanke, Merkur darum bitten zu müssen, jeden Abend mit einem riesigen Handfeger und Kehrblech das Sonnensystem abzuklappern, um den Dreck seines kleinen Bruders zusammenzufegen, war nicht gerade erbaulich. »Jedenfalls brauchen Sie sich deshalb keine Sorgen zu machen«, beruhigte ihn der Fremde und fuhr, an Mrs. Derry gewandt, mit leicht zitternder Stimme fort: »Es war schön, dich wiedergesehen zu haben. Das nächstemal sollten wir nicht soviel Zeit vergehen lassen, oder was meinst du?«

Er lächelte sanft, schnippte mit den Fingern und stieg in den großen goldenen Wagen, der wie aus dem Nichts auf dem Teppich materialisiert war. Ein Donnerschlag ertönte, und er war verschwunden.

Auf dem Rückweg zum Sonnenpalast befielen Jupiter plötzlich merkwürdige Schuldgefühle. Vielleicht lag es daran, gesehen haben zu müssen, wie alt und schwabbelig die Sterbliche geworden war. Dabei war alles erst – was, sollte das wirklich erst zehn Jahre hergewesen sein? Höchstens zwölf; und schon sah sie aus wie ein getrockneter Pfirsich. Betrübt schüttelte er den Kopf, trieb die Pferde an und galoppierte durch die glühenden Gase der äußeren Sonnenstrahlen. Vor allem aber hoffte er, daß seine Frau von seinem Ausflug nichts mitbekommen hatte.

Sie hatte alles mitbekommen.

Apollo, der unter einem riesigen Bronzeschild Schutz suchte, blickte auf die Uhr.

»Wie lange geht das jetzt schon so?« fragte eine Stimme von der Decke herab.

»Sechs Stunden«, antwortete Apollo. »Und wenn du wüßtest, wie dämlich du da oben aussiehst, kämst du sofort runter.«

Die Spinne zuckte nervös. Dann ließ sie sich rasch am Faden nach unten gleiten und gesellte sich zu Apollo unter dem Schild, wo sie sich zurückverwandelte in Minerva, die Exgöttin der Weisheit.

»Mach 'ne Fliege, für zwei ist hier nicht Platz genug, Mini!« zischte Apollo sie an.

Ein Blitz zischte ihm am Ohr vorbei und schlug in die brennenden Heliumschwaden ein, die den Boden des Wintergartens bildeten. Es entwickelte sich ein heftiger Sprühregen aus bläulich glitzernden Funken, von denen einer direkt auf Minervas Nase landete.

»Autsch!« rief die Exgöttin der Weisheit. »Jetzt rück bitte ein Stück rüber, Apo. Da draußen ist es alles andere als gemütlich.«

»Hier ist es auch nicht gerade anheimelnd«, grummelte Apollo achselzuckend, und Minerva stellte fest, daß seine Augenbrauen bereits versengt waren. »Hier habe ich nur ein besseres Gefühl, das ist alles.«

Jenseits der Kristallfenster erschien plötzlich in der Dunkelheit ein Komet, der kurz und heftig aufglühte und sich schließlich selbst auslöschte.

Apollo entspannte sich ein wenig. »Ich finde, daß Tante Ju manchmal übers Ziel hinausschießt«, meinte er.

»Das ist doch noch gar nichts. Weißt du noch, als Vulcanus geboren wurde und Jupp ihn gleich darauf auf die Erde runtergeschmissen hat?« flüsterte Minerva.

»Und ob ich das noch weiß«, winkte Apollo ab. »Was glaubst du eigentlich, wer den Sterblichen auf Lemnos damals erklären mußte, warum sie plötzlich an einer Stelle auf ihrer Insel ein Tal hatten, wo kurz zuvor noch Berge standen?«

»Ach, das hatte ich schon ganz vergessen.«

»Ich kann dir sagen, leicht war das nicht, Mini«, fuhr Apollo fort. »Schließlich setzt man mit so was sein Prestige aufs Spiel. Man kann nicht einfach losziehen und den Sterblichen erzählen, ihre Insel sei von einer herabstürzenden Gottheit plattgemacht worden. Das riefe bei denen sofort Widerspruch hervor. Zum Beispiel: ›Dann schaut gefälligst hin, wo ihr mit euren riesen Quadratlatschen hintretet‹ und so weiter. Jedenfalls kann man auf diese Weise eine ganze Menge Respekt einbüßen.«

Minerva nickte. »Glücklicherweise brauchen wir uns heutzutage kaum noch Gedanken um solche Dinge zu machen«, sagte sie und fügte leise flüsternd hinzu: »Und wenn es doch mal passiert, dann liegt es eigentlich immer an *ihm*, findest du nicht auch ?«

Apollo blickte sich vorsichtig nach hinten um, dann nickte er zustimmend. »Das ist einfach nicht fair, und immer kriegen wir die Schuld. Ich nehme an, deshalb mußten wir damals auch gehen.«

Minerva seufzte. »Vermißt du unser altes Zuhause?«

»Manchmal schon«, räumte Apollo ein. »Ich meine, in gewisser Weise ist das hier alles ganz in Ordnung, aber …«

Beide duckten sich instinktiv, als ein glühender Magmaklumpen über ihre Köpfe hinwegfegte und kurz darauf explodierte. Aus weiter Ferne ertönte mit der

Wucht eines Erdbebens eine weibliche Stimme, die sich gerade Selbstvorwürfe machte, warum sie nie auf ihre Mutter gehört habe.

»Was mich wirklich interessiert: Wer von den beiden erhält das Sorgerecht für die Parzen, falls sie sich wirklich trennen sollten?« flüsterte Minerva.

Plötzlich herrschte Stille. Totenstille.

»Da wir gerade davon sprechen!« ertönte eine furchterregende Stimme. »Wer läßt eigentlich jedesmal die abgeschnittenen Fußnägel auf dem Schlafzimmerteppich herumliegen, wenn sie gerade ...«

Ein grellroter Lichtblitz flammte auf, gefolgt von einem dumpfen Donnerstoß, durch den die Monde des Pluto um ihre eigene Achse ins Trudeln gerieten.

»Tante Ju hat mal wieder mit dem Wasserkessel nach ihm geworfen«, stellte Minerva fest.

»Und offensichtlich nicht getroffen«, fügte Apollo hinzu. »Komm, Mini, wir sollten lieber verschwinden, bevor es zu spät ist.«

Die beiden sprangen auf und liefen in geduckter Haltung zu den Stallungen hinüber.

»Nehmen wir lieber meinen Wagen, der ist schneller«, schlug Apollo vor.

Minerva nickte. Ihr Wagen wurde von vier weißen Eulen gezogen – was zwar für eine Exgöttin der Weisheit durchaus angemessen, für eine elegante Flucht allerdings eher hinderlich schien.

Erst als sie an den Venusmonden vorbeigezogen waren, wagten es die beiden, sich noch einmal nach hinten umzugucken. Selbst aus dieser Entfernung hörten sie eine schrill kreischende Stimme, die mit der harschen Wucht einer Lawine darauf beharrte, daß sie nach dem Baden wenigstens nicht jedesmal und überall auf den Fußbodenkacheln nasse Fußstapfen hinterlasse.

Minerva zuckte zusammen und seufzte: »Und dann wundern sich die Leute doch allen Ernstes, warum ich nie geheiratet habe.«

Stellen Sie sich, wenn Sie können (falls nicht, ist das auch keine Schande), den höchsten Punkt der kaukasischen Berge vor. Malen Sie sich zusätzlich die kahlen Felsen, die schwindelerregenden Schluchten und das blendende Weiß des Schnees aus.

Über dem allerhöchsten Gipfel ragt eine menschliche Gestalt empor. Die Umrisse sind menschlich, aber am Gesamtumfang stimmt irgend etwas nicht; dieses Wesen ist riesig und erstreckt sich wie eine Stadt in Menschengestalt über den gesamten Gebirgshang.

Wie ein Lebensmüder, der kurz zuvor aus dem obersten Stockwerk eines Hochhauses gesprungen ist, liegt sie, alle viere von sich gestreckt, mit dem Kopf nach unten da. Hand- und Fußgelenke sind an den Gebirgsgipfeln mit Ketten aus Adamant gefesselt (dieser imaginäre Stein von großer Härte ist bei erfahrenen Kettenmachern zwar nicht allererste Wahl, aber da es im Grunde der Zorn des großen Gottvaters war, durch den der Gefangene dort festgehalten wurde, handelt es sich hierbei wohl eher um eine Frage von rein akademischem Interesse). Um den Körper des Gefangenen kreist ein großer rotschnäbliger Adler. Bei dem Riesen handelt es sich um Prometheus*.

Ach, Sie haben sich das schon gedacht? Gut gemacht.

Der Adler steuert auf den Mittelpunkt der Sonne zu, dreht ab und stürzt mit ausgefahrenen Krallen herab; wie mit Fleischerhaken krallt er sich damit auf dem Rücken des Gefangenen fest und hackt mit dem Schnabel in den nur halb abgeheilten Fleischwunden herum. Dann tut er das, was er seit der Erschaffung der Welt täglich zweimal getan hat, und beginnt damit, sich an der Leber des Gefangenen satt zu essen.

»Igitt, igitt, Zwiebeln!« beschwert er sich zum wiederholten Male.

---

* Es ist ein Lügenmärchen, daß Prometheus von Herkules befreit wurde, auch wenn man Ihnen das fortwährend einzutrichtern versucht ...

Prometheus hebt das langhaarige Haupt vom Felsen. Seine Zähne sind zusammengebissen, die Augen fest geschlossen und die Lippen von der Anstrengung halb geöffnet. Er versucht angestrengt, nicht zu kichern.

Schon vor Tausenden von Millionen von Jahren, als die Götter zuerst den Menschen schufen, hatte Prometheus mit den armen nackten Sterblichen Mitleid und stahl vom Himmel das Feuer (und noch etwas). Dann trug er das Feuer zur Erde hinab und übergab es den Menschen, damit diese es im Winter warm und in der Dunkelheit hell hatten und etwas besaßen, auf dem man einen Kessel erwärmen konnte. Um die Wahrheit zu sagen, scherten sich die Götter nicht weiter um das Feuer, es war der Verlust dieser anderen Sache, der sie wirklich in Rage brachte.

»Guten Morgen«, sagte der Adler.

»Guten Morgen«, antwortete der gute Riese.

Der Adler zögerte kurz und blinzelte mit den grausamen, lidlosen Augen in die Wolken. »Das Wetter schlägt mal wieder um.«

»Ach, wirklich?« erkundigte sich der Riese höflich.

»Auf jeden Fall fällt mehr Schnee, und es sollte mich nicht wundern, wenn es starken Frost gibt«, fuhr der Adler fort. »Kann ich etwas für dich tun?«

»Ja, wenn du willst, könntest du mir mal die Seite umblättern.«

»Moment.« Der Adler wischte sich den Schnabel an den Flügelfedern ab, hüpfte zum Kopf des Riesen hinüber und blätterte mit dem Schnabel eine Seite des riesigen Buches um, das aufgeschlagen unter Prometheus' Nase lag. Dann beschwerte er die Seiten mit kleinen Steinen, damit sie von dem beißenden Wind nicht umgeschlagen werden konnten.

»Ist das Buch gut?« erkundigte sich der Adler.

»Geht so«, antwortete der Riese, »aber lange nicht so gut wie sein vorhergehendes.«

»Man landet nun mal nicht immer einen Volltreffer«, bemerkte der Adler.

Prometheus wackelte mit den Ohren – die einzige Geste, die ihm aufgrund der Ketten und der anderen Umstände als körperliche Ausdrucksmöglichkeit geblieben war – und seufzte: »An einigen Stellen klingt mir das alles zu selbstverliebt, weißt du, etwas zu abgehoben. Aber im großen und ganzen ist es in Ordnung.«

»Hast du noch viel zu lesen, Promi?«

Prometheus dachte kurz darüber nach und antwortete dann: »Nein, eigentlich nicht. Aber mal was anderes: Könntest du, bevor du dich wieder davonmachst, das Diktiergerät einschalten?«

»Sicher«, willigte der Adler ein, wobei er sich mit einer seiner fleischerhakenähnlichen Krallen hinter dem Ohr kratzte. »Ach, da gibt's übrigens noch etwas.«

»Und was?«

»Faldo hatte am dreizehnten Loch einen Punkt Vorsprung, Balesteros liegt bereits drei Punkte zurück, und Langer ist schon völlig abgeschlagen. Ich dachte mir, das würde dich interessieren.«

»Mach nur weiter so«, stöhnte Prometheus. »Das baut mich wieder richtig auf.«

Der Adler zuckte mit den Flügeln. »Ich könnte dir ein Radio holen. Kein Problem.«

Prometheus lächelte. »Das ist wirklich nett von dir, aber wie soll ich es ausschalten, wenn wieder mal Musik gespielt wird? Es ist hier oben sowieso nicht sonderlich amüsant, und wenn dir die ganze Zeit Vivaldi in den Ohren dröhnt, um so schlimmer.«

»Ganz, wie du meinst ...«

Der Adler spreizte die Flügel, drückte die Aufnahmetaste des Diktiergeräts, das neben der Nase des Riesen lag, bedankte sich fürs Essen und stieg zum Himmel empor. Kurz darauf zeichnete er sich nur noch als ein winziger Fleck vor dem Gebirgskamm in der Ferne ab.

Was den unsterblichen Göttern wirklich nicht in den Kram paßte, war etwas ganz anderes als der Diebstahl des Feuers. Gib den Menschen Feuer, so argumentierten sie, und früher oder später werden sie sich damit gegenseitig die Häuser niederbrennen, was jeden Wochentag vier Punkte einbringt und sogar sechs, wenn der Mond im Skorpion steht. Nein, es war diese andere Geschichte, die sie nie vergessen konnten. Als ihm das wieder einfiel, mußte Prometheus kichern. Dann hob er den Kopf und brach in schallendes Gelächter aus.

»Wie spät ist es?« fragte Apollo, während sie durch das gesamte Himmelsgewölbe hindurch auf die Erde zusteuerten.

»April«, antwortete Minerva. »Wenn wir uns beeilen, kommen wir noch rechtzeitig zu Ostern an.«

Die beiden blickten sich einen Augenblick lang an, dann prusteten sie vor Lachen.

Unter den Göttern gibt es einen Streit darum, wem von ihnen als erstem das Christentum eingefallen war – oder, wie sie es nennen, ›der große Bluff‹. Am ehesten gebührt wohl Apollo dieser Anspruch, aber eine nicht unbeträchtliche Minderheit unterstützt Pluto, den Exgott der Unterwelt, da er einen extrem schwarzen Humor besitzt.

»Wie wäre es«, hatte der bis heute unbekannt gebliebene Gott damals vorgeschlagen, »wenn wir denen da unten erst einmal raten, sie sollen ihren Nächsten lieben wie sich selbst? Dann fordern wir sie auf, mit dem Töten und Stehlen aufzuhören und nett zueinander zu sein. Als nächstes lassen wir sie sämtliche Ketzer verbrennen.«

Deshalb ist es nicht allzu verwunderlich, daß es den Olympiern schwerfällt, keine Miene zu verziehen, wenn sie an jene Religion denken, durch die sie praktisch überall auf der Welt ersetzt wurden (natürlich mit Ausnahme einiger Teile Kaliforniens). Auf jeden Fall in allen Teilen dessen, was sie sich unter der Welt vorstellten; die Olympier neigten schon immer zu einer gewissen Fremdenfeindlichkeit und zogen es vor, die Existenz einer Welt jenseits der Grenzen des Römischen Reiches zu ignorieren, vermutlich weil die dortigen Bewohner kein Griechisch oder Lateinisch sprechen konnten und die Götter ihrerseits keine anderen Sprachen beherrschten. Sie versuchten es natürlich; sie versuchten sogar, sehr laut und langsam zu sprechen, aber die Sterblichen verstanden sie nicht und hielten diesen eigenartigen Lärm für Blitz und Donner.

Der Sonnenwagen glitt über die Iberische Halbinsel hinweg, was bei der Hälfte sämtlicher europäischer Fluglotsen einige heftige Wortwechsel hervorrief, und landete schließlich auf einem Hügel vor den Toren Delphis.

»He, warum halten wir denn hier an?« wollte Minerva wissen.

»Ich will nur nachsehen, ob es die eine oder andere Nachricht gibt«, antwortete Apollo. Dann sprang er aus dem Wagen, verwandelte sich rasch in einen untersetzten, älteren deutschen Touristen mit Videokamera und begab sich nach unten zu den Ruinen seines Tempels.

Über dem Türsturz zum Eingang des Schatzhauses der Athener gibt es eine Inschrift, deren Buchstaben im Laufe der Jahrhunderte zwar kaum mehr zu entziffern sind, was aber noch lange nicht die Tatsache entschuldigt, daß sie von ganzen Generationen berühmter klassischer Archäologen als

ERKENNE DICH SELBST

übersetzt wurde, obwohl dort in Wirklichkeit steht

NEU EINGETROFFENE MITTEILUNGEN.

Außerdem erklärt das ebensowenig, warum sich noch nie jemand die Mühe gemacht hat, den Rest zu lesen.

Obwohl dies natürlich nicht einfach wäre, da sich der Text der Inschrift alle paar Jahre leicht verändert.

Der deutsche Tourist blieb stehen und blickte auf die nur undeutlich zu erkennenden Buchstaben. Während er dies tat, bemerkte er eine hagere kleine Frau neben sich.

»Betty, allmählich glaube ich, deine Schrift wird immer schlechter«, stellte er lakonisch fest.

»Tut mir leid, aber das liegt an meiner Arthritis«, entschuldigte sich die Frau.

»Ach so, das wußte ich nicht.« Apollo machte sich einen geistigen Vermerk, daß er etwas gegen Bettys Arthritis unternehmen müsse. »Gab es irgend etwas Wichtiges?«

Betty-Lou Fisichelli, die achttausendundsechste Sibylle von Delphi, zog ein Notizbuch aus der Handtasche und blätterte darin. »Napoleon bittet dich, ihn zurückzurufen... mittlerweile wohl etwas zu spät dafür, fürchte ich. Ein Typ aus Chicago will wissen, wie die Bears diese Saison abschneiden. Außerdem war hier eine Gruppe britischer Yuppies, allesamt mit Mobiltelefonen bewaffnet, die wissen wollte – ich hoffe, ich habe das nicht falsch verstanden –, ob es ein geeigneter Zeitpunkt zum Verkauf von Geldaktien sei.«

»Goldaktien«, korrigierte Apollo sie und fügte mit einem abfälligen Grinsen hinzu: »Wenn die Typen zurückkommen, sag ihnen, sie sollen verkaufen. War noch was?«

»Nein, ich glaube, das war alles. Ach ja, da war noch eine Frau, die sich nach ihrem Sohn erkundigte. Das Kind schien sie ziemlich auf die Palme gebracht zu haben. Für mich hörte sich das eindeutig nach Hyperaktivität an, zuviel Schokolade. Phyllis Soundso.«

Apollo starrte die Sibylle verdutzt an. »Phyllis Derry etwa?« wollte er wissen.

»Genau. War das was Wichtiges?«

»Wann ist das gewesen?« hakte er sofort nach, ohne auf die Frage einzugehen.

»Etwa gegen« – die Sibylle blickte auf ihre Armbanduhr, die zwei konzentrische Zifferblätter hatte; eins für die menschliche und eins für die göttliche Zeit, – »gegen Januar. Tut mir leid, aber du hast nichts davon gesagt, daß du jemanden erwartest…«

»Schon gut, habe ich auch nicht. Aber hat die Frau eine Telefonnummer hinterlassen?«

»Ich glaube, ja«, antwortete die Sibylle und durchblätterte das Notizbuch. »Ah, da ist sie schon… nein, das ist die Nummer vom Delphi-Pizza-Dienst. Warte, ich hab's gleich…«

Apollo runzelte die Stirn. Irgend etwas regte sich nervös unter der Erdkruste, und auf dem gegenüberliegenden Berghang dörrten in Sekundenschnelle etliche der riesigen Olivenbäume aus.

Die Sibylle schluckte aufgeregt. Als sie endlich die richtige Seite entdeckt hatte, rief sie erfreut aus: »Da, ich hab sie! Die Nummer lautet… Guck mal, ist das eine Fünf oder eine Drei?«

»Woher soll ich das denn wissen?« Der Gott reagierte ungehalten, und kurzzeitig drohte der EG-Olivenölsee für den ungefähren Zeitraum eines Jahres gänzlich auszutrocknen.

»Ich glaube, das ist eine Fünf«, entschied sich die Sibylle verlegen. Dann schrieb sie die Nummer noch einmal sauber auf, riß die Seite heraus und übergab sie dem Gott, der sich bei ihr mit einem grimmigen Lächeln bedankte.

»Falls die Frau noch mal vorbeischaut, laß es mich bitte umgehend wissen«, sagte er.

»Und wie?« erkundigte sich die Sibylle mit leicht zitternder Stimme.

Für einen Augenblick blickte Apollo etwas verdutzt drein, dann fauchte er sie an: »Laß dir gefälligst etwas einfallen!« Gleich darauf verwandelte er sich in einen Bienenschwarm und schwirrte summend davon.

»Ich wünsche dir noch einen schönen Tag!« rief ihm die Sibylle hinterher und schrieb dann in ihr Notizbuch: *Sobald Phyllis Derry noch mal vorbeischaut, sofort A. benachrichtigen.* Danach spazierte sie langsam in die entgegengesetzte Richtung davon und dachte (nicht zum erstenmal) darüber nach, daß sie diesen miesen Job eigentlich nie gewollt hatte. Zum Teil lag das an dem gestörten Verhältnis zwischen Arbeitgebern und Gewerkschaften – Frauen, die die Jahre hindurch Apollo beleidigt hatten, fanden sich stets in blühende Büsche verwandelt wieder, und Ms. Fisichelli, die aus New York stammte, wo man solchen Dingen nicht allzuviel abgewinnen kann, schauderte vor dem Gedanken. In Wisconsin hatte sie eine Kusine namens Myrrhe Rose, was nach ihrem Dafürhalten als familiärer Beitrag zur Erhaltung der Pflanzenwelt reichen sollte. In erster Linie machte ihr allerdings dieses niederschmetternde Gefühl zu schaffen, zehn Jahre lang an den besten Universitäten studiert und sogar ihren Doktor in klassischer Philologie gemacht zu haben, um letztendlich als bessere Empfangsdame zu enden. Wie sie sich nur allzugut erinnerte, hatte sie schon etliche Male den Punkt erreicht gehabt, alles aufzugeben und Apollo zu sagen, er könne sich seinen gottverdammten Job sonstwo hinstecken. Aber kaum erblickte sie in einer solchen Stimmung eine Waldrebe oder Glyzinie, pflegte sie ihren Entschluß auf den nächsten Tag zu verschieben. Wenn sie sich selbst gegenüber ehrlich sein wollte, störte sie allerdings am meisten die Tätigkeitsbeschreibung. Natürlich wird die Oberpriesterin des Delphischen Orakels nicht als Sibylle bezeichnet, denn die korrekte Bezeichnung lautet Pythia. Doch mit der Tatsache, als eine Art Wahrsagerin dazustehen, war für Ms. Fisichelli, die auch nur ein Mensch war – jedenfalls hauptsächlich –, die Unzumutbarkeitsgrenze erreicht.

Eine kleine amerikanische Dame, die Ms. Fisichelli irrtümlich für eine Fremdenführerin hielt, tippte ihr sachte auf den Arm. Die Sibylle drehte sich um und blickte die Frau entnervt an.

»Entschuldigen Sie bitte, aber glauben Sie, daß es heute noch Regen gibt?« erkundigte sich die amerikanische Dame höflich bei ihr.

Ms. Fisichelli lächelte in sich hinein. Der Gott hatte ihr zwar die Gabe der Prophezeiung verliehen, aber na und?

»Nein«, log sie.

11

Am Anfang war das Wort. Zwar weiß niemand, um welches Wort es sich dabei handelte, aber es wäre ein angenehmer Gedanke, wenn das Wort ›Verzeihung‹ geheißen hätte.

Nach einer Weile begann sich das Wort zu langweilen. Es überprüfte seine Rechtschreibung, aber die war in Ordnung. Es versuchte, sich mit sich selbst zu reimen, kam aber schon bald dahinter, daß man auf diese Weise notgedrungen einseitig wurde. Es setzte sich in Kursivschrift, aber das tat weh. Letztlich blieb ihm nichts anderes übrig, als ein paar andere Wörter zu kreieren und abzuwarten, was geschah.

Zunächst einmal prallten die Wörter wie ein Haufen zielloser Teilchen aufeinander, kleine Stückchen, Ecken und Enden wurden abgestoßen, fielen in den Weltraum und wurden zu Materie. Dann beschlossen die meisten der Urworte, eine Art Syndikat zu bilden, sich in weiße Schale zu werfen und aus den Adjektiven das Fruchtfleisch herauszuprügeln, weil letztere nach ihrem Dafürhalten allmählich größenwahnsinnig geworden waren. Da sich die Urwörter fast ausschließlich mit dieser Tätigkeit beschäftigten, bekamen sie überhaupt nicht mit, daß sich eine konkurrierende Gruppe empfindungsfähiger Wesen aus dem Nichts gebildet hatte. Als ihnen klar wurde, daß sie nicht mehr allein im Universum waren, hatte man sie bereits zusammengepfercht, sinnlos grammatisch analysiert und in dem allerersten Textverarbeitungsprogramm gefangengenommen.

Diese Neulinge waren die Götter. Nach der ältesten Version dieser Geschichte über die Entstehung der Welt gab es drei davon: Kronos, Rhea und Dingsbums.

Kronos brachte Ordnung in das Chaos. Rhea trennte das Licht von der Dunkelheit und tapezierte das Himmelsgewölbe mit Sternen. Dann überzogen beide die Wörter mit Molekülen, bis jedes einzelne von ihnen zu dem Gegenstand oder der Sache wurde, für den oder die es stand, und bereiteten sie darauf vor, das Firmament zu kolonisieren. Bei der allgemeinen Begeisterung hatten sie nicht an Dingsbums gedacht, der überhaupt nichts vom Zimmerhandwerk verstand und überdies dazu neigte, über den Eimer mit dem Tapetenkleister zu stolpern. Als die Arbeit beendet war, traten die Götter ein Stück zurück, betrachteten das von ihnen geschaffene Werk und sahen, daß es gut war – oder daß es zumindest hätte schlechter ausfallen können –, und begaben sich schließlich ins wohlverdiente Wochenende.

Als er sich ziemlich sicher war, daß niemand mehr da war, kroch Dingsbums aus der Supernova heraus, in der er sich die ganze Zeit versteckt hatte, klopfte sich den Sternenstaub von der Hose ab und blickte sich argwöhnisch nach allen Seiten um.

Denen werde ich es schon zeigen!

Mit leiser, aber eindringlicher Stimme stellte er sich den Wörtern vor, während diese unbeholfen in ihren neuen Schalen ertönten. »Ihr mögt die Götter nicht, und ich mag sie auch nicht!« rief er. »Also laßt uns diesen Weicheiern eine Lektion erteilen, die sie niemals vergessen werden!«

Die Wörter sagten daraufhin nichts und nickten nur. Dann holte Dingsbums tief Atem und dematerialisierte, wobei sich sein Körper in Billionen winzige Einzelteile zerlegte. Die Wörter schrien aus vollstem Herzen erschrocken auf – jedes einzelne kam sich wie eine Auster vor, der gerade eine ausgewachsene Perle eingesetzt wurde.

Es dauerte eine ganze Weile, bis die Götter dahinterkamen, was sich da abgespielt hatte, aber zu diesem Zeitpunkt war es bereits zu spät. Sie konnten nichts anderes mehr tun als hoffen und (unter diesen Umständen) zu beten, daß keins dieser kleinen Teilchen von Dingsbums jemals in die Hände der neuerschaffenen menschlichen Rasse fiele; sollte nämlich das passieren, gäbe es Ärger. Und dank Prometheus gab es dann auch diesen Ärger ...

Jupiter hielt den Asteroiden, den er gerade werfen wollte, wieder nach unten und errötete.

»Ver ... Verzeihung, mir tut's auch leid«, stammelte er. »Und natürlich bist du noch immer meine kleine Kuschelmaus.« Jupiter verwandelte den Asteroiden in einen riesigen Blumenstrauß und überreichte ihn Juno, die sich allerdings noch etwas zierte.

Ein Komet, in dem quer eine ausgefranste große Scheibe aus festem Helium steckte, drückte weit oben den Wunsch aus, daß es der große Himmelskönig doch wohl hätte fertigbringen können, so etwas ein paar Minuten früher zu sagen. Der Himmelskörper war ein ganzes Stück aus der Flugbahn geworfen worden, und wenn Kometen irgend etwas wirklich aus der Bahn wirft, dann die Tatsache, womöglich zu spät zu kommen. Das, so sagt man, verdirbt den Prinzen das Geschäft und macht die Bettler unverschämt.

»Ich wollte gar nicht querschießen, Jupp«, entschuldigte sich Juno nun ihrerseits in versöhnlichem Ton. »Ich weiß auch nicht, was in mich gefahren ist.«

»Das geht schon in Ordnung.«

»Aber schließlich hast du mir versprochen, daß ...«

»Ich weiß, ich weiß, und es tut mir auch leid.«

»Ich habe ja gar nichts dagegen, daß du dich hin und wieder ... nun ja, daß du dich in jemand anders verwandelst. Du bist nun mal so, und das will dir auch niemand nehmen. Es ist nur …«

»Was?«

»Jupi«, säuselte Juno mit dem ganzen Charme, über den eine große Himmelskönigin verfügt (was nicht viel heißt), »warum müssen diese kleinen Bastarde immer gleich Helden sein?«

»Das weiß ich auch nicht«, gestand Jupiter ein. »Das passiert ganz automatisch.«

»Aber sie bringen alles durcheinander.« Juno ließ nicht locker. »Sie bereiten einem nichts als Schwierigkeiten und machen sich sogar daran, Unrecht wiedergutzumachen und die Sterblichen zu beschützen.«

»Ich weiß, mir gefällt das genausowenig wie dir«, räumte Jupiter ein.

»Sie befreien Prinzessinnen und töten Drachen«, fuhr Juno fort. »Sie rauben Goldene Vliese und bringen den Schlüssel zur Wahrheit zurück. Man kann nicht mal mehr für fünf Minuten irgendwo etwas liegenlassen, ohne daß sich gleich einer von diesen Helden damit davonmacht. Am schlimmsten aber ist, daß man sie nicht einfach vernichten und ihnen nicht mal Scharlach anhängen kann. Sie alle sind in das Schicksalsgefüge eingewebt, und du weißt ja, was das heißt: Laufmaschen, wo man auch hinsieht.«

»O ja, das ist mir nicht neu«, bemerkte Jupiter, wobei er wie ein Türklopfer lächelte. »Hör zu, ich …«

»Und jetzt sieht es ganz so aus, als hättest du schon wieder eine von diesen kleinen Horrorgestalten gezeugt«, unterbrach ihn Juno unbarmherzig. »Nebenbei, wie heißt das Kerlchen eigentlich?«

»Jason.«

»Jason«, wiederholte Juno. »Nicht sonderlich originell.«

»Sicher, klingt aber unauffällig«, antwortete Jupiter. »Außerdem wird diesmal alles anders sein, das verspreche ich dir. Vergiß nicht, daß wir nicht mehr direkt *beteiligt* sind. Und falls es diesem kleinen Arsch gelingt, Discordia von der Erde zu vertreiben …«

»Wenn er das tut, kommt sie jedenfalls nicht hierher zurück!« polterte Juno los. »Als wir sie das letztemal bei uns hatten, hinterließ sie auf sämtlichen Handtüchern Schmuddelflecken.«

»Wie auch immer«, sagte Jupiter mit fester Stimme. »Dann erfüllt er eben sein Schicksal. Und selbst wenn er sein Schicksal erfolgreich erfüllt, wen kratzt das schon? An uns glaubt sowieso niemand mehr, was würde sich dadurch also groß ändern? Es wird unser Spiel allenfalls ein Stückchen interessanter machen«, fügte er in abfälligem Ton hinzu.

Juno blickte ihn auf ihre typische Weise an und fragte: »Wirst du es auch den anderen erzählen?«

»Vielleicht«, antwortete Jupiter.

»Vielleicht?«

»Ja«, bestätigte der Vater der Götter und Menschen mit einem niederträchtigen Grinsen, »aber erst dann, wenn ich die Gelegenheit dazu hatte, ein paar Zusatzwetten abzuschließen.«

Auf einem anderen Teil der Sonne war unterdessen Mars am Zug.

Mars, Exkriegsgott, kann man von seinen Götterkollegen leicht durch seine Zuckungen unterscheiden. Fast alles ruft bei ihm Zuckungen hervor – das Ticken einer Uhr, das Geräusch eines Staubkörnchens, das auf einen entfernten Asteroiden niedergeht, und selbst (ganz besonders sogar) Totenstille. Damit zu leben, war den anderen elf Olympiern immer mehr auf die Nerven gegangen, was alles nur noch schlimmer machte.

Der Platz von Mars, Versorger und Schutzpatron der Geier, hatte sich von alters her an der Spitze einer jeden Schlacht befunden. Ursprünglich hatte dieser Umstand keinerlei Probleme aufgeworfen, als der Gipfel aller Grausamkeiten (die sich die Menschheit hatte einfallen lassen, um Streitigkeiten zwischen Nachbarn zu regeln) in einem vergifteten Pfeil bestand, der seiner goldenen Rüstung nichts anhaben konnte. Jedoch fanden diesbezüglich rasche Veränderungen statt, genannt seien hier nur panzerbrechende Munition, hochexplosive Sprengstoffe, Napalm, chemische Kampfstoffe, Exocets-Raketen und Cruise-Missiles; das einzige, was mit der Zeit nicht schrittgehalten hat, ist Mars' Verteidigungspotential, das noch immer aus einem etwa drei Millimeter dicken vergoldeten Bronzeschild besteht, was nicht unbedingt dem neuesten Stand der Technik entspricht.

Theologie ist im günstigsten Falle eine unpräzise Wissenschaft. Die beste Definition eines Unsterblichen ist: jemand, der noch nicht gestorben ist.

Womöglich hat sich noch nicht überall herumgesprochen, daß sich Mars aus diesem Grund das wahrscheinlich größte Antiatomkraftsymbol der gesamten Galaxis auf seinen Schild gemalt hat. Wenn Sie das nächstemal an einer dieser Massendemonstrationen teilnehmen, halten Sie nach einem großen hageren Typen mit starken nervösen Zuckungen Ausschau – das müßte Mars sein.

In der Beobachtungskuppel der Sonne saß ihm gegenüber seine Dreiviertelschwester ersten Grades (göttliche Verwandtschaftsverhältnisse sind meist äußerst verworren), die Exmondgöttin Diana. Im Gegensatz zu Mars wurde nie auf sie geschossen, und deshalb neigte sie dazu, sich über den neuentdeckten Pazifismus von Mars hin und wieder ein wenig lustig zu machen.

»Sieben«, sagte sie. »Warte, wir sind an der Reihe. Eins, zwei, drei, vier, fünf, sechs, sieben. Hier. Mal sehen.«

Sie nahm eine der goldenen Fliesen von dem ordentlich aufgeschichteten Stapel, der neben dem mit Juwelen und Edelsteinen besetzten Abakus schwebte, und guckte sich an, was darauf stand.

»Sie werden zu Straßenbauarbeiten herangezogen«, las sie angewidert vor. »Zahlen Sie eine Billion Drachmen für jede Stadt ...«

Diana spähte nach unten auf die Planetenoberfläche und zählte. Dann ergriff sie den zuverlässigsten Bogen, nahm einen Pfeil, zielte genau und spießte eine dichte Wolkendecke auf, die über einer größeren Stadt im Westen schwebte. Die Wolkendecke zerplatzte, und im Nu ergossen sich über der Stadt sintflutartige Regenfälle, die sich auf den Straßen zu reißenden Strömen entwickelten. Mars blickte erschrocken beiseite und hoffte, daß Diana nichts davon mitbekam.

»Na bitte!« triumphierte sie erleichtert. »Die Stadt existiert gleich nicht mehr. Jetzt wird's schon etwas billiger.«

Mars öffnete die Augen – Dächer und ganze Häuser trieben auf das Meer zu –, und er kam an diesem Tag bereits zum siebten Male zu dem Schluß, daß es sich hierbei um ein wirklich grausames Spiel handelte.

»Ich bin mir nicht sicher, ob du das überhaupt darfst«, wandte er mit leicht gekünstelter Stimme ein.

Diana musterte ihn abfällig und fragte scheinheilig: »Wie meinst du das?«

Mars zuckte daraufhin einige Male heftig mit dem Kopf und murmelte: »Andererseits, wen schert das schon? Ich bin an der Reihe, stimmt's?«

Mars nahm den Knobelbecher in die Hand, schüttelte ihn kräftig, würfelte und betete; für einen Gott mag ein Gebet zwar ungewöhnlich sein, aber seit der Kubakrise hatte sich das bei ihm zur Gewohnheit entwickelt, und mittlerweile fiel es ihm schwer, davon abzulassen. Die Würfel rollten noch ein Stück und blieben schließlich liegen.

»Hast du ein Glück!« rief Diana. »Pasch vier!«

Ein weiterer Grund, warum sich Mars das Beten nicht abgewöhnt hatte: Es schien zu funktionieren. Das war schon komisch, denn als damals die menschlichen

Wesen noch zu ihm zu beten pflegten, hatte denen das nie etwas gebracht.

»Mal sehen«, sagte er. »Ah, das ist gut, Friedensverhandlungen in Genf machen Fortschritte, Wiederaufnahme der Gespräche über die Begrenzung strategischer Waffen, Einstellung der Kampfhandlungen im Mittleren Osten…«

Diana schüttelte den Kopf und würfelte.

»Zwölf. Gehe nach… Au, Scheiße!«

Danke, wer immer du auch bist! ließ Mars ein stummes Stoßgebet vom Stapel. *Drei ganze Würfe und noch immer keinen einzigen Schuß vor Zorn abgefeuert – nicht einmal einen Schuß aus Leichtsinn oder purer Ausgelassenheit abgegeben, was manchmal noch verheerendere Folgen haben kann.* Der Lenker des Streitwagens drückte sich in Gedanken selbst die Daumen, schüttelte gefühlvoll den Knobelbecher und würfelte.

Neun.

Mars zuckte wie der Schwimmer an einer Angelleine, wenn am anderen Ende ein Wal angebissen hat, und blickte zur Erde hinunter. Das Heulen der Sirenen erfüllte den gesamten leeren Raum des Sonnensystems und war selbst hier oben noch leise zu hören.

»Feueralarm?« fragte er hoffnungsvoll.

Aber keine Chance. Er wartete nur noch ab, bis sich sein nervöses Kopfzucken gelegt hatte, um sich den Helm überzustülpen, dann schulterte er Schild und Speer, pfiff nach dem Streitwagen und zog in den Krieg.

Drei kleine Felsbrocken inmitten eines Eismeers.

Das nächste Land: die Küste Argentiniens, etwa dreihundert Kilometer entfernt. Natürliche Ressourcen: Felsgestein, Eis und Schnee (je nach Jahreszeit). Strategischer Wert: null. Bevölkerung: vier.

Natürlich galt das nur bis vor kurzem. Jetzt schwankt die Bevölkerungszahl um die Zwölftausendermarke, da gerade eine gewaltige Anzahl Männer, die allesamt an Schnüren hängen, welche wiederum an großen Planen befestigt sind, aus großen grünen Flugzeugen springt. Ganz unten veranstaltet jemand ein improvisiertes Feuerwerk.

In der Mitte von allem steht Mars, Zerstörer der Menschheit, hält einen goldenen Speer in der Hand, dessen Spitze abgeschossen ist, und kommt sich wie der letzte Trottel vor. Glücklicherweise ist er unsichtbar, und sein Körper, der sich aus Götterblut und Ambrosia zusammensetzt, strahlt nicht genug Wärme aus, um von den hitzesuchenden Marschflugkörpern bemerkt zu werden, die wie übergeschnappte Delphine überall durch die Luft schwirren. Vorsichtig, den Kopf auf- und abbewegend wie einer dieser Hunde, die man hin und wieder in den Heckfenstern von Autos sieht, packt Mars die mitgenommene Essensration aus.

»Käse und Essiggurken!« fluchte der Vater der Schlachten angeekelt vor sich hin. »Käse und Essiggurken! Als müßte ich mir nicht schon genug gefallen lassen.«

Von dem Hügel, auf dem ein Maschinengewehr postiert war, drang eine eigenartige Geräuschfolge herüber, wodurch sich Mars mit dem Kopf wie in einer Drehbank wähnte. Zuerst gab es ein schreckliches Brüllen, dann prasselndes Geschützfeuer und einige laute, dumpfe Einschläge, gefolgt von erneutem Brüllen und etlichen Schreien, die schiere Panik verrieten. Schließlich herrschte absolute Stille.

Mars spähte vorsichtig über den Rand des nur notdürftig gepanzerten Mannschaftstransportwagens hinweg, hinter dem er kluger-, wenn auch unrühmlicherweise in Deckung gegangen war. Das Schießen schien eingestellt worden zu sein. Die einzig wahrnehmbaren Geräusche waren der entfernte Gesang der Vögel und das Klappern der beweglichen Seitenstücke von Mars' Helm, die gegen den übel zugerichteten Gefechtsturm schlugen. *Was geht hier eigentlich vor?* fragte sich der Witwenmacher.

Mit hochrotem Kopf nahm er den Helm ab, balancierte ihn auf der abgebrochenen Speerspitze und hielt ihn hoch in die Luft. Niemand schien Interesse daran zu haben, ihn mit Gewehrkugeln oder Granatsplittern zu durchlöchern. Wahrscheinlich handelte es sich um irgendeine hinterhältige Falle.

Vielleicht aber auch nicht, sagte sich Mars, *und wenn doch, ist das auch scheißegal, schließlich kann man nur einmal sterben.* Er rappelte sich hoch, setzte den Helm auf und pfiff nach dem Wagen. *Merkwürdig, daß diese Scheißkarre nie etwas abbekommt,* dachte er, während er hinter den rabenschwarzen rotäugigen Rossen den Wagen bestieg. *Manchmal habe ich das Gefühl, die machen das extra.* Er nahm die Zügel, holte eine Mörsergranate aus einer Mantelfalte hervor, die sich als Blindgänger herausstellte, und brüllte mit voller Lautstärke »Vorwärts!«, als würden zwei Bataillone mit großer Wucht aufeinanderprallen.

Die Schlacht war vorüber. Selbst Mars, der gelernt hatte, sich nicht von äußeren Erscheinungen täuschen zu lassen, war überzeugt davon. Es lag an der Art, wie sich die Soldaten gedankenverloren auf ihren Gewehren abstützten und über das Schlachtfeld blickten, während die Stabsoberoffiziere für die diversen Nachrichtensendungen Interviews gaben. Mars band den Wagen an einem abgestürzten Hubschrauber fest, stieg aus und schlich zu einer Stelle hinüber, wo ein ziemlich ramponiert aussehender Mann, der einen blauen Anorak trug, laut sprechend vor einer Fernsehkamera stand. Neben dem Mann bedienten zwei Techniker in Lederjacken einen großen tragbaren Ventilator, um dem Haar des Reporters das vom Wind zerwühlte authentische Aussehen zu verleihen.

»Die Schlacht von Mallard Esplanade auf den Carwardine Islands ist vorbei!« brüllte der Mann über das laute Surren des Ventilators hinweg. »Kurz vor fünfzehn Uhr ergaben sich die gesamten feindlichen Landstreitkräfte einem Mann, der sie offenbar im Alleingang angegriffen hatte. Diesen beispiellosen Akt der Tapferkeit verdanken wir einem jungen Mann aus dem Versorgungstrupp, nämlich dem Gefreiten Jason Derry. Hier spricht Danny Bennet, Spätnachrichten, Mallard Esplanade… George, du stehst auf meiner Reisetasche.«

Mars rieb sich mit den Handballen die Augen, nahm den Schild ab und warf ihn hinten in den Wagen. *Na prima!* dachte er. *Wunderbar, jetzt bloß schnell hier verschwinden, bevor sich's diese Idioten anders überlegen. Und ein großes Dankeschön an den Gefreiten Jason Derry, wer immer das ist…*

Jason Derry?

Mars zuckte zusammen und zerrte dabei so heftig an den Zügeln, daß der Wagen urplötzlich hochschoß, mitten in der Luft ein aufsehenerregendes Wendemanöver unternahm, um schließlich auf einer windgepeitschten Grasfläche unten im Tal eine Bruchlandung zu vollziehen. Da dort die gesamte Gegend mit Tretminen gespickt war, wurde der Wagen in die Luft gesprengt.

Nach einer Weile tauchte am Rand des Minenkraters die Spitze eines verkohlten und heftig hin und her wippenden Federbuschs auf. Mars zog sich langsam an den Fingerspitzen nach oben. Nachdem er sich demonstrativ den Staub abgeklopft hatte, warf er einen ganzen Haufen übel zugerichteter Blechteile sowie die zerfetzten Überbleibsel des Tarnmantels in eine Grube. Dann pfiff er nach dem nun doch einigermaßen lädiert aussehenden Wagen und feuerte fluchend die Pferde an. Als er in Richtung Sonne verschwand, blickte gerade ein Kamerateam in den Himmel, in der Hoffnung, herannahende Harriers filmen zu können.

»He, sieh nur!« rief der Chefkameramann, wobei er

mit zitterndem Finger gen Himmel zeigte. »Jetzt guck dir das mal an, Danny!«

Der Reporter blickte nach oben, nickte und zuckte mit den Achseln.

»Wenn man die nicht beachtet, hauen die ganz von allein ab. Hat mal jemand einen Schreiber?«

III

Jason stand auf, blickte sich nach allen Seiten um und fragte sich, wo er war. Dazu brauchte er nicht lange. Die Lage war aussichtslos.

Schade, aber egal. Wenn man als Held in eine ausweglose Situation gerät, bedeutet dies noch lange nicht das Ende der Welt, sondern lediglich eine vorübergehende Unpäßlichkeit zwischen zwei neuen Abenteuern. Das geht allen Helden so, vor allem aber wissen sie, wie man damit umzugehen hat.

Etwa gegen Ende des zweiten Filmakts wird der Held gewöhnlich gekidnappt und per Hubschrauber an irgendeinen weit entlegenen Ort verschleppt, wo der Gauner versucht, ihn auf zwar recht unterhaltsame, gleichzeitig aber auch hoffnungslos umständliche Weise aus dem Weg zu schaffen. Natürlich befreit sich der Held und kann gerade noch rechtzeitig aus dem geheimen Schlupfwinkel fliehen, um sich auf die Tragfläche des soeben abhebenden Sportflugzeugs zu schwingen, das der Gauner nun aus unerfindlichen Gründen anstelle des Hubschraubers benutzt. Als nächstes entwickelt sich ein spektakulärer Zweikampf, in dem der Gauner ein böses Ende findet, und dem Helden bleibt gerade noch genug Zeit, aus dem Flugzeug zu springen, bevor es an einem Berghang zerschellt. Wie Sie nur allzugut wissen, befinden wir uns an dieser Stelle der Handlung irgendwo in einer gottverlassenen Gegend, in der es weder Züge noch irgendwelche anderen öffentlichen Verkehrsmittel gibt.

Ein, zwei Schnitte später marschiert der Held auf die Bar eines Spielkasinos zu, trägt eine Smokingjacke und ist für die letzte Pkw/Lkw/Bus/Bahn-Verfolgungsjagdszene bereit, die irgendwo draußen in der Wüste in einem tosenden Flammenmeer ihr Ende findet. Haben Sie schon mal bei solch einem Film die Pausentaste gedrückt, um sich genau anzusehen, was diese Helden an den Füßen tragen? Nein? Nun, ganz gewiß keine Wanderschuhe.

Für das alles gibt es eine völlig simple Erklärung. Jedem Helden reist nämlich ein kleiner halbgöttlicher Funktionär hinterher, und zwar auf einem Gefährt, das in gewisser Weise diesen mit einem Elektromotor betriebenen Golfbuggys ähnelt. Im Kofferraum befindet sich Kleidung in dreifacher Ausführung, ein Waffensortiment, eine Erste-Hilfe-Ausrüstung und normalerweise auch noch eine Thermoskanne mit heißer Suppe. Es ist schon merkwürdig, daß nur so wenige Menschen von diesem nützlichen und äußerst praktischen Service je etwas erfahren haben sollen. Vielleicht hängt das damit zusammen, daß Helden im Grunde an mangelndem Selbstvertrauen leiden und deshalb lieber nicht davon sprechen. Möglicherweise halten sie diesen Service aber auch nur für so selbstverständlich, daß sie es schlichtweg vergessen, ihn anderen gegenüber zu erwähnen.

Jason blickte sich um, pfiff gereizt und wippte mit dem Fuß. Kurz darauf drang ein wohlvertrautes Geräusch zu ihm herüber, als der Buggy – eine Art Luxusversion für den fettleibigen Golfliebhaber – über die Felsen auf ihn zuholperte.

»Wo bist du die ganze Zeit gewesen?« fragte Jason im barschen Ton.

»Tut mir leid, Boß, aber das Netzteil hat kurz vor Kabul den Geist aufgegeben«, entschuldigte sich der Fahrer. »Versuch mal, in einem Land mit moslemischen

Fundamentalisten auch nur zwei einfache Taschenlampenbatterien aufzutreiben, dann wirst du schon sehen, ob du das Zeug dazu hast.«

»Wo sind wir eigentlich?« fragte Jason, wobei er sich ein paar Staubkörner von dem tadellos sitzenden Kampfanzug abklopfte.

»Im Kaukasus, glaube ich«, entgegnete der Fahrer. »Laß uns einen Blick auf die Karte werfen.« Er schob den Beifahrersitz des Buggys nach vorn, unter dem sich eine nützliche Gepäckablage befand, die mit dem ganzen Müll und Plunder vollgestopft war, den unsereins normalerweise im Handschuhfach aufbewahrt, sowie mit einigen Blendgranaten und einem Exemplar von *Krieg und Frieden*; Heldenfahrer haben oft endlos lange Wartezeiten zu überbrücken.

»Ah, da ist er ja«, sagte der Fahrer schließlich und holte einen von Eselsohren strotzenden Atlas hervor. »Jetzt laß uns mal genau nachsehen, ob das da hinten Tiflis ist …«

Jason schnaufte ungeduldig und fragte: »Wieso bin ich eigentlich hier?«

Der Fahrer zuckte die Achseln. »Ich hätte nie gedacht, daß du mich das fragst. Neulich habe ich dieses Buch von Descartes gelesen, und er sagt dazu …«

»Nein, nein«, winkte der Held wütend ab. »Ich will wissen, warum ich ausgerechnet hier gelandet bin, obwohl ich mich angeblich auf dem Rückweg nach Aldershot befand.«

Der Fahrer wand sich unbehaglich auf seinem Sitz hin und her. »Wie du weißt, Boß, darf ich dir solche Dinge nicht verraten. Schließlich habe ich den Vertrag über die Einhaltung von himmlischen Geheimnissen unterschrieben, und deshalb ist es nicht fair von dir, mich solche Dinge zu fragen, zumal ich …«

»Schon gut, schon gut«, unterbrach ihn Jason. »Solange ich wirklich genau zu diesem Zeitpunkt an dieser Stelle sein soll, geht das ja in Ordnung.«

»Mach dir deswegen keine Sorgen, auf die Sekunde genau sogar«, besänftigte ihn der Fahrer.

»Weißt du, manchmal wundere ich mich trotzdem«, gestand der Held ein. »Irgendwie habe ich einfach noch nicht den richtigen Dreh bei allem raus. Ich meine, Daddy hat mir zwar so was gesagt, aber trotzdem ...«

»Was hat er gesagt?«

»Er hat gesagt, daß ich gefälligst tun soll, was man mir aufträgt, und ansonsten den Mund zu halten habe. Ich nehme an, das ist nur recht und billig, aber ...«

Helden neigen zu solchen kurzen Unterbrechungen, die man nur als Selbstzweifel beschreiben kann, und der Fahrer hatte das alles schon etliche Male zuvor gehört. Nehmen wir zum Beispiel Arjun; immer wieder hatte er ihn am Vorabend einer großen Schlacht moralisch aufrichten müssen.

»Mach dir keine Sorgen, Boß«, tröstete er den Helden schließlich. »Die da oben wissen schon, was sie tun; mach einfach wie gewohnt weiter und amüsier dich.«

Jason nickte beruhigt. Seit ihm sein Daddy vor einigen Monaten erzählt hatte, daß er nunmehr ein Held und es höchste Zeit für ihn sei, endlich damit aufzuhören, von einer Karriere als Hotelmanager zu träumen, und daß er sich statt dessen schnurstracks auf die Suche nach seinem Schicksal machen solle, hatte er sein Bestes gegeben, nicht mehr zurückzuschauen. Und bisher hatte es ihm wirklich Spaß gemacht, Leute zu verdreschen, Maschinengewehrstellungen anzugreifen, mit bloßen Händen Geschützrohre von Panzern abzureißen und lauter solche Sachen. Die meisten der Jungen, mit denen er zusammen auf der Schule gewesen war, hielten es noch immer für das Größte, Raumschiffe irgendwelcher Invasoren auf dem Bildschirm abzuknallen.

Der Fahrer zeigte auf einen nahegelegenen Hügel und sagte: »Auch wenn es mir fernliegt, irgendwelche direkten Andeutungen zu machen, glaube ich trotzdem, daß dein Schicksal dort drüben liegt.«

»Wie? Auf dem Hügel mit den drei Bäumen?«

»Nein, auf dem mit den Ziegen und der kleinen Hütte. Dort wirst du jemanden treffen, der dich bereits erwartet.«

»Ach, wirklich? Na gut. In der Hütte also, richtig?«

»Höchstwahrscheinlich«, seufzte der Fahrer. »Warum gehst du nicht einfach hin und schaust selbst nach?«

Weit oben am Himmel hielt sich ein riesiger Adler dicht am Aufwind und suchte die Erdoberfläche ab. Als er die menschliche Gestalt entdeckte, die sich trotzig den Hügel hinaufschleppte, kreischte er derart laut auf, daß man ihn noch in Aserbaidschan hätte hören können. Dann schoß er in die Tiefe, um sich die aktuelle Ausgabe der *Times* zurückzuholen, die er zuvor im Schnabel getragen hatte, zog eine schnelle Schleife und flog davon.

In der Hütte traf Jason eine alte Frau an. Sie saß vor einer Feuerstelle und rührte in einem großen Topf. Zwei schwarze Raben hockten auf ihren Schultern, wodurch sie wie ein altmodisches Bettgestell aussah.

»Tag auch. Wohin geht's als nächstes?« erkundigte er sich ohne Umschweife.

Die alte Frau blickte ihn mürrisch an; das hier war ihr großer Auftritt, den sie voll auskosten wollte.

»Setz dich erst mal hin, Junge!« befahl sie ihm und deutete dabei mit dem knochigen Zeigefinger auf einen niedrigen Hocker, der auf der anderen Seite der Feuerstelle stand.

»Nichts für ungut, aber könnten wir diesen Teil nicht einfach überspringen? Ich hatte einen anstrengenden Tag. Zum Beispiel bin ich mit dem Fallschirm aus einer Hercules abgesprungen, als sie von Raketen getroffen wurde, und in einem Baum gelandet. Danach mußte ich das Motorrad starten und wurde fünfzig Kilometer über holpriges Gelände von Hubschraubern gejagt, aus denen die ganze Zeit auf mich geschossen wurde. Zu guter Letzt hatte ich noch 'ne Reifenpanne. Wenn wir also zur Sache kommen könnten, dann ...«

»Du setzt dich jetzt hin und bist artig!« unterbrach ihn die alte Frau unwirsch.

»Verdammter Mist«, muckte Jason auf, aber die alte Frau warf ihm einen solch finstren Blick zu, daß er unwillkürlich an einen Kampfhubschrauber denken mußte, und deshalb gehorchte er lieber.

»Wohin des Wegs, Fremder?« fragte die alte Frau nach einer unnötig langen Pause. »In dieser kargen Einöde trifft man nur selten Fremde an«, fügte sie hinzu.

»Ich bin auf der Suche nach meinem Schicksal«, antwortete Jason gestelzt. Er sagte das zwar, aber die Alte sollte sich bloß nicht einbilden, daß er zu dick auftragen wollte.

»Nach deinem Schicksal?« fragte die alte Dame, wobei sie die erste Silbe von ›Schicksal‹ weit besser betont hatte als er. »Und wohin wird es dich führen?« Sie gackerte, obwohl allgemein behauptet wird, Gackern sei eine aussterbende Kunst.

»Ich bin ... Hör mal, muß ich wirklich diesen ganzen Scheiß aufsagen?«

»Ja.«

»Ach, komm ... Ich meine, wenn wir diesen Teil überspringen, wird das doch nie jemand erfahren«, bat Jason, da er sich dabei immer so gehemmt fühlte.

»Ich bestehe darauf«, beharrte die alte Frau. »Also, jetzt sag's schon.«

»Nein.«

»Dann eben nicht«, zischte die Alte ihn grimmig an und nahm das Strickzeug in die Hand.

Etwa fünf Minuten später räusperte sich Jason und sagte wie aus der Pistole geschossen: »Ich-bin-auf-der-Suche-nach-der-geheimnisvollen-Macht-der-Sonne, alles klar?«

Die alte Frau nickte. »Wisse, daß ich nicht das bin,

was ich zu sein scheine.« Sie legte das Strickzeug in den Schoß und lächelte.

Jason sah sie leicht verdutzt an. »Und?«

»Und was?«

»Mach schon weiter«, drängte Jason.

»Du mußt dich jetzt überrascht geben«, belehrte ihn die alte Frau.

Jason gab zu verstehen, daß er sich demnächst weniger überrascht, sondern äußerst wütend geben werde, und die alte Frau legte rasch das Strickzeug beiseite. »Wisse, daß ich niemand anders als Hekate bin, Göttin der Wege, und daß ich dir einen Wunsch erfüllen werde …«

»*Einen* Wunsch nur?«

»Hast du noch nie etwas von Kürzungen gehört? Also, einen Wunsch nur, um dir dabei zu helfen, dein sehnsüchtigstes Verlangen zu stillen. Aber wähle vorsichtig; die Gaben der Götter sind äußerst …«

»Jetzt sag mir endlich, was ich als nächstes tun soll, oder ich haue dir eine runter!« brüllte Jason sie aufgebracht an.

Die alte Frau blickte ihn finster an und antwortete: »Dahinten mußt du am zweiten Dornbusch nach links gehen, dann immer der Nase nach, bis du zu einer Feuersäule kommst, dann wieder links und noch mal links durch die Irrfelsen, dann immer geradeaus. Du kannst es nicht verpassen.«

»Was kann ich nicht verpassen?«

»Es«, antwortete die alte Frau geheimnisvoll und fügte mürrisch hinzu: »Und jetzt hau schon ab!«

Jason stand auf und wollte bereits zur Tür gehen, als ihm plötzlich etwas einfiel. »Moment mal, hast du nicht was vergessen?«

»Meinst du?«

»Ja.«

»Ach so«, seufzte die alte Frau. »Das kommt davon, wenn man alles so überstürzt macht. Man vergißt die richtige Textstelle«, sagte sie und holte unter einem Stuhl einen länglichen Stoffsack hervor. »Sieh, dies ist das Schwert von… Verdammt noch mal, dieses alte Scheißding! Die Hülle hat sich irgendwo am Knauf verhakt. Paß auf, du hältst das untere Ende fest, und wenn ich sage ›Zieh!‹, dann…«

Es gab ein reißendes Geräusch, dann war das Klirren von Metall zu hören.

»Jedenfalls ist dies das Schwert von Glykerion, das nur von denen gezähmt werden kann, die reinen Herzens sind. Allen anderen bringt es den Tod. Führe es gut, mein Sohn, denn… He! Hat dir noch nie jemand etwas darüber erzählt, daß es sich nicht gehört, anderen Leuten einfach etwas aus der Hand zu reißen?«

»Doch, aber auch darüber, daß es schwachsinnig ist, seine Zeit mit anderen Leuten sinnlos zu verplempern«, antwortete Jason, wobei er das Schwert etwas skeptisch musterte. Dann stand er auf und marschierte auf die Tür zu.

»Mögen die Götter mit dir sein!« rief die alte Frau ihm hinterher.

»Ach, scher dich zum Teufel, du alte Hexe!« brüllte Jason zurück und begab sich stampfenden Schrittes auf die Suche nach seinem Schicksal.

»Du bist dran mit Würfeln.«

»Richtig.«

Klapper, klapper, klapper. Klack!

»Vier und fünf, macht acht.«

»Seit Adam Riese sind das aber neun, Pol.«

»Also gut, dann eben eine Scheißneun. Eins, zwei, drei, vier, fünf, sechs, sieben, acht… Oje, das ist ja wirklich reizend!«

»Gehe drei Felder zurück, und ziehe eine Karte.«

»Danke, Vul, aber ich kann selbst lesen.«

Blätter, blätter, blätter…

»FALLS DU IN SCHWIERIGKEITEN GERÄTST, KOMMST DU DA

KOSTENLOS WIEDER HERAUS. Na bitte, dafür hat's sich doch gelohnt. Du bist dran.«

Klapper, klapper, klapper. Klack!

»Einszweidreivierfünfsechssieben … *acht!*«

Pause.

»Ojemine!«

»Hallo! Ist jemand zu Hause?« rief Jason.

Er lehnte sich gegen die Tür des merkwürdigen Steingebäudes, stellte das Schwert von Dingsda an einer Säule ab, ging in die Hocke und zog sich die Schuhbänder fest. Das Heldendasein an sich war etwas Feines, sinnierte er, hätte er allerdings gewußt, daß es mit derart vielem Laufen verbunden war, hätte er genausogut Postbote werden können.

Nichts geschah. Jason rappelte sich wieder hoch, trat mit den frisch geschnürten Schuhen leicht gegen die Tür und rief: »Hallo! Ist da jemand? Ich habe nämlich nicht den ganzen Tag Zeit, kapiert?«

Von irgendwoher aus dem Innern des zerstörten Tempels war das Geräusch von jemandem zu hören, der etwas fallen ließ, und dieses Etwas zerbrach.

»Schon gut, würden Sie bitte noch eine Minute warten?« meldete sich schließlich eine entzückende weibliche Stimme mit leicht gereiztem Unterton.

Kurz darauf erschienen zwei Frauen in der Tür, und wir sollten uns die Zeit gönnen, die beiden etwas genauer zu beschreiben.

Das Wesentliche zuerst: die beiden sind absolute Schönheiten – daran gibt es keinen Zweifel –, und man erwartet fast, daß der in Großbuchstaben gesetzte Schriftzug einer in Hochglanz gedruckten Modezeitschrift über ihren Köpfen schwebt.

Eine der beiden ist groß und schlank und von vornehmer Gestalt. Sie trägt ein prunkloses weißes Gewand und um den Kopf ein schlichtes Goldband. In einer Armbeuge hält sie, wie man instinktiv erkennt, einen goldenen Palmwedel, der etwas symbolisieren soll, woran man sich aber nicht erinnern kann. Ihr Haar hat dieselbe Farbe wie das goldene Haarband und der Palmwedel, und ihre Augen haben so etwas wie ein tiefgekühltes Blau an sich. Zufälligerweise trägt sie gerade keine Schärpe, täte sie das aber doch, könnten Sie Ihre gesamten Ersparnisse und den nächsten Gehaltsscheck darauf verwetten, daß das Wort TUGEND draufgestickt wäre...

Die andere ist dunkelhaarig, voll glühender Leidenschaft und hat mehr Kurven aufzuweisen als die Rennstrecken von Le Mans und Indianapolis zusammen. In einer Armbeuge hält sie etwas, das man allgemein als Füllhorn bezeichnet – eine Art metallisch glänzendes cremefarbenes Horn, aus dem Früchte hervorquellen –, und ihre Kleidung kann man im weitesten Sinne als konventionell betrachten. Im Gegensatz zu ihrer Kollegin trägt sie allerdings eine Schärpe, auf der aber nicht LUXUS, sondern ›Miß Persönlichkeit der nordwestlichen Region 1992‹ steht – vermutlich in der vagen Hoffnung, bezüglich ihrer äußeren Erscheinung beim Betrachter wenigstens noch etwas der Einbildung zu überlassen. Im zusammengepreßten Mund hält sie zwei Haarnadeln, und sie wirkt alles andere als erfreut.

»Fertig?« nuschelte sie durch die Haarnadeln hindurch.

»Wie bitte?« erkundigte sich Jason erstaunt.

»Ach, nun mach schon«, nörgelte Luxus. »Ich habe ein Zitronensoufflé im Herd, also laß uns keine Zeit vertrödeln.«

»Ach so, na gut«, murmelte Jason verlegen, wobei er leicht errötete. »Soweit ich weiß, habe ich die Wahl, stimmt's?«

»Allerdings«, seufzte Luxus, »und wenn du dich jetzt endlich zu einer Entscheidung durchringen könntest, wären wir dir beide unendlich dankbar.«

»Ehm...«, stammelte Jason.

»Paß auf, falls du Angst hast, unsere Gefühle zu verletzen, vergiß es einfach, klar? Also, jetzt entscheide dich bitte, damit wir alle mit den uns zugewiesenen Aufgaben weitermachen können«, drängte Luxus.

»Ihr müßt schon entschuldigen, aber sollten hier nicht Straßen sein?«

Die beiden Mädchen blickten sich stirnrunzelnd an. »Was sollte hier sein?«

»Straßen, eine Straßengabelung«, erklärte Jason. »Eine schmale Straße führt direkt geradeaus den Berg hinauf, und von weitem erkennt man bereits die Zinnen der Leuchtenden Stadt. Die andere Straße ist breit und führt den Berg hinab nach – wie heißt das noch mal? –, na ja, nach Dingsda eben.«

Die beiden Mädchen blickten sich erneut verdutzt an.

»Ah ja, jetzt, da du davon sprichst, verstehe ich dich ... jedenfalls einigermaßen«, sagte Tugend. »Da du aber bereits alles darüber weißt, hast du bestimmt nichts dagegen, wenn wir uns wieder ...«

»Ehm, ja natürlich. Aber ...«

Dreißig Sekunden verstrichen. Luxus blickte auf ihre Halskettenuhr, was in Anbetracht der Lage der Uhr keine große Leistung war.

»Tut mir leid, und es liegt mir fern, euch zu belästigen, aber auf diese Straßen muß ich leider bestehen«, beharrte Jason.

Es war ein tiefes Seufzen zu vernehmen, dann sagte Luxus: »Wie du willst. Würdest du dich aber bitte noch eine Minute lang gedulden, während ich das Gas runterdrehe? Tutu, wärst du so lieb, das mit den Straßen für mich zu erledigen?«

»Klar, Lulu«, willigte Tugend ein.

Jason staunte nicht schlecht; direkt vor ihm lagen zwei Straßen, die genauso aussahen, wie er sie sich vorgestellt hatte – mit Ausnahme davon, daß die Straße von Luxus nicht mit Primeln, sondern mit Veilchen gepflastert war und daß am Rand der Straße von Tugend ein großes Schild stand, auf dem NÄCHSTE TANKSTELLE ERST NACH 300 KILOMETERN zu lesen war.

»Reicht dir das?« erkundigte sich Tugend.

»Na ja…«, murmelte Jason. Die Geschichte stellte sich leichter dar als erwartet, aber dennoch…

In diesem Augenblick kam Luxus zurück, die sich gerade eine Schürze abnahm, auf der DIE BESTE KÖCHIN DER WELT stand. »Hast du's hingekriegt, Tutu?«

»Einigermaßen, Lulu«, antwortete Tugend. »Trotzdem sollten wir morgen lieber jemanden kommen lassen, der sich das noch mal genauer ansieht. Sonst können wir nicht…«

Plötzlich verschlug es ihr die Sprache. Wie aus dem Nichts tauchte eine riesige gelbe Plakatwand auf, die sich wie von Geisterhand geführt kurz vor der Straßengabelung von selbst aufstellte. In Buchstaben aus künstlich erzeugtem Feuer stand darauf das Wort

UMLEITUNG,

und ein großer weißer Pfeil darunter zeigte in Richtung Westen.

»Ah ja, alles klar!« freute sich Jason und folgte dem Pfeil.

»Sehr geschickter Schachzug«, stellte Vulcanus mit widerwilliger Bewunderung fest. »Lermontows Eröffnung als doppelter Zufallstreffer. Wie gerissen.«

Apollo blickte ihn besorgt an, wie Wilhelm Tell möglicherweise Isaac Newton angeguckt hätte. »Tatsächlich…«

IV

Als Jason, vor sich hin pfeifend, etwa zwanzig Minuten lang der Umleitung gefolgt war und gerade einen Apfel aß, den er in einer Tasche seines Kampfanzugs gefunden hatte, stieß er auf die Hydra des Erymanthosgebirges.

Da wir uns die Zeit genommen haben, Tugend und Luxus zu beschreiben, sollten wir auf das äußere Erscheinungsbild der erymanthischen Hydra ebenfalls genauer eingehen. Sie werden Ihre Freude daran haben.*

Stellen Sie sich einen Stier vor, nichts anderes als einen ganz gewöhnlichen Stier. Dann streichen Sie ihn mit goldener Farbe an. Jetzt entfernen Sie den Kopf – dieser Stier ist von uns zuvor eigens für diese Bastelstunde hinreichend präpariert worden –, und fügen Sie den Kopf eines Löwen hinzu. Unter Zuhilfenahme von langen Pinzetten reißen Sie die Haare aus der Löwenmähne heraus und ersetzen diese durch etwa zwei Meter lange zischende Giftschlangen. Falls Sie gerade keine Giftschlangen erübrigen können, kneifen Sie dem Stier den Schwanz ab, und stecken Sie ihn dort zusammen mit weiteren abgekniffenen Ochsenschwänzen hinein. Als nächstes entfernen Sie die Hachsen (aber

* Das ist allerdings nicht ganz wörtlich zu nehmen, denn sollten Sie an den folgenden Ausführungen tatsächlich Gefallen finden, raten wir Ihnen dringend, sich in psychiatrische Behandlung zu begeben.

nicht wegwerfen; man kann eine nahrhafte Fleischbrühe daraus kochen), und ersetzen Sie diese durch die Krallen eines Greifs. Falls Ihnen kein Greif zur Verfügung steht, tut es auch ein gewöhnliches Flügelroß. Zu guter Letzt verzieren Sie das Ganze mit den Flügeln eines Drachen. Und jetzt laufen Sie weg, und zwar schnell.

Die erymanthische Hydra ist ein entsetzlicher Plagegeist. Sie frißt Menschen und Autos, ja sogar komplette Verschiebebahnhöfe. Sie gibt mitten in der Nacht beunruhigende, jaulende Laute von sich und war lange Zeit dafür bekannt, mit ihren kalchedonischen Krallen Mülltüten zu zerreißen.

Als sie Jason auf sich zukommen sah, kicherte die Hydra leise, hob den gräßlichen Kopf, fuhr sich rasch mit einem Kamm durch die Giftschlangen und sprang hinter einem Felsen hervor.

»Guten Tag, mein Junge«, zischte sie Jason an, »ich bin die erymanthische ... *autsch*!«

Jason steckte sein Schwert in die Scheide zurück, hob den abgetrennten Kopf an dessen noch immer zischenden Locken hoch und sah sich nach einer Mülltonne um.

Demeter, Exgöttin des Ackerbaus, machte es sich auf dem Kissen bequem, auf dem noch bis vor kurzem Vulcanus gesessen hatte, putzte sich die Nase und warf einen Blick auf die Erde.

»Wie kommt er klar?« erkundigte sie sich.

Apollo blickte sich zu ihr um, lehnte das Angebot eines Stücks der frischgebackenen Obsttorte ab und antwortete stirnrunzelnd: »Schwierig zu sagen, da ich nicht weiß, was er als nächstes tun muß.«

Demeter zog eine ihrer perfekt zurechtgezupften Augenbrauen hoch und nahm den Spielbogen in die Hand, auf dem die Anweisungen festgehalten wurden. »Ist doch ganz einfach«, sagte sie und las laut vor: »Besuch des Königreichs von Kolchis und Durchquerung des Kaukasus. Trifft Hexe (2), muß das Schicksal suchen (6), erschlägt erymanthische Hydra (10) …«

»Ja, ja, schon gut«, unterbrach Apollo sie ungeduldig, »aber was muß er zum Schluß machen?«

»Warte, ich hab's gleich«, antwortete Demeter, wobei sie mit dem Zeigefinger über den Bogen nach unten fuhr. »Thessalische Zentauren… erlangt das Goldene Vlies zurück (2000 Punkte; neues Spiel). Wohin ist er gerade unterwegs?«

»Das ist es ja gerade«, sorgte sich Apollo. »Siehst du? Er geht den falschen Weg.«

Demeter blickte sofort vom Spielbogen auf. »Was ist los?«

»Er geht den falschen Weg«, wiederholte Apollo. »Sieh doch selbst.«

»Das kann doch nicht wahr sein!«

»Und ob«, versicherte ihr Apollo. »Da, guck's dir an.«

Die beiden Götter konzentrierten ihren Blick auf die Erde und machten eine Felsnase im Kaukasus ausfindig. Auf einem niedrigen Felsvorsprung stand eine Gruppe schwerbewaffneter thessalischer Zentauren, von denen die meisten mißmutig die Arme verschränkt hielten. Einige klopften ungeduldig mit den Hufen. Ihr Anführer hatte es bereits aufgegeben, auf die Uhr zu schauen, und schüttelte sie gerade kräftig, um festzustellen, ob sie kaputt war.

»Wahrscheinlich hat er sich verspätet, oder was meinst du?« vermutete Demeter; um Getreide zum Wachsen zu bringen, bedarf es keiner großen intellektuellen Fähigkeiten.

»Nicht nur das«, antwortete Apollo. »Er hat sie völlig verfehlt.«

Die beiden Gottheiten blickten sich an.

»Vielleicht ist er aber auch nur ein Schißhase«, schlug Demeter vor.

Apollo blickte auf die Stelle des Berghangs, wo das

Blut der erymanthischen Hydra gerade einen Krater in den lebenden Fels gebrannt hatte, und antwortete: »Nein, daran liegt es bestimmt nicht. Es scheint ganz so zu sein, als wenn er sich... nun ja, als wenn er ganz woanders hingeht.«

Diesmal zog Demeter beide Augenbrauen hoch. »Aber das ist doch völlig unmöglich!« empörte sie sich.

»Nun, zumindest wäre das ganz schön stümperhaft«, meinte Apollo.

Demeter kratzte sich nachdenklich an der Nase und zauberte auf diese Weise – aus reiner Macht der Gewohnheit – eine halbe Million Scheffel Getreide hinter dem Ohr hervor. Dann schimpfte sie: »So was habe ich ja noch nie gehört! Als nächstes beansprucht er womöglich noch einen eigenen Willen für sich. Wer kann sich das schon leisten?«

»Wie? Meinst du, *er* kann sich das nicht leisten?«

»Nein, *wir* können uns das nicht leisten.«

»Ich verstehe.«

Apollo beugte sich vor und drehte an einem freischwebenden Instrumentenknopf. Die Erde schien größer zu werden.

»Wo geht er denn genau hin?« wollte Demeter wissen.

»Gute Frage«, antwortete Apollo. »Mal sehen...« Er holte einen Feldstecher hervor. »Wir könnten es in Erfahrung bringen, wenn wir dahinterkämen, wo er gerade langgeht.«

»Ganz schön pfiffig, Apo«, stellte Demeter beeindruckt fest. »Übrigens, wer ist eigentlich dran?«

Apollo blickte zu ihr auf und sagte: »Ach, du Schreck! Bei der ganzen Aufregung habe ich das Spiel völlig vergessen. Laß mal sehen... mhm, mein Zug ist vorbei, also bist du dran und...« Er verstummte und schürzte die Lippen, dann fuhr er fort: »Jetzt verstehe ich! Na ja, zumindest wäre das eine Möglichkeit...«

»Nun rück schon raus mit der Sprache!« drängte Demeter. »Wer steckt dahinter?«

»Rate mal.«

Demeters Stirn legte sich wie ein dreifach gepflügtes Feld in Falten. »Du weißt doch, daß ich nicht gut im Raten bin. Du mußt es mir schon verraten.«

Apollo sagte nichts und händigte ihr statt dessen das himmlische Kuvert aus.

»Ach, du dickes Ei!« staunte Demeter.

Zweifellos fragen Sie sich schon seit längerem, was Prometheus denn nun von den Göttern gestohlen und auf die Erde gebracht hatte und was vermutlich nicht in einem hohlen Fenchelstrunk versteckt worden war.*

An den Hängen des Bergs Olymp herrscht dunkle Nacht. Die dreizehn Olympier sitzen um das flackernde Licht von Apollos Dreifuß, auf dem sich einige winzige dreidimensionale Gestalten in farbigem Licht abzeichnen, die am Rand hin und her huschen, als führten sie eine Art Veitstanz auf. Aus dem Innern des Dreifußes ist leise Musik zu hören. Die Götter sehen gerade *Lebenswunsch, Teil 3*.

Jupiter lehnt sich im Sessel zurück und zieht am Ring einer Dose Göttertrank. Demeter taucht mit einem Tablett Sterntaler in Eierkuchenteig aus der Küche auf und rät ihren göttlichen Kollegen, die Dinger zu essen, solange sie noch heiß seien. In der besten aller möglichen Welten steht alles zum besten.

Tief unten auf der Erde stellt sich die Lage jedoch nicht ganz so rosig dar, wie man vermuten möchte. Weit gefehlt sogar. In den dunklen Höhlen kauern sich unsere frühesten Vorfahren mit Gänsehaut dicht aneinander. Sie tragen übelriechende Mammutfelle und knabbern lustlos das rohe Fleisch von Mäuseknochen ab. Mit Ausnahme einiger würgender Geräusche ist nichts zu hören, bis sich einer der älteren Stammesan-

* Sonst wäre es beim Kochen irgendwann verbrannt.

gehörigen darüber beklagt, wie durch und durch unbehaglich das ganze Leben doch sei. Dann herrscht wieder Stille, die schließlich von einem anderen älteren Stammesangehörigen unterbrochen wird, indem er sagt, daß es zwar stimme, was der andere gesagt habe, und daß das Leben wirklich durch und durch unbehaglich sei, aber von einem Säbelzahntiger aufgefressen zu werden, sei wahrscheinlich noch schlimmer.

Zurück auf den Olymp. Der dreizehnte Olympier erhebt sich leise von seinem Platz auf dem Sofa, schlüpft in die Pantoffeln und schleicht sich in die Küche. Aus dem Gemüseregal sucht er sich einen geeigneten Fenchelstrunk heraus, zündet ein Streichholz an und steckt es unten in das hohle Ende hinein. Er wartet einen Augenblick lang ab, bis er davon überzeugt ist, daß von der schwach glühenden Flamme nichts mehr zu sehen ist. Dann entfernt er sich auf Zehenspitzen vom Rande des Olymps und rast im Affenzahn auf die Erde hinab.

Vor einer riesigen Höhle bleibt er stehen und klopft an den Fels. Kurz darauf taucht im Höhleneingang ein Mann in einem nicht sonderlich kleidsamen Ziegenfell auf und blickt den Fremden argwöhnisch an.

»Ach, du schon wieder?« grummelte der Höhlenmensch.

Prometheus blickte ängstlich zum Himmel empor und flüsterte: »Ja, aber nicht so laut. Hier, sieh mal …«

»Verpiß dich!« schnauzte ihn der Sterbliche an und machte eine abfällige Geste. Eigentlich wollte er dem Riesen die Tür ins Gesicht schlagen, da dort aber keine Tür war, mußte er sich auf seine pantomimischen Fähigkeiten verlassen.

»Hör mal, ich will doch nur …«, zischte Prometheus.

»Nein, jetzt hörst du mir mal zu!« unterbrach ihn der Sterbliche. »Nach allem, was du hier das letztemal angerichtet hast, haben wir die Schnauze gestrichen voll von dir. Klar?«

»Ach so?«

»Ja! Ich weiß wirklich nicht, woher du die Nerven nimmst, dich hier noch mal blicken zu lassen.«

Prometheus zuckte leicht zusammen. »Aber ich habe ihr doch gesagt: ›Öffne es nicht!‹«, rechtfertigte er sich.

Der Sterbliche schnaufte verächtlich. »Ja, ja, du hast es ihr gesagt… Verstehst du denn gar nichts von Frauen?«

Prometheus schüttelte den Kopf und sagte: »Ich habe sie gewarnt. ›Pandora‹, habe ich gesagt, ›laß die Finger davon‹, und bin…«

»Und du hast wirklich von ihr erwartet, daß sie das Ding nicht öffnet?« unterbrach ihn der Sterbliche.

»Ja.«

»Obwohl darauf stand: *Vorsichtig öffnen! Enthält Gratisgeschenk?*«

»Nun ja…« Prometheus wurde ein wenig rot im Gesicht. »Also gut, anscheinend habe ich mich da ein wenig geirrt«, räumte er schließlich ein. »Aber diesmal werde ich alles wiedergutmachen, das verspreche ich dir. Hier.« Er drückte dem Sterblichen den Fenchelstrunk in die Hand und fragte ihn begierig: »Na, was kann man damit wohl alles machen?«

»Fenchelsalat natürlich«, antwortete der Sterbliche kurz angebunden. »Vielen Dank auch.«

»Nein, schau doch mal da unten rein!« forderte Prometheus ihn auf.

Der Sterbliche äugte ins untere Ende des Strunks hinein, schreckte zurück, schlug sich auf die angesengten Augenbrauen und brüllte: »Aua!«

»Das ist Feuer«, klärte ihn Prometheus voller Stolz auf.

»Aha, so nennt ihr dieses Zeugs also«, grummelte der Sterbliche, wobei er sich die Nasenspitze rieb. »Und bestimmt kannst du mir auch verraten, was man damit alles machen kann, nicht wahr, mein Freund?«

»Wenn du etwas Geduld hast, ja«, sagte Prometheus

mit feierlicher Stimme und weihte ihn gleich darauf in das Geheimnis des Feuers ein.

Er erklärte dem Sterblichen, daß man mit Feuer im Dunkeln besser sehen könne (»Ich habe immer gedacht, Möhren seien dafür gut«, fiel dem Sterblichen dazu ein). Weiterhin wies er ihn darauf hin, daß man damit nicht nur Essen zubereiten und Metall schmelzen, sondern auch Wasser kochen und Bakterien töten könne. Zudem eigne es sich sogar zur Erzeugung von Dampf, um damit eine Turbine anzutreiben und und und …

Der Sterbliche hörte ihm aber gar nicht mehr zu. Statt dessen blickte er die ganze Zeit über das düstere Tal hinweg, wo ein benachbarter Stamm die ersten zögerlichen Versuche der Menschheit unternahm, eine Holzhütte zu errichten, und grinste verschmitzt.

»Schön, schön. Herzlichen Dank noch mal. Ich will dich wirklich nicht länger aufhalten«, sagte der Sterbliche und wandte sich ab, um in die Höhle zurückzukehren.

»Warte, ich bin noch nicht fertig!« rief Prometheus ihm hinterher.

Der Sterbliche schnaufte verächtlich durch die Nase. »Ach, wirklich? Was gibt's denn noch?« grummelte er argwöhnisch, wobei er mit der linken Hand nach der schweren Steinaxt griff, die er für solche hartnäckigen Fälle hinter dem Höhleneingang aufzubewahren pflegte.

»Feuer ist auf seine Art schon äußerst nützlich, aber ich habe da noch etwas anderes mitgebracht, das euer Leben wirklich von Grund auf verändern wird.«

»Etwas, das unser Leben wirklich verändern oder nur verkürzen wird?« wollte der Sterbliche wissen.

»Verändern, und zwar so sehr, das es nicht mehr wiederzuerkennen sein wird«, versicherte ihm Prometheus. »Statt als erbärmliche Kreaturen ein sinnloses Dasein in elenden Verhältnissen fristen zu müssen, werdet ihr …«

»Ich habe alles ganz genau mit angehört!« rief die Frau des Sterblichen aus dem Innern der Höhle heraus.

»... werdet ihr die Söhne und Töchter des Lichts sein«, fuhr Prometheus rasch fort und fügte mit schwelgender Stimme hinzu: »Ihr werdet mit den heiligen Göttern gleichgestellt sein und euch im Glanz des goldenen Zeitalters der Welt aalen.«

»Ach, wirklich?« Der Sterbliche schloß die Finger noch fester um den Griff der Axt. »Das ist doch gut für uns, oder?«

»Sicher«, antwortete Prometheus. »Und jetzt hör mir mal genau zu.« Er räusperte sich, baute sich in voller Größe vor dem Sterblichen auf und fragte ihn: »Wann ist eine Tür keine Tür?«

Der Fremde runzelte verwirrt die Stirn. »Was ist denn eine Tür?«

Prometheus bat sich selbst, sich die notwendige Kraft zu geben, und antwortete: »Nein, hör mir doch mal zu. Wann ist eine Tür keine Tür?«

Der Sterbliche schüttelte den Kopf. »Was weiß denn ich? Wenn ich wüßte, was eine Tür ist, dann ...«

»Eine Tür ist dann keine Tür, wenn sie ein *Krug* ist!« schrie Prometheus verzweifelt.

Der Sterbliche wollte bereits die Axt schwingen, als etwas Merkwürdiges in ihm vorging, etwas, das ihm noch nie zuvor widerfahren war. Wie er sich später erinnerte, war es ein wenig wie ein Hustenanfall, der allerdings in der Magengrube anzufangen schien, von dort aus ins Gehirn gespült wurde, wo er kurz hin und her schwappte, bis er aus dem Mund sprudelte.

Zum erstenmal in der Menschheitsgeschichte hatte ein Sterblicher gelacht.

Prometheus sackte erschöpft an der Höhlenwand zu Boden, während der Sterbliche umhertaumelte und vor Lachen bereits Seitenstiche bekam. Der Rest des Stamms eilte herbei und blickte ihn ungläubig an.

»Das war wirklich gut, ehrlich!« brüllte der Sterbliche und wischte sich mit beiden Handrücken die Tränen aus den Augen. »Wenn sie ein Krug ist!« wiederholte er voller Begeisterung und kugelte sich erneut vor Lachen.

»Na ja, so gut war der Witz nun auch wieder nicht«, gab Prometheus zu bedenken. »Es gibt viel bessere. Paß auf, ein kleines Küken geht…«

Der Sterbliche hörte ihm aber gar nicht mehr zu und wandte sich an seine Stammesangehörigen. »Hört mal zu, Leute!« prustete er. »Wann ist eine Tür keine Tür?«

Die anderen blickten sich verdutzt an. »Was ist denn eine…?« warf jemand ein.

»Wenn sie ein *Krug* ist!« grölte der Sterbliche und hielt sich schnell die Hände vor den Mund. Es herrschte Totenstille.

»Bestimmt hast du wieder diese komischen Blätter gekaut«, wies ihn schließlich seine Frau zurecht. »Habe ich dir nicht schon tausendmal gesagt, daß sie dich noch mal verrückt machen?«

Plötzlich machte es bei allen Stammesangehörigen *Klick!*, und sie lachten ausnahmslos lauthals los. Kein Fernsehstudiopublikum der Welt hat jemals etwas so witzig gefunden.

»Na prima«, seufzte Prometheus erleichtert. »Wie ich sehe, habt ihr alle den Dreh sehr schnell herausbekommen. Also sollte ich mich jetzt wieder auf den Heimweg machen. Keine Sorge, ich finde schon allein raus…«

Aufgrund dieses einen Verbrechens, das ihm seine Götterkollegen niemals vergeben konnten, wurden Prometheus natürlich die göttlichen Ehrenrechte entzogen. Er wurde vom Olymp verjagt und zur Strafe bis in alle Ewigkeit an einen Felsen gekettet. Zu diesem Zeitpunkt war es allerdings schon viel zu spät und der entstandene Schaden längst nicht mehr wiedergutzumachen. Selbst die Sintflut konnte gegen die Folgen von Prometheus' Verrat auf der Erde nichts mehr ausrichten; denn als sich die Wassermassen schließlich zurückgezogen hatten, wurde am Hang des Bergs Ararat ein kleines Wortspiel entdeckt, das der vermutliche Stammvater sämtlicher Stammtischwitze der Menschheitsgeschichte ist. Nach jahrtausendelanger Sklaverei und Unterdrückung hatte die Menschheit endlich eine Waffe in der Hand, mit der sie gegen die Götter vorgehen konnte. Tatsächlich hatten die Götter nach nur etwa tausend Jahren von der ganzen Geschichte die Nase gestrichen voll und zogen sich, wie wir bereits wissen, auf die Sonne zurück; wo einen die wenigen einheimischen Lebensformen, wenn man sie fragt, was schwarz, weiß oder rot bedeutet, nur dumm angucken und zurückfragen, ob man noch alle Tassen im Schrank habe.

Wie Sie bereits richtig vermutet haben, war dieser Triumph des Menschen über die Götter zwangsläufig, seit sich der dritte Urgott, Dingsbums, entschlossen hatte, seinen hochmütigen Neffen den Rücken zuzukehren. Ohne jedes Dazutun des Lesestoffs werden Sie auch so dahintergekommen sein, von wem Dingsbums der Gott war und was er damals in sämtliche Wörter gepackt hatte, als Jupiter, Neptun und Pluto nicht hingeschaut hatten.

Was Sie allerdings möglicherweise noch nicht wissen, ist die Tatsache, daß die Götter tief im Innern den Kampf noch nicht aufgegeben haben. O nein! Jedenfalls noch nicht ganz.

V

Jason kletterte die letzten paar Meter hinauf, fand wieder festen Stand und sah sich nach allen Seiten um.

Er war sich nicht einmal mehr sicher, ob ihm die ganze Geschichte überhaupt noch Spaß machte oder nicht.

Bis zu einem gewissen Grad, na gut, dagegen hatte er nichts einzuwenden. Große Raubtiere verdreschen, Maschinengewehrstellungen angreifen oder Ungeheuern aus der Fabelwelt den Kopf abschlagen, das ging noch in Ordnung. Aber den eigenen Grips anstrengen? Nein. Schließlich war er von der Natur reichlich belohnt worden; so hatte sie ihn mit Schultern wie Felsbrocken, Armen wie Baumstämme, Sehnen wie Schiffstaue sowie mit Muskeln von ähnlich erlesener Qualität ausgestattet und so eine hervorragende menschliche Kampfmaschine aus ihm gemacht. Er konnte Sattelschlepper in die Luft heben, über Gletscherspalten springen, Wolkenkratzer hinaufklettern und noch aus fünfhundert Metern Entfernung einer Mücke die Augenbrauen abschießen, und zwar mit allem, was ihm in die Hände kam – vom Sturmgewehr bis zu Pfeil und Bogen, selbst wenn letzterer aus einer Fernsehantenne zurechtgebogen und mit einem Gummiband gespannt werden mußte.

Dank dieser Fertigkeiten hätte man ihm vermutlich eine ziemlich schlichte, positive Weltanschauung unterstellt – nach dem Lebensmotto: ›Paß lieber auf, was du sagst, sonst riskierst du eine dicke Lippe.‹ Auch wenn man so etwas von ihm erwartet hätte, verhielt es sich mit ihm doch ganz anders. Sein Vater hingegen (und zwar der berühmte Vater mit Blitz und Donner und nicht der Typ, der Dahlien züchtete) handelte genau nach diesem Motto. Jason tat dies wirklich nicht. Er betrachtete die Welt eher als eine Art liebenswerten Fehler, der früher oder später lediglich von jemandem korrigiert werden sollte. Sie faszinierte ihn, und sie gefiel ihm sogar. Er verspürte nicht einmal einen großen Drang, ihr die Leviten zu lesen, wenn sie sich ihm hin und wieder zögerlich widersetzte.

Er mochte auch Blumen.

Doch große Raubtiere, Maschinengewehre und Ungeheuer mußten sich auf etwas gefaßt machen, wenn er in der Nähe war, denn er konnte sie einfach nicht ausstehen. Schließlich waren sie schon groß genug, um auf sich selbst aufzupassen, und sie gingen den Menschen gehörig auf die Nerven, also geschah es ihnen ganz recht. Soweit Heldentum darin bestand, derlei Plagegeister zur Räson zu bringen, war er völlig einverstanden damit und fühlte sich eher dem Heroismus als der Buchhaltung verpflichtet.

Die Probleme waren sehr viel verzwickter, aber Jason gehörte nun einmal nicht zu jenen Helden, die es bereits als gewitzt empfanden, nicht von einer Klippe gestoßen zu werden. Was ihm am meisten zu schaffen machte, war das Gefühl, daß er sich irgendwie nicht unter Kontrolle hatte. Dabei hegte er keineswegs den speziellen Wunsch, irgend etwas zu kontrollieren, das nicht organisch mit ihm zusammenhing; hätte man ihm beispielsweise einen Thron angeboten, hätte er ihn wahrscheinlich mit der Begründung abgelehnt, er sei nicht der geeignete Mensch dafür. Zwar hatte er eine vage Ahnung, daß es ziemlich angenehm sein müßte, den eigenen Körper, das eigene Handeln und – vor allem – den eigenen Willen zu beherrschen, doch wurde er dieses scheußliche Gefühl nicht los, daß es sich bei ihm ganz anders verhielt.

Irgend jemand machte sich ihn von irgendwoher auf irgendwelche unergründliche Weise zunutze, um ihn Dinge verrichten zu lassen, die man nicht tun sollte; und wären ihm die Zusammenhänge bewußt gewesen, hätte er schon lange nicht mehr mitgespielt. Es war ganz so, als ob diese kleine Stimme in seinem Hinterkopf steckte, die ihn – noch während er sich das Blut abwischte oder sich eine weitere Kerbe in den Gewehrschaft ritzte – immer wieder fragte, ob das wirklich richtig gewesen sei, was er da gerade getan habe. »Wenn ja«, pflegte die Stimme zu sagen, »dann ist das ganz prima, und ich freue mich für dich. Wenn nicht, dann ...«

Die Stimme hatte diese wirklich nervende Angewohnheit, ihre Bemerkungen stets mit drei Auslassungspunkten abzuschließen, was Jason für ein feiges Ausweichmanöver hielt. Daraufhin pflegte ihm die Stimme zu antworten, es gehe völlig in Ordnung, wenn er dieses Gefühl habe, wirklich in Ordnung, allerdings ... Manchmal, so meinte Jason, krabbelte die kleine Stimme direkt durch die Nase in ihn hinein. Nun, wie dem auch sei ...

Jason runzelte die Stirn und hielt nach den Zentauren Ausschau. Komisch, da waren keine Zentauren. Der Traum hatte zum Inhalt gehabt, daß es gesunde, reinrassige Zentauren heutzutage nur noch selten gab. Folglich wäre ein jeder, der für sich lebendes Sternbildmaterial beanspruchte, ein Narr, nähme er nicht die Chance wahr, den zehn handverlesenen und garantiert echten Exemplaren den Garaus zu machen, zumal diese am heutigen Nachmittag zufällig durch den Kaukasus marschieren sollten. Eine einmalige Chance also, die man unbedingt ergreifen mußte.

Vielleicht haben sie mich gesehen und sich aus dem Staub gemacht, sagte sich Jason. Wie er wußte, wäre ein solches Verhalten durchaus verständlich gewesen. Wäre er ein thessalischer Zentaur gewesen, und hätte man ihm erzählt, in der Gegend treibe sich ein halbgöttlicher Bekloppter herum, der demnächst vorbeikommen wolle, sobald er erst einmal der erymanthischen Hydra den Kopf abgeschlagen habe, hätte er auch die Hufe in die Hand genommen und sich hurtig davongemacht. Aber Zentauren sind diesbezüglich natürlich ganz anders gelagert, was auch eine mögliche Erklärung dafür ist, warum sie so selten geworden sind.

Es sei denn...

Nein, nicht du schon wieder! ermahnte Jason seinen Hinterkopf. *Hör zu, entweder beendest du diesen dämlichen Satz, oder du hältst das Maul, klar?* Nicht zum erstenmal hatte er das Gefühl, daß sich sein Hinterkopf immer mehr zu einem unerträglichen Plagegeist entwickelte.

Vielleicht habe ich mich ja verlaufen, sagte er sich. *Aber wenn ich mich verlaufen habe, wäre schon längst George mit dem Golfbuggy da.* Der war allerdings nirgends zu sehen. *Also kann ich mich gar nicht verlaufen haben; deshalb soll ich auch hier sein. Komisch.*

Er blickte sich erneut nach allen Seiten um, doch außer Bergen entdeckte er nichts, und das einzige, woran er sich aus dem Erdkundeunterricht noch gut erinnerte, war die Tatsache, daß man keine Leistungspunkte erzielte, wenn man von Geographie keine Ahnung hatte. Er kratzte sich am Kopf, setzte sich auf einen Felsen und wartete darauf, daß etwas passierte.

Er hatte Hunger.

Es war schon eine ganze Weile her, seit er den Apfel gegessen hatte, und außer einer kleinen Eiche war nichts Eßbares in Sichtweite. Das verwirrte ihn zusätzlich. Für die Verpflegung der Helden sorgt nämlich grundsätzlich das Management – mal ehrlich, wann haben Sie das letztemal einen Helden gesehen, der die Jagd mittendrin abbricht, nur um sich einen Viertelpfünder und einen Schokoladenshake zu genehmigen? –, und Jason betrachtete diesen Service mittlerweile als selbstverständlich. Zwar war die Verpflegung in Wahrheit ziemlich miserabel, aber da Jasons Mutter zu jenen Frauen gehörte, die matschig gekochte Salzkartoffeln für das wichtigste aller Nahrungsmittel halten, war er nicht sonderlich verwöhnt. Selbst die Feldküche stellte für ihn bereits eine überraschend angenehme Abwechslung dar.

Die Zeit verging. Die Sonne – als Apollo damals vorzeitig Feierabend gemacht hatte, war die Verwertung der zur Verfügung stehenden Sonnenenergie weltweit ausgeschrieben worden, und ein Konsortium australischer Unternehmer hatte das beste Angebot gemacht – drehte sich langsam um die Erde. Eine leichte Brise zerzauste Jason das Haar und erinnerte ihn daran, daß er seine Kopfbedeckung im Flugzeug vergessen hatte, als er mit dem Fallschirm aus der abstürzenden Hercules-Maschine abgesprungen war. Er hatte noch immer Hunger. Sogar noch mehr Hunger als vorher.

Schließlich stand er auf, holte tief Luft und schrie aus Leibeskräften: »George! Wo bleibt mein Essen?«

Nichts geschah. Es regnete nicht einmal Fruchtbonbons. Jason preßte die kräftigen Lippen zu einer festen Linie zusammen und zückte mit wilder Entschlossenheit das Schwert von Dingsda. Dann erinnerte er sich an etwas und zog aus der Brusttasche seines Kampfanzugs eine zerknüllte kleine Karte heraus.

PIZZA AUSSER HAUS, stand darauf. WIR LIEFERN TAG UND NACHT – ÜBERALLHIN.

Damit schien auch dieses Problem erledigt. Jetzt brauchte er nur noch eine Telefonzelle.

Jason blieb stehen, fluchte und warf das Schwert von Dingsda auf die Erde. Er hatte die Schnauze voll. Jedenfalls konnten die thessalischen Zentauren von Glück reden, daß sie nirgends zu sehen waren, denn sonst hätten sie ihm als verspätetes Mittagessen gedient.

Selbst nach stundenlangem Suchen war es Jason nicht gelungen, auch nur eine einzige Telefonzelle im Kaukasus ausfindig zu machen. Falsch, eine war doch da, aber die nahm nur Telefonkarten an.

Ebenso erfolglos hatte sich seine Suche nach etwas Eßbarem gestaltet. Die wenigen vertrockneten Grashalme, die aus den Felsspalten hervorsprossen, waren ungenießbar, das Leder seiner Stiefel schmeckte modrig und schal, und Steine kamen nicht in Frage. Er war am Verhungern.

Schon bald werde ich mir irgendwelche Dinge einbilden, sagte er sich. *Irgendwann spielt meine Phantasie verrückt, und ich werde riesige Cheeseburger sehen.*

Ich werde riesige Cheeseburger sehen, wiederholte er.

Cheeseburger …?

Ach, also bist du immer noch da? Ja, Cheeseburger mit einer großen Portion Pommes frites, einem Bananenshake und einer Apfeltasche. Hopp, hopp, her damit, und zwar sofort!

Jason spitzte die Ohren, aber alles, was er hörte, waren diese drei Auslassungspunkte, die aus der Ferne lachten. Er gab es auf, hob das Schwert wieder auf und trottete entmutigt auf den Berggipfel am Horizont zu.

Wie aus dem Nichts tauchte am Himmel ein riesiger Adler auf. Er schwebte kurz in der Luft, und Jason sah gerade noch, daß er eine Papiertüte und einen Plastikbecher in den Krallen hielt. Dann schoß er im Aufwind wieder davon, so daß Jason nicht einmal mehr einen Stein nach ihm werfen konnte. Jason stand wie angewurzelt da und beobachtete, wie sich der Vogel entfernte, bis er zwischen den zerklüfteten Felsen kaum noch zu erkennen war.

Plötzlich wurde er wieder größer und kreiste eine Weile in der Luft. Er kam zurück!

Jason grummelte leise etwas vor sich hin, nahm

einen flachen Stein in die Hand und rannte los. Durch den starken Flugwind waren die Pommes frites mittlerweile bestimmt eiskalt geworden, aber das zählte längst nicht mehr.

Der Adler schien zu spüren, daß sein Widersacher fast in Reichweite war, denn er machte einen scharfen Schwenk nach links und schnellte in die Höhe. Lediglich ein einziges Kartoffelstäbchen fiel dabei aus der Tüte heraus und trudelte widerwillig wie ein Ahornblatt auf die Erde. Jason aß es sofort auf und nahm gleich darauf erneut die Verfolgung des Vogels auf.

Als er die Hoffnung bereits aufgegeben hatte, kehrte der Adler ein zweites Mal zurück. Diesmal tauchte der Vogel ab und schoß tief und unglaublich schnell wie eine Boden-Boden-Rakete direkt auf ihn zu. Jason holte aus und schleuderte den Stein nach ihm. Doch war er durch den Hunger derart geschwächt, daß er ihn verfehlte, wenn auch nur um Haaresbreite. Als der Adler an ihm vorbeiflog, überfiel Jason sogar kurz das Gefühl, daß der Vogel ihn voller Spott anblickte. Dennoch ließ er sich nicht beirren und bückte sich nach einem weiteren Stein, aber da war es bereits zu spät; der Adler hatte sich schon wieder davongemacht, diesmal vermutlich für immer.

»Verdammter Mist!« schimpfte Jason und sackte entmutigt zusammen. Dann leckte er sich den Daumen ab; immerhin bestand die Möglichkeit, daß die Pommes frites mit einem Essigdressing gewürzt worden waren.

Und plötzlich kehrte der Adler doch noch einmal zurück; er schwebte auf der Stelle, knapp außer Reichweite, und beobachtete Jason aus runden gelben Augen, ohne eine Regung zu zeigen.

Dieses Mistvieh wartet nur darauf, daß ich aufgebe! fluchte Jason in sich hinein. *Du kannst mich mal!*

Schließlich rappelte er sich wieder hoch. Zwar war er noch etwas wacklig auf den Beinen, weil seine geschundenen Knie nachgaben, doch konnte ihn das nicht daran hindern, sich auf den Adler zu stürzen, der sich ihm auf wenige Meter genähert hatte.

Der Adler wartete kurz ab, dann veränderte er fast unmerklich seine Position. Ein Kartoffelstäbchen plumpste zu Boden, und Jason fiel wie ein Tiger darüber her.

Dann bewegte sich der Adler erneut ein Stück, und wieder flatterte ein Kartoffelstäbchen herunter. Dann wieder eine Bewegung und ein weiteres Kartoffelstäbchen. Jason war durchaus klar, daß er qualvoll Schritt für Schritt, Stäbchen für Stäbchen, in Richtung des höchsten Berggipfels geführt wurde.

Das war ihm egal. Ebenso war es ihm egal, daß ihm sein Körper nicht mehr gehorchte und er von einem großen Vogel geködert wurde, solange diese Köder mit Salz und Essig gewürzt waren. Der Adler schien seinen Triumph zu ahnen und ihn voll auszukosten, zumal eine dünngeschnittene Tomatenscheibe und ein Salatstückchen vom Himmel flatterten und auf einem grauen Felsblock liegenblieben.

Jason rechnete schnell nach und kam zu dem Ergebnis, daß er bei diesem Tempo irgendwann in Istanbul landen würde, bevor er etwas Anständiges zu essen bekäme. Aber das war jetzt egal. Lediglich das nächste Kartoffelstäbchen zählte, und er fügte sich diesem Schicksal.

Schließlich flatterte der Adler herab, sackte direkt neben Jason herunter, ließ die Papiertüte und den Milchshake auf den Boden fallen und sagte: »Einen schönen Tag wünsche ich noch.«

Die Erklärung dafür lautet wie folgt:

Jede Wahl, jede scheinbar unwiderrufliche Handlung – lieber das weiße Hemd als das blaue, lieber Jane als Paula, das Leben und das Sterben und so weiter – bedeuten kein Ende, sondern einen Neuanfang.

Die Alternative ist nicht versperrt; statt dessen verzweigt sich an genau dieser Stelle die Realität und strebt auseinander. An diesem kritischen Punkt wird die zuvor eine Welt zu zwei Welten, wobei die eine fast das genaue Ebenbild der anderen ist – nur streicht man sich in der einen Welt Marmelade auf den Toast, in der anderen Honig.

Obwohl es nur eine Erde gibt, die zudem der einzige Planet in der Milchstraße ist, auf dem Leben existieren kann, gibt es deshalb unzählige Erden, die sich allesamt nur geringfügig voneinander unterscheiden. Diese geringfügigen Unterschiede sind natürlich begrenzt, genauso wie es eine begrenzte Anzahl von Ereignishorizonten gibt, die eine neue Erde ins Leben rufen. Dennoch gibt es eine unglaubliche Menge davon, und je nachdem, wie sich die Lage der Dinge auf jeder einzelnen Erde entwickelt hat, leben wir in größerem oder geringerem Maß allesamt auf jeder dieser Erden. Deshalb gibt es – oder gab es auf jeden Fall – irgendwo eine Erde, auf der noch immer Dinosaurier leben, oder eine Erde, auf der Napoleon gerade Moskau einnimmt, und sogar eine Erde, auf der sämtliche Videorecorder noch immer nach dem Betamax-System arbeiten.

Trotzdem gibt es solche Dinge wie das Gesetz der Wahrscheinlichkeit, und ebenso gilt es als allgemein anerkannte Tatsache, daß sich alles auf der Welt auf etwas anderes auswirkt, sei es direkt oder indirekt. Auf einer solchen sogenannten Betamax-Welt löst daher die schlechtere oder falsche Wahl generell eine ganze Kette von Zusammenhängen aus, was letztendlich dazu führt, daß Gesetze verletzt werden und die gesamte Welt langsam zu einem winzigen Lichtpunkt zusammenschrumpft, bis er schließlich erlöscht.

Erst eine dieser Betamax-Welten ist fast vollständig verschwunden, aber eben noch nicht ganz, und das liegt einfach daran, daß äußerst einflußreiche Kräfte alles daran setzen, sie am Leben zu erhalten. Dabei handelt es sich um die Welt, auf der Prometheus in jener schicksalshaften Nacht dem Höhlenmenschen den Witz über den Engländer, den Polen und den Korkyraner erzählen wollte und völlig darin versagte, der menschlichen Rasse auch den göttlichen Funken des sprühenden Humors zu vermitteln.

Natürlich halten die Götter diesen Zustand nicht bewußt aufrecht, weil sie wissen, daß so etwas unmöglich wäre. Jede Einmischung der Götter in den Ablauf der Ereignisse auf der Alternativwelt ist durch Gesetze strikt verboten – insbesondere durch den Paragraphen 45 (a) (II) über den Tatbestand der ›Einmischung in die freie Entfaltung der Möglichkeiten‹ sowie durch den Zusatzparagraphen 8, Artikel 57 über den Tatbestand des ›Unrechtmäßigen Herumdrehens an der Zeit‹, jedenfalls nach der neuesten Fassung –, und das einzige, wovor die Götter wirklich Angst haben müssen, ist die ›Polizei zur Aufrechterhaltung der Möglichkeiten‹, die, wie allgemein bekannt ist, eine angeborene Abneigung gegen jeden hat, der regelmäßig ohne Flügel fliegt oder ohne behördliche Genehmigung über Wasser geht. Seit der Erschaffung der Welt wartet diese Spezialeinheit auf die Gelegenheit, die Götter einer Gesetzesübertretung überführen zu können. Unterbewußt halten es die Götter jedoch für unmöglich, die letzte Verbindung zwischen ihnen selbst und ihren Gegenstücken zu durchtrennen, die für sie nun mal die guten alten Zeiten waren, und einige von ihnen, die von solchen Dingen etwas verstehen, haben sich erst kürzlich darangemacht, mit der schmalen Trennungslinie zwischen dem Bewußtsein und dem Unterbewußtsein herumzuspielen. Ihnen ist klar, daß es beim derzeitigen Stand der Dinge nur eine Frage der Zeit sein kann, bis die Lage auf der Betamax-Welt derart aus den Fugen gerät, daß sie davon ablassen müssen. Falls es jemals eine Chance zur Rückkehr geben sollte, Prometheus' Verrat ungeschehen zu machen und der menschlichen

Rasse den Witz wieder zu entziehen, mußte umgehend etwas unternommen werden.

Der Adler ließ auch noch das letzte Kartoffelstäbchen, das ihm zwischen den Flügeln klebte, auf den Boden fallen, schwang sich in einem atemberaubenden Spiralflug in die Lüfte und schoß wieder herab. Während Jason das herabfallende Kartoffelstäbchen auffing, sah er, daß sich der Adler auf etwas herabgestürzt hatte und nun mit angelegten Flügeln darauf saß, wobei er Jason von der Seite anblickte.

Das Ding, auf dem der Adler hockte, sah verdächtig nach einer Telefonzelle aus.

Daß er gerade einen Viertelpfünder mit Käse, eine große Portion Pommes frites und einen Bananenshake (wenn auch größtenteils nur auf Raten) zu sich genommen hatte, zählte nun nicht mehr, und er nahm seine restlichen Kräfte zusammen, zerrte die Tür auf und fiel in die Zelle.

Schließlich kam er wieder auf die Beine, hob den Hörer ab und hielt ihn ans Ohr. Zu seiner großen Überraschung hörte er das vertraute eintönige Freizeichen, und er durchsuchte seine Taschen nach Kleingeld. Und siehe da, er hatte welches bei sich, und es paßte sogar in den Schlitz. Dann wählte er die Nummer, die auf der zerknüllten Karte stand, und wartete.

»Guten Tag, hier Pizza außer Haus«, meldete sich eine Stimme. »Zur Zeit ist leider niemand da, der Ihre Bestellung entgegennehmen kann. Sie können uns aber nach dem Pfeifton eine Nachricht hinterlassen ...«

Jason kam nicht weiter als ›ihr rücksichtslosen, dämlichen Arschlöcher‹, als es im Hörer piepte und seine letzte Münze geschluckt wurde. Wütend trat er gegen die Zellenwand und legte entkräftet den Hörer auf.

Dann klingelte das Telefon.

Merkwürdig, daß man nicht in der Lage ist, sich der Aufforderung eines klingelnden Telefons zu widersetzen. Allerdings gibt es dafür einen Grund. Durch puren Zufall haben die Telefoningenieure als Rufton genau die Noten der ›Letzten Aufforderung‹ ausgewählt, mit deren Hilfe die ›Richter des Todes‹ die Seelen der Verstorbenen dazu aufrufen, sich zum letztenmal vor Gericht zu verantworten. Natürlich ist die ›Letzte Aufforderung‹ erheblich lauter, da die Toten notorisch schlecht hören. Einige Geister sind jedoch hellhöriger als andere, und gelegentlich lockt sie das Klingeln eines Telefons sogar von den weißen Lilienfeldern herunter. Das erklärt auch jenes Phänomen, das Studenten der Parapsychologie als das Überschreiten von Grenzlinien bekannt ist.

Jedenfalls hob Jason der Hörer ab.

»Ja, worum geht's?« meldete er sich.

Am anderen Ende der Leitung blieb es stumm, als ob es der Anrufer nicht gewohnt sei, daß man so mit ihm sprach. Jason scherte das allerdings herzlich wenig.

»Was ist denn nun?« fragte er gereizt.

»Was soll denn sein?« erkundigte sich eine ältere Stimme, die ziemlich mißmutig klang, und vorläufig hatte es sich damit auch schon. Auf jeden Fall war das alles, was Jason dieser kurzen Sprechprobe entnehmen konnte – obwohl ihn das im Grunde nicht kratzte.

»Na ja, mit Ihnen natürlich«, sagte er. »Wer ist da überhaupt?«

Eine andere Geschichte, die direkt mit Telefonen zusammenhängt, ist die Tatsache, daß fast jede unbekannte Stimme am anderen Ende der Leitung mit Carol sprechen möchte. »Ist Carol da?« »Könnte ich bitte Carol sprechen?« Entweder ist da eine gewaltige Verschwörung im Gange, oder diese Carol erhält tatsächlich derart viele Anrufe von Leuten, die bei ihr chinesisches Essen zum Mitnehmen bestellen wollen.

»Spreche ich mit« – die Stimme hielt kurz inne, als ob sie etwas von einem Blatt Papier abläse – »mit Jason Derry?«

»Ja«, antwortete Jason.

»Dann legen Sie bitte den Hörer auf – jetzt natürlich noch nicht –, und gehen Sie fünfhundert Meter nach Westen, machen Sie eine Drehung um fünfundsiebzig Grad nach rechts, und gehen Sie noch einmal zweihundert Meter nach Norden. Dann drehen Sie sich um neunzig Grad nach rechts. Und *jetzt* legen Sie bitte den Hörer auf.«

Die Leitung war wieder tot, und Jason zuckte nur mit den Achseln. Als Held wußte er nicht, was Angst bedeutet, genausowenig wie der Durchschnittsmensch weiß, was ein Skunk* ist. Die Tatsache, daß ihm gerade eben eine Stimme Anweisungen gegeben hatte, konnte sehr wohl bedeuten, daß er auf den Besitzer dieser Stimme treffen würde, wenn er den Anweisungen Folge leisten würde. Der Besitzer der Stimme konnte unter Umständen etwas zu essen haben. Und sollten alle Stricke reißen, könnte er immer noch ihn essen.

Jason seufzte. Als er schließlich die Tür der Telefonzelle öffnete, spreizte der Adler die Flügel und flog davon. Als nächstes mußte Jason mit dem Kompaß die Himmelsrichtung bestimmen; der Adler flog gen Westen.

Also ging er fünfhundert Meter geradeaus – was bei dem unebenen Terrain nicht einfach war –, schätzte kurz fünfundsiebzig Grad ab, drehte sich entsprechend nach rechts und ging weiter. Der Adler hatte ebenfalls den Kurs geändert und flog nun in dieselbe Richtung weiter, für die sich Jason gerade entschieden hatte. Gut geschätzt, wie?

Hundertundneunzig, hundertachtundneunzig, hundertneunundneunzig Meter, noch einen Schritt und um neunzig Grad nach rechts drehen.

Jason öffnete die Augen und blinzelte.

---

* Stinktier

Er blickte einen hohen Berghang hinauf. An Felsen angekettet – ja, das waren wirklich Ketten –, war dort der Körper eines riesigen Mannes zu sehen, der mit dem Gesicht zur Erde lag. In der geschätzten Größe eines Schnellrestaurants hatte der Riese eine klaffende Wunde auf dem Rücken, über die sich der Adler hermachte. Auch der Adler wirkte nun größer als zuvor, sehr viel größer sogar. Sein Schnabel war blutverschmiert, und die Augen sahen wie große gelbe Glaskugeln aus. Möglicherweise wußte Jason noch immer nicht, was Angst bedeutete, aber in diesem Augenblick hätte er es sich zumindest zugetraut, Vermutungen darüber anzustellen.

»Pünktlichkeit ist die Höflichkeit der Könige«, begrüßte ihn der Riese. »Für Helden gilt das aber anscheinend nicht. Wenn du unter dem kleinen Felsen links neben deinem Fuß nachguckst, findest du dort ein Sandwichpaket.«

Jason stand wie angewurzelt da, doch schließlich fing er sich wieder und sah nach.

»Und wo?« fragte er.

»Unter dem kleinen Felsen links neben deinem ...«

»Welcher kleine Felsen?«

»Unter dem kleinen Felsen links neben deinem ... Warte mal eben.«

Der Riese machte mit dem linken Ohr eine ausdrucksvolle Geste, und der Adler hüpfte zu ihm herüber, bis er neben besagtem Ohr stand. Dann tuschelten die beiden kurz miteinander.

»Habe ich gesagt, zweihundert Meter nach Norden? Tut mir leid. Versuch mal, zehn Schritte weiterzugehen«, forderte ihn der Riese auf.

Jason entwurzelte die Beine und ging los.

»Richtig, ich bin jetzt bei dem kleinen Felsen. Da sind aber keine Sandwiches drunter.«

»Nein?« Der Riese wackelte erneut mit dem Ohr, und der Adler hüpfte wieder nach vorn.

»Ist der Felsen denn auch braun und fast quadratisch?« wollte der Riese wissen.

»Ich weiß nicht recht«, antwortete Jason. »Bei Felsen läßt sich das immer nur schwer sagen. Irgendwie sehen die alle gleich aus...«

»Geh noch mal ein kleines Stück zurück, ja?« bat ihn der Riese.

»Ah, jetzt habe ich ihn! Ein kleiner, fast viereckiger Felsen, richtig? Und die Sandwiches sind auch da.«

»Na *prima!*« seufzte der Riese erleichtert. »Vielleicht können wir nun endlich zur Sache kommen.«

»Schieß los«, nuschelte Jason mit vollem Mund.

»Gestatte, daß ich mich dir vorstelle«, sagte der Riese. »Mein Name ist...«

»Hast du zufällig Senf da?«

»Nein.«

»Schade.«

»Mein Name ist...«

»Gurken?«

Der Riese blieb eine ganze Weile stumm, und Jason entnahm daraus, daß er vermutlich auch keine Gurken hatte.

»Mein Name...«, sagte der Riese schließlich, hielt aber gleich wieder inne, als erwarte er, erneut unterbrochen zu werden. »Mixed Pickles sind übrigens auch keine da, und mein Name ist Prometheus.«

»Prometheus?«

»Ja, Prometheus. Salz habe ich auch keins.«

Jason kaute nachdenklich. »Ich glaube, ich habe schon mal was von dir gehört.«

»Ach, wirklich? Wie du siehst, haut mich das glatt um. Also, paß auf...«

»Mein Dad sagt, daß du nicht nur deine Klasse, sondern uns alle verraten und verkauft hast«, unterbrach ihn Jason. »Außerdem sagt er...«

»Bestimmt hat er so etwas gesagt, und es würde mich

sogar wundern, wenn dein Vater etwas anderes gesagt hätte. Und was schließt du daraus?«

»Ich weiß nicht recht«, antwortete Jason. »Ich meine, in welcher Klasse warst du überhaupt? Also ich hab's auf der Schule bis zur ...«

»Ich nehme an, er hat das nur bildlich gemeint. Er wollte damit lediglich ausdrücken, daß er meine Taten mißbilligt. Anhand dessen, was du hier siehst, kannst du dir ja selbst einen Reim darauf machen, wie sehr er mißbilligt, was ich getan habe.«

»Du meinst die Ketten und den Adler und all das?«

»Na ja, es könnte natürlich genausogut sein, daß ich mich hier nur sonne und mich die Ketten davor bewahren sollen, von einem heftigen Windstoß weggeblasen zu werden. Allerdings wäre das noch lange keine Erklärung für den Adler, habe ich recht? O ja, alles in allem betrachtet, hat dein Vater eine sehr schlechte Meinung von mir. Und ich, mein Freund«, fügte der Riese mit stolzer Stimme hinzu, »habe von ihm eine noch schlechtere Meinung. Nun, was hältst du davon?«

»Wie meinst du das?« fragte Jason mit kauendem Mund.

»Dann laß es mich anders ausdrücken. Auf der einen Seite schuldest du als Sohn deinem Vater Respekt, Liebe und Gehorsam. Auf der anderen Seite weiß ich zufälligerweise, wo noch eine Schachtel Schokoladenkekse und eine Dose Pepsi light sind. Die Entscheidung liegt natürlich allein bei dir. Nur du kannst ...«

»Wo ist das Zeugs?« unterbrach ihn Jason schnell.

»Gut versteckt«, antwortete der Riese. »Ich meine, wenn du bereit wärst, mir einen kleinen Gefallen zu tun, dann bin ich mir sicher, daß der Adler dir gern zeigt, wo ...«

»Sicher, sicher«, drängte Jason, »aber beeil dich, sonst verhungere ich noch.«

Der Riese hob verdrossen den Kopf. »Nichts überstürzen, junger Mann!« ermahnte er Jason. »Zunächst einmal bedarf es schon einiger genauerer Ausführungen, selbst wenn sie dich langweilen.«

»Schon gut«, willigte Jason grimmig ein. »Beeil dich bitte trotzdem, weil ich sonst ...«

»Am Anfang war das Wort«, sagte der Riese mit feierlicher Stimme.

»Was soll das heißen, du hast ihn verloren?« erkundigte sich Diana wütend.

»Genau das, was ich gesagt habe«, antwortete Apollo. »Eben war er noch da und stand hungrig in der Gegend herum, in der nächsten Minute war er weg.«

Diana schnaufte abfällig durch die Nase und wandte sich an Demeter. »Demi, sag du es mir. Wenn Apo erst einmal eine seiner Launen hat, kriegt man sowieso nichts Gescheites aus ihm heraus. Also, was geht da vor?«

Demeter zuckte die Achseln. »Apo hat völlig recht. Irgendwie hat sich der Kerl plötzlich nicht mehr blicken lassen. Er ist einfach futsch.«

Diana runzelte die Stirn und blickte zu Minerva hinüber, die sich auf einen Speerschaft stützte und aus reiner Gewohnheit wie eine Weise dreinblickte. »Aber das ist doch unmöglich!« empörte sie sich. »Helden können nicht einfach verschwinden. Vielleicht ist er in irgendein Loch gefallen oder so was.«

»Daran habe ich auch schon gedacht«, meldete sich Apollo zu Wort, obwohl er offenbar von einer ganz gewissen Person für zu dämlich gehalten wurde, um zu antworten. »Deshalb habe ich sogar schon den Infrarot-Scanner eingesetzt. Nichts. Sieh doch selbst.«

Er kippte einen freischwebenden Schalter um, und die Erde sah plötzlich so aus, als würde sie in Blut gebadet.

»Zufrieden? Nichts. Er hat sich auch keinen Tarnmantel ausgeliehen und ist auch nicht in eine andere Dimension gewandert. Er hat sich nicht einmal mit einem falschen Bart und einem Regenmantel verkleidet. Er ist einfach verschwunden. Schwupp, weg war er!«

Diana preßte die Lippen zusammen. Mit ›futsch‹ hatte sie sich ja noch einigermaßen anfreunden können, aber mit ›schwupp‹? »Jetzt stell dich nicht so an, Apo. Schick doch einen Boten los.«

Apollo grinste sie an. »Das habe ich bereits getan. Ich habe Schlaf, Tod, Gedanke, Zeit und Magenverstimmung während der letzten zwanzig Minuten über den Kaukasus hin- und herfliegen lassen. Nichts – außer einem endlos langen Abrechnungszettel für die Kilometerpauschale, worüber ein ganz gewisser Jemand bestimmt nicht sehr erfreut sein wird ...«

Diana ließ die Schultern hängen. »Vielleicht haben die nur nicht *richtig* nachgesehen«, startete sie einen letzten Versuch.

Minerva blickte sie tadelnd an. »Also gut, irgendwo muß er ja sein. Jeder ist immer irgendwo«, stellte sie richtig fest. »Hast du schon mit seinem Fahrer gesprochen, Apo?«

»George versucht genau in diesem Augenblick, eine Horde von zweiunddreißig äußerst wütenden Zentauren davon zu überzeugen, daß sein Herr und Meister schnell noch mal zurückgelaufen sei, um ein Paar geflügelte Sandalen zu holen, und jeden Augenblick von ihm zurückerwartet werde. Er versteht das Ganze genausowenig wie wir.«

Minerva biß sich verärgert auf die Oberlippe, und die Eule auf ihrer rechten Schulter verlagerte immer wieder nervös das Gewicht von einem Bein auf das andere. »Trotzdem muß er irgendwo da draußen sein, aber ...«, setzte sie an.

»Hör mal, habe ich dir nicht gerade gesagt, daß er ...«, unterbrach Apollo sie.

»Laß mich gefälligst zu Ende reden, ja? Aber trotz aller ausführlichen und sorgfältigen Nachforschungen ...«

»Danke«, warf Apollo rasch ein.

»... ist es uns nicht gelungen herauszufinden, wo er ist«, fuhr Minerva fort. »Wir sind Götter, und vor uns kann man nichts verbergen. Es sei denn, andere Götter haben ihre Hand im Spiel.«

Es entstand eine kurze Pause.

»Ach, jetzt weiß ich, worauf du hinauswillst«, unterbrach Demeter schließlich das Schweigen. »Du glaubst also, daß einer von uns ...?«

Minerva seufzte verächtlich, wie sie es sich normalerweise nur für ihre männlichen Verwandten vorbehielt. »Nein, meine Liebe, ich meine niemanden von uns hier, weil keiner von uns, nicht einmal Apo, so dämlich wäre. Im Gegensatz zu den Sterblichen oder den Feen meine ich allerdings schon einen von uns Göttern. Das würde jedenfalls die Möglichkeiten eingrenzen, oder was meint ihr?«

Demeter blinzelte nachdenklich mit den Augen. »Wirklich?«

Minerva grinste furchterregend. »Apo, Schätzchen, warum gibst du Demeter nicht irgendwas zu wachsen, damit sie endlich abhaut? Ich denke, wenn wir sie nicht länger aufhalten, kommen wir hier möglicherweise etwas schneller voran ...«

»Ach, halt die Klappe, Mini!« wehrte sich Demeter. »Und jetzt komm endlich auf den Punkt, falls du überhaupt einen hast.«

»Na gut«, seufzte Minerva. »Was ich euch sagen will, ist folgendes: Ein Held ist verschwunden, irgendwo muß er aber sein, folglich ist er von einem Gott versteckt worden. Und findet ihr nicht, daß diese Umstände auf jemand ganz Bestimmten hinweisen?«

Selbst Demeter verstand nun, worauf Minerva hinauswollte. Der Dichter Homer beschreibt Jupiter als jemanden, dem es große Freude bereitet, Blitz und Donner auf die Erde herabzuschicken. Jupiters Götterkollegen beschreiben ihn allerdings lieber als jemanden, dem es große Freude bereitet, sich als unausstehlicher Querkopf zu geben.

»Das würde er doch niemals machen!« empörte sich Diana. »Oder etwa doch…? Ich meine, warum sollte er?«

Minerva lächelte. »Wegen der Bonuspunkte.«

»Bonuspunkte?«

»Genau«, bestätigte Minerva. »Ein ganz hinterlistiger Betrug ist das.«

An dieser Stelle sollte erwähnt werden, daß Götter nichts gegen hinterlistigen Betrug einzuwenden haben, allerdings bezeichnen sie ihn lieber als Schicksal. Hinterlistiger Betrug besteht zum Beispiel im Auslöschen ganzer Städte durch die Pest oder darin, den Helden seines Gegenspielers mit einem Blitz zu erschlagen. Alles, was auf Umwegen erreicht werden soll oder auch nur ansatzweise nach List riecht, betrachten sie dennoch mit größtem Unbehagen, weil sie solch verschlungenen Gedankengängen normalerweise geistig nicht mehr folgen können.

»Er hat diesen Jason einfach für drei, vier Züge aus dem Spiel gezaubert und wird ihn erst wieder aufs Feld setzen, wenn wir am wenigsten damit rechnen. Einer von uns steht dann mit einem geköpften Drachen oder einer geschlagenen Armee da und kann nichts mehr dagegen unternehmen. Also ich für meinen Teil werde…«

»Ich bin mir dessen nicht so sicher«, wandte Apollo ein.

Minerva warf ihm einen abfälligen Blick zu und fauchte ihn an: »Wenn du eine andere Erklärung dafür hast, dann schieß los! Wir sind dir auch bestimmt alle sehr dankbar dafür.«

»Nein, ich habe keine«, räumte Apollo kleinlaut ein. »Andererseits denke ich nicht…«

»Ich weiß, daß du nicht denkst. Das ist nichts Neues für uns«, unterbrach ihn Minerva schnippisch. »Jedenfalls schlage ich unter diesen Umständen vor, daß wir

Merkur mit der Lampe der Wahrheit und dem himmlischen Trüffelhund losschicken. Auf diese Weise müßten wir ihn im Nu ausfindig machen.«

In diesem Augenblick öffnete sich in der Sonnenmauer ein glänzendes Portal, und alle anwesenden Götter standen instinktiv auf. Das tun sie immer zu diesem Anlaß, was in erster Linie daran liegt, daß alle Götter trotz ihres unablässigen Meckerns und Lästerns einen angeborenen Respekt vor dem Vater der Götter und Menschen haben. Die Tatsache, daß er diejenigen, die sich diesem Ritual widersetzen, vom himmlischen Dach hinunterstürzt, spielt natürlich auch eine gewisse Rolle.

»Mir reicht's!« donnerte Jupiter los und nahm auf dem goldenen Thron Platz, auf den sich außer ihm sowieso niemand zu setzen traute. »Also gut! Wer ist dieser Klugscheißer?«

»In Ordnung, alles klar«, sagte Jason. »Und jetzt verrat mir endlich, wo die Schokoladenkekse ...«

Prometheus stöhnte leise auf. »Und wie denkst du nun darüber?« fragte er vorsichtig nach.

»Denken? Wie? Worüber denn?«

»Na, über Moral!«

»Moral?« Jason runzelte die Stirn und dachte angestrengt nach. »Weiß nicht«, stellte er schließlich fest.

»Du weißt es also nicht«, seufzte Prometheus. »Ich verstehe. Ich muß wirklich sagen, daß ich das ungeheuer ermutigend finde.«

»Jedenfalls denke ich darüber nicht viel nach ... über Moral, meine ich«, rechtfertigte sich Jason.

»Ach so?«

»Ich brauche das nicht für meinen Job. Weißt du, ich bin eher ein Arbeiter. Ich frage nicht, warum oder wieso ich was machen muß.«

»Also bist du eher so etwas wie ein bezahlter Schläger?« erkundigte sich der Riese freiheraus.

»Genau. So, wie ich die Sache sehe, ist da irgendwo jemand, der genau weiß, wo der Hase langläuft. Warum sollte ich also aufmucken?«

»Sehr schön«, freute sich Prometheus. »Ich bin nämlich auch einer, der genau weiß, wo der Hase langläuft, und ich kann in harter Süßigkeitenwährung zahlen. Was hältst du davon?«

Jason runzelte die Stirn. »Wie? Willst du damit sagen, ich soll von dir Befehle annehmen anstatt von ihm?«

»Du sagst es. Genau das.«

»Ich glaube nicht, daß ihm das gefällt. Und du weißt ja, was mit Leuten passiert, die …«

Prometheus lachte und rasselte mit den Ketten, bis der ganze Berg bebte. »O ja! Ich habe sogar eine ziemlich genaue Vorstellung davon. Schade, aber was soll's? Jedenfalls tut es mir aufrichtig leid, falls ich dich belästigt haben sollte. Die Kekse sind drei Schritte in Richtung Osten unter einem Dornbusch. Der Adler wird sie dir zeigen.«

Prima! freute sich Jason, während er die Schachtel aufriß und sich den ersten Keks zum Mund führte.

Prima …

Nein, nicht du *schon wieder! Hau ab!*

Sicher …

Ich habe gesagt, hau ab! Klar? Ich kann dich jetzt wirklich nicht gebrauchen.

Ganz genau …

Also gut, ich geb's auf. Was willst du von mir?

Nichts …

Na prima, wenn du mir sonst nichts zu sagen hast, kannst du ja wieder verduften und mich endlich in …

In …

Jason stand langsam auf, leerte den Mund und sah zum Riesen hinüber. »Entschuldige mal, aber …«

Prometheus drehte sich zum erstenmal mit dem Kopf zu ihm herum – stellen Sie sich vor, Helgoland erhebt sich ein Stück aus dem Meer und rollt auf die Seite –

und starrte Jason direkt an, der zum erstenmal in die beiden runden blauen Augen des Riesen sah. Jason schluckte und würgte die letzten Krümel hinunter.

»Was ist denn?« fragte Prometheus mit sanfter Stimme.

»Na ja, ich glaube nicht, daß ich irgend etwas tun könnte, ohne daß er das mitbekommt. Oder was meinst du?«

Prometheus lachte und sagte: »Du irrst. Und ob es da etwas gibt!«

VI

Obwohl mittlerweile mehr als fünf Jahre vergangen waren, seit Sergeant Smith dieses absurde Erlebnis gehabt hatte, hatte er sich noch immer nicht davon erholt, und seine Vorgesetzten auf dem Polizeirevier an der Axe Cross waren schon längst zu der Überzeugung gelangt, daß er sich auf unabsehbare Zeit allenfalls noch für den Dienst auf der Revierwache eignete. Diese Maßnahme hatte nach ihrem Dafürhalten allerdings auch etwas Gutes: Ältere Mitbürger, die hin und wieder behaupteten, fliegende Untertassen gesehen zu haben, fanden in dem Sergeant einen verständnisvollen Ansprechpartner.

Sich einen Menschen vorzustellen, der noch weniger Erwartungen an das Leben stellte als dieser Sergeant, fällt schwer. Seine ersten Dienstjahre hatte er fast ausschließlich mit der Observierung von Schlägereien vor Imbißbuden, Eckkneipen oder ähnlich anheimelnden Begegnungsstätten verbracht, um anschließend die schwerer verletzten Teilnehmer zu verhaften, was ihm seine letzten Illusionen geraubt haben dürfte. Dennoch blieb die Tatsache bestehen, daß er noch immer behauptete, dieses merkwürdige Etwas gesehen zu haben, und seither hatte er an dieser Geschichte genauso unerschütterlich festgehalten wie ein Vernehmungsbeamter, der dem Gericht das leicht lädierte Aussehen des Angeklagten damit erklärt, der Beschuldigte sei während des Verhörs wiederholt aufgesprungen und mit dem Kopf mit voller Wucht gegen die Wand gelaufen.

Jedenfalls beharrte Sergeant Smith unnachgiebig darauf, daß alles an einem Donnerstag geschehen sei, und zwar gegen dreiundzwanzig Uhr fünfzehn, mitten auf der Pool Street, direkt gegenüber der Bushaltestelle. Dieser Typ sei wie aus dem Nichts aufgetaucht, habe Zeter und Mordio geschrien und etwas bei sich getragen, was der Sergeant, der nur über einen begrenzten Wortschatz verfügte, als ein ›verdammt großes Schwert‹ bezeichnete. Natürlich habe er, Sergeant Smith, sich sofort hinter die Bushaltestelle zurückgezogen – »weil man von dort aus einen besseren Überblick hat« – und ganz deutlich beobachtet, wie der Mann über die Pool Street bis zum Supermarkt gelaufen und plötzlich stehengeblieben sei, weil er sich irgendeiner Art Riesenreptil gegenübergesehen habe, das von ihm sofort angegriffen worden sei. Im Verlauf des Kampfs seien der Mann und diese merkwürdige Bestie von etwas gepackt worden, das sich aus dem Nichts materialisiert habe – laut Sergeant Smith von einer ›verdammt großen Hand‹. Dann seien sie in die Luft gehoben und auf dem Parkplatz des Weinlokals *Bunch of Grapes* abgesetzt worden, woraufhin der Asphalt des Parkplatzes in einem unheimlichen grellrosafarbenen Licht zu glühen begonnen habe. Als die Kombattanten den Asphalt berührt hätten, seien große schwarze Buchstaben auf dem Parkplatzbelag erschienen und hätten die Aussage DREIFACHE TREFFERZAHL FÜR AUSSERGEWÖHNLICHE HELDENTAT gebildet.

Danach habe der Mann dem Reptil den Kopf abgeschlagen, und er, Sergeant Smith, sei in Ohnmacht gefallen.

Eine nachfolgende Untersuchung des Tatorts dieses angeblichen Vorfalls förderte lediglich drei Autoschlüssel und ein halb vertilgtes Dönerkebab zutage, und bei der einzigen Person, die außer Sergeant Smith behauptete, etwas Ungewöhnliches gesehen zu haben, handelte es sich um einen Stammgast des Weinlokals, für den es allerdings eine Selbstverständlichkeit war, ungewöhnliche Dinge zu sehen. Die Tatsache, daß etwa ein Jahr später ein Großgrundbesitzer aus dem Norden des Landes das Lokal übernommen und es in *George and Dragon* umbenannt hatte, war von allen als purer Zufall abgetan worden.

Zufälligerweise dachte Sergeant Smith einmal nicht über diesen schicksalhaften Vorfall nach, als eine Frau die Revierwache betrat, die eine vermißte Person melden wollte.

»Ich hätte Sie nicht belästigt«, sagte sie, wobei sie sich verstohlen nach hinten umblickte, »aber mein... ehm, mein Mann macht sich immer sehr schnell Sorgen, müssen Sie wissen.«

»Ach, was Sie nicht sagen«, murmelte der Sergeant und holte bereits im selben Atemzug ein Formular hervor. »Wer wird denn vermißt?«

»Mein Sohn«, antwortete die Frau.

»Name?«

Die Frau dachte kurz nach, dann sagte sie: »Welcher? Meiner oder seiner?«

»Dann sagen Sie mir doch erst mal Ihren Namen«, schlug der Sergeant vor.

»Derry. Phyllis Eva Derry.«

»Also gut!« übertönte eine Stimme das wilde Durcheinander. »Jetzt laßt uns endlich Nägel mit Köpfen machen und Ordnung in das Chaos bringen.«

Die anderen Götter verstanden diese Worte als Aufforderung, sich endlich hinsetzen zu dürfen, und dann redeten wieder alle wild durcheinander. Jupiter schlug mit dem dicken Ende eines Donnerkeils auf den Altar und räusperte sich mit einer Lautstärke, als wären die Alpen auf ein Schlagzeugfell gefallen.

»Zuerst« – das Wort hallte in der absoluten Stille

wider –, »zuerst«, wiederholte Jupiter, diesmal schon sehr viel leiser, »sollten wir feststellen, wer ihn als letztes gesehen hat.«

Apollo stand ängstlich auf und hielt mit zittrigen Fingern einen Zettel hoch. »Ich habe versucht, seine letzten Taten zu rekonstruieren«, sagte er. »Soweit ich herausfinden konnte, hat ihn sein Fahrer bis zur Hütte der Hexe gebracht. Dort hat er das Schwert von … von …« Apollo warf einen Blick auf seine Notizen. »… von Glykerion mitgenommen und damit der erymanthischen … ehm … Hydra den Kopf abgeschlagen. Dann ist er weitermarschiert, um sein Schicksal zu suchen.« Er hielt verunsichert inne.

»Und dann?« hakte Jupiter ungeduldig nach. »Danach ist er ja wohl der Straße der Tugend gefolgt, oder?«

»Nun ja, eigentlich nicht so ganz«, murmelte Apollo verlegen.

Jupiter runzelte die Stirn, wobei sich die buschigen Augenbrauen zu einem dichten Regenwald verbanden. »Wie meinst du das?«

»Genaugenommen hat er das nicht getan … ganz und gar nicht sogar«, stammelte Apollo.

»Willst du etwa damit sagen, er ist der Straße von Luxus gefolgt?« bohrte Jupiter nach. Die anderen Götter hatten das Gefühl, daß sich der alte Narr unter diesen Umständen erstaunlich gut im Griff hatte, trotzdem kamen sie nicht umhin festzustellen, daß es unten auf der Erde heftig zu regnen begonnen hatte. »Ich nehme an, das hat etwas mit dieser neumodischen Scheiße vom freien Willen zu tun, auf die alle immer so scharf sind. Trotzdem werden wir …«

»Er ist der Straße mit dem Hinweis *Umleitung* gefolgt«, unterbrach ihn Apollo mit leiser Stimme.

»Wie bitte?«

»Umleitung«, flüsterte Apollo.

Für eine ganze Weile herrschte eine solch intensive

Stille, daß die Götter sogar noch hier oben hörten, wie der Regen Millionen Kilometer entfernt auf die Erde niederprasselte.

»Umleitung also«, wiederholte Jupiter mit ruhiger Stimme. »Ich verstehe.«

»Weißt du, ich war gerade am Zug«, fuhr Apollo fort, »und in einer Höhle ganz in der Nähe war noch ein Zehn-Punkte-Killerskorpion von den Irrfahrten des Odysseus übriggeblieben. Na ja, und da er gerade dort war, habe ich mir eben gedacht, es wäre kein Problem, wenn er kurz mal ...«

»Hast du ihn umgeleitet?«

»Mehr oder weniger, ja ... doch, ich glaube sogar, das kann man so sagen, obwohl es sich dabei eigentlich eher um eine Art Abkürzung gehandelt hat. Wenn er nämlich den gelben Markierungen gefolgt wäre, hätte er wie vorgesehen auf die thessalischen Zentauren treffen müssen. Der Killerskorpion ist den Einheimischen schon seit ewigen Zeiten ein Dorn im Auge, und deshalb habe ich das wirklich für einen günstigen Zeitpunkt gehalten, um ...« Apollos Kinnlade kam schrittweise zum Stehen, und er schluckte schwer. Dann lächelte er schwach und stellte Vermutungen darüber an, wo er wahrscheinlich demnächst auf der Erde landen würde.

»Und das war das letzte, was von ihm gesehen wurde?« wollte Jupiter wissen.

Apollo nickte, und zwar einige Male mehr, als unbedingt notwendig gewesen wäre.

Völlig gegen seine Gewohnheit gelang es Jupiter, seine Gefühle zu beherrschen, auch wenn dabei im Sternbild Orion die drei Gürtelsterne, von Astronomen auch als Jakobsstab bezeichnet, in Millionen Stücke barsten. »Was soll's?« grummelte er. »Schließlich machen wir alle mal Fehler, nicht wahr? Außerdem hast du das ja nicht mit Absicht getan, und du konntest auch gar nicht ahnen, daß so etwas passieren könnte.« Grimmig fügte er hinzu: »Ich meine, schließlich kann man von dir nicht verlangen, allwissend zu sein, nicht wahr?«

»Sicher … aber ich … ehm …«

»Das wichtigste ist, daß wir jetzt die Ruhe bewahren und uns nicht zu überstürzten Handlungen hinreißen lassen, die wir später bereuen könnten«, fuhr Jupiter fort, und während er sprach, schlugen in einem Atomkraftwerk im Ural wie die Zacken einer Gabel heftige Blitze ein. »Unter solchen Umständen neigt man allzuschnell zum Durchdrehen, wodurch alles nur noch schlimmer wird.« Ein seit langem untätiger Vulkan auf den Andamanen stieß einen furchterregenden Rülpser aus, der noch in Melbourne wahrgenommen wurde. »Wenn wir uns aber alle zusammenreißen und uns wirklich Mühe geben … WAS ZUM TEUFEL HAST DU DIR EIGENTLICH DABEI GEDACHT, DU WICHSER?«

Draußen in der Stille des tiefen Alls wurde die gewaltige Masse flüssiger Materie, die durch die Explosion im Sternbild Orion freigesetzt worden war, plötzlich wie durch eine unsichtbare Hand zusammengezogen und zu neuen Sternen geformt, wobei sowohl das kosmische Gleichgewicht aufrechterhalten wurde als auch gleichzeitig eine neue Sternformation entstand, die zukünftigen Astronomengenerationen als Orions Hosenträger bekannt werden sollte. Ein junger Ingenieur wurde zum Helden der Sowjetunion erklärt, weil er in weiser Voraussicht an dem Atomkraftwerk, in dem er beschäftigt war, einen provisorischen Blitzableiter angenagelt hatte, und als die seismischen Wellen bis zum Indischen Ozean vordrangen, gaben die Großmächte gleichzeitig Dementis heraus und verschoben sämtliche Atomtests um eine Woche. Es fiel sogar kein Regen mehr.

»DU BIST DOCH WOHL DER HINTERLETZTE …« Jupiter sammelte sich, schloß die Augen und zählte bis vierzig Millionen. »Ist dir eigentlich klar, was du da angerichtet hast, du Schwachkopf?«

Apollo schüttelte den Kopf.

»Dann ist es vielleicht an der Zeit, daß du etwas Nachhilfeunterricht in Geographie erhältst«, fuhr der Blitzeschleuderer fort. »Fangen wir doch gleich mit einem praxisbezogenen Ausflug an.«

Sternforscher in dem neuen europäischen Observatorium in der Schweiz schworen Stein und Bein, daß im Kaukasus ein riesiger Meteorit eingeschlagen sei. Das alles war allerdings so schnell geschehen, daß es außer ihnen niemand gesehen hatte. Später wurde der Vorfall einer Staubflocke zugeschrieben, die sich auf der Linse des Teleskops niedergelassen hatte.

»Kannst du mich da unten hören?« donnerte Jupiter vom Himmel herab.

Apollo zog sich aus dem von ihm selbst hervorgerufenen Krater heraus, klopfte sich den Dreck ab und antwortete mit ja.

»Du bist jetzt im Kaukasus, nicht weit von der Stelle entfernt, an der Jason seine Wahl getroffen hat. Dieses Mal folgst *du* sozusagen einer Umleitung.« Jupiter gluckste vor Lachen. »Jedenfalls ist da hinten« – ein gezackter Blitz wies Apollo die Richtung –, »eine ganz gewisse unerwünschte Person angekettet. Verstehst du jetzt, worauf ich hinauswill?«

Apollo nickte.

»Gut«, donnerte Jupiters Stimme. »Und siehst du jetzt auch ein, was für ein Dummkopf du bist?«

Der Exgott der Sonne sagte, ja, er sehe alles ein, und es verstehe sich von selbst, daß er sich nie wieder so dämlich verhalten werde, und es sei typisch für Jupiter, eine solch vernünftige Ansicht über die ganze Geschichte zu haben, und ob es möglich sei, den Heiler Äskulap herunterzuschicken, allerdings nur, wenn es keine allzu großen Umstände mache, da er fürchte, sich aufgrund seiner Tölpelhaftigkeit das rechte Bein gebrochen zu haben.

Jupiter seufzte und sagte, an die Götter gewandt:

»Also gut, einer von euch holt ihn wieder zurück. Und der Betreffende soll das Loch wieder zuschütten«, fügte er hinzu, wobei er auf den Krater hinunterblickte. »Den Sterblichen fällt heutzutage so was schnell auf.«

Kurz darauf hatte Apollo seinen Platz im himmlischen Rat wieder eingenommen. Zwar roch er noch stark nach einem Einreibemittel, mit dem Äskulap das gebrochene Bein geheilt hatte, aber ansonsten war er wieder wohlauf.

»Nun, wo waren wir stehengeblieben?« läutete Jupiter die nächste Etappe der Debatte ein. »Ach ja, Jason. Wir wissen jetzt zwar, welche Richtung er eingeschlagen hat, trotzdem wissen wir noch immer nicht, wo er angekommen ist. Merkur!«

Plötzlich gab es einen kurzen Windzug, und gleich darauf stand der Götterbote Merkur zwischen ihnen. An den Füßen trug er geflügelte Sandalen, in der linken Hand hielt er den goldenen Stab, der ihm in erster Linie als Bürostempel diente, und in der rechten drei große und sehr flache Pappschachteln.

»Also«, begann er unaufgefordert, »da hätten wir zunächst einmal eine große Pizza-Spezial mit Meeresfrüchten und Sauce extra, einmal Pepperoni-Pizza mit … oh!«

Es herrschte eine peinliche Stille, die nur durch das Klopfen von Jupiters Preßlufthammerfingern auf den Lehnen des Throns unterbrochen wurde.

»Hör zu, du Sausewind«, sagte der große Himmelsvater in einem nicht einmal unfreundlichen Ton, »ich weiß, die Zeiten sind hart, aber Schwarzarbeit kommt bei mir nicht in die Tüte. Wirf sofort das Zeug weg! Verstanden?«

Merkur nickte teilnahmslos, und die Schachteln verschwanden. Merkwürdigerweise wurden die Pizzen letztendlich doch noch abgeliefert, allerdings in einer völlig anderen Dimension und ohne das Knoblauchbrot.

»Ich will, daß du auf die Erde gehst, Jason ausfindig machst und sofort hierher zurückkehrst«, fuhr Jupiter fort. »Glaubst du, du kannst dir das merken, oder soll ich es dir ins Gehirn einbrennen?«

Merkur lächelte matt. »Danke, aber das schaffe ich auch so.«

»Bist du dir wirklich sicher? Ich meine, das wäre kein Problem für mich.«

»Ich weiß«, antwortete Merkur kleinlaut. Möglicherweise handelte es sich nur um einen Anflug von Verfolgungswahn – dennoch beschlich ihn ständig dieses unbestimmte Gefühl, daß Jupiter ihm seinen Versuch nie vergessen hatte, die anderen Götter dazu zu bewegen, eine Gewerkschaft zu gründen. »Es wird bestimmt nicht lange dauern.«

Wenige Minuten später saß er im Schneidersitz auf einem Berggipfel im Kaukasus.

»Da bist du ja«, begrüßte er den Titanen vergnügt. »Du hast doch gesagt, unbedingt mit Zwiebeln, richtig?«

Prometheus nickte und fragte mit vollem Mund: »Und wie läuft das Geschäft?«

Merkur zuckte die Achseln und antwortete: »Könnte schlimmer sein. An der Nachfrage liegt's jedenfalls nicht, es sind nur diese verdammten laufenden Kosten. Sag mal, Promi, hast du hier in letzter Zeit zufällig irgendeinen Helden gesehen?«

Prometheus runzelte die Stirn und spuckte genüßlich einen Olivenkern aus. »Einen Helden?«

»Genau.« Merkur kratzte sich am Ohr. »Eins achtundneunzig, vielleicht auch zwei Meter groß, Kinn wie ein Schneepflug und ein äußerst gestörtes Verhältnis zu Raubtieren. Klingelt's endlich?«

Prometheus dachte kurz nach, dann schüttelte er den Kopf. »Vergiß bitte nicht, daß ich nicht unbedingt der geeignete Ansprechpartner bin, bei dem man sich nach herumstreunenden Helden erkundigt. Versuch's doch mal beim Adler.«

»Gute Idee. Wo ist er denn heute? Das letztemal habe ich ihn aus einem Burger-King-Restaurant rausfliegen sehen. Fütterst du ihn eigentlich nicht mehr richtig, oder wie soll ich das verstehen?«

»So was in der Richtung«, räumte Prometheus ein. »Wir hatten einen kleinen Streit. Er hackte dauernd auf mir rum, und da habe ich ihm gesagt: ›Hör zu, du kannst mir mal den Buckel runterrutschen.‹ Er ist daraufhin ziemlich beleidigt gewesen. Er versteht einfach keinen Spaß.«

»Ganz schön empfindliche Wesen, diese Adler.«

»Und wie. Aber wir haben uns schon wieder vertragen und werden sogar demnächst wieder miteinander essen … auf meine Kosten natürlich.«

»Freut mich zu hören. Du, ich bliebe gern noch etwas länger, muß aber leider wieder los. Falls du diesen Helden doch noch mal sehen solltest, ruf einfach nach mir, klar?«

»Mach ich.« Prometheus rührte sich ein wenig. »Ach, noch etwas, Merkur.«

»Ja?«

»Könnte ich mein Buch wiederhaben? Ich bin erst bei der Stelle, wo Perry Mason die fehlende Keksdose bemerkt, und würde gern …«

Merkur, der Schutzgott der Diebe, grinste entschuldigend. »Tut mir leid, Macht der Gewohnheit. Tschüs!«

Gleich darauf verschwand Merkur. Prometheus zählte in Gedanken bis zehn, hob den Kopf und pfiff. Aus einer Höhle des nächstgelegenen Bergs tauchte der Adler hervor.

»Manchmal kann das Leben wirklich gemein sein, wie?« fragte der Vogel.

Prometheus grinste nur und antwortete: »Ach, vergiß es. Ich werte das sogar als ein gutes Zeichen. Wir haben denen einen ganz schönen Schock versetzt.«

An der Stelle, wo sich beim Menschen die Augenbrauen befinden, zog der Adler die Kopffedern hoch.

»Aufgebrachte Götter können aber auch äußerst unangenehm reagieren und lassen gern ihren Zorn an einem aus«, merkte der Adler aus Erfahrung an. »Außerdem muß ich auf meine Ernährung achten. Dieser alte Quacksalber sagt mir andauernd, ich solle mehr Gemüse essen. Am schädlichsten sei es, mich mit Leber und Nieren vollzustopfen und ...«

Prometheus wackelte beruhigend mit den Ohren. »Mach dir bloß keine Sorgen. Glaub mir, die haben schon bald ganz andere Sachen im Kopf. Trotzdem halte ich es für besser, wenn sie ihn bald finden, sonst werden die sich noch an uns schadlos halten, und das können wir uns nicht leisten. Sag mal, was hast du eigentlich mit ihm gemacht?«

»Ich habe ihn im Café Baisbekian abgesetzt«, antwortete der Adler mit einem hämischen Grinsen. »Er haut sich dort die Wampe mit Honigkuchen voll. Soll ich ihn holen?«

»Das wäre wohl angebracht. Ach, und noch was, Adler ...«

Der Adler hatte sich bereits in die Lüfte geschwungen und verharrte nun, mit seinen riesigen Flügeln schlagend, auf der Stelle. »Ja, was denn?«

»Danke.«

»Ach, nicht der Rede wert«, winkte der Adler ab, wobei er unter seinem Federkleid errötete. Dann flog er davon.

Merkur hatte unterdessen in Lichtgeschwindigkeit den gesamten Kaukasus abgesucht und machte sich allmählich Sorgen; dabei war er die ganze Zeit so konzentriert gewesen, daß er sogar die Volksbank von Kislowodsk überflogen hatte, ohne auch nur eine Kopeke abzuheben. Falls er zur Sonne zurückkehren würde, ohne den Sterblichen gefunden zu haben, könnte er ernsthafte Probleme bekommen; was bei seiner Personalakte alles andere als angenehme Folgen haben dürfte.

Als er die Hoffnung schon fast aufgegeben hatte, wurde er von einem grellen blauen Blitz geblendet. Er blickte nach unten und sah, wie das Sonnenlicht auf dem Schwert von Verdammt-wie-war-doch-gleich-der-Name-er-liegt-mir-auf-der-Zunge-und-fängt-mit-G-an funkelte.

Vor dem Café Baisbekian vertilgte Jason die siebte Portion Honigkuchen, und als er gerade die Gabel zum Mund führte, fiel ihm eine sehr alte Frau auf, die mit einem Esel über den staubigen Marktplatz ging. Als er den goldenen Merkurstab* durch den Saum ihres langen schwarzen Rocks hindurchschimmern sah, setzte er seufzend die Gabel ab und rief: »Hierher!«

Merkur band den Esel an einem Baum fest und kam hinkend zu ihm herüber. »Das sieht aber lecker aus«, sagte er und nahm sich unaufgefordert ein Stück Honigkuchen.

»Ich verstehe. Du hast den ganzen Weg von der Sonne bis hierher zurückgelegt, um mir beim Aufessen des Kuchens zu helfen«, stellte Jason lakonisch fest. »So was nennt man Service.«

Merkur blickte ihn finster an und sagte mit vollem Mund: »Laß das, ja? Wegen dir ist die Lage da oben ganz schön angespannt, sehr angespannt sogar. Wo bist du eigentlich die ganze Zeit gewesen?«

Jason zuckte die Achseln. »Hier. Frag doch den Kellner.«

»Warum denn ausgerechnet hier?«

»Weil ich hungrig war. Außerdem hatte ich Lust, zur Abwechslung mal was Kaukasisches zu essen. Pizza hängt mir allmählich zum Hals raus.«

---

* Wenn die Götter auf der Erde sind, nehmen sie nach alter Tradition menschliche Gestalt an. Da dies aber immer wieder zu Verwechslungen führt, gibt es den Brauch, daß sie eins ihrer göttlichen Statussymbole sichtbar lassen, um Sterbliche mit einer etwas ausgeprägteren Auffassungsgabe wenigstens vorzuwarnen.

Merkur musterte Jason prüfend. »Mag ja sein, aber anstatt etwas zu essen, solltest du eigentlich da draußen ein paar Zentauren erledigen. Klasse, wirklich.«

»Das finde ich allerdings auch!« gab Jason wütend zurück. »Schön, daß du mir recht gibst. Schließlich bin ich heute mit einer Hercules-Maschine ohne jeden Bordservice um die halbe Welt gereist, bin von Boden-Luft-Raketen abgeschossen worden, ohne etwas im Magen zu haben, bin von einer sowjetischen Elitetruppe durch die Berge gejagt worden, die mir nicht mal einen Schokoriegel angeboten hat, habe mir von einer Hexe mein Schicksal erzählen lassen, in deren Speisekammer es nichts außer ein paar getrockneten Zungen von Wassermolchen gab, bin von einer ungenießbaren Riesenechse angegriffen worden und habe mit zwei jungen Frauen geflirtet, die irgend etwas versinnbildlichen sollen und auf Diät sind. Also nehme ich jetzt mein Frühstück, mein Mittag- und mein Abendessen zu mir, verstanden?«

Merkur zuckte die Achseln. »Dir ist doch wohl hoffentlich klar, daß diese ganze Stärke und alle diese Kohlenhydrate die schrecklichsten Dinge mit deinem Körper anstellen, oder? Wenn du so weitermachst, hast du in spätestens fünf Jahren Arterien wie eine U-Bahn.«

»Gefällt mir.«

»Na prima...« Merkur schüttelte betrübt den Kopf und gönnte sich eine zweite Scheibe Honigkuchen. »Inzwischen sind da draußen etliche Zentauren ziemlich ungeduldig geworden.«

»Jemand sollte sich darum kümmern, daß die was zu essen bekommen«, antwortete Jason. »Dann hauen sie vielleicht ab und hören endlich damit auf, die Leute zu nerven. Und jetzt gib mir erst mal mein Zauberschwert zurück, bevor ich dich damit einen Kopf kürzer mache!«

»Tut mir leid, reine Macht der Gewohnheit«, seufzte Merkur. »Dabei habe ich nichts als Ärger mit diesem ganzen Zeugs. Meine Mietgarage ist bis zum Dach mit Teflonpfannen, Autoradios und synthetischen Pelzmänteln vollgestopft … Selbst wenn ich den Kram verschenke, brächte ich nicht mal die Hälfte davon an den Mann.« Lächelnd fuhr er fort: »Egal, wie ich sehe, bist du beschäftigt, und deshalb lasse ich dich jetzt in Ruhe. Ich werde aber deinem Fahrer Bescheid geben, okay? Wahrscheinlich fragt er sich sowieso schon längst, wo du geblieben bist.«

»Ich bräuchte so einen Piepser«, schlug Jason vor. »Weißt du, einen von diesen Funkrufempfängern. Wenn du George siehst, sag ihm, er soll ein paar belegte Brötchen in die Werkzeugkiste packen.«

Die alte Frau erhob sich unter Schmerzen, streckte den steifen Rücken gerade, steckte sich klammheimlich einen Löffel in die Tasche und band den Esel wieder los. Kurz darauf polterte ein kleiner Elektrowagen über den verwaisten Marktplatz, und der hungrige Fremde stand auf, ließ etwas Geld auf dem Tisch liegen und stieg in das Fahrzeug.

Der Dorfschmied, der gerade ein rotglühendes Hufeisen mit der Zange festhielt, unterbrach seine Arbeit und sagte zu seinem Lehrjungen: »Hast du das gesehen? So was nennt man Tourismus, tss …«

Der Lehrjunge grinste, und der Schmied ließ das Hufeisen in einen Wassereimer fallen, wo es gefährlich zischte. Danach mußte der Schmied noch mehr Erz schmelzen, um daraus einen schmiedeeisernen Zeitungsständer zu hämmern, in den er in fließender kyrillischer Schrift ›Ein Andenken aus Bolshoy Kavkaz‹ einarbeitete. Dreißig Jahre später gelang es ihm, den Ständer für zwei Rubel an den Leiter der ortsansässigen Kolchose zu verkaufen, der etwas zum Ablegen der Lieferscheine benötigte.

»Der Name meines Sohns lautet Jason«, sagte Mrs. Derry.

Der Sergeant blickte zu ihr auf. »Jason? Den Namen kenne ich doch von irgendwoher. Kann das sein?«

Mrs. Derry schaute verlegen zu Boden. »Falls es wegen der Geschichte mit dem Tiger ist, so haben wir dem Mann bereits gesagt, daß wir für einen neuen aufkommen. Das ist kein Problem ...«

Sergeant Smith blickte sie entsetzt an, besann sich dann aber eines Besseren. »Ist das nicht derselbe Jason Derry, der sich gerade auf den Carwardine Islands aufhält? Ich meine, dieser Kriegsheld?«

»Wie bitte?« stutzte Mrs. Derry kurz, korrigierte sich aber gleich: »Ja, ja, richtig, das ist mein Jason.«

»Hat er nicht eine Maschinengewehrstellung oder so was im Alleingang ausgehoben, den Krieg gewonnen und all das?«

»Ja, das ist unser Jason«, seufzte Mrs. Derry.

»Ich verstehe.« Aus reiner Macht der Gewohnheit biß sich Sergeant Smith auf die Unterlippe, bis sie leicht blutete. »Nun, Missis Derry, Ihr Sohn ist ...«

»Ja?« unterbrach sie ihn hoffnungsvoll. »Wissen Sie, er hat uns nämlich nicht mal geschrieben. Das tut er sonst immer, und deshalb habe ich mir ja auch Sorgen gemacht.«

Das Gesicht des Sergeants wurde aschfahl. »Nun, Ihr Sohn ist ... Haben Sie denn heute morgen kein Radio gehört?«

»Nein. Ist da was gewesen?«

»Missis Derry, ich muß Ihnen leider mitteilen, daß sich das Flugzeug, in dem auch Ihr Sohn war und das sich mehr oder weniger auf dem Heimweg befand, gewissermaßen über sowjetischem Luftraum verirrt hat und – na ja, und sozusagen abgeschossen worden ist.«

Mrs. Derry schwieg. Der Sergeant schluckte; wie bringt man jemandem solch eine niederschmetternde Nachricht richtig bei?

»Allerdings ist niemand getötet worden, also … also es gab keine Leichen oder so was«, stammelte er. »Ihren Jason hat man allerdings nicht bergen können. Ich meine, es steht fest, daß er sich im Flugzeug befunden hat, aber als die Bergungsmannschaft dort eintraf und die Namen aufgerufen wurden, war er nicht dabei. Können Sie mir einigermaßen folgen …?«

»Er war nicht dabei?«

»Richtig.«

»Na, dann ist ja alles in Ordnung«, seufzte Mrs. Derry erleichtert. »Ich nehme an, sein Vater hat ihn mit nach Hause genommen. Für einen kurzen Moment haben Sie mir wirklich einen ganz schönen Schrecken eingejagt.«

»Wo soll er sein? Bei seinem Vater?«

»Richtig. Vielleicht sollten Sie das Verteidigungsministerium anrufen, falls man sich dort Sorgen macht. Jedenfalls möchte ich mich bei Ihnen von ganzem Herzen bedanken, und es tut mir leid, wenn ich Sie belästigt haben sollte«, verabschiedete sich Mrs. Derry lächelnd.

»Ich …« Sergeant Smith wollte Mrs. Derry noch irgend etwas mit auf den Weg geben, etwas, das für sie enorm hilfreich gewesen wäre; daß es zum Beispiel nicht gut sei, sich selbst etwas vorzumachen, und daß sie sich mit der Tatsache abfinden müsse, ihren Sohn nie mehr zu sehen. *Ich weiß, ich weiß, Missis Derry, das klingt sehr hart,* wollte er ihr sagen, *aber früher oder später findet man sich damit ab. Glauben Sie mir, das geht uns allen so. Aber eine andere Möglichkeit gibt es einfach nicht, wenn man völlig am Boden zerstört ist und von vorn anfangen muß …*

Mrs. Derry drehte sich noch einmal um und fragte lächelnd: »Ist noch was?«

»Ich … ich wollte Ihnen wirklich keinen Schrecken einjagen, Missis Derry«, murmelte Sergeant Smith.

Megathoon, alias Crazy Horse, Vorsitzender der larissanischen Ortsgruppe der ›Original Thessalischen Zentauren‹, blickte auf und knurrte wütend.

»Und welche Uhrzeit nennst du …? Autsch!« rief er und fiel zu Boden.

Die anderen Zentauren sahen sich ängstlich an; dann zogen sie sich verlegen zurück, wobei sie sich ihrer Lederjacken und Sturzhelme entledigten.

»Und wohin wollt ihr jetzt?« erkundigte sich Jason.

»Wer? Wir?«

»Ja, ihr natürlich!« brüllte Jason. Dann zog er das Schwert von Klingt-wie-Glühkerzenton und klopfte mit den Fingern ungeduldig auf der Klinge herum.

»Wir sind nur unbeteiligte Zuschauer, die hier zufällig vorbeigekommen sind«, erklärte einer der Zentauren, wobei er seine eher an ein Pferd erinnernde Körperpartie mit dem Helm zu schützen versuchte. »Wir haben wirklich nichts damit zu tun.«

»Ach ja? Und wie kommt es dann, daß ihr allesamt die Leiber und die Beine von Pferden habt?« wollte Jason wissen.

»Ach, haben wir das wirklich?« Der Zentaur blickte nach unten und gab sich überrascht. »Tatsächlich! Sobald ich wieder in Thessalien bin, werde ich diese beschissene pharmazeutische Fabrik verklagen.«

»Laß den Quatsch!« erboste sich Jason. »Ich weiß ganz genau, daß ihr blutgierige, unmenschliche, kannibalische Mutanten seid, die Ausgeburt der unnatürlichen Vereinigung von Chaos und Dunkelheit. Je eher wir die Sache hinter uns bringen, desto schneller kriege ich etwas zu essen. Also, seid ihr bereit?«

»Warte, warte!« beschwichtigte ihn der Zentaur. »Mutanten? Sicher, diesbezüglich stimmen wir dir alle vorbehaltlos zu. Aber all das andere, also blutrünstig und kannibalisch, das halte ich doch für ein wenig übertrieben, stimmt's, Jungs?«

Die anderen Zentauren bekundeten knurrend – oder

wiehernd – ihre Zustimmung. Jason zog die Augenbrauen hoch.

»Ich würde mich sogar zu der Behauptung versteifen, daß selbst Mutanten eine unzutreffende Bezeichnung ist, und eher sagen, daß wir behindert sind. Wenn du dich zum Beispiel in der Lage sehen könntest, diese Beine als eine Art praktischen Rollstuhlersatz zu betrachten, würden wir uns vielleicht alle gleich viel besser verstehen. Vergiß doch mal alle diese Klischeevorstellungen, lös dich von deinen tiefverwurzelten Vorurteilen, und begib dich auf eine höhere Bewußtseinsebene. Ich würde sogar fast behaupten wollen, du bist ein wenig… nun ja, ein wenig antiequidenisch eingestellt.«

»Anti… was?«

»Antiequidenisch.«

»Ich dachte immer, das hat was mit alten Büchern oder so zu tun«, sagte Jason.

»Du meinst antiquarisch«, klärte ihn der Zentaur auf. »Nein, du hast eine ausgeprägte Abneigung gegen Equiden, das sind pferdeartige Tiere.«

»Pferde mag ich, Zentauren verarbeite ich zu Hackfleisch«, stellte Jason unmißverständlich klar. »Wer ist als nächstes dran?«

Der Zentaur wurde unter seinem Fell kreidebleich. »Laß uns darum knobeln«, schlug er vor.

»Nein!« widersprach Jason entschieden.

»Stein schleift Schere?«

»Nein.«

»Würde es etwas nützen, wenn ich dich zusätzlich darauf aufmerksam mache, daß wir einer ethnischen Minderheit angehören?«

»Nein.«

Der Zentaur würgte. »Hör mal, wenn wir uns einmal in Ruhe darüber unterhalten, ich meine, wie intelligente Menschen… na ja, oder auch Halbmenschen, dann…«

»Niemand unterstellt mir, Vorteile zu haben, und kommt dann ungeschoren davon!« unterbrach ihn Jason wütend.

Der Zentaur fluchte erbärmlich, zog sein Schwert und griff an. Der letzte Gedanke, der ihm durch den Kopf schoß, bevor er das Bewußtsein verlor, lautete: Das eigentliche Problem mit Helden lag darin, daß sie immer alles besser wissen mußten.

An diesem Abend raste etwa gegen halb elf ein kleiner Elektrowagen die Pool Street hinauf, fuhr am Freundschaftshaus, am *George and Dragon* und am Schlachter vorbei und hielt schließlich vor der Post an. Ein großer Mann, der einen goldenen Helm und einen Kampfanzug trug, stieg aus und steckte einen Brief ein. Als er gerade wieder in den Wagen springen wollte, kam ein Polizist um die Ecke und starrte ihn verdutzt an.

»Das darf doch nicht wahr sein! Du schon wieder?« rief der Polizist.

Der Mann blieb stehen und drehte sich gemächlich um. Er trug einen länglichen Stoffsack bei sich, der aber aufgrund der Dunkelheit kaum zu erkennen war. Der Polizist kam ein Stück näher und stand nun zwischen dem Mann und dem kleinen Elektrowagen.

»Ich will mich mit dir unterhalten, und zwar auf der Stelle!« forderte der Polizist den Mann auf.

Der große Mann runzelte die Stirn. »Kann das nicht warten?« fragte er. »Meine Mutter macht sich bestimmt Sorgen, und außerdem wird mein Essen kalt.«

»Dein Essen ist mir piepegal, Freundchen. Was ist mit meinem Ruf als Polizist?«

Der große Mann stutzte. »Wie bitte?«

»Paß auf, sei ja nicht so frech. Du kommst jetzt umgehend mit mir auf die Wache und sagst mir, was du hier, das heißt, auf dem Parkplatz des *George and Dragon,* vor ziemlich genau fünf Jahren gemacht hast. Und erzähl mir jetzt bloß nicht, daß ...«

Die Wörter des Polizisten gingen in eine Art schnatterndes Gemurmel über, das mit den rechtschreiblich zulässigen drei Auslassungspunkten nur äußerst unzulänglich dargestellt werden kann.

»Weißt du, was das ist?« fragte der große Mann.

»Mhm«, antwortete der Polizist.

»Das hier ist das Schwert von… von… Wenn du jedenfalls nicht sofort meinen Arm losläßt, werde ich dich damit einen Kopf kürzer machen. Hast du mich verstanden?«

»Mhm!« versicherte ihm der Polizist.

»Sehr schön. Und laß dir zu deiner Information gesagt sein, daß ich vor fünf Jahren noch auf der Schule war und mich nicht nachts um halb elf in der Nähe von Kneipen rumgetrieben habe. Verstanden?«

»Mhm.«

»Bestimmt?«

»Mhm!«

»Gut.« Der große Mann wandte sich ab und war bereits mit einem Bein in dem Golfbuggy. »Ach, und noch etwas.«

»Mhm.«

»Falls du dich fragst, was hier vor sich geht, dann ist das alles nur eine Ausgeburt deiner Phantasie. Entweder hast du zuviel getrunken oder zu hart gearbeitet, und du hast mich nie gesehen. Klar?«

»Mhm.«

»Für heute habe ich nämlich die Schnauze von allem gestrichen voll, wobei ich Essen ausdrücklich davon ausnehmen möchte, und mit Leuten wie dir will ich erst recht nichts mehr zu tun haben. Deshalb schlage ich vor, du gehst jetzt nach Hause und schläfst erst mal deinen Rausch aus, klar?«

»Aua!«

Etwa fünf Minuten später kamen ein paar Jugendliche vorbei, die kurz zuvor wegen extrem ungeselligen Verhaltens aus dem *George and Dragon* hinausgeworfen worden waren und nun zufällig über einen Sergeant stolperten, der mitten auf der Pool Street lag. Nachdem sie noch einige Male auf ihm herumgetrampelt hatten (weil einer von ihnen behauptet hatte, das bringe Glück), halfen sie ihm wieder auf die Beine und erkundigten sich unter anderem nach seinem gesundheitlichen Zustand. Zudem stahlen sie ihm das Funkgerät und die Handschuhe, aber schließlich wäscht eine Hand die andere.

»Mir geht's gut, wirklich«, murmelte der Polizist, wobei er sich geistesabwesend das Blut vom Kinn wischte. »Und jetzt seht zu, daß ihr nach Hause kommt, sonst ...«

»Was haste denn, Smithy?« fragte einer der Jugendlichen. »Haste wieder irgendwelche Sachen gesehen, oder was?«

Der Sergeant schüttelte energisch den Kopf. »Ich habe überhaupt nichts gesehen. Ich bin lediglich gegen einen Laternenpfahl gelaufen, das ist alles.«

Jason Derry öffnete die Eingangstür, verabschiedete sich winkend von seinem Fahrer und trat ein.

»Hallo, Mum! Hallo, Dad! Ich bin wieder zu Hause!« rief er.

»Bist du's, Jason?« drang die Stimme seiner Mutter aus der Küche herüber.

»Ja. Gibt's was zu essen? Ich verhungere bald.«

»Ein paar Sandwiches sind noch da. Jason?«

»Ja, Mum.«

»Du hast doch wohl nicht ... also, du hast doch wohl nichts mitgebracht? Ich meine, nichts, was vergraben werden müßte, oder?«

Im Flur öffnete Jason leise die Tür des Schranks unter der Treppe, versteckte das Schwert von Glykerion hinter dem Bügelbrett und antwortete schließlich: »Natürlich nicht.«

Die Küchentür wurde geöffnet. »Dein Vater ist draußen. Wie war der Krieg?« fragte Mrs. Derry.

»Ach, wir haben gewonnen«, antwortete Jason.
»Das ist schön, Schatz.«
Jason erinnerte sich an etwas. »Tut mir leid, daß ich nicht geschrieben habe, aber ich hab's einfach vergessen. Du hast dir doch hoffentlich keine Sorgen gemacht, oder?«
»Natürlich nicht, Schatz«, log Mrs. Derry und blickte verlegen beiseite. »Warum sollte ich mir Sorgen machen, solange dein Dad ... ich meine, solange dein anderer Dad mir versichert, daß er auf dich aufpaßt?«
»Ach, dieser alte ...«
»Jason!« fuhr ihn seine Mutter zornig an. »Wie oft habe ich dir schon gesagt, du sollst von deinem Vater nicht so abfällig reden? Du bist furchtbar.«
»Tut mir leid«, entschuldigte sich Jason mit finsterer Miene. »Vergiß es einfach, okay? Ich habe einen anstrengenden Tag hinter mir. Womit sind die Sandwiches belegt?«
Mrs. Derry entdeckte eine kleine Schnittwunde auf den Knöcheln von Jasons rechter Hand. »Hast du richtig gekämpft?« erkundigte sie sich besorgt.
»Ja, so ist das nun mal im Krieg. Mit Schinken, stimmt's?«
»Ja, mein Schatz. Du willst doch bestimmt baden, bevor du ins Bett gehst, nicht wahr?«
»Lieber erst morgen früh«, antwortete Jason mit gähnendem Mund. »Jetzt will ich erst mal was ...«
Mrs. Derry blickte ihn vielsagend an. »Übrigens hat Sharon angerufen.«
Jason gähnte erneut. »Ach, wirklich?« antwortete er und gähnte schon wieder, diesmal allerdings übertrieben gekünstelt.
»Zweimal sogar.«
»Deren Telefonrechnung möchte ich nicht sehen, ehrlich. Ist irgendwelche Cola im Eisschrank?«
»Ich glaube, ja«, seufzte Mrs. Derry. »Du kannst Sha-

ron ja gleich morgen früh anrufen. Sie hat nämlich ihren freien Tag.«

Jason zuckte zusammen. »Hör mal, Mum, das wäre wirklich toll, aber ich habe morgen bereits eine ganze Menge auf dem Zettel. Vielleicht nächste Woche, okay?«

Mrs. Derry rümpfte die Nase und ging dann zu Bett. Jason blieb noch einen Augenblick im Flur stehen, dachte kurz darüber nach und machte sich schließlich achselzuckend auf die Suche nach den Sandwiches.

Es ist bereits seit über dreitausend Jahren Tradition, daß die Sibylle oder Pythia von Delphi ihre jeweilige Nachfolgerin in die zukünftigen priesterlichen Aufgaben einweiht. Betty-Lou Fisichelli war zum Beispiel von einer Pythia angelernt worden, die verwirrenderweise mit Vornamen zufällig wirklich Sibylle geheißen hatte und die ihrerseits von ihrer Vorgängerin, der großen Madam Arcati, in die Berufsgeheimnisse eingeweiht worden war.

In der kleinen, aber gut ausgestatteten Wohnung am Stadtrand von Delphi hatte Betty-Lou gerade ihrer Volontärin die Erschaffung der Welt und die daraus resultierenden Folgen erklärt.

»Hast du das jetzt alles verstanden, oder wäre es dir lieber, wenn ich noch mal alles wiederhole?« fragte Ms. Fisichelli.

»Nein, das reicht«, antwortete die Volontärin und nahm sich eine Handvoll Oliven. »Was passierte danach?«

»Nachdem Prometheus dem Höhlenmenschen den Witz erzählt hatte, waren natürlich sämtliche Götter außer sich, und einige von ihnen drehten sogar völlig durch.«

»Ach, wirklich?« staunte die Volontärin, wobei sie sich mit einer übertrieben grazilen Geste einen Olivenkern aus dem Mund nahm. »Und dann?«

»Als sie sich wieder gefangen hatten...«

»Möchtest du auch eine Olive?«

Ms. Fisichelli zögerte. »Nein danke.«

»Die sind wirklich gut, Betty.«

»Na ja, wenn du meinst...«

Kurz darauf spuckte die Pythia einen Kern in den Aschenbecher und fuhr fort: »Als sie sich wieder gefangen hatten, faßten sie gemeinsam den Beschluß, alle Möglichkeiten abzuklopfen, was sie dagegen unternehmen könnten. Deshalb schnappten sie sich als erstes Prometheus, ketteten ihn an einen Felsen irgendwo da oben im Kaukasus und holten sich diesen Adler...«

»Erzähl nur weiter«, sagte die Volontärin, die aufgestanden war und nun quer durchs Zimmer zu dem Tablett mit den Getränken ging. »Ich höre die ganze Zeit zu.«

»Also, die haben sich diesen Adler besorgt...«

»Möchtest du auch etwas?«

»Nein danke.« Zweifellos war Mary eine geborene, nahezu instinktgesteuerte Pythia, aber manchmal wünschte sich Betty-Lou, ihr fiele nicht alles so leicht. Als sie sich damals noch selbst in der Grundausbildung befunden hatte, hatte sie den Stoff nächtelang auswendig lernen müssen. »Jedenfalls haben die sich diesen Adler besorgt, und seither reißt er mit dem Schnabel morgens und abends Prometheus' Leber heraus.«

»Das ist ja widerlich!«

»Und jeden Nachmittag und jeden Abend wächst die Leber wieder nach«, fuhr Ms. Fisichelli leicht angeekelt fort. »Das ist nämlich die Strafe, die Prometheus für seinen Verrat an den Göttern erhalten hat.«

Mary saß mittlerweile wieder mit übereinandergeschlagenen Beinen auf dem Sofa, hatte den Mund voll Oliven und Retsina und nuschelte: »Hast du nicht noch etwas vergessen?«

»Was denn?«

»Du weißt schon, daß er eines Tages von seinen Ketten befreit wird und …«

»Ach ja, richtig. Eines Tages, so wird prophezeit, kommt ein Held, der die Ketten durchtrennt, den Adler erschlägt und den Gott befreit …«

»Bist du dir sicher?«

Die Pythia runzelte die Stirn. »Wie meinst du das?«

»Na, in bezug auf den Adler. Der Teil klingt nicht ganz richtig.«

»So? Und wieso nicht?« stutzte Betty-Lou.

Mary zuckte die Achseln und holte sich erneut einen Olivenkern aus dem Mund. »Ach, ich weiß nicht, einfach nur so. Aber nichts für ungut, erzähl weiter.«

Betty-Lou faltete die Hände auf dem Schoß und fuhr fort: »Als nächstes versuchten die Götter, einen Plan zu entwickeln, mit dem man das Lachen von der Erde verbannen könnte. Unglücklicherweise schlugen sämtliche Versuche fehl; welchen Schaden die Götter den Sterblichen auch zufügten, die Menschen weigerten sich standhaft, das Lachen aufzugeben. Folglich ist der göttliche Plan bis heute noch nicht aufgegangen, und das Lachen liegt irgendwo verborgen im Erdinnern, und zwar so tief versteckt, daß es nicht einmal von dem geflügelten Götterboten Merkur gefunden werden kann. Eines Tages aber, so steht es geschrieben, wird ein junger Halbgott, ein Sohn von Jupiter höchstpersönlich, das Versteck dieses impertinenten Plagegeistes entdecken und ihn in den Himmel zurückbringen, wo er hingehört. Dann kehren die Götter auf die Erde zurück, sie werden wieder, wie es sich geziemt, von den Menschen geachtet, und das neue Goldene Zeitalter bricht an …«

An dieser Stelle unterbrach die Pythia die Erzählung, denn die Volontärin blickte sie wieder einmal auf ihre so typisch vorwurfsvolle Weise an. »Ist irgendwas?« fragte Betty-Lou gereizt.

»Ein neues Goldenes Zeitalter?«

»Richtig!« bekräftigte die Pythia mit Nachdruck. »Was dagegen?«

»So golden wie das erste, wie?«

»Ja, selbstverständlich«, antwortete die Pythia mit fester Stimme. Nach ihrem Dafürhalten durfte es ja wohl nichts dagegen einzuwenden geben, oder etwa doch?

»Demnach handelt es sich dabei um jene Zeit, als wir Sterblichen noch in Höhlen lebten, Felle trugen und rohes Fleisch aßen, weder lesen noch schreiben konnten, bereits im jungen Alter an schrecklichen Krankheiten starben, von wilden Tieren gefressen wurden, uns vor der Dunkelheit zu Tode fürchteten und keinen müden Gedanken daran verschwenden konnten, über irgend etwas zu lachen, da wir ausschließlich ums nackte Überleben zu kämpfen hatten.«

»Ja.«

»Und das soll das Goldene Zeitalter gewesen sein?«

»Ja.«

»Na gut, ich verstehe«, seufzte die Volontärin. »Entschuldige, daß ich dich unterbrochen habe.«

»Nun ja, ich denke, das reicht auch für heute, oder was meinst du?« fragte Ms. Fisichelli. »Außerdem ist es schon spät, und ich muß noch ein paar Aufsätze korrigieren und benoten.«

»Na gut«, stimmte Mary zu und erhob sich in entzückender Manier vom Sofa. »Vielen Dank noch mal für alles, und wir sehen uns dann ja morgen auf dem Seminar.«

»Ja, ja, natürlich«, sagte die Pythia abwesend. »Frühe klassische Epigraphik, richtig?«

»Die Anwendung von Computern in der modernen Archäologie«, korrigierte Mary sie. »Oder ist das erst am Freitag dran?« fügte sie freundlicherweise hinzu.

»Nein, du hast schon recht. Wo bin ich nur mit meinen Gedanken? Also, dann bis morgen.«

»Gute Nacht«, verabschiedete sich Mary.

»Gute Nacht.«

Die Pythia horchte auf das leise Klicken der sich schließenden Tür und sammelte sich dann, um in Ruhe nachzudenken. Wie sie sich selbst ins Gewissen redete, gehörte es zu ihren Aufgaben, aus den Archäologiestudentinnen, die ihrem Unterricht auf der amerikanischen Schule beiwohnten, eine geeignete Nachfolgerin herauszusuchen, und im großen und ganzen war sie davon überzeugt, die richtige Wahl getroffen zu haben. Diese Begabung. Diese Intuition. Diese Lernfähigkeit. Sogar eine Griechin, wenn auch nur mütterlicherseits, denn Marys Vater war ein recht phantasieloser Bergbauingenieur aus Pennsylvania. Es war fast so, als würde sie immer schon alles im voraus wissen, und dennoch war an dieser Mary Stamnos irgend etwas nicht ganz in Ordnung.

»Irgend etwas stinkt da zum Himmel, verdammter Mist!« fluchte Betty-Lou leise vor sich hin, während sie auf zwei Untertassen etwas Milch goß (eine war für ihre Katze, die andere für die heilige Schlange). »Ich muß es ihm sagen.«

»Also, wo hat er die ganze Zeit gesteckt?« wollte Minerva wissen.

»Essen«, antwortete Apollo.

Minerva runzelte verärgert die Stirn. »Soweit ich mich erinnere, habe ich dich nicht gefragt, was er getan hat, sondern wo er gewesen ist.«

»Er hat in irgend so einer Dorfkaschemme im Kaukasus etwas gegessen«, antwortete Apollo, wobei er sich alle Mühe gab, gegenüber seiner Schwester keinen allzu heftigen Ton anzuschlagen.

»Die ganze Zeit?«

»Ja«, bekräftigte Apollo. »Merkur hat sich extra den Kellner vorgeknöpft. Alles stimmt genau überein. Er ist den ganzen Tag in diesem Lokal gewesen. Der Kellner kann sich sehr gut an ihn erinnern, weil Jason ihm so viel Trinkgeld gegeben hat, daß er nun, wie er sich ausgedrückt hat, eine eigene Traktorenfabrik oder so was aufmachen kann. Das ist alles.«

Minerva blickte ihn mit finsterer Miene an. »Nein, merk dir meine Worte, irgend etwas ist da vorgefallen, und die einzig mögliche Erklärung dafür ist, daß jemand ganz Bestimmtes darin verwickelt ist.«

»Ich weiß es wirklich nicht.«

»Was weißt du nicht?«

»Wer darin verwickelt sein soll.«

Minerva machte eine abfällige Geste und ahmte dann lachend jemanden nach, der einen Fenchelstrunk bei sich trägt.

»Ach, *den* meinst du. Nein, Merkur hat ihn offensichtlich ausgiebig befragt«, widersprach Apollo rasch. »Den Adler natürlich auch. Nichts. Nach seinem Dafürhalten haben die nicht gelogen, sonst hätte er es mitbekommen. Merkur ist manchmal ganz schön gerissen, und er versteht was vom Lügen... ist ja so 'ne Art Hobby von ihm, und deshalb...«

An der Art und Weise, wie Minerva ihn ansah und wie die Eule auf ihrer Schulter in die Flügelfedern hineinkicherte, stellte er fest, daß seine große Schwester nicht überzeugt davon war. *Aber was soll's? Ich bin's ja auch nur zum Teil,* dachte er. *Ich will nur endlich Mini vom Hals haben, damit ich die Geschichte selbst überprüfen kann.*

»Eins steht jedenfalls fest«, fuhr er fort. »Es wurde kein Schaden angerichtet. Auftrag ausgeführt, zehn Zentauren zu Hackfleisch verarbeitet, das Goldene Vlies wiedererlangt und in den heiligen Hain von Blachernas* zurückgebracht. Deshalb halte ich es für das beste, so zu tun, als wäre nichts geschehen. Einverstanden?«

»Nein, das bin ich nicht«, widersprach Minerva. »Es muß eine genauere Untersuchung stattfinden.«

---

* Heute zufällig die Kavkader Zweigstelle der Volksbank

»O ja, das finde ich auch«, stimmte Apollo ihr heftig nickend zu. »Es muß eine Untersuchung stattfinden, daran gibt es keinen Zweifel. Ich würde sogar sagen, du solltest dich auf der Stelle darum kümmern. Je eher, desto besser, findest du nicht?«

Minerva nickte und stolzierte davon.

Apollo grinste. *Wie Minerva zur Göttin der Weisheit ernannt werden konnte, das wissen allein die Götter,* sagte er sich. *Mit ihrem Intelligenzquotienten hat das jedenfalls nichts zu tun.*

Nachdem er sich davon überzeugt hatte, daß Minerva wirklich verschwunden war und sie ihn auch nicht hinter einer Heliumschwade belauschte, setzte Apollo die Leier ab, die er angeblich mit neuen Saiten beziehen wollte, und stellte den Kommentar an.

»Und nun schalten wir direkt zum Ringplatz, wo sich Derek mit dem amerikanischen Präsidenten George Jones unterhalten wird, dessen Team, die Yankees, gerade erfolgreich eine bemannte Weltraumstation in die Mondumlaufbahn geschossen hat. Nun, George, ich möchte wetten, Sie fühlen sich wie der Mann im Mond und …«

Apollos Miene verfinsterte sich, und er kippte den Schalter wieder um. Er ahnte, daß mehr dahintersteckte, als es Jupiter auf den ersten Blick vermuten mochte, selbst wenn sich die Folgen noch nicht unmittelbar ausgewirkt hatten. Schließlich begab er sich auf die Suche nach Mars, den er wenig später in der Bar ausfindig machte.

Der Exkriegsgott schenkte sich gerade mit zitternden Händen einen großen Ambrosia mit Ginger-ale ein.

»Weißt du eigentlich, was mir diese dämlichen Arschlöcher fast angetan hätten, Apo?«

»Nein«, antwortete Apollo. »Hör mal, ich …«

»Ich meine, die wollten ihren eigenen Laden aufmachen, und deshalb ist es logisch, daß sie mich nicht mehr zum Führen ihrer Kriege brauchen«, fuhr Mars fort. »Wie ich es sehe, stehe ich denen einfach im Weg… Ja, genau das ist es«, fügte er verbittert hinzu. »Wenn ich allerdings normalerweise jemandem mit irgendwas im Weg stehe, dann ist das aus Blei und schnell wie der Blitz. Jetzt schau dir mal an, was diese Spinner im Mittleren Osten mit meiner Rüstung gemacht haben!« Er hielt etwas hoch, das auf den ersten Blick wie ein Sieb aussah, das sich aber bei genauerem Hinsehen als ein durchlöcherter Helm entpuppte. »Glaub mir, diesmal habe ich die Schnauze gestrichen voll. Als erstes werde ich zu ihm gehen und ihm meine Karten auf den Tisch legen. Jupiter Optimus Maximus, werde ich sagen, entweder überläßt du mir einen vernünftigen Schutzanzug, oder du kannst dir deinen miesen Job dahin stecken, wo die Sonne aus dir am schönsten herausscheint. Und wenn er mich über den Himmelsrand schmeißen will, dann habe ich nichts dagegen. Mittlerweile ist mir alles …«

Apollo lächelte ihn besänftigend an, und Mars' Wortschwall versiegte. Im Lächeln war Apollo wahrscheinlich unschlagbar.

»Ist dir denn nichts aufgefallen, als du da unten gewesen bist?« fragte Apollo. »Ich meine, irgend etwas Ungewöhnliches oder so?«

Mars lachte grimmig und antwortete: »Das hängt ganz davon ab, was du unter ungewöhnlich verstehst. Ich meine, wenn du es als ungewöhnlich bezeichnest, eine kreischende SAM-Rakete im Arsch stecken zu haben, dann kann ich deine Frage mit ja beantworten. Im Ernst, Apo, ich stand da einfach nur rum und dachte darüber nach, was mich der ganze Scheiß überhaupt angeht, und *peng!* Ehrlich mal, Alter, sehe ich aus wie so 'n Scheißpanzer?«

»Was weiß ich? Vielleicht war das nur eine Überreaktion oder so was wie ein Fehlschuß«, versuchte Apollo ihn zu beruhigen. »Aber unabhängig davon, hast du irgendwas Ungewöhnliches gesehen, das dir sozusagen direkt ins Auge gesprungen ist? Ich meine, irgend etwas Außerordentliches?«

Mars schenkte sich erneut einen Drink ein, von dem allerdings eine Menge auf dem Tresen landete. »Etwas Außerordentliches?«

»Genau.«

»Mal sehen…« Mars dachte kurz nach, dann fuhr er fort: »Die Singhalesen prügeln auf die Tamilen ein. Die Äthiopier treten auf den Eritreern herum. Die Chinesen tauschen mit den Vietnamesen Raketen aus. Die Iren ballern auf die Briten. Die Briten ballern auf die Argentinier. Die Amerikaner bombardieren Libyen. Die Libyer schmeißen auf alle anderen Bomben. Nein, ich kann wirklich nicht behaupten, daß mir irgend etwas Außerordentliches aufgefallen wäre.«

»Na gut«, seufzte Apollo. »Du mußt nämlich wissen, daß wir während deiner Abwesenheit einen Helden verloren haben.«

Mars schüttelte heftig den Kopf. »Das ist nicht meine Schuld. Alle, die heute eins auf die Nase gekriegt haben, sind totale Feiglinge gewesen. Wirklich alle. Da war kein Held dabei, den man hätte verlieren können.«

»Nein, nein, wir haben ihn nicht wirklich verloren, sondern eher verlegt. Zwischen dem Einschlagen des Pfads der Tugend und dem Aufmischen von ein paar Zentauren hat er sich gewissermaßen kurzfristig verlaufen.«

»Ich habe wirklich keine Ahnung«, murmelte Mars, wobei er nachdenklich das Getränk im Glas kreisen ließ. »Glaub mir, Helden sind schon ein komisches Pack.«

»Was willst du damit genau sagen?« hakte Apollo geduldig nach.

»Ganz einfach. In den Büchern steht zwar nichts davon drin, aber ich habe diese kleinen Fieslinge lange genug beobachtet und dabei einiges herausgefunden. Sie gehören nämlich nicht der menschlichen Rasse an.

Sie sind nicht menschlich. Sterblich vielleicht, aber nicht menschlich. Oder nicht *ausschließlich* menschlich. Verstehst du jetzt, worauf ich hinauswill?«

»Nein.«

»Aha.« Mars griff schon wieder nach der Flasche. »Möchtest du auch einen?«

»Jetzt nicht, danke.«

»Wie du willst. Laß es mich anders ausdrücken. Du erinnerst dich doch bestimmt daran, daß es wegen dieser Gabelung von Dingsbums alle diese verschiedenen Welten gibt, und auch an dieses andere Zeugs, das wir als Kinder lernen mußten, nicht wahr?«

»Nur teilweise«, gestand Apollo. »Ehrlich gesagt habe ich während dieser Unterrichtsstunden meistens nur aus dem Fenster geguckt.«

»Das habe ich zwar auch«, räumte Mars ein, »aber immerhin habe ich am nächsten Tag noch mal einen Blick in meine Notizen geworfen. Jedenfalls glaube ich, bei deinem Helden funktioniert es so, daß er sich zwischen den verschiedenen möglichen Welten gleichzeitig beliebig hin und her bewegen kann. Wenn er zum Beispiel die Wahl hat ...«

»Du meinst, er könnte sich mit Prometheus verschwören und gleichzeitig unter einem Baum sitzen und Schischkebab essen?«

»Genau, das ist ein sehr geistreicher Vergleich«, stimmte Mars ihm zu. »Stell dir vor, man kann zwischen zwei Vorgehensweisen wählen. Dein gewöhnlicher Sterblicher trifft die Wahl, und er spaltet sich in zwei verschiedene Sterbliche in zwei verschiedenen Welten auf. Der eine kümmert sich um die Verschwörung, der andere ißt die Fleischspieße. Kannst du mir soweit folgen?«

»Mehr oder weniger, ja.«

Mars fuhr mit dem Zeigefinger über den Glasrand und leckte ihn ab. »Nun, ich glaube, aufgrund einer grundsätzlichen Seltsamkeit innerhalb ihrer Molekularstruktur oder wie der Scheiß heißt, unterscheiden sich Helden dadurch, daß sie sich, wenn sie vor solch einer Wahl stehen – Gabelung, Alternative oder wie auch immer –, frei entscheiden können und daß es sogar eine Art dritte Wahlmöglichkeit gibt, die sich ihnen wie aus dem Nichts eröffnet und ausschließlich ihnen zur Verfügung steht. Wenn du so willst, heißt das, ein Held kann gleichzeitig auf zwei Hochzeiten tanzen. Nein, ich meine noch etwas anderes. Er kann nämlich nicht nur auf zwei Hochzeiten tanzen, sondern auch noch entscheiden, welche Musik gespielt wird, weil er eben ein Held und kein gewöhnlicher Sterblicher ist. Verstehst du jetzt, worauf ich hinauswill, oder kannst du mir nicht mehr folgen?«

»So ungefähr«, antwortete Apollo und dachte an die Straße mit dem Umleitungsschild. »Aber das ist unmöglich, wirklich.«

»Jetzt laß uns nicht darüber reden, was möglich oder unmöglich ist, ja? Schließlich haben Wände Ohren und so weiter. Was ich sagen will, ist folgendes: Helden sind … na ja, ich glaube, ›verdammte Glückspilze‹ ist der treffende Ausdruck für diese Typen, findest du nicht?«

»Mag sein«, antwortete Apollo. »Du willst also damit sagen, daß ein Held, der die Wahl hat, sich mit ein paar Zentauren zu prügeln oder etwas zu essen, weder das eine noch das andere macht, sondern sozusagen in irgendeine andere Dimension abtaucht und …«

»Dimension ist das falsche Wort«, unterbrach ihn Mars. »Das alles ist eine rein theologische Fiktion, keine theologische Wahrheit. Aber ich glaube – und du solltest stets daran denken, daß ich noch unter der gewaltigen Schockeinwirkung einer Tretmine stehe, wenn ich jetzt mit dir rede –, ich glaube, was du eben beschrieben hast, ist absolut möglich. Na ja, genausogut nicht möglich und sogar völlig unmöglich. Trotzdem wäre ich bereit zu wetten, daß so etwas passieren kann, wenn es sich um einen Helden handelt.« Er trank sein

Glas aus, wischte sich mit dem Ärmel den Mund ab und stand torkelnd auf. »Wer weiß? Aber da wir gerade dabei sind, wen interessiert das überhaupt? Wer muß diese Mistkerle schon verstehen, wenn man sie sowieso überlebt? sage ich immer.«

Apollo lachte höflich. »Das ist allerdings wahr. Wenn du trotzdem so nett wärst, die Augen für mich offenzuhalten, dann ...«

»Das hängt ganz davon ab, wie klar mein Blick dann grade ist«, lallte Mars.

VII

Am nächsten Morgen öffnete sich gegen halb fünf die Tür von Mr. und Mrs. Derrys Haus, und Jason trat heraus. Er trug einen länglichen Leinensack und eine Plastiktüte bei sich.

Der Sonnenaufgang präsentierte sich in einem fast kitschig anmutenden rosaroten Farbton und läutete so den ersten Werbeblock des Tages ein. Zum großen Bedauern des Konsortiums australischer Industriemagnaten, das die Sonne heutzutage managt, verfügen nur sehr wenige Haushalte über die geeigneten Satellitenschüsseln und Decoder zum Empfang der von ihr ausgestrahlten Signale, aber Australier sind überaus geduldig. Spätestens wenn sich die fossilen Brennstoffreserven dem Ende zuneigen, so argumentieren sie, werde auch der letzte Skeptiker Sonnenenergie ernstnehmen, und dann schlage ihre große Stunde.

Durch einen merkwürdigen Zufall, der wahrscheinlich mit seiner einzigartigen genetischen Veranlagung zusammenhing, war Jason Derry ein natürlicher Empfänger der unterschwellig ausgestrahlten Mitteilungen der Sonne. Da dies bei ihm aber ausschließlich auf unbewußter Ebene geschah, hatte er sich schon oft gefragt, warum er hin und wieder wie aus dem Nichts den fast unwiderstehlichen Wunsch verspürte, auf fettarme Margarine umzusteigen, eine Lebensversicherung abzuschließen oder Tampons zu kaufen. Letztendlich war es ihm gelungen, sich mit diesem Problem abzufinden, indem er sich immer wieder einredete, daß er auf keinen Fall so doof sei, um auf solch einen Unsinn hereinzufallen.

Ein kleiner Elektrowagen fuhr leise surrend heran und hielt vor dem Haus.

»Guten Morgen, George«, begrüßte Jason den Fahrer.

»Morgen, Boß. Wohin soll's heute gehen?«

»Gut, daß du mich das fragst, George«, antwortete Jason grinsend. »Der Ablauf ist nämlich geändert worden.«

»Ach wirklich?« stutzte George. »So was passiert in letzter Zeit ziemlich häufig, findest du nicht?«

»Das kann man wohl sagen«, murmelte Jason und öffnete geschäftig das obere Ende des Leinensacks. »Außerdem kommen in nächster Zeit noch eine ganze Menge andere Veränderungen auf uns zu. Weißt du, was das hier ist?«

George nickte. »Sicher, das ist das Schwert von Glykerion.«

»Wie hieß das letzte Wort?«

»Glykerion.«

»Ach so...«, seufzte Jason mit leichter Verzögerung. »Ich glaube, so was ähnliches hat mir diese alte Hexe auch gesagt, wahrscheinlich habe ich sie nur falsch verstanden. Egal. Der springende Punkt ist jedenfalls, daß dieses Schwert sehr scharf ist. Wirklich *sehr* scharf, George.«

»Ich weiß. Und was willst du damit sagen?«

Jason runzelte die Stirn. »Ach, komm schon, George, stell dich nicht so blöd an. Ich bedrohe dich.«

»Mich? Weshalb?« fragte George erstaunt.

»Weil ich dich einschüchtern will, um dich auf diese Weise dazu zu zwingen, nur noch das zu tun, was *ich* will«, antwortete Jason gereizt. »Warum wohl sonst, he?«

»Aber, Boß, ich tu doch immer, was du sagst, oder etwa nicht?«

»Ja, ja, aber das liegt daran, weil ich dir immer nur

das sage, was ich dir sagen *soll!*« herrschte Jason ihn in ungewohnt scharfem Ton an, dann fuhr er mit ruhigerer Stimme fort: »Hör zu, ich bin nicht in der Stimmung, tiefschürfende Diskussionen über Metaphysik zu führen. Also laß uns endlich losfahren, bevor noch jemandem etwas auffällt.«

»Ganz wie du willst, Boß«, antwortete George achselzuckend. »Nächste Haltestelle: Thessalien.«

»Nichts da, Piccadilly Circus!« befahl Jason.

»Bist du dir sicher?« erkundigte sich George vorsichtig. »Sieh doch, hier auf dem Programmzettel steht: Larissa, ehemalige Hauptstadt von Thessalien. Also ...«

»Genau das wollte ich dir doch gerade sagen, George«, unterbrach ihn Jason mürrisch. »Wir werden eben nicht nach Thessalien, sondern zum Piccadilly Circus fahren.«

»Und warum?«

»Halt's Maul und fahr endlich mit dieser alten Scheißkarre los, klar?«

Die den Helden zur Verfügung stehenden kleinen Elektrobuggys werden von Vulcanus hergestellt, dem Exgott des Feuers und der Handwerker. Da sie ein göttliches Erzeugnis sind, kann man damit einen Porsche überholen, ohne den zweiten Gang einlegen zu müssen. Zudem werden sie standardmäßig ab Werk mit einer zwanzig Millionen Jahre währenden Garantie und Zentralverriegelung ausgeliefert. Deshalb benötigte George bis zum Piccadilly Circus keine dreißig Sekunden; was nur gut war, denn es dauerte mehr als eine Stunde, eine Parklücke zu finden.

»Ist es dir hier recht, Boß?« fragte George.

»Ja, in Ordnung«, antwortete Jason. »In spätestens zwei Stunden müßte ich wieder zurücksein.«

»Ich hoffe nur, du weißt, was du tust.«

»Und ob.«

»Wie du meinst. Sag mal, was hast du eigentlich in der Plastiktüte drin?«

»Sandwiches und eine Thermoskanne. Falls irgend jemand was von mir will, sag ihm, ich sei an Cholera gestorben. Alles klar?«

Jason stieg aus, schnürte sich vorsichtig den Leinensack am Gürtel fest und ging die Treppe des U-Bahnhofs hinunter, wo er sich neben die Fahrkartenschranke hinstellte und wartete. Nach wenigen Minuten näherte sich ihm ein sehr kleiner, hagerer Mann mit einer Blume im Knopfloch.

Der Mann räusperte sich und sagte langsam: »Die Verehrung von Mithras ist in Saxmundham noch lange nicht zu den Akten gelegt.«

»Was ist los?«

»Die Verehrung von Mithras … Ach, Scheiße, das war der falsche Text!« fluchte der kleine Mann leise vor sich hin. »Tut mir leid. Also: Dienstag ist kein guter Tag zum Zwiebelschälen.«

»Der Freitag ist noch schlechter, erst recht wenn man Linkshänder ist«, antwortete Jason selbstbewußt. »Also bist du Vergil, richtig?«

»Pst! Schrei hier nicht so rum!« ermahnte ihn der kleine Mann. »Eigentlich soll ich ganz woanders sein.«

»Ich weiß, mir geht's genauso.«

»Ich habe denen im Büro gesagt, ich würde in Spoleto das Seminar ›Die heutige Bedeutung des Hexameters‹ besuchen. Aber ich möchte wetten, irgendeiner von denen ruft dort an und findet heraus, daß ich gar nicht da bin. Ich muß ein ganz schöner Idiot sein, daß ich mich auf so etwas einlasse.«

»Aber du bist doch schon lange tot. Also was schert dich das noch?« erkundigte sich Jason neugierig.

»Nur weil man tot ist, bedeutet das noch lange nicht, daß die nicht mehr hinter einem her sind«, zischte Vergil mit finsterer Miene. »Auf alle Fälle ist das hier das letztemal, daß ich mich auf solch eine Geschichte einlasse.«

Jason klopfte ungeduldig mit dem Fuß auf den

Boden. »Schön, das hast du alles schon einmal gesagt. Also laß uns jetzt endlich losgehen, ja? Wenn ich das nächstemal einen U-Bahn-Führer brauche, werde ich mir lieber einen dieser kleinen Pläne kaufen.«

Vergil blickte ihn giftig an und zog aus der Tasche seines Regenmantels zwei Fahrkarten. Dabei handelte es sich allerdings nicht um gewöhnliche U-Bahn-Karten, sondern um leuchtende Fahrausweise aus Gold.

»Verlier sie nicht«, ermahnte Vergil ihn. »Also gut. Halten wir's mit Dante: ›Laßt jede Hoffnung hinter euch, ihr, die ihr eintretet.‹ Hier entlang.«

Eine ganze Weile gingen sie durch finstere, gewundene Gänge, in denen gespenstische Geräusche widerhallten. Überall um sie herum bemerkte Jason Wesen, die verdächtig nach Quälgeistern aussahen – Gewaltverbrecher, Vater- und Muttermörder und irgendwelche Leute, die verzweifelt die nach Westen gehenden Bahnsteige suchten. Obwohl er ein Held war, erschauderte er leicht.

»Das beweist wieder einmal die Wahrheit des alten Sprichworts, daß ein Freund in der Not eine Plage ist«, stellte Vergil fest. »Nur weil ich Dante damals nach seinem Verschwinden den Weg durch das Inferno gezeigt habe – du weißt schon, ein Dichter hilft dem anderen und dieser ganze Blödsinn, obwohl es sich dabei um das größte Ammenmärchen handelt, das mir je zu Ohren gekommen ist; versuch nur mal, einen Dichter darum zu bitten, dir im Regen bei einer Reifenpanne zu helfen, und du wirst schon sehen, wie weit du damit kommst –, jedenfalls nur weil ich ihm den Weg gezeigt habe, halten die mich für eine Art Ein-Mann-Unternehmen für Pauschalreisen. Allerdings ist in erster Linie mein Agent an allem schuld. Dieser verdammte Narr hat sie nämlich erst dazu ermutigt. Nächsten Monat soll ich eine Gruppe Schulkinder über holländische Tulpenzwiebelfelder führen! Unter angenehmem Zeitvertreib stelle ich mir wahrhaftig etwas anderes vor. Ich werde nie vergessen, als ich ...«

»Vergil!«

»Ja, was ist?«

»Gehen wir den richtigen Weg? Müssen wir nicht nach rechts?«

Vergil kicherte auf unangenehme Weise und antwortete geheimnisvoll: »Hier unten ist man nie auf dem richtigen und schon gar nicht auf dem rechten Weg. Nebenbei bemerkt, ist es sowieso vernünftiger, den Bus zu nehmen. Ich glaube, wir müssen hier links abbiegen.«

»Aber wir sind doch schon eine Ewigkeit unterwegs«, wandte Jason ein.

»Richtig«, antwortete Vergil knapp, was Jason als ausgesprochen hilfreich empfand.

»Welche Linie nehmen wir überhaupt?«

»Das wird sich schon noch herausstellen«, grummelte Vergil vielsagend.

Sie bogen um eine Ecke und kamen an einem Straßenmusikanten vorbei, vor dem ein Hut lag, der keinen Boden hatte. Er spielte auf einer Gitarre ohne Saiten, und wenn er zum Singen den Mund öffnete, kam kein Laut heraus. Eine Mundharmonika, die wie eine verchromte Hornisse ständig um seinen Kopf herumschwirrte, stürzte sich hin und wieder auf ihn und biß ihm ins Ohr. Vergil blieb stehen und griff in die Manteltasche.

»Sehr schön, ich wußte doch, daß ich noch welche bei mir hatte«, murmelte er vor sich hin. Dann nahm er zwei Peseten, einen verrosteten Pfennig und eine Marke für Spielautomaten und warf sie in den Hut ohne Boden, wo die Münzen verschwanden.

»Ein trauriger Fall«, fuhr Vergil fort. »Im Leben war er ein berühmter Dirigent, aber irgendwann stimmte er zu, Weihnachten in dieser Wohltätigkeitsgala ›Stars in der Manege‹ mitzuwirken, und danach ging's mit ihm stetig bergab. Am Anfang waren es Talkshows, dann Werbespots für Doppelfenster, und als er starb, ist er schließlich hier gelandet. Wirklich teuflisch, was die sich manchmal einfallen lassen.«

Jason starrte ihn ungläubig an. »Willst du etwa damit sagen, er ist *tot*?«

»Sicher. Du bist jetzt im Untergrund oder, besser gesagt, unter der Erde.«

Hinter der nächsten Ecke kamen sie an einer Frau vorbei. Sie lag, mit dem Rücken fest an die Kacheln gepreßt, zusammengekrümmt auf dem Boden. Mit den Händen umklammerte sie ihre Ohren, in denen zwei kleine Kopfhörerclips eines Walkmans steckten. Obwohl selbst Vergil und Jason die Musik hörten, als sie an ihr vorbeigingen, war es offensichtlich, daß die Frau keinen Ton mitbekam.

»Das da spricht ja wohl für sich selbst«, bemerkte Vergil angeekelt.

Für jemanden, der nicht wußte, was Angst ist, fühlte sich Jason allmählich ziemlich unbehaglich; aber da Vergil offenbar spielend mit allem fertig wurde, tat er alles, um seine aufkommende Nervosität zu verbergen. So kam es, daß er nur verlegen einen Schritt zurücktrat, als eine ausgezehrte Frau mit starrem Blick auf sie zusprang und sich nach Bahnsteig sieben erkundigte und trotz Vergils Wegbeschreibung in die entgegengesetzte Richtung davonlief – obwohl Jason heftig gegen den Drang ankämpfen mußte, das Schwert von Scheiße-ich-hab's-schon-wieder-vergessen zu ziehen und ihr den Kopf abzuschlagen.

»Noch so ein hoffnungsloser Fall«, sagte der Dichter, als das hysterische Lachen der Frau in der Ferne abflaute. »Ihr größtes Vergehen bestand darin, ihrem Mann andauernd damit in den Ohren gelegen zu haben, jemanden nach dem Weg zu fragen, sobald die beiden sich verlaufen hatten. Geschieht ihr ganz recht, finde ich, trotzdem …«

Je weiter sie vordrangen, desto dunkler wurde es, so daß sie nur noch die vor ihnen liegenden Wände des Gangs erkannten, der durch brennende Graffitikünstler erhellt wurde, die zweckmäßigerweise knapp oberhalb der Kopfhöhe in regelmäßigen Abständen an die Kacheln genagelt worden waren. Die dunklen Stellen dazwischen waren von grotesken schlurfenden Gestalten gefüllt, die unheimliche Geräusche von sich gaben. Vorsichtshalber beachtete Jason sie erst gar nicht.

»So, wir sind fast da«, stellte Vergil fest. »Ich sollte dich lieber vorwarnen, denn was jetzt kommt, ist nichts für zarte Gemüter.«

»Na prima«, seufzte Jason.

Sie bogen erneut um eine Ecke und gelangten zu einer Treppe, die zu einem schmalen Durchgang hinabführte. An den Wänden des Durchgangs klebten etliche schreiende und sich mit Händen und Füßen wehrende Gestalten, auf deren Gesichtern sich dämonische Plakate zu Schnurrbärten zusammenzogen. Dann gelangten die beiden auf einen Bahnsteig, der völlig leer war.

»Hier ist es doch gar nicht so schlimm«, sprach sich Jason selbst Mut zu.

»Na, dann wart mal ab«, kicherte Vergil grimmig.

Aus der Ferne war ein kreischendes Geräusch zu hören, das allmählich näher kam, bis schließlich ein U-Bahn-Zug auftauchte. Als er an ihnen vorbeifuhr, konnte Jason erkennen, daß die Waggons mit bleichen, geisterhaften Gestalten gefüllt waren, die sich allesamt gegenseitig auf den Füßen standen.

»Einmal ein Pendler, immer ein Pendler«, stellte Vergil lakonisch fest. »Schrecklich, nicht wahr?«

Der Zug wurde langsamer und hielt an. Einige der Leute im Zug stürzten sich auf die aufgehenden Türen und versuchten hinauszukommen, aber im selben Augenblick wurden die Türen mit ungeheurer Gewalt wieder zugeschlagen. Mit Entsetzen mußte Jason feststellen, daß die Türen Zähne hatten.

»Dabei kann man nicht einmal behaupten, daß sie nicht vorgewarnt wurden«, stellte Vergil betrübt fest. »Schau doch, da steht in ganz großen Buchstaben ›Nicht die Türen blockieren‹, das sieht doch ein Blinder… Warte, etwas Geduld noch, das ist gleich vorbei.«

Nach wenigen Sekunden, die Jason wie eine Ewigkeit vorkamen, hörten die Türen endlich damit auf, die Leute zu zermalmen, und eine große rote Zunge erschien und zog alle wieder hinein. Als sich die Türen schlossen und gleich darauf erneut öffneten, waren die Waggons leer. Von irgendwoher aus der Nähe der Fahrerkabine drang ein unmißverständlicher Rülpser herüber.

»Also los!« forderte Vergil Jason auf. »Ich weiß zwar nicht, wie du es hältst, aber ich sitze am liebsten mit dem Rücken zur Fahrtrichtung.«

Jason hielt Vergil am Ärmel fest. »Bist du wahnsinnig? *Da* gehe ich nicht rein!«

Der Dichter blickte ihn verächtlich an und stieg in den Zug. Wie Jason im Nacken spürte, kamen hinter ihm einige Leute die Treppe herunter und näherten sich bereits dem Bahnsteig. Da er auf deren Gesellschaft gut verzichten konnte, schloß er lieber die Augen und folgte Vergil in den Zug. Die Türen knallten zu.

Als er die Augen wieder öffnete, sah er lediglich einen völlig gewöhnlichen U-Bahn-Waggon. Vergil, der sich auf einem der Sitze niedergelassen hatte, starrte nachdenklich auf einen großen Haufen Asche und verkohlte Knochen. Jason zuckte bei dem Anblick zusammen.

»Ich nehme an, das hier ist ein Nichtraucherwagen«, sagte er.

»Ganz im Gegenteil«, antwortete Vergil. »Hier ist es nur so, daß der Waggon die Leute raucht. Setz dich und ruh dich erst mal aus. Es wird gleich ziemlich unangenehm.«

»Nicht schon wieder!«

Apollo nickte beschämt.

»Das darf doch nicht wahr sein!« fauchte Minerva ihn an. »Wenn es so ist, sollten wir ihm eins von diesen Hundehalsbändern mit kleinen Glocken dran umbinden. Und wo hast du ihn das letztemal gesehen?«

»Auf dem Piccadilly Circus«, antwortete Apollo.

Minerva zog entsetzt die Augenbrauen hoch. »Na prima! Toll hast du das hingekriegt. Dann bekommen wir auch keine Sonderpunkte für das richtige Raten seines Aufenthaltsorts.«

»Jetzt wart doch erst mal ab. Vielleicht wollte er nur einen Zug nehmen oder so was.«

Ohne auf ihn einzugehen, fauchte Minerva: »Ich will mal sehen, was Pluto vorhat.«

Nach langer Suche entdeckte sie schließlich den Exgott des Todes in einer maßgeschneiderten Holzkiste im Schrank unter der Treppe des Morgengrauens. Sie schnaufte erschöpft durch die Nase und trat mit dem Fuß gegen die Kiste.

»Es gibt für dich was zu tun. Steh endlich auf!«

»Ich habe mich zur Ruhe gesetzt«, murmelte Pluto schläfrig. »Hau ab.«

»Wenn du nicht sofort aufstehst und in fünf Minuten angezogen bist, werden wir dich auf andere Weise wachkriegen, Freundchen! Notfalls mit einem nassen Schwamm im Nacken«, drohte ihm Minerva. »Wir warten auf dich im Observationsraum.«

Als Minerva dort wieder eintraf, beobachtete Apollo gerade die Erde durch eine Art optisches Instrument, das er erfolglos zwischen den Beinen zu verbergen versuchte, als er merkte, daß seine Schwester zurückgekehrt war. Minerva schnalzte auf vertraute Weise mit der Zunge und streckte fordernd die Hand aus. Widerwillig übergab ihr Apollo das Instrument.

»Und wie funktioniert das Ding?« wollte Minerva wissen.

»Ich bin mir nicht ganz sicher«, antwortete Apollo. »Anscheinend nimmt es irgendwie die Wellen von Zufallsteilchen auf, die durch Störungen in der Möglichkeitenstruktur aktiviert werden.«

Minerva runzelte die Stirn; in bezug auf technische Geräte war sie ein hoffnungsloser Fall, was sie aber niemals zugegeben hätte. »Du meinst, das ist so was wie ein Rauchmelder?«

»So was in der Richtung, ja.«

»Und? Hast du was entdeckt?«

Apollo schüttelte den Kopf. »Auf dem ganzen Weg, der ihn irgendwo unter dem Café Royal entlangführte, hat er eine Spur sich verschmelzender Wahlmöglichkeiten hinterlassen, aber dann ist der Bildschirm einfach weiß geworden und hat mich nur noch angepiepst. Also habe ich ihn ausgeschaltet. Nach meinem Dafürhalten heißt das, er ist dort bereits eingetroffen. Du weißt schon...«

»Und ob«, seufzte Minerva. Wenn es sich irgendwie vermeiden läßt, nennen die Götter den Ort, der sich direkt unterhalb der Weinkeller des Restaurants Hamley's befindet, nicht beim Namen; wegen der negativen Schwingungen.

»Das heißt, er ist uns eindeutig entwischt«, stellte Apollo fest.

»Unsinn!« fauchte Minerva. Im selben Augenblick schlurfte Pluto herein. Er trug einen schwarzen Morgenmantel und Pantoffeln und gähnte laut. Seit ewigen Zeiten hatte er sich weder die Haare noch die Fingernägel geschnitten.

»Worum geht's denn eigentlich?« erkundigte er sich schläfrig.

»Wir brauchen jemanden, der für uns zur Regent Street geht«, klärte Minerva ihn auf.

Pluto blickte sie unmutig an. »Ach, hör auf, Mini. Du weißt ganz genau, daß ich da die Krätze kriege.«

»Jetzt stell dich nicht so kindisch an«, spöttelte Minerva.

»Dann geh doch selbst«, schlug Pluto vor.

»Es gehört aber zu deinem Königreich.«

»Das ist schon lange her«, widersprach Pluto. »Ich habe es einer englisch-französischen Firmengruppe verkauft, erinnerst du dich nicht mehr? Die haben allen Ernstes versucht, das Londoner U-Bahn-Netz mit der Pariser Metro zu verbinden. Saublöde Idee, wenn du mich fragst, aber immerhin haben die's geschafft, eine ...«

»Schon gut! Wenn du mit deinen Ausführungen jetzt fertig bist, kannst du dich ja gleich auf den Weg machen«, unterbrach ihn Minerva aufgebracht. »Wir suchen einen Helden. Groß, muskulös, blond. Das Übliche eben. Er hört auf den Namen Jason Derry. Moment, ich werde ihn dir auf dem Schirm zeigen.«

Minerva spielte an einigen Schaltern herum, und direkt unterhalb des Großen Bären erschien im nächtlichen Himmel ein tausend Kilometer hohes Hologramm von General de Gaulle. »Huch! Tut mir leid, das ist die falsche CD-ROM. Versuchen wir's doch mal mit dieser hier.«

General de Gaulle wurde wieder vom Zentrum des Polarsterns eingesaugt und durch Jason Derry ersetzt, der mit einem Fuß auf dem zerschmetterten Kopf eines Riesenreptils stand und gelangweilt dreinblickte.

»Das ist der Kerl«, sagte Minerva, und kurz darauf verschwand Jasons Konterfei wieder.

Pluto blickte mit grimmiger Miene zu der Stelle, wo sich noch vor wenigen Sekunden das Hologramm befunden hatte, und zog den Gürtel seines Morgenmantels fest. »Ist der Kerl gefährlich?«

»Kommt drauf an, was du unter gefährlich verstehst«, meldete sich Apollo zu Wort. »Im landläufigen Sinne, also ganz allgemein ausgedrückt, ist er das höchstwahrscheinlich. Andererseits kann ich mir nicht vorstellen, daß er dir was antun kann. Keine Angst, er wird dich schon nicht beißen.«

»Scheiß drauf, ich nehme trotzdem lieber den Hund mit.«

Der Zug hielt an.

Jason blickte aus dem Fenster, aber dort war nichts zu sehen.

»Wo sind wir?«

Vergil blickte ihn ernst an. »Als Sohn des Jupiter solltest du solche Fragen nicht stellen müssen«, wies er ihn zurecht. »Und erst recht nicht hier.«

»Warum nicht? Haben wir etwa eine Panne oder so was gehabt?«

»Nein, so kann man das nicht nennen«, murmelte Vergil, wobei er etwas verlegen zu Boden blickte. »Das ist schon ganz richtig so. Jedenfalls ist das hier die Stelle, wo du hin wolltest.«

Jason nickte. »Aha, und warum öffnen sich die Türen nicht?«

»Das tun sie hier nie.«

»Wie meinst du das?«

»Das hier ist kein normaler U-Bahnhof«, klärte Vergil ihn auf. »Falls überhaupt irgendwas, dann ist das eine Art Geisteszustand. Der Zug hält hier zwar, man kann aber nicht aussteigen.«

»Und warum nicht?«

»Du bist wahrscheinlich die erste Person in der Schöpfungsgeschichte, die eine solche Frage stellt«, seufzte Vergil. »Die Türen öffnen sich hier aus fast genau den gleichen Gründen nicht, wie sich in einer Concorde nicht die Fenster aufmachen lassen. In gewisser Weise handelt es sich um eine feindliche Umgebung.«

»Wirklich?« Jason spähte angestrengt hinaus, doch konnte er nicht einmal die Spur irgendeiner Umgebung entdecken, sei sie nun feindlich oder nicht. Da draußen herrschte nur jene Dunkelheit, bei der man außer seinem Spiegelbild im Fenster nichts sah, und das teilte er auch Vergil mit.

»Genau das ist der springende Punkt«, antwortete Vergil. »Da draußen herrscht nämlich das absolute Nichts. Wahrscheinlich handelt es sich um die größte Ansammlung des absoluten Nichts im gesamten Universum.«

»Ich verstehe«, murmelte Jason und fügte nach einer kurzen Pause hinzu: »In dem Fall hat mich jemand ganz schön auf den Arm genommen.«

»Wirklich?« Vergil musterte seine Fingernägel. »Und um wen könnte es sich dabei gehandelt haben?«

Jason verspürte ein leichtes Zucken unter der Kopfhaut. »Ach, so ein Typ, den ich zufällig kennengelernt habe. Er hat mir gesagt, daß ich … na ja, daß ich etwas, nach dem ich suche, in der U-Bahn-Station finde, die direkt unter dem Hamley's liegt. Als ich ihm daraufhin gesagt habe, daß es dort meines Wissens keinen U-Bahnhof gibt, hat er mir geraten, dich darum zu bitten, mich dorthin zu bringen. Wie du weißt, habe ich das getan, und jetzt erzählst du mir, daß ich hier nicht aussteigen kann.«

»Keinen Ton davon habe ich gesagt!« widersprach Vergil heftig. »Ich habe lediglich gesagt, daß dir die Türen keine Beihilfe leisten, wenn du so unglaublich lebensmüde bist, um hier aussteigen zu wollen. Das ist alles.«

Jason lehnte sich seufzend zurück. *Das war's dann wohl,* sagte er sich. *Aber dennoch …*

»Vergil, darf ich dich etwas fragen?«

»Nur keine falschen Hemmungen«, ermunterte ihn der Dichter.

»Wenn du eine kleine Stimme im Hinterkopf hättest, die dir andauernd rät … nein, *eintrichtert*, Dinge zu tun, die du nicht tun willst, weil sie gefährlich sind, und deren Sinn du sowieso nicht einsiehst, wie würdest du darauf reagieren?«

»Ich würde eine Leukotomie vornehmen lassen, also mich einer Gehirnoperation unterziehen«, antwortete Vergil, ohne zu zögern. »Es gibt nichts Schlimmeres als ein geschwätziges Gehirn, sage ich immer.«

»Ich verstehe. Nur habe ich dieses schreckliche Gefühl, daß ich hier den Zug verlassen und mich auf die Suche machen sollte – nun, nach diesem Etwas, diesem Dingsbums. Ich habe zwar nicht die geringste Lust dazu, aber irgendwie verspüre ich einen Drang danach. Verstehst du mich?«

Vergil nickte und antwortete betrübt: »Allerdings. Trotzdem würde ich mir an deiner Stelle deswegen keine Sorgen machen. Vielen Leuten geht das so.«

»Ach, wirklich?« fragte Jason leicht ermutigt.

»Ja, massenweise sogar. Kurz bevor sie getötet werden. Weißt du, eine Menge Leute werden getötet und ...«

»Wird man mich töten, wenn ich den Wagen verlasse?« unterbrach ihn Jason. »Ich meine, steht das fest? Gibt es gar keine Überlebenschance?«

»So direkt würde ich das nicht sagen«, druckste Vergil herum.

»Wie sind denn meine Aussichten?«

»Ich habe wirklich keine Ahnung. Du mußt wissen, daß noch nie zuvor ein Sterblicher dort war, wo du hingehen willst. Zumindest ist noch nie jemand zurückgekehrt, und deshalb gibt es für eine Wahrscheinlichkeitsrechnung keine vernünftige Grundlage.«

»Scheiß drauf!« sprach sich Jason selbst Mut zu. »Vor Kolumbus ist auch noch niemand in Amerika gewesen.«

Vergil blickte ihn mit ernster Miene an und beugte sich ein wenig vor. »Hast du dabei jemals bedacht, wie viele Menschen vor Kolumbus versucht haben, nach Amerika zu kommen, letztendlich aber allesamt gescheitert sind, weil sie über den Rand der Erde fielen?«

»Aber das ist doch längst ...«

»So was kannst du nur sagen, weil du nicht weißt, wovon du redest«, unterbrach ihn Vergil. »Außerdem wäre ich ganz schön bescheuert, meine Zeit damit zu vergeuden, dir alles zu erzählen, weil du in Kürze sowieso nicht mehr existieren wirst. Wenn ich es dir erzähle, wäre es zumindest so, daß du schon bald nicht mehr existierst, weil du den Zug verlassen wirst. Wenn ich dich allerdings aus Angst vor dem, was da draußen ist, in die Hose scheißen lasse, anstatt dir die Wahrheit zu sagen, dann wirst du den Zug nicht verlassen und folglich auch nicht sterben. Nicht dumm, wie?«

»Ich weiß nicht recht. Ehrlich gesagt kann ich dir nicht mehr ganz folgen.«

»Es handelt sich hierbei um eine Bifurkation, eine Gabelung. Genauer gesagt, um eine Unmöglichkeitsgrenze. Ein Sterblicher kann unmöglich wissen, was da draußen ist, und gleichzeitig weiterleben, um es anderen zu erzählen. Du kannst dich nur für eine der beiden Alternativen entscheiden – wissen und sterben oder unwissend bleiben und leben. Es gibt keine dritte Entscheidungsmöglichkeit.«

»Wirklich nicht?«

»Nein.«

Jason grinste besorgniserregend und schlug mit dem noch immer im Leinensack befindlichen Schwert von Glykerion mit voller Wucht gegen das Fenster. Das Glas zerbrach. Im selben Augenblick verschwand der Zug, ebenso Vergil, das Licht, das Schwert und – beklagenswerterweise – auch die Sandwiches. Das einzige, was nicht verschwand, war Jason.

»Braver Hund«, log Pluto.

Zerberus, der dreiköpfige Höllenhund, hörte nicht auf sein Herrchen und knurrte erneut.

Der Schaffner wurde zwar kreidebleich, wich aber nicht von der Stelle und sagte: »Tut mir leid, mein Freund, aber wenn das kein Blindenhund ist, dürfen

Sie ihn nicht mit in den Zug nehmen. Bestimmungen sind Bestimmungen.«

Pluto zuckte die Achseln. »Haben Sie Mark in Ihren Knochen?«

Der Schaffner blickte ihn verwirrt an. »Das möchte ich wohl annehmen. Warum fragen Sie?«

»In einem dieser Werbespots ist viel davon die Rede«, antwortete Pluto. »Anscheinend ist Knochenmark gut für Hunde. Wie steht's bei Ihnen mit Kalzium? Hunde sollen unglaublich viel Kalzium benötigen.«

»Ich ...«

»Ich weiß«, fuhr Pluto mit betrübter Miene fort. »Mir gefällt das ja auch nicht, dieses Drohen und Aufplustern und so weiter. Dieser verdammte Hund ist an allem schuld. Ich würde ihn ja zu Hause lassen. Aber kaum sieht er, daß ich ohne ihn auf die Straße will, nimmt er die Leine in die Schnauze, springt mich an und bellt. Dabei mag ich Hunde nicht einmal sonderlich gern, um die Wahrheit zu sagen.«

Der Schaffner schluckte schwer und gab sich alle Mühe, nicht in die sechs runden roten Augen zu schauen, die ihn wütend anstierten. »Sind Sie sich überhaupt sicher, daß das kein Blindenhund ist?« fragte er schließlich mit ängstlicher Stimme.

»Absolut sicher«, antwortete Pluto bestimmt.

»Also für mich sieht er wie ein Blindenhund aus.«

»Wirklich? Ach so, ich verstehe. Ja, natürlich ist das ein Blindenhund.«

»Na prima. Und jetzt gehen Sie bitte weiter.«

Pluto schüttelte betrübt den Kopf und ging zur Rolltreppe hinüber. Dort hing ein Hinweisschild, auf dem stand, daß man Hunde auf der Rolltreppe tragen solle. Offensichtlich war es dort von jemandem angebracht worden, der nicht sämtliche Möglichkeiten bedacht hatte.

»Als nächstes nimmst du die Opferschale in die rechte Hand ...«

»So?« fragte Mary.

»Nein. Ich meine, ja«, korrigierte sich Betty-Lou Fisichelli. »Dann nimmst du den Schöpflöffel in die linke, tauchst ihn in den heiligen Gerstenbrei ...«

»In welchen heiligen Gerstenbrei?«

»Verflixt, vergiß es einfach. Meistens nehme ich sowieso einfach irgendwelches Müsli. Das ist zwar nicht ganz korrekt, aber es kann nichts Schlimmeres passieren, als daß sich die Prophezeiung mit zehnminütiger Verspätung einstellt. Jetzt leg den Schöpflöffel auf die Opferschale, und zähl bis zehn.«

Mary schloß die Augen. »Eins, zwei, drei, vier ...«

Plötzlich gab es ein fauchendes Geräusch, und eine eisig-blaue Flamme schoß aus dem heiligen Dreifuß. Sehr zur Verwunderung von Ms. Fisichelli, die sich gegen den Dreifuß gelehnt hatte. Dennoch wurde kein Schaden angerichtet, da die Flamme nicht zu wissen schien, daß Feuer zum Brennen da ist. Sie flackerte nur einige Male an Betty-Lous Ärmel auf und ab und stellte sich dann auf mittlere Gasherdflammengröße ein.

»Wie hast du das bloß geschafft?« wunderte sich die Pythia.

»Ich weiß es selbst nicht«, gestand Mary. »Es ist einfach passiert. Warum fragst du? Soll das nicht so sein?«

»Doch, doch. Nur ist das noch nie passiert, wenn *ich* es mal versucht habe«, gab Betty-Lou zu. »Am Ende muß ich immer auf Spiritus und Feuerzeug zurückgreifen.«

Mary lächelte leicht beschämt und murmelte etwas von Anfängerglück vor sich hin. Dann stellte sie wie befohlen die Opferschale auf die Flamme, streute noch etwas von dem heiligen Müsli hinein und schüttete einen Trunk aus dem kleinen versilberten Füllhorn hinterher. Die Flamme stieg wieder auf, wobei sie diesmal die Opferschale mit in die Luft hob.

»Wahnsinn!« staunte Ms. Fisichelli voller Bewunderung. »Hast du so was schon mal gemacht?«

Mary blickte verlegen beiseite. »Nein. Und was nun?«

»Genaugenommen müßten wir jetzt ein Kind, ein Lamm oder eine weiße Taube opfern. Da ich aber Rücksicht auf die Nachbarn nehmen muß, verzichte ich generell auf diesen Teil. Manchmal werfe ich allerdings einen Braten mit rein. Das ist weniger blutig, und ich erspare mir das Kochen.«

»Klingt einleuchtend«, bemerkte Mary.

»Normalerweise gebe ich mich mit diesem Unsinn sowieso nicht ab. Bis heute habe ich nämlich noch nicht ein einziges Mal feststellen können, daß sich durch Opfergaben irgendwas verändert. Wozu also die ganze Mühe? Alles nur für einen Gott? Viel zuviel Aufwand.«

»Schön. Und was machen wir als nächstes?« drängte Mary.

»Früher oder später wird sich der Gott zeigen, und dann können wir ... Oh, so ein Mist!«

Die Flamme flackerte auf, stieg höher, knisterte und wurde hellgrün. Die Opferschale hüpfte auf der Flammenspitze hin und her und sackte langsam auf den Dreifuß herab. Plötzlich stank es nach Schwefel.

»Was ist passiert, Betty? Haben wir was falsch gemacht?«

»Nein, nein, das ist nur das Besetztzeichen«, beruhigte Ms. Fisichelli ihre Volontärin.

»Heißt das etwa, wir müssen noch mal ganz von vorn anfangen?«

Ms. Fisichelli schüttelte den Kopf. »Nicht mehr. Früher war das mal so. Heutzutage gibt es eine Art Wahlwiederholungstaste. Paß auf.«

Die Pythia beugte sich vor und drückte auf einen hervorstehenden Löwenkopf an einem der Beine des Dreifußes. Die Flamme wurde wieder blau, und die Opferschale stieg erneut in die Höhe.

Ms. Fisichelli zeigte auf die Flammenmitte. »Jetzt schau mal ganz genau da rein, Mary.«

»Wo? Ich sehe nichts außer ...« Plötzlich verschlug es Mary die Sprache. Genau in der Mitte der Flamme erschien ganz allmählich ein männliches Gesicht; erst nur die Augen, schließlich die Lippen, Nase und Kinn. Danach schien sich das Feuer zu den Umrissen eines Kopfes zu verformen. Zu guter Letzt kugelten sich einige Flammen am rotglühenden Hals zusammen und flackerten auf, um das dichte lockige Haar zu bilden. Als sich die Lippen öffneten und das Feuer zu sprechen begann, stockte Mary der Atem.

»Hallo, hier spricht Apollo. Leider ist zur Zeit niemand zu Hause, der Ihren Anruf entgegennehmen kann. Aber wenn Sie so freundlich wären, eine Nachricht zu hinterlassen, rufe ich Sie so schnell wie möglich zurück. Bitte sprechen Sie klar und deutlich, sobald Sie den Signalton hören. Vielen Dank und auf Wiederhören.«

Ms. Fisichelli blickte mißmutig drein. Plötzlich ertönte eine Trompetenfanfare in einer solch ohrenbetäubenden Lautstärke, daß Mary fast den Verstand verloren hätte.

»Hier spricht Betty-Lou Fisichelli«, sagte die Pythia. »Ehm ... Mist, ich hasse es, auf diese Dinger zu sprechen ... Hör zu, wärst du bitte so freundlich, einen Boten oder Traum oder etwas Ähnliches herabzuschicken? Natürlich nur, wenn es dir paßt. Wir haben hier nämlich ... Also, das ist gar nicht so einfach zu erklären ... Jedenfalls sind hier einige äußerst merkwürdige Dinge passiert, und vielleicht solltest du davon erfahren. Es wäre nett, wenn du demnächst zurückrufst. Ende der Durchsage.«

Der Feuerkopf nickte dreimal und entwickelte sich allmählich zu einem willkürlichen Flammenmuster zurück. Die Opferschale sackte langsam wieder nach unten, und das Feuer erlosch.

»Das war mal wieder totale Zeitverschwendung«, seufzte Betty-Lou.

»So was Umwerfendes habe ich ja noch nie gesehen«, sagte Mary genauso zu sich selbst wie zur Pythia. »Er war so …«

»Und wenn er zurückruft, gehe ich jede Wette ein, daß ich dann gerade im Badezimmer bin oder mir die Haare wasche oder sonst was mache. Ich finde es wirklich furchtbar, wenn dieses brennende Gesicht auftaucht, während man gerade mit dem Kopf unterm Wasserhahn hängt, und es einfach nicht verschwindet.« Kopfschüttelnd begann sie damit, die heiligen Utensilien wegzuräumen.

»Betty-Lou?«

»Ja, meine Liebe.«

»Was genau ist denn passiert? Ich meine, nach dem, was die Eingeweide sagen, weiß ich, daß es sich um etwas Wichtiges handeln muß.«

»Ich bin mir nicht ganz sicher. Vielleicht haben sich die Eingeweide ja auch geirrt«, gab Ms. Fisichelli zu bedenken. »Ganz glücklich bin ich eigentlich nie damit gewesen, unter Verwendung gefrorener Hähnchen weissagen zu müssen, aber ich habe hier mit der Wohnungsgenossenschaft und den Anwohnern schon genug Scherereien und muß mich nicht auch noch in der Nachbarschaft auf Hühnerjagd machen. Aber egal. Wahrscheinlich handelt es sich sowieso nur um einen Sturm im Wasserglas.«

»Ja, aber die …«

»Außerdem nehme ich an, daß die Eingeweide sowieso komisch darauf reagieren, wenn man sie in einer Mikrowelle auftaut«, fuhr Betty-Lou fort. »Entschuldige, wenn ich dich eben unterbrochen habe. Was wolltest du sagen?«

»Ach, ich habe nur laut nachgedacht. Ich meine, vielleicht können wir ja selbst rausfinden, was passiert ist.«

»Ich denke, wir sollten das lieber Fachleuten überlassen, findest du nicht?«

»Sicher«, stimmte Mary ihr zurückhaltend zu. »Aber glaubst du denn nicht, daß es sich um ein Omen handelt?«

»Natürlich, deshalb mußte ich ihn ja informieren.«

»Das Wesentliche an einem Omen ist doch, daß es so etwas wie eine verschlüsselte Nachricht ist.« Mary ließ nicht locker. »Das wiederum bedeutet: Derjenige, der uns das Omen gesandt hat, erwartet von uns, daß wir es verstehen. Deshalb habe ich gedacht...«

»Schön«, unterbrach die Pythia sie mit ungewollter Ironie. »Dann sag mir doch bitte, was es bedeutet, wenn auf Apollos Kultstatue plötzlich eine rote Plastiknase materialisiert.«

»Na ja...«

»Oder wie es einem Furzkissen gelingen konnte, sich auf dem Thron der Prophezeiung niederzulassen.«

»Na ja, ich dachte, vielleicht...«

»Oder warum die Köpfe der Statue der Dreifaltigkeit plötzlich alle bunte Papphüte tragen. Ich meine, jeder Trottel weiß, was das bedeutet. Warum also den Gott bemühen, hm?«

»Tut mir leid«, räumte Mary kleinlaut ein. »Ich wollte nur helfen.«

Die Pythia schnalzte auf nicht allzu unfreundliche Weise mit der Zunge. »Ich weiß, meine Liebe, und das zeigt nur, wie engagiert du bist. Trotzdem schickt es sich nicht für uns, Vermutungen darüber anzustellen. Außerdem wird er früher oder später sowieso davon erfahren, zumal es sich um etwas Wichtiges handeln könnte.«

»Vermutlich hast du recht«, stimmte Mary ihr zu. »Trotzdem könnte die Botschaft bedeuten, daß...«

»Das beweist nur die Richtigkeit meines Standpunkts«, unterbrach die Pythia sie ungeduldig. »Ich meine, die Botschaft könnte höchst wichtig sein, es sei denn, daß mal wieder nur ein paar Kinder durch den Lüftungsschacht eingestiegen sind. Glaub mir, wir müssen solche Dinge dem Chef überlassen. So, und jetzt hilf mir mal, die letzten paar Sachen abzuwaschen, und danach gönnen wir uns erst mal selbst ein Schlückchen Wein. Schließlich haben wir uns das redlich verdient, findest du nicht?«

Mary nickte zustimmend, und Ms. Fisichelli versuchte, die ganze Angelegenheit aus dem Kopf zu verdrängen. Doch als sie die Opferschale abtrocknete und in die heilige Truhe zurücklegte, mußte sie unwillkürlich daran denken, daß es irgendwo eine einfache Erklärung für das alles gab; vor allem wenn man die Botschaft bedachte, die heute morgen erschienen war, eingeritzt in das Felsgestein auf dem Dachsturz des Schatzhauses der Athener. Schließlich war sie ziemlich eindeutig ausgefallen.

BESSERWISSER ALLER LÄNDER, VEREINIGT EUCH, stand dort, IHR HABT NICHTS ZU VERLIEREN AUSSER EUREN KETTEN.

Vor etwa dreißigtausend Jahren, als Telepathie noch die einzig wirklich zugängliche Form der Massenunterhaltung war, gab es auf dem ersten Gehirnwellenkanal eine beliebte Unterhaltungssendung namens *Lies meine Gedanken*. Ein erlauchtes Rateteam mußte herausfinden, womit der jeweilige Kandidat seinen Lebensunterhalt bestritt. Wenn die Mitglieder des Rateteams mit ihrem Tip danebenlagen, wurden sie den Wildhunden zum Fraß vorgeworfen. Die Sendung bot also gute Unterhaltung für die Durchschnittsfamilie.

Bei der uns interessierenden Show setzte sich das Rateteam aus zwei Flußgöttern, einer Waldnymphe und der Königin der Nacht zusammen. Die vier mußten die Identität einer höchst rätselhaften Person bestimmen, die einen Anzug mit schrillem Karomuster und eine rote Pappnase trug und sämtliche Fragen mit einem Lachanfall beantwortete. Das Rateteam war bereits so weit vorgestoßen, daß der geheimnisvolle Gast etwas mit der Unterhaltungsbranche zu tun haben mußte, aber dann drehte man sich im Kreis. Als sich die zur Verfügung stehende Zeit allmählich dem Ende näherte, wurde die Gehirnwellenkamera genußvoll auf die sabbernden Hundeschnauzen gerichtet.

»Er ist Steuerfahnder«, schlug einer der Flußgötter mit sich überschlagender Stimme vor. Der Showmaster schüttelte grinsend den Kopf und machte ein paar mal »Wau, wau!«. Die Königin der Nacht stand kurz vor einem hysterischen Anfall.

»Er ist ein...«, setzte die Waldnymphe voller Verzweiflung an. »Verdammt, mir liegt's auf der Zunge. Wie war doch gleich der Name? Also, wie könnte man das nennen? Ehm, er ist ein... ein... na, ein Dingsbums eben.«

Der geheimnisvolle Gast blickte wütend auf und zischte: »Wer hat Ihnen das verraten?«

Dann war die Show vorbei, und es folgte ein Werbespot für ein Waschmittel. Deshalb sollten die Telepathen zu Hause nie die ganze Wahrheit erfahren; nämlich daß der geheimnisvolle Gast (dessen Name Gelos lautete) in Wirklichkeit die Personifizierung des Lachens war, der verschworene Feind des Göttergeschlechts, in seinem vorhergehenden Dasein einer der drei Urgötter. Ein weiterer Punkt, der nicht ans Tageslicht kam, war die Tatsache, daß Gelos die einzige Kraft im Universum ist, die zwischen den Göttern und der totalen Weltherrschaft steht, denn nur Lachen und ein Sinn für das Absurde ermöglichen es den menschlichen Wesen, die Götter als reines Phantasieprodukt abzutun; wohingegen Gelos über die ganze Welt herrschen wird, sobald er einen Helden findet, der mutig und stark genug ist, ihn vor den Göttern zu beschützen.

Pluto blieb stehen, holte eine kleine Plastiktüte aus der Tasche hervor, öffnete sie, und eine Socke kam zum Vorschein.

»Hier, mein Junge«, sagte er mit aufgeregter Stimme.

»Such!« Dann hielt er die Socke der Reihe nach vor die drei Nasen des Hundes. Zerberus knurrte drohend, und zwei seiner Köpfe begannen damit, auf dem Boden herumzuschnüffeln. Der dritte aß die Socke und würgte sie kurz darauf wieder heraus.

»Komm schon, sei ein braver Hund«, murmelte Pluto. Der Exhöllenhund schoß plötzlich mit gesenkten Köpfen nach vorn und zog sein Herrchen durch die Gänge, die zu den Bahnsteigen der Piccadilly-Linie führten.

Häufig wird behauptet, zwei Köpfe seien besser als einer, folglich hätte Zerberus einen optimalen Spürsinn besitzen müssen. Doch nach fünf Minuten begeisterten Anbellens, Verfolgens, Schwanzwedelns und Schnappens nach den Beinen von Frauen mit Kleinkindern blieb er demonstrativ wie ein Jagdhund vor einem Mülleimer stehen und nahm energisch Platz.

Nachdem Pluto den Eimer mit bloßen Händen geleert hatte und keine Spur von dem vermißten Helden entdecken konnte, verlor er allmählich die Geduld. »Hör zu, du verdammter Köter! Es liegt mir wirklich fern, mich mit einem Miestvieh wie dir anzulegen, aber entweder packst du das ganze Zeug in den Eimer zurück und machst dich wieder an die Arbeit, oder du landest schneller beim Tierarzt, als dich deine Pfoten tragen können. Verstanden?«

Das war, wie Pluto später zugab, ein großer Fehler gewesen. Zerberus blickte ihn gleich in dreifacher Ausführung übellaunig an, knurrte gleichermaßen überzeugend und biß die Leine durch. Pluto spielte kurz mit dem Gedanken, die Nasenlöcher des Hundes mit sanfter Gewalt in die Luft zu sprengen, wie es von der Leiterin der Hundeschule gefordert worden war, besann sich dann aber eines Besseren und rannte um sein ewigwährendes Leben.

Zerberus folgte ihm aber nicht. Nachdem er sich vergewissert hatte, daß sein Herrchen außer Sichtweite war, grinste er breit und trabte den Gang entlang in die entgegengesetzte Richtung davon. Nachdem er eine kurze Pause eingelegt hatte, um an einer Wand das Bein zu heben, brach die Mauer gleich darauf zu einem zischenden Kalkhaufen in sich zusammen.

Vorsichtig hob Jason Derry den linken Fuß, bewegte ihn ungefähr einen Meter nach vorn und versuchte, ihn wieder aufzusetzen.

Gleich darauf bedauerte er seinen Entschluß. Da war nichts; sein Fuß bewegte sich einfach unentwegt fort, ohne Halt zu finden. Am beunruhigendsten daran war, daß er dabei nie das Gleichgewicht verlor, und kaum übte er keinen Druck mehr auf die Beinmuskulatur aus, blieb auch der Fuß stehen. Wie er feststellte, stand er auf nichts; er stand einfach nur da, schwebte frei in der Luft oder was auch immer.

Am wichtigsten in einer solchen Lage ist, die Ruhe zu bewahren, sagte er sich. *Selbst wenn die Umgebung gerade blaumacht, so zeigt sie bislang doch keinerlei Anzeichen unverhohlener Feindschaft. Mit der Zeit werde ich mich bestimmt daran gewöhnen und sogar Gefallen daran finden. Ich muß jetzt total ruhig und gelassen bleiben und einfach alles so nehmen, wie es kommt. Außerdem, wer braucht schon die Erdanziehung?*

»Hilfe!« schrie Jason.

Er horchte, während das Wort, das er gerade gerufen hatte, ziellos durch die Dunkelheit purzelte, allmählich immer schwächer wurde und schließlich in ein kaum mehr hörbares Klirren unzusammenhängender Konsonanten überging. Jason atmete tief ein (natürlich gab es dort, wo er war, überhaupt keine Luft, aber glücklicherweise wußte er das nicht) und versuchte, das rechte Bein zu bewegen.

»Wau!« meldete sich eine Stimme hinter ihm.

Jason erstarrte vor Schreck, und sein Herz begann erst nach einigen Aussetzern wieder zu schlagen. Er drehte sich um und sah nach, aber Licht war auch nicht da.

»Wau!«

»Wau!«

Das waren drei verschiedene Stimmen! Entweder drehe ich langsam durch, oder hier unten sind Hunde. Vor die Wahl gestellt, würde ich sagen, ich drehe durch.

»Hallo, ist da jemand?« traute er sich zu fragen.

»Wau!«

»Wau!«

»Wau!«

Drei Hunde. Jason murmelte etwas vor sich hin und stellte Vermutungen darüber an, ob die Person, die für das alles verantwortlich war, ihre Prioritäten auch wirklich richtig gesetzt hatte. *Hunde sind wirklich schön und auf ihre Weise auch ganz wunderbar – nichts gegen diese Tiere, solange sie als Schoßhunde oder als organischer Bestandteil eines Überwachungssystems für Schafe dienen –, aber was wir jetzt am meisten von allem brauchen, ist fester Boden unter den Füßen.*

»Komm her, mein Kleiner«, traute er sich schließlich zu sagen, fügte aber rasch hinzu: »Sei ein braver Hund, ja?«

»Wau«, antworteten drei Stimmen, die einen gewissen Zorn verrieten; als wüßten sie aus Erfahrung, daß sie, sobald sie von jemandem als ›braver Hund‹ bezeichnet wurden, aus eiskalten Teichen Stöcke apportieren mußten.

Jason nahm seinen ganzen Mut zusammen, streckte in der Dunkelheit eine Hand nach hinten aus und grummelte mit heiserer Stimme: »Bei Fuß.«

Gleich darauf bemerkte er, daß ihm etwas Großes und Haariges am Bein entlangstreifte, und er verspürte ein unangenehmes Kratzen auf dem Handrücken, das gleichmäßig stark blieb, da drei sehr rauhe Zungen auf einmal darauf herumleckten. Es war kein angenehmes Gefühl; doch im Vergleich zu etlichen Alternativen, die sich Jason in diesem Augenblick von selbst aufdrängten, schien es durchaus erträglich.

»Also gut, ihr kleinen Racker, wir werden bestimmt gute Freunde, nicht wahr?« flüsterte Jason mit zitternder Stimme. Drei Stimmen antworteten in einer Weise mit *Wau,* die nahelegte, daß zum gegenwärtigen Zeitpunkt eine zeitlich begrenzte Allianz durchaus zweckmäßig sein könnte, diese Vereinbarung aber nicht mehr gelte, falls er sein anthropomorphisches Gesülze nicht sofort einstelle.

»Okay, das gefällt mir!« freute sich Jason und fuhr in forschem Ton fort: »Hört mal, Jungs, habt ihr eigentlich die leiseste Ahnung, wo zur Hölle wir sind?«

Dieses Mal ertönte ein dreistimmiges Wau in einer Weise, die darauf hinwies, daß es ihm, wenn er es wüßte, nicht sonderlich gefiele; falls er allerdings auf einen Hinweis bestehe, so müsse er aufgrund seiner eigenen letzten Bemerkung sehr schnell darauf kommen.

Jason grinste nervös. »Ich nehme nicht an, daß ihr wißt, wie man hier im Höllentempo wieder rauskommt, oder?«

»Wau.«

»Na ja, so was habe ich mir schon gedacht«, winkte Jason mißmutig ab und schlug dabei einem Hund versehentlich auf die Schnauze.

»Waua!«

»Entschuldigung.«

Jason wischte sich vorsichtig die Hand an der Hose ab; dann horchte er zum erstenmal in seinem Leben ganz genau auf die drei Punkte in seinem Hinterkopf. Nichts. Erstaunlich.

».«, sagte eine Hundestimme neben ihm.

».«, bemerkte die zweite.

».«, meldete sich die dritte zu Wort.

»Ach, das kann doch nicht wahr sein!« seufzte Jason verzweifelt. »Jetzt laßt uns sofort aufhören, hier herumzualbern, oder ich schmeiße wegen absoluter Unbegreiflichkeit alles hin.«

Eine ganze Weile herrschte Stille. Dann sprach der Hund mit sämtlichen Stimmen, die aber alle dasselbe sagten.

»Wir sind der Hund«, sagte(n) er/sie.

»Ja, so was dachte ich mir schon. Soll ich jetzt vor Freude mit dem Schwanz wedeln?« antwortete Jason.

»Spar dir deinen Spott«, ermahnte(n) ihn die Stimme(n). »Denn wir kommen vom ...«

»Nicht schon wieder diese drei Punkte!«

»Wir möchten von dir wissen, was sich darauf reimt.«

»Worauf?«

»Na, auf ›Spar dir deinen Spott, denn wir kommen vom ...‹«

»Was soll das?«

»Nun mach schon.«

»Also gut«, willigte Jason ein. Nach einer kurzen Pause sagte er: »Schrott, flott, bankrott, Gott ... Gott reimt sich wohl am besten. Aber was soll der Blödsinn? Zur Zeit liegt mir mehr daran, möglichst schnell zum Piccadilly Circus zu kommen.«

»Denk doch mal nach.«

»O nein!« wehrte sich Jason. »Das habe ich bereits versucht, und ihr seht ja, wo mich das hingeführt hat. Hört zu, es war wirklich nett von euch, vorbeigeschaut zu haben, aber vielleicht sollten wir ab jetzt lieber wieder getrennte Wege gehen und ...«

»Wir sind nur die Sprecher«, unterbrach ihn der Hund.

»Die Beller.«

»Die Sprecher der Gedanken in deinem Kopf«, korrigierte ihn der Hund. »Du hast uns gerufen, und da sind wir.«

Jason öffnete den Mund und schloß ihn wieder, während er darauf wartete, daß durch das verstopfte

Filterpapier seines Gehirns wenigstens ein paar Wörter hindurchtröpfelten. Etwas später fragte er: »Ihr seid *was?*«

»Wir sprechen das laut aus, was der jeweilige Gedanke in deinem Kopf sagen würde, wenn er reden könnte«, klärte der Hund ihn auf.

»Stimmt das?«

»Ja.«

»Willst du damit sagen, daß ich tatsächlich diesen ganzen Schwachsinn denke?«

»Nein.«

Jason gab ein kaum hörbares Wimmern von sich. »O bitte, sei nicht so gemein! Ich werde mit solch einem Quatsch nur fertig, solange ich noch folgen kann. Ich habe das so verstanden, daß du mir gerade gesagt hast ...«

»Der Gedanke bist nicht du«, unterbrach ihn der Hund. »Der Gedanke bin ich. Bis vor kurzem habe ich zu dir in der Stille deines Verstandes gesprochen. Hier rede ich mit dir durch den Hund.«

»Warum?«

»Warum nicht?«

Erneut trat ein langes Schweigen ein.

»Was ist mit dir?« erkundigte sich der Hund schließlich. »Eben bist du doch noch ganz gut in Fahrt gewesen.«

Halt's Maul! fluchte Jason im stillen. *Genug ist genug.*

Er nahm eine sorgfältige Berechnung der Position vom hinteren Ende des Hundes vor und trat kräftig zu. Es ertönte ein dreifaches Jaulen, und Jason selbst verspürte einen stechenden Schmerz im Hinterkopf, was ihm allerdings ziemlich egal war, denn er fühlte sich jetzt sehr viel besser.

»Aua!« schrie der Hund.

»Geschieht dir ganz recht«, sagte er. »Das mußte ja so kommen.«

»Kannst du denn nicht mal einen Spaß verstehen?« jaulte der Hund.

»Nein!«

Der Hund knurrte bedrohlich – und war da nicht ein ganz schwacher Atem, den Jason im Nacken verspürte?

»Würde es dir etwas ausmachen, das noch mal zu wiederholen?« wollte einer der Hundeköpfe wissen.

»Warum sollte ich?«

»Weil das unter diesen Umständen nicht gerade das Gescheiteste war, was du in deinem Leben gesagt hast. Das ist alles«, fauchte ein anderer Kopf.

»Na und?« knurrte Jason zurück. »Wenn du mich fragst, hilft einem der Verstand manchmal auch nicht mehr weiter, und in solch einer Situation ziehe ich sinnlose Gewalt vor.«

»Um Himmels willen, red nicht so laut!« flüsterten alle drei Stimmen (allerdings nicht gleichzeitig). »Das ist nicht der richtige Zeitpunkt, Drohungen auszustoßen.«

Jason schüttelte den Kopf. »Das ist mir doch schnuppe. Ich habe die Schnauze voll und will nach Hause. Wenn das nicht möglich ist, erwarte ich eine Erklärung. Die letzte Möglichkeit, auf die ich zurückgreifen möchte, ist ein zu Hackfleisch verarbeiteter Hund. Aber vielleicht können wir das ja auch friedlich miteinander regeln, wenn wir uns Mühe geben.«

»Du willst eine Erklärung?«

»Ja.«

»Dann sollst du sie haben.«

Jason wurde plötzlich völlig still, als hätte jemand bei ihm den Stecker herausgezogen. »Hast du etwas gesagt?« fragte er den Hund.

»Nein«, flüsterten drei höchst aufgeregte Hundeköpfe.

»Irgend jemand hat aber was gesagt.«

»Das wissen wir.«

»Und wer?«

»Wau.«

»*Wau?*«

Dann nahm Jason ein merkwürdiges Gefühl im Hinterkopf wahr, das er nicht als Gefühlsregung empfand, sondern vielmehr als ein schweres Gewicht, das im Halbkreis hin- und herschwang und den Kopf jedesmal mit sich nahm.

»Komm hierher!« befahl die Dunkelheit. Doch ein winziger Funke Mut sprühte zwischen den wenigen Berührungspunkten, die von Jasons Persönlichkeit übriggeblieben waren, und er blieb dort stehen, wo er war. Todesangst, das Ungewisse, die Finsternis und der Teufel waren das eine, schlechte Manieren etwas anderes.

»Nur wenn du das Licht anmachst«, antwortete er schließlich.

Die Dunkelheit lachte. »Bist du dir sicher?«

»Klar.«

Und es ward Licht.

VIII

Auf dem Weg nach oben wurde Vergil von einem langhaarigen alten Mann mit langen Fingernägeln angehalten, den er sofort erkannte. Er erschauderte und gab sich alle Mühe, wie jemand anderes auszusehen.

»Entschuldigung, aber ist Ihnen vielleicht ein Hund begegnet?« erkundigte sich Pluto höflich bei ihm.

»Schon oft sogar«, antwortete Vergil. »Trotzdem nichts für ungut, aber ich muß jetzt weiter …«

»Nein, ich meine, ob Sie *kürzlich* einen Hund gesehen haben.«

Vergil dachte kurz nach. »Eigentlich schon seit einer Ewigkeit nicht mehr. Da ich mich mit diesen Viechern aber schon lange nicht mehr abgebe, kratzt mich das auch nicht sonderlich.«

Pluto musterte ihn aufmerksam. »Ich kenne Sie doch irgendwoher, stimmt's?«

Vergil schüttelte energisch den Kopf. »Mich? Das ist ziemlich unwahrscheinlich.«

Pluto runzelte die Stirn und schlug plötzlich einen ganz anderen Ton an. »Und ob ich dich kenne, Freundchen. Du bist doch schon längst tot.«

»Na ja, in rein biologischer Hinsicht bin ich das wohl, aber ich versuche, das nicht allzu genau zu nehmen«, druckste Vergil herum. »Dort, wo du herkommst, schätzt man Taktgefühl offenbar genauso hoch wie die äußere Erscheinung. Aber jetzt muß ich leider …«

»Was hast du hier überhaupt zu suchen?«

»Wo?«

»Na, hier natürlich, im Land der Lebenden. Du solltest oben im …«

»Für dich gilt ja wohl dasselbe«, unterbrach ihn Vergil rasch. »Ich hab's leider eilig. Tschüs.«

Zum Glück des Dichters hatte Pluto etwas anderes vor, da sich der Exgott des Todes trotz aller gegenteiliger Bemühungen nie richtig zur Ruhe gesetzt hatte. Und obwohl Pluto überhaupt nichts von toten Leuten hielt, die auf der Erdoberfläche umherspazierten, um an der großen Lebenskette herumzumanipulieren und alte Damen zu erschrecken, ließ er die Angelegenheit auf sich beruhen und setzte die Suche nach dem Hund fort.

Die Verfolgung gestaltete sich leichter als erwartet, da die Kacheln an den Korridorwänden bereits zischende Blasen warfen und der Geruch unverwechselbar war; selbst wenn er drei Köpfe hatte, unsterblich war und die menschliche Sprache beherrschte, so blieb Zerberus doch in erster Linie ein Hund.

Kaum hatte er den normalen Alltag hinter sich gelassen, überkam Pluto dieses altgewohnte Gefühl der Unruhe, verbunden mit einem gewissen Hauch von Nostalgie. Zwar war es schon Jahre hergewesen, als er die Hölle (die er lieber als seinen zweiten Altersruhesitz bezeichnete) das letztemal besucht hatte, aber irgendwie war er nie richtig davon losgekommen.

Mein Gott! sagte Pluto zu sich selbst, während er durch die endlos langen Gänge spazierte. *Was ist denn hier passiert?* Sicher, sonderlich anheimelnd war es hier unten nie gewesen – zu viele Quälgeister –, aber immerhin hatte er sich stets die Mühe gemacht, wenigstens etwas Behaglichkeit aufkommen zu lassen. Mit der einen oder anderen Topfpflanze hier und dem einen oder anderen Bilderrahmen da kann man eine Menge erreichen. Und warum nicht einen gelegentlichen Farbtupfer und eine Rolle Rauhfasertapete, wenn es das Budget erlaubt? Selbst so kleine Dinge wie ein Tisch, ein paar Stühle und einige alte Illustrierten boten den Gästen (Pluto behandelte alle Anwesenden stets als Gäste) eine willkommene Abwechslung. Schließlich müssen hier viele Menschen eine Menge Zeit verbringen, und deshalb kann man wenigstens versuchen, sie darin zu ermutigen, sich hier einigermaßen zu Hause zu fühlen... Er schüttelte betrübt den Kopf und versuchte sich daran zu erinnern, wo sich normalerweise der Wäscheschrank befand.

Im selben Augenblick als er den Bahnsteig erreichte, fuhr auch der Zug ein. Er sprang behende durch die Tür und stieg mit gekonnter Leichtigkeit über die zusammengequetschten Körper. Wie er sich erinnerte, war der Zug zu dieser Tageszeit stets rappelvoll, dennoch gelang es ihm, sich bis zu einem dieser Eckplätze vorzukämpfen, über denen das kleine Hinweisschild angebracht war: *Bitte geben Sie diesen Platz frei, falls er von einer unwiderruflich verdammten Person gebraucht wird*. Er machte einen unwiderruflich verdammten Gesichtsausdruck und setzte sich. Gerade als er sich fragte, wohin der Hund gelaufen sein könnte, sah er jemanden über sich stehen.

»Ich habe gesagt, die Fahrkarte bitte.«

Pluto blickte in zwei leuchtende Punkte, die er zunächst für zwei blaue Laserstrahlen hielt, und erstarrte fast vor Schreck.

»Haben Sie nun einen Fahrausweis oder nicht?« fragte das Gespenst.

Pluto zuckte leicht zusammen, und das Gespenst blickte ihn finster an; obwohl bis zum heutigen Zeitpunkt verständlicherweise nie richtig untersucht werden konnte, ob ziegenköpfige Monster mit gelben Reißzähnen überhaupt finster dreinblicken können. Dann sammelte er sich und antwortete: »Ehrlich gesagt, nein«, und fügte hinzu: »Sie sind neu hier, nicht wahr?«

»Wenn Sie keine Fahrkarte haben, müssen Sie sich

eine kaufen.« Das Gespenst ließ nicht locker, wobei sich Pluto fragte, wie es dem merkwürdigen Wesen gelang, sich beim Sprechen nicht jedesmal die Oberlippe an den eigenen Zähnen aufzuspießen. »Entweder das, oder ich muß Sie an der nächsten Haltestelle rraussetzen.«

Pluto, der die nächste Haltestelle kannte, suchte hastig sämtliche Taschen nach Kleingeld durch. Alles in allem ist man als Gott vom Glück begünstigt, aber man muß es nicht unbedingt drauf anlegen. Glücklicherweise fand er schließlich etwas Geld.

»Wieviel kostet die Fahrt?« erkundigte er sich, und das Gespenst erzählte es ihm. Während es den Fahrausweis ausstellte, legte Pluto die beiden Münzen auf seine geschlossenen Augenlider und wartete ab.

»Hier... Haben Sie es nicht etwas kleiner?« fragte das Gespenst.

Pluto entschuldigte sich, nahm die Fahrkarte und das Kleingeld entgegen und begann wieder zu atmen. Gegenüber früher waren Gespenster hier unten etwas völlig Neues, obwohl er sich an einige Dämonen erinnern konnte; staatlich anerkannte Dämonen natürlich. Sicherlich hatten auch sie ein furchterregendes Verhalten an den Tag gelegt, aber wenigstens waren sie so höflich gewesen und hatten ihre Uhren mit dem Zifferblatt nach oben getragen.

Nachdem sich seine anfängliche Panik gelegt hatte, lehnte er sich zurück und ließ die Haltestellen an sich vorüberziehen – LÜSTERNHEIT, GEFRÄSSIGKEIT, TOBSUCHT (Umsteigemöglichkeit für Vater-, Mutter-, Königs- sowie gewöhnliche Mörder), MÜSSIGGANG, MÜSSIGWEG, MÜSSIGSTRASSE, MÜSSIGPLATZ, MÜSSIGALLEE (Rolltreppenverbindung zum An- und Verkauf geistlicher Ämter), HOCHMUT und AUF FRISCHER TAT ERTAPPT...

Auf frischer Tat ertappt? Ich fürchte, ich bin wirklich nicht mehr ganz auf dem laufenden, dachte Pluto.

»Aha … guten Tag auch«, sagte Jason.

Ich und mein großes Mundwerk! schimpfte Jason mit sich selbst. *Wer hat denn darauf bestanden, das Licht anzumachen? Na, wer wohl? Wenn ich bloß nicht so ein Dickkopf wäre …*

»Selbst guten Tag.«

Es entstand eine längere Pause, die Jason dazu nutzte, seinen neuen Gefährten von oben bis unten zu mustern.

Man kann von Jason halten, was man will, immerhin gehört er nicht zu diesen gehirnamputierten Hohlköpfen, die nur aufgrund der unterschiedlichen Hautfarbe etwas gegen andere Menschen haben. Demgegenüber gefällt es ihm durchaus, wenn sie überhaupt eine Haut besitzen, denn dieser Freund hier hatte augenfällig keine. Statt dessen schien er von einer Art Mauerwerk umhüllt zu sein.

Ohne genaue Beschreibungen ist eine Erzählung blutleer, lassen Sie uns also mit dem Inventar beginnen. Der Thron, auf dem er saß, bestand aus einem stark glänzenden schwarzen Metall, und die vier kunstvoll gefertigten Beine endeten in erschreckend realistischen Drachenköpfen, die völlig frei im Nichts schwebten. Die schwachen Lichtquellen schienen vom Thron herzurühren, dabei hatte man allerdings nicht den Eindruck, als seien hinter den Reliefs aus sich windenden Schlangen und sich verrenkenden stierköpfigen Gestalten dezente kleine Glühbirnen angebracht. Vielmehr schien das Licht aus dem Metall regelrecht herauszutröpfeln wie Säure aus einer alten Batterie. Neben dem Licht ergossen sich augenscheinlich noch andere Dinge aus dem Thron, da sie sich aber in Schlangen, Spinnen und andere ekelerregende Dinge verwandelten, sobald sie sich vom Thron gelöst hatten, entschied sich Jason für das einzig Vernünftige und tat so, als sähe er dies nicht.

Soweit zum Mobiliar. Jetzt zur Kleidung. Er trug ein

wallendes schwarzes Gewand, das überall mit schwarzglitzernden Edelsteinen besetzt war: Gagaten, Obsidianen und ähnlichen Klunkern, obwohl einem beim Anblick gewöhnlicher Edelsteine die Augen bei weitem nicht so stark schmerzen. Die Kleidung – Jason ging zur eigenen Beruhigung lieber davon aus, daß es sich um Kleidungsstücke handelte – hatte lediglich die Farbe und Struktur des fehlenden Lichts. An den Füßen trug er Schuhe in der Form von riesigen gekrümmten Krallen, die leider keine Schuhe waren.

Womit wir bei ihm selbst angelangt wären. Ganz gewiß war er groß. Ungeheuer groß. Zu groß. Eigentlich fiel Jason nichts ein, das geräumig genug gewesen wäre, um ihn darin einigermaßen bequem oder überhaupt unterbringen zu können. Der Umstand, daß er anscheinend aus dem sehr harten, schwarzglänzenden Felsgestein gehauen worden war, den schon die Ägypter für ihre weniger freundlichen Skulpturen zu verwenden pflegten, machte seine äußere Erscheinung auch nicht gerade liebenswerter und zutraulicher.

Sicher, wir reden jetzt um den heißen Brei herum; aber das liegt schlichtweg daran, daß wir seit der großen Adjektivkürzung von 1976 nicht mehr an das erforderliche Material kommen. Deshalb wollen wir es bei ›sehr schrecklich‹ bewenden lassen, und wir können nur hoffen, daß Sie Verständnis zeigen und ansonsten behutsam Ihre Phantasie einsetzen.

»Willst du eine Bratwurst?« fragte er.

Jason grinste säuerlich. »Nein danke. Ich habe schon eine gegessen, kurz bevor ich hierhergekommen bin, ehrlich. Ich, ehm ...«

»Ja?«

»Na ja, es ist doch so ... ich meine ... also, ich will Sie wirklich nicht länger aufhalten und sollte mich lieber wieder auf den Weg ...«

»Das tust du aber nicht.«

»Ach so?«

»Ich bekomme nicht viel Besuch, und es macht Spaß, gelegentlich mit jemandem zu sprechen, selbst wenn es sich dabei um einen Sterblichen handelt.«

»Das freut mich wirklich zu hören, aber bestimmt haben Sie viel zu tun, und ich will ...«

»Nein, das habe ich nicht.«

»Aha. Nun ja. Ehm ...«

»Bist du Jason Derry?«

Das war bestimmt eine dieser Fangfragen wie ›*Du* hast doch bestimmt das Fenster kaputtgeschlagen, nicht wahr?‹. Jason machte eine unbeholfene Geste und stammelte einige Laute vor sich hin.

»Bist du's nun oder nicht?«

»Ehm ...«

»Dein Hund scheint dich jedenfalls dafür zu halten.«

»Mein Hund?«

»Ist das etwa nicht dein Hund? *Braver* Hund, komm doch mal zu mir ...«

Jason blickte sich nach hinten um und entdeckte Zerberus, der mit allen drei Köpfen nickte. Nicht zum erstenmal fiel Jason ein, daß er Hunde nicht sonderlich mochte.

»Ja.«

»Aha, dann weiß ich ja Bescheid.«

Es gab einen grellbunten Blitz, der Jason fast das Augenlicht raubte, und der Thron verschwand samt Inhalt. Die Helligkeit warf Jason buchstäblich von den Füßen (wobei er genaugenommen ja nie richtig darauf gestanden hatte), und er stürzte kopfüber ins Nichts.

Wenn man es allerdings pedantisch genau nimmt, landete er letztendlich auf einem Teppich, einem sehr schönen sogar. Flauschig weich und mit einer warmen Farbe, die ein wenig an verschütteten Tee erinnerte.

»Tut mir leid, das war wirklich etwas tolpatschig von mir«, dröhnte eine Stimme über seinem Kopf.

Ganz langsam öffnete Jason die Augen, bis er zwei

blaue, leicht abgetragene Pantoffeln sah, die jedoch sehr bequem wirkten.

»Ich freue mich, dich kennenzulernen, Jason. Du hast doch hoffentlich nichts dagegen, wenn ich dich Jason nenne, oder?«

Jason gelang es, sich vom Anblick der Pantoffeln loszureißen, und er schaute schweigend weiter nach oben. Der Thron und die lebendige Statue waren verschwunden, dafür war nun ein Fußboden da sowie Wände und ein Dach, und selbst das Schwert von Dingsda (allerdings ohne Namen) und die Tüte mit den Sandwiches waren wiederaufgetaucht. Die beiden zuletzt erwähnten Gegenstände lagen auf einem Couchtisch, der neben einem Sessel stand, in dem es sich ein sehr freundlich aussehender alter Mann bequem gemacht hatte, der einen Morgenmantel und die besagten blauen Pantoffeln trug. Er hatte ein Tablett mit unglaublich lecker aussehenden Würstchen auf dem Schoß, von denen er Jason eins anbot.

»Das mit dem ganzen schwarzen Quatsch mußt du schon entschuldigen, aber in meiner Stellung kann man nicht vorsichtig genug sein«, sagte er. »Eigentlich will ich den Leuten damit nur Schiß einjagen. Ich selbst habe diesen Hokuspokus natürlich noch nie sehen können, und deshalb weiß ich noch nicht einmal, ob es überhaupt funktioniert. Und? Hat's funktioniert?«

»Und ob«, antwortete Jason mit vollem Mund. Aus einem für ihn unerfindlichen Grund verspürte er in diesem Augenblick das unbändige Verlangen, laut loszulachen; da er jedoch über halbgöttliche Willenskraft verfügte, gelang es ihm, es bei einem diskreten Schnauben zu belassen.

»Das freut mich«, fuhr der nette Mann fort. »Und jetzt möchte ich mich dir vorstellen, und dann sollten wir beide uns bei einer Tasse Tee einmal in Ruhe unterhalten. Also, mein Name ist Gelos. Ich nehme an, du wolltest mich sprechen.«

»Deine ewige Sparsamkeit!« fauchte Diana. »Ich erhöhe jedenfalls auf fünfzig.«

Apollo nickte teilnahmslos. Diana murmelte etwas vor sich hin und würfelte.

»Reingelegt!« triumphierte sie. »Du bleibst auf deinen Staatsschulden sitzen. Jetzt bist du ganz schön in den Arsch gekniffen.«

Apollo schien kaum etwas mitzubekommen. »Ist ja gut«, murmelte er mit gereizter Stimme. »Paß auf, sag mir bitte, wenn ich am Zug bin. Ich muß da unten nur noch etwas beobachten.«

Diana blickte ihn finster an. »Apo, ich habe gerade drei deiner wichtigsten Girozentralen ausgelöscht. Interessiert dich das überhaupt nicht?«

»Wie bitte?«

»Apo, verdammt noch mal!« Diana setzte den Ambrosiabecher knallend auf dem Tisch ab. »Würdest du dich bitte mehr um das Spiel kümmern?«

»Mhm. Könntest du dich nur einen Augenblick mit mir gedulden, während ich einen kurzen Abstecher zur Erde mache? Sei so nett und bitte doch einfach Mars oder jemand anderen, für mich einzuspringen, solange ich fort bin, ja?«

Diana war nun ernstlich besorgt. Einen Götterkollegen darum zu bitten, für einen anderen Gott einzuspringen, war dasselbe, als böte man dem großen bösen Wolf einen Job als Schweinehirt an. »Ist es denn, ehm … wichtig?«

»Ja, ziemlich.«

»Sollte ich dann nicht lieber Mini Bescheid sagen?«

»Nein, das ganz bestimmt nicht!« widersprach Apollo entschieden.

»Und warum nicht?«

Apollo überlegte eine Weile, um die passenden Worte zu finden, und antwortete schließlich: »Aus demselben Grund, aus dem du Ringe auf Couchtischen niemals mit grobem Schmirgelpapier entfernen solltest. Keine Angst, es wird nicht lange dauern.«

Diana sah ihm noch hinterher, bis er in der fernen Dunkelheit verschwunden war, dann zuckte sie die Achseln, blickte sich nach allen Seiten verstohlen um und schob heimlich die chinesische Armee nach Nepal hinein. Während sie das tat, schwebte über ihrem Kopf langsam ein goldenes Rosenblatt herab, trudelte anmutig durch die Luft und blieb schließlich auf ihrem Knie liegen. Sie nahm es in die Hand und sah, daß auf dem Blatt winzige Buchstaben emporflammten.

Ich habe alles genau gesehen, stand dort zu lesen.

»So ein Mist!« fluchte Diana und schob die Armee wieder zurück.

»Was soll das heißen: Es sind keine mehr da?« wollte Ms. Fisichelli wissen.

»Tut mir leid, aber der Krug ist leer«, antwortete Mary schuldbewußt.

Ms. Fisichelli kratzte sich am Kopf. »Das ist komisch, denn als ich heute morgen nachgesehen habe, war er noch bis zum Rand voll.«

»Ich weiß.«

»Wie bitte?«

»Ich habe sie nämlich aufgegessen«, gestand Mary.

Ms. Fisichelli verhielt sich plötzlich sehr distanziert, und ihre Miene wurde auf einmal so eiskalt wie ein Mammut in einem Gletscher. »Du hast sie also aufgegessen?« wiederholte sie.

»Na ja, ich ...«

»Apollos heilige Oliven?«

»Also, ich ...«

»Ich verstehe. Das ist ja wirklich entzückend. Danke, daß du es mich wenigstens hast wissen lassen. Ich fürchte, Mister A wird sich dieses eine Mal mit Dosenoliven abfinden müssen, aber ich bin mir sicher, daß ihm das nichts ausmacht.«

»Ich ...«

»Und jetzt sollten wir endlich anfangen«, fuhr Ms. Fisichelli unbarmherzig fort. »Vorausgesetzt, daß du den Altar und den heiligen Dreifuß nicht auch noch verschlungen hast. Reich mir bitte den Schöpflöffel.«

Mit gesenktem Kopf und ohne einen Ton zu sagen, reichte Mary der Pythia den Schöpflöffel. *So ein Mist!* sagte eine Stimme in ihrem Hinterkopf. *Ich habe nur Hunger gehabt, das war alles …*

Unterdessen hatte Ms. Fisichelli das heilige Gas aufgedreht, und sie versuchte gerade, das heilige Feuerzeug anzubekommen (jetzt raten Sie mal, wer mal wieder vergessen hatte, den heiligen Feuerstein auszutauschen), als sich die heilige Flamme aus eigenem Antrieb entzündete und der Pythia fast die Augenbrauen versengte.

»Ich bin aber auch ein gottverdammter Stoffel! Ojemine …« In Gegenwart ihres Gottes legte sich Ms. Fisichellis Zorn sofort. »Du mußt schon entschuldigen, aber das hatte ich nicht erwartet.«

Der göttliche Kopf nickte mit seinem Flammenhals. »Schon gut. Tut mir leid, das war mein Fehler. Hör mal, können wir dieses eine einzige Mal auch ohne diesen ganzen Hokuspokus auskommen? Ich habe nur wenig Zeit, und ich will nicht, daß Min … Ich meine, wir müssen uns beeilen. Ich will, also ich *muß* einen Mann treffen.«

»Wieso, Herr?«

»Wegen eines Hundes.«

»Ich verstehe, Herr.«

»Gut. Wenn es euch nichts ausmacht, Mädchen, dann würde ich mir gern etwas Bequemeres überstülpen. Bin gleich wieder da.«

Die heilige Flamme erlosch plötzlich, und die Opferschale, nun ihres Halts beraubt, fiel wie ein Stein nach unten und zersprang am Rand des Dreifußes. Zur selben Zeit materialisierte Apollo unmittelbar daneben, so daß ihm gerade noch eine fliegende Scherbe gegen den Handrücken flog.

»Autsch!« fluchte er.
»Herr!«
»Betty, jetzt laß uns endlich diesen ganzen formalen Blödsinn vergessen, ja?« sagte er gereizt. »Damit eins klar ist: Ich bin absolut dazu in der Lage, hier aus eigenem Antrieb zu erscheinen. Man muß mich also nicht erst heraufbeschwören, in einen Geist verwandeln, durch ein sieben Meter langes Kupferrohr pusten und anzünden. Deshalb verlange ich von dir, mich in Zukunft nur noch dann zu benachrichtigen, wenn ich direkt darauf antworten kann, verstanden?«
Mary kicherte leise, als sie an die Oliven dachte.
Ms. Fisichelli überging diesen Ausrutscher ihrer Schülerin, falls sie ihn überhaupt mitbekommen hatte, und antwortete: »Es tut mir schrecklich leid, wenn ich dir Unannehmlichkeiten bereitet haben sollte, aber ...«
Apollo seufzte schwer. Dann entfernte er eine alte Ausgabe des *Journals byzantinischer Studien* vom Sessel, setzte sich und sagte mit erschöpfter Stimme: »Schon gut. Könnten wir jetzt bitte zur Sache kommen?«
Ms. Fisichelli errötete und setzte sich aufs Sofa. Mary hockte sich auf ihre betörende Weise nieder und kniete nun voller Anmut auf dem Teppich. Apollo, dem dies nicht entgangen war, dachte darüber nach, daß er alt genug war, um ihr Urururururururururururururururururururururururururururgroßvater zu sein, und konzentrierte seinen Blick auf die Pythia, die im Nu noch mehr errötete.
»Eigentlich ist es nichts Besonderes, wirklich«, stammelte Betty-Lou verlegen. »Du hast mir nur gesagt, ich solle dich sofort informieren, falls ich auf irgendwelche Ungereimtheiten stoße, die mit diesem Jungen von den Derrys zusammenhängen könnten. Außerdem sind da einige andere Geschichten passiert, und du weißt ja, daß sich gerade diejenigen Dinge häufig ins Gegenteil verkehren, die auf den ersten Blick unwichtig erscheinen ...«

Die Götter können zwar furchtbar grausam, schrecklich, unlogisch und herzlos sein, manchmal haben sie aber auch eine Engelsgeduld. Apollo lächelte die Pythia beruhigend an und sagte: »Du hast bestimmt recht. Bitte erzähl mir alles.«

Ms. Fisichelli schluckte den gewaltigen Kloß hinunter, der sich in ihrem Hals gebildet hatte, und sagte: »Nun ... ehm ...«

»Ja?«

»Also, es ist folgendermaßen. Die ... ehm ...«

Apollo lächelte sie noch mehr an, bis Ms. Fisichelli spürte, wie sich ihre Nasenspitze kräuselte und kleine Hautschuppen davon abblätterten.

»Vielleicht solltest du es dir am besten selbst ansehen«, schlug sie schließlich vor.

Apollo runzelte die Stirn. »Wie meinst du das?«

Die Pythia zuckte nervös. »In der heiligen Schüssel.«

»In der heiligen Schüssel? Glaubst du, das Ding funktioniert noch?«

»Na ja, ich ...«

»Das kaufe ich dir nicht ab«, fuhr Apollo fort. »Ich dachte immer, das Ding hat im fünften Jahrhundert den Geist aufgegeben, als dieser Clown Amaryllis IV. Anchovis darin geschmort hat. Hast du die Schüssel wirklich wieder in Gang setzen können?«

»Ich habe sie einmal ordentlich abgewaschen, und seitdem scheint sie wieder zu funktionieren«, murmelte Ms. Fisichelli verlegen. »Das macht dir doch hoffentlich nichts aus, oder? Manchmal ist sie eine große Hilfe und ... na ja, ehrlich gesagt, habe ich sie dazu benutzt, um Baseball zu sehen. Im griechischen Fernsehen wird Baseball nie übertragen, selbst nicht per Satellit, und Chicago ist dieses Jahr ins Endspiel gekommen und ...«

»Demnach funktioniert sie also wirklich wieder?« wunderte sich Apollo.

»Scheint so. Warte, ich hole sie.«

Ms. Fisichelli sprang auf und eilte in die Küche.

Während ihrer Abwesenheit strengte sich Apollo verzweifelt an, keinen Blick auf die neue Schülerin der Pythia zu riskieren. ›Den Göttern ist alles möglich‹, pflegte Homer zu sagen, aber er irrte sich.

»Ehm ...«, begann Apollo.

»Ja bitte?« Mary lächelte den Gott warmherzig und dennoch respektvoll an, und Apollo bekam plötzlich eine schwere Zunge.

»Ehm ... bist du, na ja, hast du morgen abend schon etwas vor?«

Mary lächelte noch immer.

»Es ist nur so, daß ich zufällig für das Open-air-Konzert der Bad Vibes morgen abend im Central Park zwei Karten habe, und ich dachte, vielleicht könnten wir beide ...«

»Tut mir leid. Es ist nur so, daß ich mir zufällig morgen abend die Haare wasche.«

»Ach so.«

Mary lächelte erneut.

»Dann vielleicht ein andermal?«

Lächeln. Doch dann kehrte Ms. Fisichelli mit der heiligen Schüssel zurück, und Apollo lenkte seine Aufmerksamkeit wieder auf weit unwichtigere Dinge. Wichtigere Dinge! Verdammt und zugenäht!

»Ich habe überhaupt kein heiliges Wasser mehr, deshalb habe ich Perrier genommen«, entschuldigte sich die Pythia. »Wie ich durch Versuche herausgefunden habe, funktioniert das aber genausogut.«

Ms. Fisichelli stellte die Schüssel auf den Dreifuß, kramte ihr Sistrum hervor, eine altertümliche Rassel, und begann die Zauberformel zu summen. Apollo (der einst nebenberuflich auch noch der Gott der Musik war) zuckte zusammen, bedankte sich bei ihr und übernahm das Summen der Formel für sie.

Sofort wurde der ganze Raum von einem blaßgoldenen Glanz erfüllt, während sich das elektrische Licht klammheimlich davonstahl, um woanders sinnvollere

Verwendung zu finden. Außerdem machte sich ein merkwürdiger, fast geheimnisvoller Duft breit, was allerdings weniger etwas Überirdischem, sondern vielmehr dem Umstand zuzuschreiben war, daß Ms. Fisichellis Zitronenquarkauflauf im Gasherd in der Küche überkochte.

Apollo erhob sich und spähte in die Tiefen der Schüssel. »He, das funktioniert ja prächtig!« freute er sich. Ms. Fisichelli lächelte geziert.

Auf der schwach gewölbten Oberfläche des noch immer leicht sprudelnden Wassers erschien ein Bild, auf dem ein Hund zu sehen war.

Er lag auf einem Teppich und nagte an drei Knochen.

Das tat er zu Füßen eines Mannes, der in einem fast unerträglich gemütlich wirkenden Zimmer in einem sehr bequemen Sessel saß und etwas aß, das verdächtig nach einem Stück furchtbar leckerer Schokoladentorte aussah. Ihm gegenüber saß ein Mann, den man nur als einen sehr netten und freundlichen Gentleman im fortgeschrittenen Alter beschreiben konnte, der ein wenig zuviel mit den Händen redete, während er seinen ständig mit vollem Mund dasitzenden Gesprächspartner zum Lachen brachte.

»Donner und Blitz!« begeisterte sich Apollo. »Wo dreht man bei diesem Ding den Ton an?«

»Ehm ...«

»Bitte?«

»Das geht nicht.«

»Also gibt es keinen Ton?«

»Richtig.«

»Macht nichts ... He, was soll das?«

Ms. Fisichelli errötete. »Das passiert manchmal ganz automatisch.«

Das hübsche Zimmer war genauso plötzlich verschwunden, wie es erschienen war, und statt dessen sah man nun das Bild von einem anderen Mann, der lange Haare und abstoßend lange Fingernägel hatte. Es sah ganz so aus, als erhöbe er sich gerade in einem U-Bahn-Wagen von seinem Platz. Jetzt trat er zu der Verbindungstür zwischen den Waggons. Er öffnete sie und verschwand …

Es gab ein unheimliches Zischen, und das gesamte Wasser in der Schüssel verdampfte auf einen Schlag und stieg nach oben. Die überhitzte Schüssel bekam einen Sprung und zersplitterte in tausend Stücke, von denen eins Apollo an der Nase traf.

»*Aua!*« rief er erschrocken.

Ms. Fisichelli schien einen furchtbaren Schock erlitten zu haben, und nachdem sich Apollo selbst vom ersten Schreck erholt hatte, legte er sie aufs Sofa.

»Geht es ihr gut?« fragte er Mary nervös, die sich um ihre Ausbilderin kümmerte.

»Ich denke, schon«, antwortete die Volontärin. »Sie reagiert manchmal etwas überempfindlich.«

Apollo nickte. »Ich frage mich, wie das passieren konnte.«

»Zu viele Strömungen«, meinte Mary.

Apollo nickte erneut. Doch plötzlich schnellte er zu ihr herum und starrte sie verdutzt an. »Wie bitte?«

»Ach, das ist nur so eine Vermutung, aber vielleicht hast du die Schüssel mit deinem intensiven Blick in das verbotene Reich einfach überlastet«, schlug sie in aller Bescheidenheit vor.

Apollos göttliches Gehirn riet dem göttlichen Herzen und göttlichen Körper, jetzt nur nicht die Fassung zu verlieren und die Angelegenheit in Ruhe zu Ende zu führen. So beiläufig wie möglich fragte er Mary: »Nur so, aus rein persönlichem Interesse, woher hast du gewußt, daß das eben das verbotene Reich war?«

Mary stockte zunächst der Atem. Dann durchbohrte sie Apollo mit giftigen Blicken, verwandelte sich in einen riesigen Adler und flatterte aus dem Fenster hinaus.

In der trockenen Hitze einer Betamax-Sonne blieb auf dem Marktplatz von Tiberiopolis, bis vor kurzem noch als Jerusalem bekannt, ein Trupp römischer Soldaten stehen. Ein junger Mann wurde nach vorn getrieben und gezwungen, ein großes Holzkreuz aufzuheben. Während er dies tat, untersuchte er unwillkürlich die Arbeitsqualität.

»Unter einem anständigen Scherzapfen verstehe ich aber etwas anderes«, beschwerte er sich.

Der Zenturio brüllte ungeduldig ein Kommando, doch seine Soldaten verweigerten ihm den Gehorsam. Als er sich bei ihnen verdutzt erkundigte, warum sie dies täten, erzählte man ihm, daß der Karfreitag ein Feiertag sei, und wenn man von ihnen erwarte, durch die Stadt zu ziehen, um Leute zu kreuzigen, dann sei der normale Sonntagszuschlag fällig.

Kochend vor Wut brüllte der Zenturio: »Ach, ihr könnt mich alle mal am Arsch lecken! Und so was nennt sich Soldaten!« und ging schnurstracks zum Weinausschank an der nächsten Ecke. Eine Weile herrschte peinliches Schweigen, dann verdrückten sich die drei verurteilten Gefangenen und gingen nach Hause. Die Soldaten rührten keinen Finger, um sie daran zu hindern.

Letztendlich handelte es sich aus diesem Grund hierbei um eine Betamax-Welt.

Im Gegensatz zu vielen anderen Betamax-Welten überlebte diese jedoch die unausweichlich nachfolgende Möglichkeitenkrise und blieb vorhanden. Und das allein aufgrund eines Umstands, den man nur als einen dummen Raum-Zeit-Fehler beschreiben kann, der die Ankunft eines Teams interplanetarischer Missionare von der benachbarten Betamax-Welt enthielt, wo der interstellare Raumflug noch vor der Druckkunst erfunden wurde*. Jedoch wurden kurz nach der Mas-

---

* Was zu Folge hatte, daß man zwar Sonden auf den Mond schicken konnte, die Astronauten danach aber keine Gelegenheit hatten, ihre Lebensgeschichte an die Boulevardpresse zu verkaufen.

senbekehrung der Betamax-Menschen zum Methodismus die dadurch hervorgerufenen ernsthaften Möglichkeitenprobleme durch die rechtzeitige Intervention eines riesigen Meteors auf einen Schlag gelöst, indem er den Planeten zu Staub verwandelte.

Der Grund, weshalb Möglichkeitenirrtümer von den Behörden so ernstgenommen werden: Man kann sie kaum mehr korrigieren, wenn sie erst einmal angefangen haben. Deshalb wunderte sich auch niemand in der Einsatzzentrale im Hauptquartier der Polizei zur Aufrechterhaltung der Möglichkeiten, als durch die Explosion der Betamax-Welt 9567432 freigesetzte Materieteilchen weißglühend in die Atmosphäre jener Welt eintraten, die ursprünglich die Missionare ausgesandt hatte, auf den Dächern sämtlicher Kirchen landeten und sie allesamt niederbrannten. Die peinliche Folge davon war, daß die Mehrheit der Bevölkerung sofort das Christentum aufgab (so daß auch der geplante atomare Religionskrieg gegen die Ketzer im Osten abgesagt wurde, was das vorzeitige Ende des Planeten bedeutet hätte) und sich daranmachte, die übriggebliebenen Gläubigen von ihrem Irrweg abzubringen, indem sie die Druckkunst als notwendige Methode zur Verbreitung von Informationen erfand. Die auf diese Weise erschaffene Welt war so gefährlich nahe am absolut Möglichen, daß im Interesse der Aufrechterhaltung der Möglichkeiten die gleichnamige Polizei einschreiten mußte, indem sie in einige nur selten besuchte Gebiete ein paar absolute Unmöglichkeiten hineinschleuste, am nächsten Tag den Planeten wieder verließ und ihn kurz darauf nach Artikel 47(1) der Siriuser Konvention in die Luft sprengte.

Doch selbst danach waren die Probleme noch lange nicht beseitigt, da die Wucht der Explosion von Betamax 5609765 so gewaltig gewesen war, daß der Planet VHS – unsere Erde – kurzfristig aus der Bahn geworfen wurde. Das wiederum hatte zur Folge, daß zu einem entscheidenden Augenblick ganz unverhofft ein Gratisdonnerstag in die Woche eingeschoben werden mußte; und zwar genau jener Donnerstag, an dem Jason Derry in die Londoner Untergrundbahn abtauchte, um Gelos zu finden. Noch wichtiger aber war, daß bei der Festlegung der Spielregeln ganz zu Anfang der Partie keiner der Teilnehmer hatte vorhersehen können, daß ein Extratag eingeschoben werden würde – was nämlich dazu führte, daß am entscheidenden Punkt der nun folgenden Geschichte niemand am Zug war.

»Willst du mir etwa allen Ernstes damit sagen, daß wir die ganze Zeit einen Maulwurf hatten?« verlangte Jupiter zu wissen.

Apollo fragte sich, ob es erwähnenswert sei, daß es sich eher um einen Adler als um einen Maulwurf gehandelt habe, entschied sich aber dagegen und antwortete mit ja.

»Ich verstehe.« Jupiter besaß ein Talent dafür, Fragen zu stellen, von denen er bereits die Antwort kannte; zwar eine übliche, aber dennoch ärgerliche Unsitte der allwissenden Götter. »Und dieser Maulwurf hat die ganze Zeit mit... mit dieser *Person* zusammengearbeitet?«

»Ja.« *Ist denn plötzlich alles mein Fehler, nur weil ich derjenige bin, der ihm immer alles erzählt?* fragte sich Apollo. *Trotzdem tue ich das, und ich weiß auch ganz genau, warum. Weil ich ein Hornochse bin, deshalb.*

»Und das ist niemandem aufgefallen?«

»Nein.«

»Und ihr Pack nennt euch tatsächlich Götter?«

»Ja.«

Jupiter lachte, und auf der Erde zogen schwarze Wolken am Himmel schuldbewußt an die Stellen, wo sie eigentlich schon vor zehn Minuten hätten gewesen sein sollen; auch als Wolke hat man's manchmal nicht leicht.

»Und darf ich dich nun, da du endlich dahintergekommen bist, fragen, was du dagegen zu unternehmen gedenkst?«

Apollo begriff rasch, daß es sich hierbei um eine Frage handelte, die man nicht einfach mit einem Ja oder Nein beantworten konnte. Deshalb durchforstete er seinen göttlichen Verstand sorgfältig nach einer passenden Antwort und sagte schließlich: »Ich weiß nicht recht.«

»Na, das eingerostete Gehirn ist heute wohl ein wenig müde, wie?«

»Nun, ich…«

»BRING DAS IN ORDNUNG!« brüllte Jupiter – wenn man der große Himmelsgott ist, stellt es überhaupt kein Problem dar, in Großbuchstaben zu schreien. Wenn er wirklich in Rage war, konnte er sogar in Fettdruck, Kursivschrift und sämtlichen Schriftgrößen fluchen.

»Ja, wir…«

»AUF DER STELLE!«

»Selbstverständlich, aber…«

Bei seiner ganzen Allwissenheit schien Jupiter dennoch die Begleiterscheinungen des Wörtchens ›aber‹ nicht zu verstehen, und deshalb runzelte er nur die Stirn – was zur Folge hatte, daß auf vier Kontinenten sämtliche Freiluftveranstaltungen buchstäblich ins Wasser fielen. Apollo wich ängstlich zurück, stolperte über einen altertümlichen Schemel mit Selbstantrieb (der sich bei ihm auf lateinisch entschuldigte) und eilte davon.

Kurz nachdem er sich aus der Gegenwart des Vaters der Götter und Menschen entfernt hatte, begegnete er Mars. Genauer gesagt, er trat ihm auf die Füße.

»Paß doch auf!« beschwerte sich der Exkriegsgott. »Von Tretminen habe ich für heute genug.«

Apollo blieb stehen und entschuldigte sich sofort – er hatte sich schon häufig gefragt, warum man einen nach Harmonie strebenden Menschen als apollinischen Charakter bezeichnete.

Mars blickte ihn besorgt an. »Was ist mit dir los, Apo? Du scheinst mir heute ein bißchen fahrig zu sein.«

»Fahrig?« Apollo dachte über das Adjektiv angestrengt nach; es klang zwar ein wenig verlierermäßig, aber dennoch schien es für seine innere Verfassung einigermaßen treffend zu sein. »Ja«, fügte er aus reiner Gewohnheit hinzu.

»Und weshalb?«

»Da ist was in die Hose gegangen«, antwortete Apollo – *jeder darf mal untertreiben, warum also nicht auch ich?* sagte er sich –, »und anscheinend muß ich das wieder in Ordnung bringen.«

Mars blickte ihn mitleidig an. »Pech für dich. Was ist denn passiert?«

»Du kennst doch Prometheus' Adler, oder?«

Mars nickte, wodurch auch der von Kugeln zerfetzte Federbusch auf seinem Helm vor und zurück wippte.

»Jedenfalls sind wir dahintergekommen, daß dieses verdammte Federvieh die Seiten gewechselt hat. Er hat die ganze Zeit für du weißt schon wen gearbeitet.«

»Wirklich?«

»Ja.«

Mars dachte kurz nach. »Ich weiß nicht, ob man es wirklich als Arbeit bezeichnen kann, wenn man jemandem morgens und abends die Leber rausreißt. Zwar ist das wahrscheinlich billiger als ein Dialysegerät, trotzdem …«

»Darum geht es doch gar nicht«, unterbrach ihn Apollo. »Offenbar hat dieser schräge Vogel für ihn Botengänge erledigt, Helden zum Umsturz angestachelt und uns ausspioniert.«

»Er hat spioniert?«

»Ja. Er hat sich als Mensch verkleidet und sich als Volontärin der Pythia von Delphi ausgegeben.« Dabei fiel Apollo ein, daß er sich um ein Haar in diese gefiederte Verführerin verknallt hätte, und er erschauderte. »Das heißt, daß der große P. jeden einzelnen Schritt von uns verfolgen konnte. Ganz schön ärgerlich, was?«

Mars kratzte sich am Kinn. »Du meinst, wir haben so was wie einen Maulwurf?«

Apollo lächelte; jetzt konnte er es endlich sagen. »Nein, Marsi, ein Adler kann kein Maulwurf sein. Das ist biologisch unmöglich.«

Mars runzelte verärgert die Stirn. »Du weißt genau, was ich meine. Jedenfalls hast du dir da ein ganz schönes Problem aufgehalst. Mein herzliches Beileid.«

»Ganz meinerseits, Marsi. Trotzdem bin ich heilfroh, daß der alte Arsch noch nicht dahintergekommen ist, daß er Zerberus jetzt auch noch auf seiner Seite hat.«

»Zerberus?«

»Richtig. Ganz schön fies, nicht? Ich kann dir sagen, Pluto wird gleich einen furchtbaren Schock erleiden.«

»Ist er etwa da unten?«

»Ja, und zwar genau zu diesem Zeitpunkt«, antwortete Apollo mit einem Hauch Mitgefühl. »Er sucht diesen Jason Derry. Das ist der Held, den du weißt schon wer zum Umsturz angestachelt hat ...«

In diesem Augenblick kam Minerva herein. Sie war etwas rot im Gesicht und nicht gerade in bester Stimmung. Das war allerdings verständlich, da sie gerade Jupiter von einem gewissen Hund hatte erzählen müssen.

»Da seid ihr beiden Idioten ja!« polterte sie los.

Mars öffnete den Mund, um zu protestieren, aber Minerva würdigte ihn keines Blickes und fuhr ungerührt fort: »Jedenfalls sind hier eure Einsatzbefehle vom Boß. Apo, du gehst auf die Erde und kümmerst dich um Prometheus. Schnapp dir diesen Adler, und besorg Ersatz für ihn, klar?«

»In Ordnung«, seufzte Apollo.

»Und du, Marsi, solltest dich lieber sofort verziehen und zusehen, daß Pluto nichts passiert. Und wenn du schon mal dabei bist, kümmer dich auch noch um diesen Jungen von den Derrys. Der Kerl dreht langsam durch und ...«

»Du machst wohl Scherze!« empörte sich Mars. »Ich habe gerade eben den Kommentar gehört, und dort wurde gesagt, daß er bewaffnet ist, und zwar mit diesem Schwert von ...«

»Ach, jetzt stell dich nicht so kindisch an, Marsi«, spöttelte Minerva. »Immerhin bist du der Lenker des Streitwagens, oder hast du das schon vergessen?«

»Damit habe ich auch keine Probleme«, widersprach Mars aufgebracht. »Niemand lenkt den Streitwagen so gut wie ich. In meiner Tätigkeitsbeschreibung steht aber nichts davon drin, daß ich mich von jugendlichen Kraftprotzen durch irgendwelche Zauberschwerter zu Tagliatelle verarbeiten lassen muß. Tut mir leid ...«

»Mars!« fauchte Minerva. »Du willst doch bestimmt nicht, daß ich Pa etwas von deinem Abstecher nach Greenham Common erzähle, nicht wahr?«

Mars sackte wie ein Zelt ohne Stangen in sich zusammen. »Das würdest du nie wagen.«

»Ich glaube, er wäre ziemlich sauer, wenn er erfährt, daß ein Sohn von ihm über die Zäune des Militärflughafens gestiegen ist und in grüner Farbe auf die Raketensilos *Atomkraft nein danke* gesprüht hat. Ich halte es jedenfalls für besser, wenn du ausnahmsweise mal tust, was man dir sagt. Findest du nicht?«

Mars holte tief Luft, um etwas zu sagen.

»So etwas sagt man aber nicht«, kam ihm Minerva zuvor.

»Also gut«, resignierte der Exkriegsgott. »Aber was meint er eigentlich mit ›sich drum kümmern‹? Du könntest mir wenigstens verraten ...«

»Jupiter findet, daß das Sternbild der Kassiopeia ein

wenig Schlagseite bekommen hat«, unterbrach ihn Minerva mit eisigem Lächeln. »Mit einem Extrastern irgendwo in der Mitte könnte man das wieder ins Lot bringen. Also, sieh zu, daß du klarkommst, ja?«

Minerva wandte sich ab, rückte ihre Eule zurecht und ging heiter gelaunt hinaus. Mars atmete tief durch, seufzte und zeigte mit dem Kopf zu der Stelle, an der Minerva noch kurz zuvor gestanden hatte.

»Vaters Tochter«, seufzte er.

»So, mehr oder weniger war's das«, sagte Gelos. »Hast du noch irgendwelche Fragen?«

Jason beugte sich in seinem Sessel ein Stück vor, bis er sich mit den Ellbogen auf den Knien abstützen konnte, und rang nach Atem. Als er seinen Körper einigermaßen wieder unter Kontrolle hatte, nahm er das Taschentuch vom Mund und schnappte nach Luft. Seit die neunköpfige Sonnenschlange versucht hatte, ihn zu beißen, hatte er nicht mehr soviel gelacht.

Dabei sollte betont werden, daß Gelos nicht einmal etwas außergewöhnlich Witziges, Amüsantes oder Neuartiges von sich gegeben hatte, es war vielmehr die Art, in der er Jason alles erzählt hatte. Wie sonst hätte unser Held wohl fast eine Gehirnblutung erleiden sollen, als der alte Gentleman ihn fragte, ob er zum Tee ein Plätzchen wolle?

»Nein, nein!« keuchte Jason. »Ich glaube, ich habe alles kapiert.«

»Du mußt dir nur merken...« Gelos hielt geduldig inne, während sich Jason auf dem Boden kugelte, hilflos mit den Beinen in der Luft strampelte und röchelnde Geräusche von sich gab.

»Erzähl ruhig weiter... Tut mir leid, ich bin sonst nicht so... Ich...« Erneut brach Jason vor Lachen zusammen.

Zerberus warf ihm einen verdutzten Blick zu. Drei verdutzte Blicke.

»Das beweist mal wieder, was ich schon immer behauptet habe«, sagte der alte Mann mit ruhiger Stimme. »Nichts auf der Welt ist stärker als Lachen. Wenn es schon auf jemanden wie dich solch eine Wirkung hat, einen Helden, einen Sohn des Jupiter höchstpersönlich, dann stell dir nur mal vor, was es bei dem gewöhnlichen Durchschnittsmenschen ausrichten kann, wenn ihm eine starke Dosis davon verabreicht wird. Ich könnte ohne Probleme die Weltherrschaft an mich reißen und als einzig wahrer Gott auftreten. Ich habe aber keine Lust dazu.«

Er hielt erneut inne, während Jason gegen die spasmischen Krämpfe in der Brust ankämpfen mußte und Luft in die Lunge pumpte. *Manchmal bin ich mir meiner eigenen Stärke nicht bewußt,* dachte der alte Mann und sagte dann laut: »Hör mal, vielleicht ist es besser, wenn ich mich wieder in die andere Gestalt verwandle – du weißt schon, in diese bedrohlich wirkende Statue. Könnte dir das helfen?«

Jason gelang es unter großer Anstrengung, mit dem Kopf zu nicken. Fast im selben Augenblick verschwand das gemütliche kleine Zimmer, und er lag wieder auf nichts und sah sich zwei riesigen Krallenfüßen gegenüber.

»Besser so?«

»Viel besser«, schnaufte Jason. »Und jetzt erzähl bitte weiter.«

»Wenn du möchtest, können wir auf die zischenden Schlangen verzichten.«

»Nein, nein, das ist schon in Ordnung. Hauptsache, du verzichtest auf weitere Witze.«

»Ach, weißt du, eigentlich mache ich gar keine Witze«, seufzte Gelos schwermütig. »Manchmal frage ich mich sogar, was Sinn für Humor überhaupt bedeutet. Mir steht es nämlich nicht zu, einen zu haben.«

Jason nickte verständig. Das Risiko innerer Verbrennungen, vermutete er. Welch furchtbares Schicksal.

»Auf alle Fälle habe ich keine Lust, über die Welt zu herrschen«, fuhr Gelos fort. »Jedenfalls nicht über die Welt, wie sie sich momentan darstellt. Sie ist zu – also, nach meinem Geschmack ist sie völlig und unwiderruflich vorm Arsch. Bislang konnte ich nichts anderes tun, als die Leute auf andere Gedanken zu bringen, und das ist immerhin besser als nichts. Mehr oder weniger mache ich das auch heute noch so. Aber gut ist das nicht, oder?«

»Wieso nicht?«

»Also, paß auf. Ich pflege die Menschen alle die schrecklichen Dinge in der Welt vergessen zu lassen, was bedeutet, daß sie in meiner Gegenwart nichts dagegen unternehmen. Wenn etwas Furchtbares passiert – eine Pest oder eine Katastrophe in einem Atomkraftwerk –, dann würden alle nur darüber lachen, anstatt etwas dagegen zu unternehmen und den Fehler zu korrigieren. Aber wo würde das hinführen? In Wirklichkeit handelt es sich um die Krümmung der Möglichkeiten, die ich dabei stets berücksichtigt habe. Du hast doch bestimmt schon was von der Möglichkeitenphysik gehört, oder?«

»Nicht viel«, gestand Jason ein. »Aber laß uns bitte nicht allzulange über dieses theoretische Zeugs reden. Du willst mir vermutlich sagen, daß du die Welt erst mal in Ordnung bringen möchtest, bevor du sie übernimmst, richtig?«

»Mehr oder weniger.«

»Und in der Zwischenzeit willst du nur bleiben, wo du bist, damit du von niemandem behelligt werden kannst, stimmt's?«

»Genau das ist es«, stimmte Gelos ihm zu. »Die Leute glauben, ich sei hier unten, wo es kein Lachen gibt – nicht als *solches* –, um mich vor dem alten Jupiter zu verstecken. Das ist absoluter Unsinn.«

»Wirklich?«

»Wirklich. Weißt du, ich bin ein wenig wie ein Atomkraftwerk, aus dem radioaktive Strahlung austritt. Wenn ich nicht genau hier unten, wo man eigentlich gar nicht sein kann, sondern irgendwo anders unter der Erde wäre, dann würden gewaltige Lachmengen gewissermaßen nach oben durch den Boden hindurchsickern und alles und jeden durchdringen, was ein absolutes Chaos zur Folge hätte. Wie es sich augenblicklich darstellt, tritt auch so genug von dem Zeug aus, um die Welt einigermaßen in Gang zu halten, doch wird nie der kritische Punkt überschritten. Meiner Meinung nach sollte man es auch vorläufig dabei belassen.«

»Ich verstehe«, sagte Jason. »Und wo liegt jetzt das Problem?«

»Natürlich Jupiter und alle diese anderen Schwachköpfe. Sie wollen mich entführen. Aber die können mir keine Angst einjagen, kein Stück. Wenn die sich hier runter trauen und versuchen, ihren Einfluß geltend zu machen, könnte ich sie derart zum Lachen bringen, daß denen die göttlichen Bäuche platzen würden. Allerdings gäbe es ein Problem. Ich müßte nämlich so viel Gelächter auslösen, daß es bis zur Erdoberfläche hindurchdringen und den Menschen alles vermasseln würde. Deshalb ist es unbedingt erforderlich, daß hier unten nichts aus den Fugen gerät. Kannst du mir folgen?«

»Ich denke, ja. Du brauchst jemanden, der dir vorübergehend den Rücken freihält«, folgerte Jason.

»Ganz genau. Es geht lediglich um die Sicherstellung, daß sie nicht an mich herankommen. Das alles ist auch nie ein Problem gewesen, doch haben sie in letzter Zeit die Suche nach mir verstärkt – ich nehme an, daß die Betamax-Welt, in der ich nicht existiere, allmählich den kritischen Punkt erreicht. Deshalb war es nur eine Frage der Zeit, wann sie ihre Berechnungen anstellen und herausfinden würden, daß ich hier unten bin. Aus diesem Grund habe ich Prometheus dazu bewogen, dich hierherzubringen.«

Jason zog die Augenbrauen hoch. »Und was kann ich für dich tun?«

»Ein Ablenkungsmanöver. Du kämpfst für mich mit den Göttern.«

Jason starrte Gelos entsetzt an. »*Ich*? Du machst Scherze.«

»Nein, ich meine das todernst, falls das nicht ein Widerspruch in sich selbst ist. Die sollen glauben, daß du mich befreit oder entführt hast. Jedenfalls hast du mich irgendwie in der Hand und willst die Macht über das ganze Universum an dich reißen. Dann greifen sie dich an, und du verabreichst ihnen eine göttliche Tracht Prügel. Danach …«

»Entschuldige mal«, unterbrach ihn Jason, »aber wäre das denn sicher für mich? Wenigstens einigermaßen?«

»Bombensicher sogar. Ich werde dir nämlich eine Geheimwaffe geben.«

»Sehr schön«, seufzte Jason erleichtert. »Ich habe gehofft, daß du so etwas sagst.«

»Eigentlich handelt es sich dabei eher um eine Art Leihgabe. Ich habe mir überlegt, dir einen der drei Witze auszuleihen.«

»Welche drei Witze?« Jason zog ein ziemlich langes Gesicht, als hätte er etwas Handfesteres erwartet, einen Panzer zum Beispiel.

Gelos lächelte ihn an. »Laß es mich erklären. Wie dir jeder Komödiant bestätigen wird, gibt es nur drei Witze. Alle anderen sind nur entschärfte Varianten von den dreien; sie müssen abgeschwächt werden, bevor die Menschen sie verstehen können, weil sie sonst – nun, sagen wir mal, fatale Folgen hätten.«

»Das ist ganz schön komisch, wie?« merkte Jason leicht verunsichert an.

»Und ob. Der erste Witz, der stärkste von allen, wird der *große Urwitz* genannt. Wenn man diesen ersten Witz erzählt, brächte man die Sonne so sehr zum Lachen, daß sie stolpern und auf die Erde stürzen würde, die sich ihrerseits so sehr vor Lachen böge, daß sie ins Meer fiele.«

Jason nickte. »Wäre das der Witz von den drei Schotten und der Garnrolle?«

»Nein, obwohl ich weiß, welchen du meinst. Aber der gehört eigentlich zu den unbedeutenderen Geheimnissen des dreigestaltigen Zephyros, und wenn er gut vorgetragen wird, kann man dadurch allenfalls Stahlblech wie Papier zerknittern. Der große Urwitz ist weit besser.«

»Wahnsinn!« staunte Jason.

»Der zweite Witz wird auch als das *himmlische Banner* bezeichnet und handelt von einem Engländer, einem Polen und einem Goten. Hast du schon mal was vom Ausbruch des Krakatau gehört?«

»Ja.«

»Meine Schuld«, gestand Gelos. »Ich habe diese furchtbare Angewohnheit, manchmal im Schlaf zu reden, und eines Nachts muß mir die Pointe rausgerutscht sein – wohlgemerkt, nur die Pointe! Als sie erst mal draußen war, durchdrang sie dieses ganze Nichts und bohrte sich durch die Magmaschichten bis zur Südsee hindurch. Bis dahin war zwar nicht mehr viel von ihr übrig, aber ich kann dir sagen, das hat gereicht …«

Jason erschauderte. »Ganz schön heiße Geschichte, wie?«

»Das kann man wohl laut sagen«, stimmte Gelos ihm zu und fuhr fort: »Der dritte Witz ist der schwächste von den dreien. Er ist auch unter der Bezeichnung *mächtiger Geistesblitz* bekannt und ist eher gegen den Menschen gerichtet. Wirft die Menschen um, läßt die Häuser stehen und so weiter. Und das ist der Witz, den ich dir leihen werde.«

»Mhm …«

»Ich weiß, was du sagen willst. Zu riskant, wolltest

du sagen, und du hast sogar recht. Deshalb haben wir auch den Hund gebraucht.«

Jason sah ihn verblüfft an. »Den Hund?«

»Ganz recht. Paß auf, ich habe vor, dir nur eine Hälfte des Witzes zu erzählen und dich dann hier aus dem Zimmer zu schicken. Danach werde ich zwei Gehirne von dem Hund einschläfern, während ich dem übriggebliebenen Gehirn ein Sechstel des Witzes erzähle. Und so weiter, bis jedes Gehirn von dem Hund ein Sechstel kennt und du den gesamten Rest. Das ist eine fast hundertprozentig sichere Vorgehensweise, ehrlich.«

»Aber ich ...«

»Ich weiß, es gibt noch eine Unmenge offener Fragen, aber ich nähme das Risiko niemals auf mich, wenn ich nicht wüßte, daß es absolut notwendig ist. Vertrau mir.«

»Na gut«, willigte Jason ein.

»Danke. Übrigens erinnerst du mich sehr stark an mich, als ich noch jünger war.«

Jason zwinkerte verlegen mit den Augen. »Ach, wirklich?«

»Im Grunde ist das ja auch kein Wunder, schließlich sind wir miteinander verwandt.«

»Ach, wirklich?«

»O ja. Weißt du, obwohl ich Gelos bin, der Geist des Lachens, war ich nicht immer das, was ich heute bin. Bevor ich zu Gelos wurde, war ich ... ach, vergiß es. Komm, Hündchen, bei Fuß!«

Zerberus sprang schwanzwedelnd nach vorn. Gelos machte mit der rechten Hand eine leichte Bewegung, und der Hund fiel sofort in tiefen Schlaf.

»Ich habe ihm einen endlos langen Witz in die Gehirne eingeimpft. Eignet sich hervorragend als Betäubungsmittel, finde ich.«

»Einen langen Witz?«

»Ja, eine furchtbar breitgewalzte Geschichte mit einer

hundsgemein langweiligen Pointe. So langweilig, daß man damit nicht mal einen Hund hinterm Ofen hervorlocken kann. Bist du jetzt bereit, dir deine Hälfte des Witzes anzuhören?«

Jason nickte und machte sich bereit. Obwohl er sich sehr fürchtete, war er doch kein bißchen verwirrt, und er wußte, daß die drei Punkte in seinem Hinterkopf jetzt zu Worten geworden und Sätze endlich komplett waren.

»Also gut«, begann Gelos. »Kommt ein Typ in die Kneipe ...«

IX

Pluto tastete sich ängstlich vor. Zu seiner anfänglichen Erleichterung berührte er schließlich etwas mit den Händen. Es war feucht.

»Igitt«, grummelte er und zog angewidert ein Taschentuch heraus.

Nach einer längeren Erforschungsphase gelangte er jedoch zu dem Schluß, daß selbst der Teufel in der Not Fliegen frißt, und entschied sich, weiterhin den feuchten und unsäglich übelriechenden Flecken an den Wänden des Nichts bis zu ihrem unweigerlichen Ende zu folgen. Falls der Hund hier entlanggegangen sein sollte, konnte Jason Derry nicht weit entfernt sein.

Als er sich auf diese Weise etwa zehn Minuten lang vorgetastet hatte, berührte er etwas, das weder feucht noch übelriechend war; wenn es überhaupt irgend etwas war, dann war es weit schlimmer.

»Nichts für ungut, aber warum hältst du dich an meinem Knöchel fest?« verlangte eine tiefe Stimme zu wissen.

Pluto machte sich über die schuppige kalte Oberfläche, mit der er gerade in Berührung gekommen war, genauere Gedanken und erschauderte. »Ehm … wie … was meinst du damit?« stammelte er.

»Ich meine meinen Knöchel. Ich habe das Gefühl, du hältst dich daran fest. Weshalb?«

»Vielleicht weil er einfach da ist?« schlug Pluto vor.

»Aber wer immer du bist, wäre es dir vielleicht möglich, das Licht anzumachen?«

»Ich soll das Licht anmachen?« wiederholte die Stimme nachdenklich. »Das dürfte keine Schwierigkeiten bereiten. Wenn du dich etwas gedulden würdest?«

Kurz darauf war es tatsächlich hell.

»Du hast ihn knapp verpaßt«, sagte die Stimme.

Pluto blinzelte mit den Augen, was man von den stechenden Augen der riesigen steinernen Statue, die ihn mit stählernem Blick zu durchbohren schien, nicht eben behaupten konnte.

»Wirklich?«

»Das nehme ich doch an«, sagte die Stimme. »Jedenfalls ist er in diese Richtung gegangen.«

»Hatte er denn einen Hund dabei?«

Gelos tat so, als müßte er über diese Frage angestrengt nachdenken, und antwortete dann: »Ich glaube, ja. Und einen Mann hatte er auch noch dabei, soweit ich mich erinnern kann.«

Pluto kniff nachdenklich die Augenbrauen zusammen. »Im Ernst? Was war das für ein …«

»Oje, da müßte ich genauer nachdenken. Warte …«

»Schon etwas älter vielleicht?« schlug Pluto vor. »Freundliche Erscheinung, breites Lächeln, trägt wahrscheinlich Morgenmantel und Pantoffeln.«

»Jetzt, da du es sagst, könnte das hinkommen. Ja, ich glaube sogar, du hast recht.«

»Vielen Dank auch. Ehm, was ist mit dem Licht? Meinst du, du könntest es für mich eine Weile an lassen? Im Dunkeln bin ich nämlich manchmal etwas schreckhaft. Bestimmt kannst du dir vorstellen, wie unangenehm so was sein kann.«

Die Statue nickte bedächtig mit dem steinernen Kopf und sagte: »Ich will sehen, was sich machen läßt.«

Als Pluto sich bereits zum Gehen gewandt hatte, blickte er noch einmal zurück und fragte: »Haben wir uns nicht schon mal irgendwo gesehen?«

»Meinst du? Nein, das kann ich mir nicht vorstellen«, log Gelos.

»Nichts für ungut. Ich habe ein furchtbares Personengedächtnis. Berufsrisiko, nehme ich an. Trotzdem vielen Dank für alles.«

Pluto winkte zum Abschied und war zwischen den dunklen Schatten schon bald verschwunden.

Was Gelos betraf, so seufzte er tief und schüttelte nachdenklich den Kopf. Nach seinem Dafürhalten war von seinen drei Neffen Pluto wahrscheinlich am schwersten von Begriff (wenn auch nur um Nasenlänge). Er dachte kurz darüber nach, daß dieselben drei Neffen, allesamt Schwachköpfe, seinen Bruder Kronos kastriert, seine Schwester Rhea eingekerkert und ihn, Dingsbums, den wichtigsten der drei Urgötter, dazu gezwungen hatten, sich für die meiste Zeit der Schöpfungsgeschichte am Ende einer schäbigen U-Bahn-Linie zu verstecken. *Reines Anfängerglück von diesen Grünschnäbeln,* schimpfte er in sich hinein.

Eine alte Steuerberaterweisheit lautet, daß es sich für die Sanftmütigen nicht lohne, die Erde zu beerben, wenn sie am Ende vierzig Pence Steuer pro Pfund bezahlen müssen. Was Dingsbums anging (wie Gelos richtig genannt werden sollte), so war es ihm ziemlich egal, um sein Erbe betrogen worden zu sein, solange es sich keins der anderen Familienmitglieder unter den dreckigen Nagel reißen konnte. Nachdem er sein wirkliches Aussehen wieder angenommen hatte, ließ er deshalb seinen Verstand auf die Erde hinausströmen und nahm zu seinem ältesten und gleichzeitig besten Verwandten Kontakt auf, der gegenwärtig an einigen Berggipfeln im Kaukasus hing.

»Promi?«

»Bist du's, Geli?«

»Wie läuft's bei dir?«

Prometheus' Gedankenwellen schienen etwas getrübt zu sein. »Ich weiß nicht recht. Ich habe so ein Gefühl, daß demnächst irgendwas passiert.«

»Du hast recht. Apollo ist zu dir unterwegs.«

»*Das* weiß ich«, dachte Prometheus zurück. »Der Adler hat's mir erzählt. Ich habe ihm geraten, sich in nächster Zeit lieber nicht mehr sehen zu lassen. Hast du irgendwelche Vorschläge?«

»Spontan fällt mir erst mal auch nichts ein, Promi. Ich würde dir gern den Jungen vorbeischicken, wenn ich ihn nicht hier unten bräuchte. Mars ist schon unterwegs, und Pluto ist erst gerade eben hier vorbeigekommen. Den Hund brauche ich leider auch. Tut mir leid.«

»Kein Problem, Geli, ich werde mir schon was einfallen lassen.«

»Hör mal, Promi, falls die Lage außer Kontrolle gerät, melde dich bei mir, ja? Wer weiß, vielleicht kann ich dir dann aus der Patsche helfen.«

»Was hast du eben gedacht, Geli? Die Verbindung ist sauschlecht.«

»Ich habe gedacht, vielleicht kann ich dir helfen.«

»Meinetwegen brauchst du dir keine Sorgen zu machen«, versicherten ihm Prometheus' Gedanken. »Aber sobald du den Jungen entbehren kannst, schick ihn bitte vorbei. Bis dahin werde ich die schon irgendwie hinhalten. Alles klar?«

»Das ist mein alter Promi.«

Dingsbums brach die geistige Verbindung ab und machte sich eine Tasse Ovomaltine; doch seine Gedanken drehten sich noch immer um das Dilemma seines Weggefährten. Es war wirklich zu schade, daß er ihm den Jungen nicht vorbeischicken konnte.

Aber wenn wirklich Not am Mann ist, wird mir schon was einfallen, sagte er sich.

Ganz am Ende des Gangs befand sich eine Tür.

Wie bei den meisten Türen in Londoner U-Bahn-

Schächten war über ihr ein sehr alberner Hinweis angebracht. *Kein Ausgang* stand dort zu lesen.

Höchst albern. Aus welchem Grund war die Tür wohl sonst dort, wenn man durch sie nicht hindurchgehen konnte? Jason zuckte die Achseln und zog an der Klinke. Die Tür war verschlossen.

»Was meinst du, Hund?« Jason zog seinen treuen Begleiter zu Rate. Wie er wußte, handelte es sich hierbei um eine rein rhetorische Frage, da die Antwort mit *Wau* ausfallen würde, aber auf diese Weise verschaffte er sich die notwendige Zeit, das Für und Wider seines nächsten Schritts abzuwägen, den er zu tun gedachte.

»Wau.«

»Na, damit wäre das wohl auch geklärt«, stellte er zufrieden fest. »Also, was soll's?«

Er holte mit dem rechten Bein aus und trat mit voller Wucht gegen die Tür. Letztendlich bleibt eine Tür eine Tür, (es sei denn, sie ist ein Krug). Sie sprang auf, und gleich darauf wurde Jason klar, daß der Hinweis letztendlich doch nicht so albern gewesen war.

»Jason Derry.«

Für jemanden, der ein solch abenteuerliches Leben geführt hatte, und das mit zeitweiligen Abstechern in paranormale und halbgöttliche Gefilde, war es Jason doch nie richtig gelungen, sich gegenüber Gespenstern oder Geistern normal zu verhalten. Seine Reaktion auf Gelos' statuenhafte Erscheinung war zum Beispiel völlig gegensätzlich zu der von Pluto ausgefallen, die ja kurz zuvor eingehend beschrieben wurde. Wie Ihnen nicht entgangen sein dürfte, war Pluto mit der sprechenden Riesenstatue geradezu spielend fertig geworden. Im Gegensatz zu Juno weiß Pluto allerdings, daß etwas, das so komisch aussieht, nur etwas sein kann, das sich verkleidet hat, da sprechende Riesenstatuen natürlich ein Ding der Unmöglichkeit sind.

»Ehm«, war alles, was Jason im ersten Augenblick über die Lippen kam. Merkwürdigerweise schien sich das Gespenst durch diese tiefschürfende Aussage bereits so eingeschüchtert zu fühlen, daß es sich noch mehr hinter seinem Schild zusammenkauerte und leicht zu zittern begann.

»Verlaß dich lieber nicht darauf, Sterblicher«, sagte das Gespenst.

Jason blickte die monströse Gestalt vor sich genauer an. War es wirklich möglich, daß diese anscheinend göttliche und schwerbewaffnete Person vor ihm Angst hatte?

»Worauf soll ich mich nicht verlassen?«

»Hör mal, ich erledige hier nur meine Arbeit, klar? Ich habe mich nicht darum gerissen, sondern wurde mehr oder weniger zwangsverpflichtet.«

Nach Jasons Auffassung war dies der geeignete Zeitpunkt, die notwendige Vorarbeit für ein klärendes Gespräch zu leisten. »Wer bist du?« fragte er.

»Mars.«

»Wie bitte?«

»Mars.«

Jason wurde zwar nicht entspannter, aber seine innere Aufregung legte sich etwas. »Im Ernst?«

»Wenn es um so ernste Dinge geht, lügt man nicht«, antwortete der Exkriegsgott. »Aber wenn du mir nicht glaubst – ich habe eine von diesen kleinen Ausweiskarten mit einem Foto von mir drauf dabei. Wart mal eben.«

Der Witwenmacher lehnte den Speer gegen den Türrahmen, setzte den Schild ab und kramte in der Innentasche des Brustpanzers herum, bis er einen zerknitterten Plastikumschlag entdeckte. Als er ihn öffnete, bekam Jason große Augen.

»Wahnsinn! Das gibt's doch gar nicht!« staunte Jason beim Anblick des Ausweises.

»Wie bitte?« stutzte Mars, während er den Speer wieder in die Hand nahm.

»Mann, ich habe schon so viel von dir gehört, und jetzt …«

Mars war derart überrascht, daß er den Speer wieder losließ, der daraufhin laut scheppernd zu Boden fiel. Jason bückte sich sofort und hob ihn für den Exkriegsgott auf.

»Willst du etwa damit sagen, daß du dich im Grunde freust, mich zu sehen?« erkundigte sich Mars ungläubig.

»Na klar, Mann! Als ich noch zur Schule ging, hatte ich mein ganzes Zimmer mit Postern von dir tapeziert.«

»Ich …«

»Du bist mein Lieblingsgott gewesen«, fuhr Jason mit unverhohlener Begeisterung fort. »Ich habe sämtliche Sagen von dir gelesen. Ich hatte sogar ein T-Shirt, auf dem …«

Mars ließ den Speer erneut fallen. »Bist du dir auch ganz sicher, daß du nicht jemand anderen meinst?« erkundigte er sich.

Jason nickte heftig, holte mit hochrotem Kopf ein Stück Papier aus der Tasche hervor und stammelte: »Ich … also, ich will dir wirklich nicht auf die Nerven gehen, aber könntest du mir bitte ein Autogramm geben? Irgendwas wie *Alles Gute vom …* ehm, *von Mars*. Es ist nicht für mich. Es ist für …«

»Weißt du eigentlich, weshalb ich hier bin?« unterbrach ihn der Exkriegsgott.

»Ehrlich gesagt, nein«, antwortete Jason wahrheitsgemäß und fügte erwartungsvoll hinzu: »Kann ich dir irgendwie behilflich sein?«

Mars schluckte schwer und antwortete: »In gewisser Weise ja.«

»Und wie genau?«

Mars schloß die Augen und fragte sich, ob es sich hierbei um einen erneuten Beweis seines sprichwörtlichen Unglücks handelte. Die Augen des Jungen funkelten ihn mit dem goldenen Glanz der Heldenverehrung an. *Zum erstenmal in meinem Leben freut sich tatsächlich jemand, mich zu sehen,* sagte er sich. *Verdammte Scheiße!*

So freundlich wie möglich fuhr er laut fort: »Weißt du, ich bin hierhergeschickt worden, um …«

»Ja?«

»Ich bin von Jupiter hierhergeschickt worden …«

»Ach wirklich? Wie geht's Daddy eigentlich?«

»… um dich zu töten.« Mars lächelte säuerlich. »Sozusagen jedenfalls.«

Physiognomen wollen einen glauben machen, daß es einem menschlichen Gesicht unmöglich ist, überhaupt keine Regung zu zeigen; falls dies wirklich der Fall ist, dann war Jason in diesem Augenblick mehr Gott als Mensch.

Mars biß sich verlegen auf die Unterlippe und fuhr fort: »Wenn ich *töten* sage, dann klingt das sehr viel schlimmer, als es in Wirklichkeit ist. Du wirst nämlich vielmehr in die große Sternenfamilie aufgenommen. Das hat was mit Unsterblichkeit und Apotheose zu tun. Hast du noch nie Lust gehabt, ein Stern zu sein?«

Jason schwieg.

»Und das System der Apotheose wurde mit größter Flexibilität und Sorgfalt entwickelt, um eine möglichst große Bandbreite individueller Bedürfnisse befriedigen zu können. Roter Zwerg, Weißer Riese, Supernova, Schwarzes Loch – ganz, wie du willst. Natürlich nur, solange du nicht mehr … nun ja, solange du eben nicht mehr wirklich lebst.«

Jason schwieg.

»Man hat mir erzählt, daß es kein bißchen weh tut«, grummelte Mars mit belegter Stimme. »Das ist ja auch gar kein richtiger Tod, obwohl der Tod dabei natürlich in gewisser Weise eine Rolle spielt. Aber in Wirklichkeit ist das mehr wie ein allmähliches … *Aua*!«

Plötzlich wachte Jason aus seiner Umnachtung auf. Er trat dem Hund brutal ins Hinterteil und rief: »Zerberus! Laß los!«

Zwei Köpfe des Hundes gehorchten sofort; der dritte benötigte erst einen Schlag hinter die Ohren, um Gehorsam zu leisten. Mars rieb sich den schmerzenden Fußknöchel. Dann blickte er auf und bedankte sich bei Jason.

»*Böser* Hund«, wies Jason Zerberus zurecht. »Tut mir leid, Mars, aber dieser blöde Köter …«

»Hör mal, jetzt mach dir doch deswegen keine Sorgen, ja?« winkte Mars ab. »Falls sich hier jemand entschuldigen muß, dann bin ich es.« Wenig überzeugend fügte er hinzu: »Es sei denn, man betrachtet das Ganze mehr als eine Art Karrieresprung. Außerdem bleibt dir leider keine andere Wahl.«

»Und wieso nicht?«

»Weil mir leider auch keine andere Wahl bleibt, glaub mir«, seufzte Mars. »Aber wenn der große J. sagt, daß etwas so und nicht anders geschehen soll, dann geschieht das auch so und nicht anders. Und ich …«

»Nein«, unterbrach ihn Jason mit vorwurfsvollem Blick.

»Tut mir leid, aber ich fürchte, du …«

»Nein!« wiederholte Jason. »Nur weil Dad irgend etwas sagt, hat das noch lange nichts zu bedeuten. Ich habe immer gedacht, du wärst längst selbst dahintergekommen.«

Das darf doch wohl nicht wahr sein! stöhnte Mars im stillen. »Hör mal, Junge, ich wünschte, es müßte nicht so sein, aber …«

»Muß es auch nicht.«

»Doch, das muß es.«

»Muß es nicht.«

»Muß es doch.«

»Muß es nicht.«

Aus der untersten Schublade seines Gehirns kramte Mars einen alten Erinnerungsfetzen hervor, der ihm ins Gedächtnis rief, daß er sich damals, als er noch als Kriegsgott fungierte, von niemandem solch eine gequirlte Scheiße hatte bieten lassen müssen; erst recht nicht von solch einem rotznäsigen Bengel, der den großen Witwenmacher eher als einen geeigneten Kandidaten für den Friedensnobelpreis wie, sagen wir mal, Mutter Theresa betrachtete und in ihm ein Vorbild sah. Genug ist genug.

»Und jetzt hörst du mir gefälligst zu!« schrie Mars. »Wenn ich sage, das muß so sein, dann muß das auch so sein, und ich bin hier derjenige, der ... *Aua*!«

Etwa zehn Sekunden später half Jason dem Exkriegsgott wieder auf die Beine, reichte ihm den Speer, bog ihm den Kinnschutz des Helms wieder gerade, klopfte ihm den Staub von der Rüstung ab und entschuldigte sich bei ihm.

»Und jetzt verschwinde hier!« fügte er hinzu.

Mars, dem der göttliche Kopf noch immer schwirrte, unternahm einen letzten Versuch. »Hör mal ...«

»... oder ich muß noch mal zuschlagen.«

»Du hast recht«, willigte Mars ein. »Es war nett, dich kennengelernt zu haben. Einen tollen linken Haken hast du, wenn ich das mal so sagen darf.«

Jasons strahlte übers ganze Gesicht. »Findest du wirklich?«

Mars verzog die dröhnende Kinnlade zu einem erbärmlichen Grinsen. »Darauf kannst du wetten.«

Durch einen merkwürdigen Zufall, der die Polizei zur Aufrechterhaltung der Möglichkeiten in sage und schreibe nur zehn Minuten mit einem gefälschten Durchsuchungsbefehl auf den Plan gerufen hätte, wenn sie davon unterrichtet worden wäre, nahm Mrs. Derry genau zu diesem Zeitpunkt in Jasons Zimmer sämtliche Mars-Poster von den Wänden ab.

Mutter zu sein, bedeutet auch, sich darüber im klaren zu sein, daß die Jungen eines Tages flügge werden und das Nest verlassen. Die vernünftige Mutter begreift dies als einen völlig natürlichen Abnabelungsprozeß und zugleich als eine willkommene Gelegenheit, Teilen des verwaisten Nests ihre erste gründliche Reinigung seit achtzehn Jahren widerfahren zu lassen.

Mrs. Derry wischte sich gerade eine Träne ab, während sie mit einem Löffelstiel einen vertrockneten Klebstoffklecks auf einem Regalbrett abzukratzen versuchte, als es an der Tür läutete. Sie murmelte etwas vor sich hin, kletterte vom Stuhl hinunter und sah an der Haustür nach.

»Hallo, Phyllis.«

Mrs. Derry musterte Jupiter mit diesem ganz bestimmten Blick, den nur weibliche Sterbliche beherrschen. Er ist ein Meisterstück nonverbaler Kommunikation und besagt (unter anderem): *Du bist in meinem Haus nicht willkommen, schon aufgrund dessen, was sich in der Vergangenheit zwischen uns beiden abgespielt hat, und weil du nicht einmal Blumen oder einen Brief geschickt hast, vor allem aber ist der Küchenfußboden seit einer Woche nicht mehr gewischt worden.* Es spricht für Jupiter, daß er diesem Blick standhalten konnte, ohne umzufallen; aber ›die Götter‹, so ermahnt uns Homer, ›sind bei weitem stärker als die brotessenden Sterblichen‹.

»Es geht um Jason«, klärte Jupiter Mrs. Derry auf. »Darf ich reinkommen?«

Mrs. Derry zögerte selbst jetzt noch. Wegen ihres Göttergatten war ihr Eheleben zu einer Mischung aus einer Feydeauschen Farce und Wagners ›Götterdämmerung‹ geworden; zudem mußte sie noch den morgendlichen Abwasch erledigen. Doch schließlich nickte sie, und Jupiter schlich sich an ihr vorbei ins Haus. Während er durch den Flur ging, sprossen überall dort, wo seine göttlichen Füße im tiefen Teppich Abdrücke hinterlassen hatten, Ansammlungen von unglaublich süßlich riechenden Blumen hervor. Das ist eine ganz normale Sichtbarmachung göttlicher Anwesenheit, die Mrs. Derrys Aufmerksamkeit natürlich nicht entgehen konnte.

»Um Himmels willen!« seufzte sie. »Warte hier.«

Mrs. Derry eilte davon und kehrte kurz darauf mit einem Stapel alter Zeitungen zurück, die sie zu einer Art Fußweg auslegte, der vom Flur ins Wohnzimmer führte. Als sie die letzte Seite auf dem Sofa ausgebreitet hatte, setzte sie sich wutschnaubend in den Sessel und verschränkte mißmutig die Arme.

»Nun, worum geht's?«

»Igitt!« fluchte Pluto. Er war dazu gezwungen, sich mit dem Taschentuch die Hände abzutrocknen, was bei ihm stets ein flaues Gefühl im Magen auslöste. Nachdem er das nun feuchte Taschentuch eingesteckt hatte, blickte er in den Spiegel, rückte die Krawatte zurecht und machte sich erneut auf die Suche nach Jason Derry.

Diesmal waren seine Bemühungen von Erfolg gekrönt, was vermutlich daran lag, daß sich Jason mittlerweile auch auf die Suche nach ihm begeben hatte.

»Bleib stehen, wo du bist, oder du wirst die Klinge meines Schwerts zu spüren bekommen!« drohte ihm der Sohn des Jupiter. »Kapiert?«

Pluto drehte sich langsam um und baute sich in voller Größe vor Jason auf. »Würdest du bitte nicht in solch einem Ton mit mir reden! Immerhin bin ich dein Onkel. Also etwas mehr Respekt, wenn ich bitten darf.«

Jason runzelte angestrengt die Stirn. »Respekt?«

»Ja, Respekt. Und jetzt nimm das Schwert runter, bevor du damit noch irgendwelchen Schaden anrichtest.«

Ohne zu wissen, warum, gehorchte Jason.

Pluto nickte mit ernster Miene. »Schon besser so. Und jetzt nimm gefälligst die Hand aus der Tasche.«

Nichthelden liegt die Erklärung für dieses Verhalten natürlich auf der Hand. Da Jason während seiner heldenhaften Karriere mit einer Folge von Gegnern konfrontiert worden war, die allesamt größer, stärker, schneller, hinterhältiger und zumeist mit mehr Gliedmaßen ausgestattet gewesen waren als er, hatte Jason nie die notwendigen Techniken entwickelt, um mit kleineren und schwächeren Leuten klarzukommen, die womöglich auch noch sehr viel bessere Manieren hatten als er. Zwar hatte er Drachen getötet, aber noch nie am Rentenschalter anstehende Pensionäre überfallen.

»Du bist Pluto, nicht wahr?«

»Sicher«, antwortete der Gott steif. »Und du bist wahrscheinlich der Junge von den Derrys.«

»Ja.«

Pluto musterte ihn geringschätzig, und Jason wurde plötzlich schmerzlich bewußt, daß seine Fingernägel womöglich nicht ganz so sauber waren, wie sie es sein sollten.

»In dem Fall muß ich darauf bestehen, daß du mir den Hund zurückgibst und endlich damit aufhörst, anderen auf die Nerven zu gehen.«

Jason verlagerte schuldbewußt das Gewicht. »Bin ich das denn?« murmelte er verlegen.

»Allerdings. Einfach abzuhauen, Dissidenten zu unterstützen und Gäste zu vergraulen, gehört sich ja wohl nicht. Gar nicht davon zu reden, daß du dich gegenüber einem Gott, dem du noch nie zuvor in deinem Leben begegnet bist, äußerst flegelhaft verhalten hast. Schämen solltest du dich!«

Plötzlich und zum erstenmal in seinem Leben tat Jason das; und es war ein entschieden unangenehmes Gefühl. Genausowenig wie sie Furcht kennen, wissen Helden, was Verlegenheit ist; wäre es anders, könnten sie ihren Job nicht anständig erledigen. Man darf von niemandem erwarten, sich in Dinge einzumischen, an die sich sonst niemand heranwagt, wenn man von seinem Gegenüber auf Normalgröße zusammengestutzt wird, nur weil man vergessen hat, sich die Schuhe abzutreten.

»Den Hund bitte!« verlangte Pluto. Zerberus warf Jason einen dreifach traurigen Blick zu, den Jason nicht erwidern konnte. Statt dessen machte er mit dem Kopf eine angedeutete Braver-Hund-geh-zu-Herrchen-Geste und schaute betrübt beiseite.

Der Hund biß ihn.

Jasons erste Reaktion war, sich zu revanchieren. Obwohl Vergeltung heutzutage aus der Mode gekommen ist, ist das Sinnen nach Rache eine langerprobte und vielfach bewährte menschliche Reaktion auf bedrohliche und lästige Ereignisse; und tief im Innern hing Jason an solchen Traditionen. Deshalb hatte er bereits mit dem Fuß ausgeholt, um dem Hund einen kräftigen Tritt zu verpassen, der Zerberus auf den Rücken geworfen hätte, als ihm dämmerte, daß ihm der Hund mit dem Biß womöglich etwas zu sagen versucht hatte. Sicherlich gibt es heutzutage zivilisiertere Methoden der Datenkommunikation als einen Biß in die Wade; wenn der Empfänger allerdings etwas schwer von Begriff ist, muß man eben zu aufdringlicheren Mitteln greifen.

Leicht verwirrt ließ Jason den Fuß wieder sinken.

»Ich habe gesagt, du sollst mir den Hund geben«, zischte Pluto.

»Nein«, antwortete Jason. (In Wirklichkeit sagte er: »Nein...« Aber die drei Auslassungspunkte waren nicht zu hören, wie das ›H‹ in ›Rhodos‹.)

»Wie bitte?«

»Nein«, wiederholte Jason. »Ich glaube nicht, daß er mit dir mitgehen will.«

Pluto runzelte gebieterisch die Stirn. »Das tut ja wohl nichts zur Sache. Also, wenn du dich endlich bequemen würdest, mir den Hund zurückzugeben. Für ein solch kindisches Geplänkel ist mir meine Zeit zu kostbar.«

Die letzte Bemerkung übte auf Jason eine nachhaltige Wirkung aus. »Mir auch«, sagte er. »Also zieh Leine.«

»Wie kannst du es wagen, so mit mir zu reden...?«

Jason grinste. Zum erstenmal in seinem Leben fragte er sich, ob es nicht ebensoviel Spaß machen könnte, kleine gebrechliche und wehrlose Personen zu vertrimmen wie riesige Dämonen. Wahrscheinlich nicht, doch würde er es nie erfahren, wenn er es nicht auf einen Versuch ankommen ließ. »Ich habe gesagt, zieh Leine«, knurrte er. Der Hund nickte mit allen drei Köpfen, wedelte mit dem Schwanz und schaffte es sogar, sich gleichzeitig an einem seiner Ohren zu kratzen; Hunde besitzen einen Gleichgewichtssinn, der sich sämtlichen konventionellen wissenschaftlichen Erklärungsversuchen widersetzt.

Pluto erinnerte sich daran, daß er ein Gott war und ein risikofreudiger Opportunist dazu. Er richtete sich zu seiner vollen, gefälschten Größe auf* und verschränkte grimmig die Arme. »Du impertinenter Sterblicher erdreistest dich, mir ...«, begann er, doch dann nahm er einen quälenden Schmerz im linken großen Zeh wahr. Er schaute nach unten, schrie »Aua!« und sprang in die Luft.

Jason zog das Schwert aus der klaffenden Wunde, die er Pluto gerade zugefügt hatte, und lachte niederträchtig. Ein Tropfen Ichor – Götterblut – funkelte auf der Scheide. »Und jetzt verschwindest du hier, oder ich werde dir das hier in deinen Allergöttlichsten stecken!« fauchte er.

Pluto, der sich auf relativ sichere Distanz zurückgezogen hatte, blickte ihn wutschnaubend an und rief die Legionen der Verdammten zu Hilfe. Als Gott besitzt man etliche Privilegien, und sofortiger Beistand einer großen Anzahl halbgöttlicher Schurken ist eins davon. »Nehmt diesen Sterblichen fest!« schrie Pluto auf fast melodramatische Weise. Aus den Schatten hinter ihm tauchten etwa zehn, zwölf kräftige und bis an die Zähne bewaffnete Gestalten auf und gingen mit gezogenen Gummiknüppeln auf Jason los.

Trotz des Risikos, die ganze Wirkung des nun folgen-

* Etwa vier Meter achtzig. Plutos Hauptangst bestand darin, diese Größe eines Tages beibehalten zu müssen.

den zu verderben und den Spannungsbogen zu unterbrechen, scheint an dieser Stelle ein klärendes Wort angebracht. Obwohl der Dienst in den göttlichen Kohorten von jeher als große Ehre angesehen wurde, hatten die Götter seit der Evakuierung des Olymps vor einem ernsthaften Rekrutierungsproblem gestanden. Traurige Tatsache ist, daß auf dem privaten Sektor sehr viel besser bezahlt wird, und das Prestige, als Werkzeug einer göttlichen Justiz zu dienen, belegt gegenüber flexibler Arbeitszeit, einem Dienstwagen und kostenloser Uniform, gewöhnlich mit einem Drachenemblem versehen, einen schlechten zweiten Platz. Aus diesem Grund sind die Götter in letzter Zeit immer mehr dazu übergegangen, jene Bewohner der Betamax-Welt 76249708 zu rekrutieren, die während ihres gescheiterten Versuchs, einen kürzeren Seeweg zwischen Leningrad und Kiew zu entdecken, versehentlich vom Rand der Erde fielen. Folge ist, daß die Qualität des Mitarbeiterstabs stark gesunken ist. Es geht sogar das Gerücht, daß sich die gesamte göttliche Armee neulich nur mit Hilfe massiver Luftunterstützung und unter dem Feuerschutz vor der Küste stationierter Marineeinheiten aus der sprichwörtlichen Klemme befreien konnte.

Es erklang ein markerschütterndes Geräusch, und kurz darauf kam ein Trupp himmlischer Krieger nur langsam und unter großen Schmerzen wieder auf die Beine. Die Soldaten untersuchten ihre Gliedmaßen und sahen sich humpelnd nach irgendwelchen Dingen um, die ihnen während des Abzugs als Gehhilfe dienen konnten.

Jason ließ das Schwert sinken und sagte zum wiederholten Male: »Zieh Leine.«

»So ungeschoren wirst du nicht davonkommen«, murmelte Pluto. »Die Mühlen der Götter mahlen zwar langsam, aber sie mahlen äußerst fein.«

Pluto ist insofern eine Ausnahmeerscheinung unter den Göttern, als er weiß, wann er geschlagen ist. Dennoch hatte er eine letzte Waffe in seinem Arsenal; und obwohl er sie gewöhnlich als ein billiges Ablenkungsmanöver verachtete, hatte er durch ihren Einsatz auch nichts mehr zu verlieren. Er rief eine Zauberformel, machte eine magische Handbewegung und schnippte mit den Fingern. Im Nu war er verschwunden und durch ein Gespenst ersetzt, dessen Anblick Jason nicht so schnell vergessen sollte. Pluto hatte sich in ein Skelett verwandelt.

Dabei handelte es sich wohlgemerkt um kein gewöhnliches, sondern um ein absurd großes, auffällig bunt geschmücktes und äußerst lebhaftes Skelett. Die allgemeine Wirkung war darauf bedacht, einen extremen Eindruck vom unwiderruflichen Tod zu vermitteln, verbunden mit einem dringenden Verlangen, ähnliche Bedingungen allem und jedem in der näheren Umgebung aufzuzwingen, und es funktionierte. Nirgendwo war auch nur der kleinste Fleischfetzen zu sehen, und die Knochen sahen aus wie übelwollendes Elfenbein; Elfenbein, das es nie richtig verkraftet hatte, von einem gutmütigen, behaglichen Elefanten getrennt worden zu sein. Was die Augen anging, so hätte man damit Pizzen auftauen können.

Wie schon zur Genüge berichtet wurde, kannte Jason weder Furcht noch Angst; doch kann man dem entgegenhalten, daß man auch nicht die genaue Bedeutung des Wortes *Fishmonger* auf einem Ladenschild kennen muß, wenn man direkt darunter ein Geschäft sieht, dessen Schaufenster mit totem Kabeljau gefüllt ist. Jason zuckte mit dem ganzen Körper zusammen und hielt sich die Augen zu.

Ganz im Gegensatz zum Hund. Mit Kennerblick musterte er die größte Ansammlung lecker aussehender Riesenknochen, die jemals an einem einzigen Ort zusammengetragen worden war, stieß ein dreifaches Jaulen unverfälschter Lebensfreude aus und stürzte sich aufs Mittagessen.

In der frisch wiederhergestellten Ruhe seines Arbeitszimmers kommunizierte Gelos mit Prometheus. Wie gewöhnlich fiel dies nicht leicht – heutzutage sind die Gedankenwellenkanäle stark überlastet, und wenn man nicht aufpaßt, kann es einem passieren, daß man womöglich ein verirrtes Fax direkt zwischen die Ohren bekommt –, aber trotz einiger Störungen befanden sie sich mitten in einem äußerst ernsthaften Gedankenaustausch.

»Und was ist mit dem Jungen?« dachte Gelos.

»Mach dir deswegen keine Sorgen«, dachte Prometheus zurück. »Es ist doch immer nur die ewig alte Geschichte: Junge trifft Adler, Junge verliert Adler, am Ende schnappt sich Junge Adler ...«

»Angenommen, er hat kein Interesse daran?« dachte Gelos entgegen. »Ich meine, er könnte zu der Auffassung gelangen, am Heldendasein und am Leben als solchem müßte mehr dran sein als nur ...«

»Überlaß das nur mir«, unterbrach Prometheus Gelos' Gedanken. »Aber zurück zum Thema. Hat er dir diese beiden Schießbudenfiguren vom Hals geschafft?«

Gelos lachte; eine Tätigkeit, die er, wenn irgendwie möglich, vermied. »Allerdings. Der kleine Jason hat heute eine Menge gelernt, bilde ich mir ein – übers Leben und über Enttäuschungen und auch darüber, sich mit der Realität abzufinden; und nicht zu vergessen, daß letzten Endes der einzig wirklich sinnvolle Weg, mit Leuten klarzukommen, darin liegt, ihnen anständig die Fresse zu polieren. O ja, für einen Grünschnabel macht er sich prächtig.«

»Mal was anderes, Geli. Eigentlich wollte ich dich nicht damit belästigen, aber der Adler sagt, daß sich eine ganz gewisse Person mit einer anderen ganz gewissen Person getroffen hat, und ...«

Gelos runzelte die Stirn; Telepathie an sich ist schon ohne kindische Geheimniskrämerei schwer genug zu verstehen. »Was denkst du da?«

»J-U-P-I-T-E-R«, buchstabierte Prometheus in gedachtem Flüsterton, »hat sich mit P-H-Y-L-L…«

»Schon gut. Ich glaube, ich weiß jetzt, worauf du hinauswillst. Irgendwelche Probleme?«

»Vielleicht. Weißt du, wir haben uns ausschließlich auf die Tatsache konzentriert, daß Jupit… daß Du-weißt-schon-wer der Vater von dem Jungen ist, und dabei womöglich die andere Seite der Gleichung ein wenig vernachlässigt.«

»Findest du? Ich halte sie eigentlich für eine ganz nette Frau, aber wenn du…«

»Ich will damit nur sagen, daß…« Plötzlich unterbrach Prometheus seine Gedanken. »Au Mist! Da kommt jemand. Ich melde mich lieber später zurück. Tschüs.«

Ein langer Schatten breitete sich vor Prometheus' Gesicht aus, und irgendwo über ihm sprach eine Stimme.

»Verräter!« sagte die Stimme.

Prometheus drehte den Hals so weit herum, bis er ein Paar goldene Sandalen sehen konnte, auf denen das Monogramm PA aufgestickt war, das, wie er wußte, für Phöbus Apollo stand. Die Buchstaben waren das Relikt eines folgenschweren Sponsorenvertrags zwischen einer großen, international operierenden Sportausrüstungsfirma und dem fotogensten männlichen Olympier – folgenschwer deshalb, weil Jupiter etwas entschieden dagegen gehabt hatte, daß einer seiner Familienangehörigen als ganzseitiger Vierfarbdruck auf der letzten Seite der Sonntagsbeilagen aufgetaucht war, und seinen ganzen Zorn gegen die betreffende Firma gerichtet hatte, indem sämtliche Mitarbeiter von ihm in Eidechsen verwandelt worden waren.

»Hallo, Apo«, begrüßte ihn Prometheus. »Ich böte dir ja gern etwas zu trinken an, aber im Augenblick bin ich leider etwas zu sehr an die Arbeit gefesselt. Vielleicht schaust du später noch mal vorbei.«

»Verräter«, wiederholte Apollo; allerdings weniger

aus einer tiefen Überzeugung heraus, sondern vielmehr deshalb, weil ihm die Situation peinlich war und ihm einfach nichts Besseres einfiel. Völlig inoffiziell und auch nur außerhalb der Reichweite von Jupiters mentalem Radarnetz hatte er die Prometheus zuteil gewordene Behandlung schon immer nicht nur als ungerecht, sondern auch als völlig unklug erachtet. Im Gegensatz zu den anderen Göttern war Prometheus sehr gescheit – wenn nicht sogar weise –, und bestimmt war es nur eine Frage der Zeit, bis er durch einen genialen Einfall dem Ansehen der Götter einen derartigen Schlag versetzen würde, daß sie danach bereits Probleme damit haben könnten, auf Kinderfesten Zaubertricks vorführen zu dürfen.

»Findest du das wirklich?« erkundigte sich Prometheus mit ruhiger Stimme.

»Ja.«

»Oje, das tut mir leid, Apo. Aber ich tue nur das, was ich für richtig halte.«

»Ich nicht.«

»Du mußt schon entschuldigen, aber ich hatte völlig vergessen, daß du ein Gott bist und dir um solche Dinge keine Gedanken machen mußt.«

»Willst du damit irgend etwas andeuten?«

Prometheus kicherte. »Ich deute grundsätzlich nichts an, jedenfalls heutzutage nicht mehr. Als ich jünger war, habe ich hin und wieder irgendwelche Andeutungen gemacht, aber in meinem Alter reicht es mir, mich auf direkte Unterstellungen zu beschränken, und deshalb sage ich gewöhnlich das, was ich mir denke.«

»Soll das etwa heißen …?«

»Das heißt, daß du als Gott tun und lassen kannst, was du willst, da du keinerlei Bestrafung zu fürchten hast. Göttliche Allmacht nennt man das doch, oder?«

Apollo gab sich Mühe, möglichst ernst dreinzublicken, wobei in seinen Augen hellblaue Flammen funkelten. »Richtig, göttliche Allmacht.«

»Wieso kannst du dir dann eigentlich keinen neuen Wagen leisten?« erkundigte sich Prometheus neugierig.

Diese Frage traf Apollo völlig überraschend, als hätte er gerade ein hartgekochtes Ei geköpft, in dem ein Küken sitzt, das ihn fröhlich piepsend anblickt. »Was hast du eben gesagt?«

»Ach komm, du hast mich genau verstanden«, antwortete Prometheus. »Ich habe die Radlager bis hierhin quietschen gehört. So, wie sich das anhört, ist die Radaufhängung auch völlig durch, die Hinterachse ist ungefähr so gerade wie ein verbogener Korkenzieher, in den Kotflügeln ist genug Spachtelmasse, um damit das Neandertal zu füllen, und wenn die Antriebswelle noch zehntausend Kilometer durchhält, dann kannst du mit meinem Kopf Basketball spielen.«

»Man kommt heutzutage an keine Ersatzteile mehr ran«, räumte Apollo kleinlaut ein.

»Und warum besorgst du dir dann keinen neuen? Vulcanus soll einen hübschen kleinen Zweisitzer bauen, vier Pferdeflügelstärken, mit ABS und justierbaren Sicheln an den Rädern, und das Ganze für nur viertausend Goldstatere Anzahlung plus zinslosem Kredit.«

Apollo dachte angestrengt nach. »Woher soll ich das Geld denn nehmen, ohne einen einzigen Tempelgänger und ohne jede Opfergaben?«

Prometheus unternahm einen regelrechten Kraftakt, um mit dem Kopf nicken zu können, und antwortete: »Genau das ist es doch, Apo. Und sobald du mal einer kleinen Nebentätigkeit nachgehen willst, nur um etwas Taschengeld zu verdienen, wird das von dem alten Narren sofort unterbunden. Bestimmt ist dir schon aufgefallen, daß er selbst einen Wagen niemals länger als zwei Jahre fährt; und wie viele Tempel hat er noch am Laufen, he? Oder was ist mit Minerva? Die letzte Opfergabe an sie fand ihm Jahre fünfhundertzwölf nach menschlicher Zeitrechnung statt, trotzdem kurvt sie nicht in einem uralten Volksvulcanus mit maroden Bremsleitungen rum.«

»Hör mal, ich ...«

»Oder nehmen wir nur mal Venus«, fuhr Prometheus unbarmherzig fort. »Was für 'ne Kiste fährt sie noch mal? Einen Vulcanus XR7 GTX mit Fronttaubenantrieb, stimmt's? Oder Neptun mit diesem funkelnagelneuen Walhalla Donnerschlag – *Vorsprung durch Zauber* oder wie der ganze Quatsch heißt. Ach, und Merkur hat doch seit neuestem diesen flotten kleinen Flitzer namens Vulcanus Elite Turbo mit diesem bescheuerten Aufkleber *Nichts ist unmöglich – Gott sei Dank!* auf der hinteren Sonnenblende. Oder Diana ...«

»Schon gut!« unterbrach ihn Apollo ungehalten. »Ich glaube, du hast dich jetzt klipp und klar ausgedrückt.«

»Mag sein, aber offenbar scheinen dir Äußerlichkeiten nicht sosehr am Herzen zu liegen. Ich bin wirklich beeindruckt. Wenn ich in deiner Lage wäre und es über mich ergehen lassen müßte, daß mich irgendwelche teilzeitbeschäftigten Flußgötter mit ihren aufgemotzten Vulcanus Firebirds an der Ampel stehenlassen, die ...«

»Jetzt hör endlich auf damit!« schrie Apollo ihn an. »Hör zu, ich ...«

»... die am Rückspiegel einen Würfel oder Knobelbecher aus Samt hängen haben, dann ...«

»Hör mal, ich ...«

»Ja?«

»Ich ...« Apollo hatte plötzlich vergessen, was er sagen wollte, und beschränkte sich darauf, Prometheus wütend anzublicken und sich am Nacken zu kratzen.

»Ich will dir damit nur sagen, daß du deine Arbeit allein deshalb machst, weil du Befriedigung darin findest, ohne auf das Materielle zu achten. Habe ich recht?«

»Nun ja ...«

»Das kann ich gut nachvollziehen, Apo. Du bist ein wahrer Gott. Ein Gott der Götter, wenn ich das mal so sagen darf. Auf alle Fälle bist du das so lange gewesen, bis Jupiter sich entschlossen hatte, den Laden dichtzumachen und sich zur Ruhe zu setzen. Ist es eigentlich schön da oben auf der Sonne?«

»Sehr sogar.«

»Wie ich höre, seid ihr den ganzen Tag mit dem Spiel beschäftigt. Das stelle ich mir wirklich sehr« – der Titan hielt kurz inne, als müsse er sich das nächste Wort genau überlegen – »befriedigend vor.«

»Nun ja ...«

»Zugegebenermaßen gibt es nicht mehr ganz so viele Seuchen zu bekämpfen und Ungerechtigkeiten zu verhindern wie einst, aber immerhin kann man auf diese Weise morgens länger im Bett bleiben. Was dir allerdings bestimmt *nicht* möglich war, als du noch den Sonnenwagen fuhrst, stimmt's?«

»Nun ja, ich ...«

»Ich möchte wetten, das hat unglaublich viel Spaß gemacht«, fuhr Prometheus feixend fort. »Nur mal rein interessehalber – was hat die alte Karre eigentlich gebracht? Nur so ungefähr ... mit Rückenwind?«

»Eine Million und fünf bis eine Million und zehn«, antwortete Apollo verträumt. »Von null auf zweihundertundfünfzigtausend habe ich es sogar mal in vier siebenundzwanzig geschafft.« Er hielt ungeduldig inne, schnaufte wütend und fuhr Prometheus an: *»Hör mal, ich ...«*

»Wohingegen du mittlerweile gar keinen Grund mehr hast, das Bett zu verlassen, stimmt's? Du könntest den ganzen Tag lang schlafen, ohne daß irgend jemand etwas merken oder sich gar dran stören würde. Wenn man sich so was unter einem ewigwährenden Leben vorstellt, dann ...«

»Prometheus!«

»Ach, ich habe ja völlig vergessen, daß du möglicherweise gar nicht dazu kommst, zur Sonne zu fahren oder die inständigen Bitten von Städten zu erhören, weil du für den großen J. kleine Botengänge erledigen mußt. Und natürlich auch für Minerva; ich nehme an, sie hält dich ganz schön auf Trab, wie?«

»Das ist doch ...«

»Schon merkwürdig, wie sie dich herumkommandieren kann, obwohl genaugenommen du derjenige bist, der ... Na ja, eigentlich geht mich das ja nichts an. Du mußt schon entschuldigen, aber ich habe nur noch selten Gelegenheit, mich mal mit jemandem zu unterhalten, höchstens mal mit dem Adler. Hast du den Adler eigentlich schon mal kennengelernt? Nettes Mädchen – er ist nämlich eine Sie, mußt du wissen. Ehrlich gesagt, sogar mehr eine Sie als ein Adler.«

Apollo fragte Prometheus unwillkürlich, was er eigentlich damit genau sagen wolle.

»Hast du das nicht gewußt?« antwortete der Titan. »Ich dachte immer, man hat es dir längst erzählt – wie komisch. Ja, der Adler ist in Wirklichkeit überhaupt kein Adl*er*, nicht mal eine Adl*sie*.«

»Was ist er dann?«

»Sie«, korrigierte ihn Prometheus. »In Wahrheit ist sie eine Waldnymphe namens Rosselenkerin. Ein hübscher Name, findest du nicht? Jupiter hat sie zur Strafe in einen Adler verwandelt.«

»Und weshalb?«

»Wegen Unfreundlichkeit«, antwortete Prometheus. »Jupiter mag es nun mal lieber, wenn seine Waldnymphen immer hübsch freundlich sind. Im Gegensatz zu Juno, ihr gefällt es, wenn Jupiters Waldnymphen schön giftig sind. Deshalb gibt es heutzutage ja auch kaum noch welche, da Jupiter sie verzaubert, wenn sie nicht artig sind, und Juno sie verzaubert, wenn sie's doch sind. Doch steht es mir nicht zu, mich über die moralischen Grundsätze meiner Vorgesetzten zu äußern. Aber welchen Botengang mußt du denn diesmal für sie erledigen?«

Apollo suchte verzweifelt nach den passenden Worten und stieß schließlich auf eine Redewendung, mit der Minerva ihn ausgestattet hatte. »Ich bin ausgesandt worden, um einen Verräter zu bestrafen.«

»Ach, wirklich?«

»Ja.«

»Jemanden, den ich kenne?«

»Ja.«

»Verrätst du mir den Namen, oder handelt es sich dabei um ein Geheimnis?«

Apollo knirschte entsetzlich mit den Zähnen. »Na, dann rat doch mal.«

»O nein, so was tue ich nicht. Was Raten angeht, bin ich ein hoffnungsloser Fall. Erinnerst du dich noch an diese Ratespiele, die wir beide immer zusammen gemacht haben, als du noch ein Kind warst?«

Apollo erinnerte sich sehr gut daran; er hatte das Pech gehabt, eins von diesen etwas pummeligen, ewig quengelnden Kindern gewesen zu sein, die sofort in Tränen ausbrechen, wenn sie mal getadelt werden. Jedenfalls war der Titan der einzige Erwachsene gewesen, der sich hin und wieder mit ihm abgegeben hatte. »Nein«, log er.

»Ach, wirklich nicht? Na, macht nichts. Genauso sagt man ja auch, daß Allwissenheit noch lange nicht davor schützt, hin und wieder einen Geburtstag zu vergessen, nicht wahr?«

Apollo fiel plötzlich ein, daß Prometheus' heute Geburtstag hatte; seinen fünf Millionen und fünften. Nun sind Götter diesbezüglich sehr empfindlich, und das Phänomen, das die Sterblichen als die Milchstraße kennen, ist in Wirklichkeit die Reflexion im Raum-Zeit-Kontinuum der sieben Millionen Kerzen auf Jupiters Geburtstagstorte. Deshalb war es nicht verwunderlich, daß Apollos durchaus weichem Herzen dadurch ein Stich versetzt wurde, insbesondere als er aus den Winkeln seiner allwissenden Augen heraus eine auf einem nahen Felsen stehende Milchflasche entdeckte, in der ein Löwenzahn steckte. Daneben befand sich eine schlichte Postkarte, auf der mit Buntstiften *Härzlichen Glügwunsch zum Geburztag Proletäus. Von deinem Atlär* gekritzelt stand. Aus einem himmelblauen Auge rann sogar eine Träne, bis die Hitze seines Blicks sie zu einer winzigen Salzablagerung verdunsten ließ.

»Also gut, ich…«, stammelte er, wobei er den Kloß im Hals kaum unterdrücken konnte, »… ich, also wenn du es unbedingt wissen willst, ich bin auf die Erde geschickt worden, um dich zu bestrafen.«

»Ach ja? Warum denn das?«

»Wegen Umsturzanstachelung von Helden.«

»Umsturzanstachelung von Helden«, wiederholte Prometheus nachdenklich. »Ich verstehe, und was gedenkst du mit mir zu tun?«

»Als erstes soll ich dich mit einer aus Schlangen gefertigten Peitsche verprügeln«, schluchzte Apollo. »Dann muß ich dich an den Füßen am Firmament aufhängen und Geier an dir rumnagen lassen… Ach, Onkel Promi, ich bin so furchtbar unglücklich!«

Apollo fiel auf die Knie und sackte zu einem einzigen wimmernden Haufen Elend zusammen. Wie Prometheus dazu einfiel, hatte er sich schon als kleiner Junge so verhalten, wenn ihm Minerva und Diana einfach den goldenen Bogen weggenommen hatten, um damit hinter seinem Rücken Kometen abzuschießen. Für einen Augenblick schämte er sich, das gute Herz des Jungen ausgenutzt zu haben (es fiel ihm schwer, Apollo nicht als kleinen Jungen zu betrachten), aber dann dachte er an die Geier, was ihn wieder rasch auf den Boden der Tatsachen zurückbrachte. *Das ist schon eine schlimme Welt… von allen guten Göttern verlassen*, sagte er sich. *Jeder gegen jeden. Gott gegen Gott. Es gilt nur noch das Gesetz des Stärkeren, und das einzige, was sich ein übermenschliches Wesen nicht leisten kann, ist Menschlichkeit.*

»Schon gut, mein Junge«, tröstete er Apollo. »Nun erzähl schon, was hast du auf dem Herzen?«

Jupiter blickte schweigend aus dem Fenster und suchte die passenden Worte.

»Es ist ja nicht einmal so, daß er irgendwas falsch gemacht hat«, sagte er schließlich.

»Aber du hast doch gesagt…«

»Sicher, doch das ist nur die halbe Wahrheit«, unterbrach er Mrs. Derry. »Klar, er war wirklich frech, hat mit verbotenen Personen konspiriert und sogar Götter verprügelt. Natürlich kann man so was nicht einfach durchgehen lassen. Trotzdem nichts Ernstes; nichts, was man nicht klären könnte und was wir nicht…« Jupiters Stimme wurde immer schwächer, bis sie schließlich ganz verstummte, als er etwas erspähte, das zwischen den Rosenbüschen und der Weißen Gartenlilie aus dem Boden ragte. »Entschuldige, wenn ich dich frage, aber ist das nicht das Skelett eines Tyrannosaurus, das ich da draußen sehe?«

»Wo?«

»Da vorn.«

Mrs. Derry sah genauer hin. »Ach, das da? Ja.«

»Wo hat er das her?«

»Ich weiß nicht, Jupp. Ich will es auch gar nicht wissen. Glücklicherweise hat er damit aufgehört.«

»Wirklich?«

»Na ja, letzten Monat hat er zwei Rottweiler und irgend so eine große Echse mitgebracht, aber davon mal abgesehen, war das seit dem Mammut alles. Wenn du mich fragst, ist das auch nur gut so. Schließlich ist der Garten nicht sehr groß, und am Schluß wurde es so schlimm, daß wir die Viecher an einigen Stellen in zwei Lagen vergraben mußten. Ein Regenschauer oder so was in der Richtung reicht schon aus, um…«

»Ja, ja, genug jetzt«, unterbrach Jupiter sie angewidert. »Also, wie ich schon gesagt habe, will ich gegenüber dem Jungen wirklich nicht den strengen Übervater spielen. Das ist überhaupt nicht meine Art. Wenn du also eine Möglichkeit siehst, dich mit ihm einmal ernsthaft zu unterhalten ...«

»Ich kann es versuchen. Aber du weißt ja, wie die in dem Alter sind.«

»Jason ist da anders«, widersprach Jupiter. »Und ich habe immer gewußt, wenn du ihm sagst, du darfst das nicht, dann läßt er das auch sein. Auf dich hört er nun mal am besten.«

»Na ja ...«

Jupiter gelang es nur mit Mühe, sein siegesgewisses Lächeln zu unterdrücken. »Sag ihm doch einfach, dir sei zu Ohren gekommen, daß er in Schwierigkeiten stecke, und wie besorgt du um ihn seist. Dann bittest du ihn, damit aufzuhören. Ich verspreche dir, das klappt. Er schaut nämlich zu dir auf.«

»Na gut, wenn du meinst, daß das für uns alle das beste ist, dann ...«

»Das steht doch wohl außer Frage, oder? Natürlich werde ich niemals zulassen, daß ihm irgend etwas zustößt, aber selbst ich kann nicht an mehr als vier Stellen gleichzeitig sein. Und die Leute, mit denen er sich getroffen hat – Prometheus, Gelos und das ganze Pack –, sind nicht gerade der beste Umgang. Und ich meine das so, wie ich es sage. Früher oder später bringen die den Jungen in echte Schwierigkeiten, und es könnte durchaus sein, daß ich dann nichts mehr für ihn tun kann.« Dann erinnerte er sich an eine alte Redensart und fügte hinzu: »Glaub mir, ich meine es nur gut mit ihm. Du wirst schon sehen.«

»Also gut. Ich werde sehen, was sich machen läßt«, willigte Mrs. Derry ein.

Jupiter lächelte erleichtert. »Na prima. Es war wirklich schön, dich mal wiedergesehen zu haben, Phyl, aber leider drängt die Zeit. Grüß mir bitte ... ehm, du weißt schon wen, deinen Ehemann.«

»Douglas.«

»Ach ja, sicher, Douglas hieß er. Wie läuft's bei ihm auf der … Was macht er noch mal?«

»Er repariert Fernsehapparate.«

»Ach, *wirklich*? Was für ein pfiffiges Kerlchen. Ich selbst sehe zwar nur selten fern, aber … jedenfalls grüß ihn schön von mir, ja?«

»Mache ich.«

Jupiters Lächeln ging ganz allmählich in einen fast glasigen Blick über. »Und du paßt natürlich hübsch auf dich selbst auf. Was macht eigentlich dein Rücken?«

»Er schmerzt.«

»Immer noch? Das tut mir aber leid. Ich muß dringend daran denken, Äskulap damit zu beauftragen, dir was vorbeizubringen.«

Mrs. Derrys Blick sagte *Das hast du mir schon beim letztenmal versprochen*, doch ansonsten zog sie es vor zu schweigen. Als Jupiter ihr hageres, schon leicht faltiges Gesicht sah, verspürte er das dringende Verlangen, umgehend das Haus zu verlassen, und machte sich davon.

Auf dem Weg zum Treffpunkt mit seinem Fahrer stieß er ein Stück weiter die Straße hinunter auf einen Polizisten, der gerade seine Runde machte. Als Allwissender kannte er natürlich auch den Namen des Polizisten und wußte, daß Sergeant Smith völlig zu Unrecht der Ruf anhaftete, merkwürdige Dinge zu sehen. Da Jupiter einen ziemlich abartigen Sinn für Humor hatte, verwandelte er sich in einen vier Meter großen orientalischen Geist mit zehn Armen und drei Köpfen, stellte sich dem Polizisten mit voller Absicht in den Weg, hob die drei Köpfe, nickte freundlich und verschwand in einer schillernden Lichtwolke.

Jason trat einen Schritt zurück, zog das Schwert von Glykerion aus der Scheide, brüllte einen Schlachtruf und stürzte sich nach vorn.

Die Hopliten der Hölle grinsten ihn höhnisch an, rasselten mit den Schwertern auf den Schilden und kamen drohend auf ihn zu. Nach einem markerschütternden Krachen, so als führe ein Lastwagen über eine Riesenkrabbe, waren einige schwache Schreie zu hören.

»Der nächste bitte!« schrie Jason.

Der Höllenhauptmann schaute auf seine zwölf enthaupteten Krieger, zuckte teilnahmslos die Achseln und griff in den Beutel, der an seinem Gürtel hing. Darin waren Drachenzähne, die sich, wenn sie auf die Erde gestreut wurden, in furchterregende, schwerbewaffnete Krieger verwandelten. Das waren Krieger ohne Gnade. Krieger, die keinen Schmerz empfanden. Krieger, die man nicht bezahlen mußte. Der Höllenhauptmann säte eine Handvoll Zähne aus, trat ein paar Schritte zurück und verschränkte die Arme.

Vielleicht lag es daran, daß Jason mittlerweile ein wenig müde war und er es diesmal zudem mit drei anstatt mit einem Dutzend Krieger zu tun hatte, jedenfalls benötigte er volle zwanzig Sekunden, um diesen Zahnersatztrupp zu einem kariösen Abfallhaufen zu zermalmen. Andererseits hatte es einer von ihnen noch im Todeskampf bewerkstelligt, ihm auf den Fuß zu treten, und dabei Jasons ganzen Zorn entfacht. Zum erstenmal fühlte sich der Höllenhauptmann ein wenig unbehaglich in seiner Haut. Er wühlte in dem Beutel herum und stellte fest, daß nur noch ungefähr fünfzig Zähne übrig waren. Da er einen größeren Hang zur Vernunft als zur Ritterlichkeit verspürte, streute er sie alle aus.

»So gefällt mir das schon besser!« grölte Jason. »Wenn ich nämlich irgendwas nicht ausstehen kann, ist das dieses langweilige Herumlungern.« Er schwang das Schwert wie ein Tennisspieler, der fließende Rückhandschläge trainiert.

Ein Geisterkrieger, der seine Mitdämonen um etwa eine Schädelgröße überragte, setzte seinen Schild und Krummsäbel scheppernd ab und schrie in die Runde: »Schluß jetzt, das reicht!«

Jason und der Höllenhauptmann blickten ihn verdutzt an.

Der Geisterkrieger verschränkte trotzig die Arme und fuhr fort: »Würdet ihr euch bitte nur ein einziges Mal die Zeit nehmen, das Ganze von unserer Warte aus zu betrachten und …?«

»Können wir jetzt endlich weitermachen?« unterbrach ihn Jason wütend. »Oder glaubst du, ich habe den lieben langen Tag nichts Besseres zu tun, als mich mit euch herumzuschlagen?«

»Halt's Maul und fang bloß nicht wieder damit an!« fuhr ihn der Geisterkrieger an. Dann blickte er den Höllenhauptmann durch die Augenschlitze seines pechschwarzen Helms hindurch stinksauer an. »Wir haben von euch beiden die Nase gestrichen voll! Oder was meint ihr, Jungs?«

Die anderen Geisterkrieger nickten zustimmend mit den tintenschwarzen Federbüschen und ließen ihre Schilde wie Herbstlaub zu Boden fallen.

»Ich meine, denkt doch bitte nur ein einziges Mal über alles richtig nach«, fuhr der Sprecher der Geisterkrieger fort. »Unser Leben begann in dem Maul eines riesigen blutrünstigen Drachen. Ich kann euch sagen, bei dem schlechten Atem war das alles andere als ein Vergnügen, und jedesmal, wenn dieses Scheißvieh nieste, flogen diese Feuerwerkskörper um einen herum. Wahrscheinlich glaubt ihr jetzt, schlimmer kann's nicht kommen, nicht wahr? Weit gefehlt, denn irgendein Schwachkopf hat uns mit einer rostigen Kneifzange rausgezogen. Dann hat er uns in einen Bottich mit einem Zaubertrank getaucht, und als nächstes erinnern wir uns daran, daß wir jetzt eine Phalanx von Psychopathen bilden, die dazu verdammt sind, von irgendeinem Zwei-Meter-Trottel mit dem Schwert zu Zahnpulver verarbeitet zu werden.«

Die anderen Geisterkrieger klatschten mit den fleischlosen Händen Beifall und bekundeten lauthals ihre Zustimmung.

Jason runzelte bedrohlich die Stirn.

Der Höllenhauptmann versuchte, sich hinter seinem Schild zu verbergen; so etwas war nicht eingeplant. »Also gut«, sagte er, »und was erwartet ihr jetzt von mir? Soll ich dem Management alles in Ruhe erklären, während ihr euch verpißt und euch zu Friseuren umschulen laßt?« Seine Worte wurden von dem Lärm der zahnmedizinischen Wunderkinder übertönt. Er schloß die Augen und schlug mit dem Schild auf den Fußboden, damit wieder Ruhe einkehrte. Als es endlich soweit war, fuhr er fort: »Hört mal, ich kann durchaus nachempfinden, was ihr durchgemacht habt. Glaubt mir, ich weiß, wie ihr euch fühlen müßt. Leicht ist das bestimmt nicht für euch. Aber ihr müßt nun mal akzeptieren, daß man in diesem Leben nicht machen kann, was ...«

Der Sprecher schnaufte verächtlich. »Wir haben mit diesem Leben doch überhaupt nichts zu tun! Wir sind nicht mal menschlich, und das ist das ärgerlichste daran. Wir sind nichts weiter als ein Ramschposten von wiederverwertetem Zahnersatz, und wir haben keine Lust mehr, uns das noch länger gefallen zu lassen. Und wenn du willst, daß jemand diesen Job erledigt, dann bitte gefälligst ein paar von deinen heißgeliebten Mitmenschen darum, klar?«

Der Höllenhauptmann lief rot wie eine Tomate an. »Wen nennst du hier einen Menschen?« verlangte er zu wissen.

»Was hast du denn? Nun mach doch nicht gleich aus einer Mücke einen Elefanten«, besänftigte ihn der Sprecher.

Erneut war ein markerschütterndes Krachen zu vernehmen, als führe ein Lastwagen über eine Riesenkrabbe, dem einige schwache Schreie folgten. Jason stützte sich auf dem Schwertgriff ab und kratzte sich am Kopf. Er fragte sich gerade – wie es bei ihm von Zeit zu Zeit vorkam –, worum genau er sich eigentlich

Sorgen machte, als er in Höhe des rechten Ellbogens ein schwaches Keuchen vernahm.

Mit erhobenem Schwert schnellte er herum und entdeckte einen kleinen Teufel neben sich stehen, der in der einen Hand eine Mistgabel und in der anderen ein Funktelefon hielt.

Der Teufel blickte zu ihm auf. »Sind Sie Jason Derry?« erkundigte er sich höflich.

»Ja.«

»Ein Anruf für Sie«, sagte der Teufel und hielt ihm den Apparat hin. Jason nahm ihm das Telefon aus der Hand, nickte und bedankte sich. Doch der Teufel rührte sich nicht von der Stelle und streckte nur vielsagend die Hand aus. Jason seufzte und kramte aus der Hosentasche ein Fünfzig- und zwei Zehn-Pence-Stücke hervor, seinen gesamten derzeitig verfügbaren Reichtum. Helden nehmen nur selten Geld mit, weil man sich damit nur die Kleidung ausbeult. Der Teufel blickte ihn vorwurfsvoll an und zog sich endlich zurück.

»Hallo, wer ist denn da?« fragte Jason.

»Jason, bist du's?« meldete sich eine vertraute Stimme.

»Hallo, Mum!« antwortete Jason erstaunt. »Woher hast du überhaupt meine Nummer?« erkundigte er sich argwöhnisch.

Nach einer kurzen Pause antwortete Mrs. Derry: »Ich ... ich habe sie von Dad gekriegt.«

»Von Dad? Von welchem denn?«

»Vom großen Dad.«

»Aha, das hätte ich mir denken können. Was hat er denn gewollt?«

»Jason, ich will, daß du sofort nach Hause kommst. Hast du mich verstanden? Ich mache mir große Sorgen um dich.«

»Aber Mum« – er duckte sich, um einer scharfen Waffe auszuweichen –, »ich kann jetzt nicht nach Hause kommen, ich habe zu tun.«

»Komm mir nicht so, Jason!« ermahnte ihn Mrs. Derry. »Du kommst jetzt *sofort* nach Hause, oder ich werde ernstlich böse. Hast du mich verstanden?«

»Aber ich ...«

»Kein Wenn und Aber mehr! Ich erwarte dich spätestens zum Abendbrot.«

Die Leitung wurde unterbrochen, und Jason gab das Telefon dem Teufel zurück. Während er anderweitig beschäftigt gewesen war, hatte der Höllenhauptmann seine fünfzig übriggebliebenen Schergen zu einem übel zugerichteten Kalziumhaufen zerstückelt, und sein martialischer Überschwang verebbte erst, als er merkte, daß außer ihm und Jason niemand mehr da war.

»Also dann!« forderte Jason ihn auf und schwang sein Schwert, wobei er mit einem huschenden Geräusch elegant ein Kreuz in die klamme Luft schlug. »Laß uns das so schnell wie möglich hinter uns bringen, weil ich gleich wirklich gehen muß.«

»Das paßt mir gut«, antwortete der Höllenhauptmann. »Ich meine, warum belassen wir es nicht dabei? Nennen wir es doch einfach ein Unentschieden?«

»Unentschieden?«

»Warum nicht? Jeder von uns hat fünfzig Geisterkrieger erledigt. So was nenne ich ein Patt.«

Jason schüttelte energisch den Kopf und ging mürrisch auf ihn los, wobei er das Schwert wie das verzauberte Flügelblatt eines Propellers über dem Kopf schwang.

»Wenn ich allerdings genau darüber nachdenke, dann hast du natürlich gewonnen«, beeilte sich der Höllenhauptmann zu sagen, während er zurückwich. »Schon wegen der höheren Trefferquote. Herzlichen Glückwunsch. Du warst ein fairer Gegner ... hart, aber fair ... und der Bessere hat gewonnen.«

»Wird gewinnen«, verbesserte ihn Jason. »Sobald du aufgehört hast, hier so herumzuzappeln.«

»Habe ich eigentlich schon erwähnt, daß ich mir die

Schulter verrenkt habe?« winselte der Höllenhauptmann. »Du erwartest doch bestimmt nicht von mir, daß ich mit einer kaputten Schulter kämpfe, nicht wahr?«

»Halt's Maul und kämpf!«

»Das geht nicht.« Der Höllenhauptmann steckte sein Schwert in die Scheide zurück, ließ den Schild fallen und sprang darauf herum. »Ich gebe nämlich einfach auf. Jetzt habe ich dich!«

Jason dachte kurz darüber nach; dann steckte auch er das Schwert in die Scheide zurück und versetzte dem Höllenhauptmann einen kräftigen Schlag auf den Schädel.

»Ich kann Klugscheißer einfach nicht ausstehen«, murmelte er. Dann marschierte er schnurstracks auf den Tunnel zu, an dessen Ende in weiter Ferne Tageslicht durchschimmerte.

Etwa fünf Minuten später wachte der Höllenhauptmann aus seiner vorgetäuschten Leichenstarre auf, kam wieder auf die Beine und blickte sich vorsichtig nach allen Seiten um. Soweit er feststellen konnte, war zwar außer den Einzelteilen von einhundert niedergemetzelten Geisterkriegern nichts zu sehen, aber er wollte es lieber nicht darauf ankommen lassen.

»Ich bin tot!« rief er. »Ich bin im Kampf gefallen. Jetzt spricht nur noch mein Astralkörper. Da ich tot bin, bin ich aller Amtspflichten enthoben. Wenn ihr irgendeinen Helden fangen wollt, könnt ihr das jetzt selbst tun.«

Er nahm den eingedellten Helm ab, warf ihn weg und humpelte an die Erdoberfläche, dem Piccadilly Circus und dem Leben entgegen. Der Ordnung halber sei erwähnt, daß aus ihm später ein erfolgreicher und angesehener Chiropraktiker wurde. Auf weitere Einzelheiten soll auf seinen eigenen Wunsch hin an dieser Stelle verzichtet werden.

X

Ich weiß nicht recht, ziemlich schwierig das Ganze«, urteilte Vulcanus mit skeptischem Blick.

»Aber du kriegst es hin?«

Vulcanus kratzte sich am Kopf, ging dreimal um das Fahrzeug herum und trat gegen das linke Vorderrad. »Kann sein.«

»Prima«, freute sich Apollo. »Wann kannst du frühestens damit anfangen?«

»Obwohl es dich einiges kosten wird.«

»Das ist mir egal.«

»Schön, daß du das sagst«, grummelte Vulcanus. »Erst mal wären da die Ersatzteile, das macht ...« Er rechnete die ungefähren Kosten auf der Rückseite eines Umschlags zusammen. »... dazu kommt der Arbeitslohn von hundert Stateren pro Stunde. Ungefähr kommen wir dann auf ...«

»Vergiß das alles«, unterbrach ihn Apollo ungeduldig. »Mir ist es völlig egal, was der Mist kostet. Hauptsache, du fängst sofort an. Über den Rest können wir später reden.«

Vulcanus schüttelte nachdenklich den Kopf. »Ich frage mich, warum du dich nicht mit etwas Einfacherem abfindest. Zum Beispiel könnte ich dir günstig einen Vulcanus Mustang Sport Turbo vermachen. Leichtmetallfelgen, neue Nockenwelle, hydraulische Federung, noch mit Garantie und nur ein einziger und dazu noch sehr gewissenhafter Vorbesitzer. Für dich kostet der ganze Spaß ...«

»Vergiß es«, winkte Apollo ungeduldig ab. »Diesen hier oder keinen, klar? Wenn du meinst, du schaffst es nicht«, fügte er mit bedrohlichem Unterton hinzu, »dann kenne ich da ein paar Zwerge, die das bestimmt hinkriegen.«

Vulcanus blickte ihn böse an. »Also gut, ich mach's, ist ja nicht mein Geld.«

»Du sagst es. Ich brauche den Wagen bis zum Wochenende, also haue rein.« Dann machte sich Apollo einfach davon und brach auf diese Weise die Debatte abrupt ab.

Nachdem Apollo verschwunden war, verbrachte Vulcanus fast eine halbe Stunde damit, kleine Skizzen auf den Umschlag zu kritzeln. Dann sah er sich noch einmal alles in Ruhe an, drehte und wendete den Umschlag hin und her, bis er ihn schließlich zerriß und seine Mitarbeiter zusammentrommelte. Vulcanus' Personal setzt sich in erster Linie aus Zyklopen zusammen, jenen kannibalischen Donnerriesen aus Sizilien, die nur ein Auge haben, und das auch noch auf der Stirn. Genau in diesem Augenblick saßen sie bei voll aufgedrehtem Transistorradio um den Reifenspanner herum, spielten Poker und schielten (mit Ausnahme von Bia) hin und wieder nach dem Pirelli-Kalender (was einem als Einäugiger erst mal jemand nachmachen muß).

»Brontes!« rief Vulcanus. »Sthenos! Bia! Kratos! Kommt sofort her, es gibt was zu tun!«

Murrend unterbrachen die Zyklopen das Pokerspiel und schlurften in die Reparaturwerkstatt, wobei sie mit den klobigen Füßen Furchen in den Staub zogen.

»Worum geht's denn, Boß?« wollte Brontes wissen.

Vulcanus zeigte auf die hydraulische Hebebühne. »Seht ihr das Ding da oben?«

»Klar, Boß.«

»Und was ist das?«

Brontes kratzte sich am Kopf. Nachdenken, solange es sich nicht auf das Anziehen von Muttern und das

Treffen von Gegenständen mit einem Schraubenschlüssel beschränkte, gehörte nicht gerade zu seinen Stärken. »Sieht aus wie ein Volkswagen, Boß.«

»Gut geraten, Brontes. Und jetzt hört mir mal zu...«

»Danke, George«, sagte Jason. »Hol mich bitte morgen früh gegen halb neun ab, ja?«

George blickte ihn mürrisch an. »So etwas hast du das letztemal auch gesagt, erinnerst du dich?«

»Ist ja gut...«

»›In spätestens zwei Stunden müßte ich wieder zurück sein‹, hast du gesagt.«

»George, spielt doch jetzt...«

»Volle vierzehn Stunden hat's gedauert!« empörte sich George.

»Ich gebe zu, daß ich ein bißchen das Zeitgefühl verloren hatte. Aber ich habe dir doch schon gesagt, daß es mir leid tut.«

George ersparte sich weitere Bemerkungen und schüttelte nur verärgert den Kopf. Dann startete er den Golfbuggy und fuhr davon.

Jason suchte nach dem Hausschlüssel, öffnete die Tür und ging hinein. »Hallo, Mum, ich bin's!« rief er durch den Flur.

»Bist du's, Jason?« erkundigte sich eine Stimme aus der Küche.

Wie üblich murmelte Jason leise im Flur: »Nein, es ist der Papst höchstpersönlich«, und betrat dann die Küche.

Mrs. Derry backte gerade Kekse. Soweit sich Jason erinnern konnte, hatte es noch nie einen Zeitpunkt gegeben, an dem seine Mutter keine Kekse gebacken hätte. Komisch daran war nur, daß er Kekse noch immer furchtbar gern mochte, obwohl er sie schon bergeweise gegessen hatte. Genauso erging es seinem Vater und auch seiner Mutter. Aber selbst wenn sie alle drei zusammen in Schichten rund um die Uhr gegessen hätten, wäre es ihnen wohl kaum möglich gewesen, die Unmengen an Schmalzgebäck, Ingwerplätzchen, Schokoladenkeksen und Waffelröllchen zu vertilgen, die im Verlauf der letzten fünfzehn Jahre in dieser Küche produziert worden waren. Das wiederum bedeutete, daß die meisten von ihnen noch irgendwo im Haus lagern mußten. Im Schrank unter der Treppe, im Gewächshaus, im Geräteschuppen oder sonstwo. Eines Tages öffnet er eine Tür, und sämtliche Plätzchen werden sich über ihn ergießen …

»Tut mir leid, daß ich mich etwas verspätet habe, Mum, aber ich bin von ein paar Geisterkriegern aufgehalten worden.«

»Das macht nichts, Schatz. Dein Vater war hier.«

»Ich weiß. Der große Dad, hast du am Telefon gesagt. Was wollte er denn?«

Mrs. Derry hörte mit dem Teigkneten auf und wischte sich entschlossen die Hände ab. »Er ist sehr böse auf dich, Jason.«

Wie wir wissen, haben die meisten Namen eine bestimmte Bedeutung. Dorothea bedeutet zum Beispiel ›Geschenk Gottes‹, Winfried ›Freund des Friedens‹ und Stephan ›der Gekrönte‹. Soviel wir wissen, bedeutet Jason nichts; es sei denn, eine Mutter spricht diesen Namen in einem ganz bestimmten Tonfall aus.

»Mum, muß das jetzt sein? Ich bin schrecklich müde«, beschwerte sich Jason. »Kann das nicht bis morgen warten?«

»Dein Vater ist aber wirklich sehr böse auf dich.« Mrs. Derry blieb unnachgiebig.

»Pech für ihn, denn mir ist das im Grunde piepegal.« Jason reagierte ungehalten. »Der Kerl kann mir mal den Buckel runterrutschen, und ich …«

»Jason! Du darfst deinem Vater gegenüber nicht so ungehorsam sein. Das gehört sich nun mal nicht.«

»Mum, ich …«, stammelte Jason mit fast flehender Stimme.

»Wenn du mir versprichst, daß du so etwas nie wieder tust, dann verliere ich kein Wort mehr darüber. Einverstanden?«

»Mum«, begann Jason (und es erforderte von ihm einige Willenskraft, das nun folgende zu sagen), »was Dad von mir verlangt, kann ich nicht tun. Es ist einfach falsch.«

Mrs. Derry blickte ihn entsetzt an. »Jason! Das ist vollkommener Unsinn, und das weißt du auch. Immerhin ist er dein Vater.«

Jason wollte widersprechen. Er wollte ihr sagen, daß auch Attila der Hunne einen Sohn gehabt habe, ebenso Dschingis-Khan; daß die Lücken ihrer Argumentationsweise groß genug seien, um mit einem Lastwagen hindurchfahren zu können, ohne die Außenspiegel einklappen zu müssen; daß das, was Jupiter von ihm verlangt habe, der größtmögliche Verrat an seiner Sterblichkeit gewesen sei, den man sich vorstellen könne; daß Jupiter einen Gott gesandt habe – seinen eigenen Halbbruder –, der ihn heute hätte töten sollen, und wenn das nicht reiche, um ihn seiner Gehorsamspflicht gegenüber seinem Vater göttlicherseits zu entbinden, dann wolle er von ihr wissen, was noch alles geschehen müsse. Tatsächlich sagte er nur: »Mum ...«

»Er ist dein Vater«, beharrte Mrs. Derry zum wiederholten Male. »Und er macht sich furchtbare Sorgen um dich.«

Das war fast zuviel für Jason, aber auch nur fast. Er wollte ihr gerade vorhalten, wenn der große Dad um die Sicherheit seines Sohns so furchtbar besorgt sei, warum er dann göttliche Meuchelmörder auf ihn gehetzt habe, die ihn gewaltsam in einen Sterngucker verwandeln wollten – aber irgendwie brachte er nichts davon über die Lippen. Statt dessen sagte er nur: »Hör mal, ich«, was zwar schon etwas anderes als ›Mum‹ war, aber noch immer keine wesentliche Verbesserung darstellte.

Als von den Göttern zum erstenmal die Produktion von Helden geplant worden war, hatten sie sich darunter eine Art Reserve-Sondereinheit von Supersterblichen vorgestellt. Um sie bis zur Wettkampftauglichkeit zu trimmen, sollten die Helden mit allen guten sterblichen Eigenschaften ausgestattet und die schlechten entweder veredelt oder gleich ganz weggelassen werden. Das Planungsteam, das damals mit dieser Aufgabe betraut wurde, ging mit viel Vergnügen an die Arbeit und steckte seinen ganzen Ehrgeiz in dieses Projekt, was man hinsichtlich der Standardproduktion von Sterblichen nicht gerade behaupten konnte. Bis heute wird das Alltagsmodell ab Werk mit eingebauten Entwicklungsfehlern ausgeliefert: Feigheit, Habgier, Bosheit, körperliche Schwäche, schlechte C_W-Werte, viel zu hoher Energieverbrauch und eine Neigung zu Masern. Ganz anders verhält es sich mit den Helden; aufgrund ihrer ungeheuren Kräfte und Fähigkeiten sind sie göttergleiche Wesen und dennoch völlig verschieden, da sie im Gegensatz zu den Göttern zusätzlich über ein hohes Maß an Edelmut, Zivilcourage und Gemeinsinn verfügen, sie trachten danach, die Leiden der Menschheit zu lindern, anstatt fünf Punkte für das Gegenteil zu ergattern (zehn bei doppeltem Kummertreffer); bekämpfen das Unrecht; nutzen den Schwachen, anstatt sie auszunutzen; ganz allgemein ausgedrückt, zanken sie sich auch nicht gleich bei jeder Gelegenheit wie gelangweilte und völlig verwöhnte Kinder. In der Tat waren Helden das Ergebnis eines solch erfolgreichen Entwicklungskonzepts, daß die Götter schon kurz nach der Auslieferung des ersten Exemplars merkten, daß sie sich ein Kuckucksei ins Nest gelegt hatten. Daraufhin riefen sie die gesamte Erstauslieferung mit fast ungebührlicher Eile zurück, um etwas dagegen zu unternehmen.

Getan wurde schließlich folgendes: Jedem Exemplar wurde ein folgenschwerer, individuell angepaßter Fehler eingebaut, der zur Selbstzerstörung führte, sobald der Held erste Anzeichen verriet, daß er für seine Siebenmeilenstiefel zu groß wurde. Bei Achilles war es der Stolz; bei Ödipus die Neugier; bei Hamlet die Unentschlossenheit; bei Lothar Matthäus der Hang, den Mund aufzumachen, anstatt Fußball zu spielen – jeder Held ist absichtlich mit einem Unterbrecher ausgestattet worden, der bei ihm verhindert, daß bei den Zündkerzen der letzte Funkenüberschlag von der Unvollkommenheit zur Vollkommenheit stattfinden kann. Natürlich bildet Jason diesbezüglich keine Ausnahme.

»Mum …«, sagte er.

»Jason! Was sucht eigentlich dieser Hund in meiner Küche?« empörte sich seine Mutter.

Die Frage »Welcher Hund?« blieb Jason im Hals stecken. »Ach, der … Das ist Zerberus.«

»Raus!«

»Aber Mum …«

»Raus!«

»Aber Mum …«

»Raus!«

Jason bekam den Hund an einem Ohr zu fassen und führte ihn mit grimmiger Miene in die Garage.

»Braver Hund«, sagte er schuldbewußt. »Platz!«

Zerberus warf ihm einen dreifachen Blick zu, der genau das widerspiegelte, was Jason in diesem Moment selbst dachte, bis hin zu den drei Auslassungspunkten. Jason fiel nichts Besseres ein, als mit den Achseln zu zucken und unendlich blöde dreinzublicken.

»Ich weiß ja, aber was soll ich tun?«

Er schloß das Garagentor hinter sich, verriegelte es und kehrte ins Haus zurück, wobei er das mehrtönige Winseln und die kratzenden Geräusche zu überhören versuchte.

»Mir macht es wirklich nichts aus, wenn du diese Viecher tot mitbringst, Jason. Lebendig ist das aber eine ganz andere Sache. Als erstes bringst du den Köter morgen früh ins Tierheim.«

Jason hätte jetzt wieder einmal »Aber Mum…«, sagen können, doch hatte er das unbestimmte Gefühl, daß die Wirkung allmählich verpufft war. Deshalb versuchte er es nun mit Schmollen. Seine in achtzehn Jahren gesammelte Erfahrung verriet ihm zwar, daß das nicht funktionierte, aber was sollte er sonst tun? Schließlich war es Edison mit der Kohlefadenglühlampe ähnlich ergangen.

»Schön«, freute sich seine Mutter. »Und da wir dieses leidige Thema jetzt endlich erledigt haben, kriegst du auch einen Keks. Ich habe Schokoladenplätzchen gebacken, die magst du doch so gern.«

Jason nickte resigniert. Ja, er mochte Schokoladenplätzchen und pflegte zu tun, was man ihm sagte. Schade um die Menschheit, aber wer will schon behaupten, daß das Leben gerecht ist?

»Etwas anderes«, fuhr Mrs. Derry fort, während sie wieder nach Leibeskräften Teig knetete. »Sharon kommt morgen zum Abendessen vorbei, also bleib nicht zu lange weg.«

»Mum…«

Seit Erschaffung der Menschen haben Mütter gelernt, etwaige Einwände ihres aufmüpfigen Nachwuchses am besten dadurch zu ersticken, indem man ihm Kekse in den Mund stopft. Niemand, nicht einmal Lenin, kann erfolgreich zur Rebellion aufrufen, wenn er den Mund voller Schokoladenkekse hat.

»Jedenfalls bist du morgen abend um punkt halb sieben zu Hause«, ermahnte Mrs. Derry ihren Sohn. »Ich werde Lamm mit Perlgraupen kochen. Das ist doch eins von deinen Leibgerichten, nicht wahr?«

»Ja, Mum.« Plötzlich schossen Jason wirre Gedanken durch den Kopf. Sie schienen ihn daran erinnern zu wollen, daß er in die Londoner U-Bahn eingestiegen war, sich mit jemandem gegen Jupiter verschworen hatte, zwei Götter zusammengeschlagen und zu guter Letzt fünfzig Höllenkrieger zermalmt hatte. Oder etwa nicht? Auf einmal wurde ihm klar, daß einem das Gedächtnis manchmal merkwürdige Streiche spielen kann und er sich höchstwahrscheinlich alles nur eingebildet hatte.

»Gute Nacht, Mum«, murmelte er.

»Und vergiß nicht, dir die Zähne zu putzen.«

»Ja, Mum.«

»Gute Nacht, Jason.«

»Nacht, Mum.«

Als er sein Zimmer betrat, mußte er feststellen, daß sämtliche Mars-Poster verschwunden waren und zudem irgend jemand – wahrscheinlich der Fiskus – dortgewesen war, der seine gesamten persönlichen Unterlagen beschlagnahmt hatte. Einige davon entdeckte er später in einem großen Karton auf dem Kleiderschrank wieder und den Rest am nächsten Morgen ordentlich verpackt in schwarzen Mülltüten vor der Hintertür.

Selbst wenn Jason es gewußt hätte, wäre es ihm nur ein schwacher Trost gewesen, daß Herkules mit seiner Frau ähnlich gelagerte Schwierigkeiten gehabt hatte. Nach Vollendung der ›zwölf Arbeiten‹ mußte er nämlich gleich bei seiner Rückkehr feststellen, daß Megara während seiner Abwesenheit die Hälfte seiner Kleidungsstücke einer Altkleidersammlung vermacht, ein weiteres Viertel auf den Dachboden verfrachtet und das verbleibende Viertel gewaschen und gebügelt hatte, wodurch das über den Zeitraum von dreißig Jahren mühselig angesammelte Fluidum aus Blut, Schweiß und Tränen auf einen Schlag vernichtet worden war. In der Heldensage heißt es zu diesem Punkt, daß für Herkules das Maß endgültig übergelaufen sei und er seinen Ehekrach mit ein paar beherzten Keulenschlägen ein für allemal beendet habe. Das alles ist natürlich purer Unsinn. Man sollte nie vergessen, daß Sagen in erster Linie von Männern verfaßt werden. In Wahrheit war gar nichts passiert, wenn man einmal von einigen unerhört gebliebenen Protesten Herkules' absah. Und der Grund, weshalb Megara an dieser Stelle aus der Herkulessage verschwindet, ist ein ganz anderer. Als Herkules mal wieder unterwegs war, um Ungeheuer zu töten und Unheil abzuwenden, lernte Megara zufällig einen recht netten Versicherungsmakler kennen. Er war zwar kleiner und schwächer als Herkules und unfähig, sich mit gefährlichen Raubtieren auseinanderzusetzen, wenn sie größer als eine Spinne waren, aber wenigstens war er am Wochenende und an den Feiertagen zu Hause.

Jason wurde im Schlaf von einigen hartnäckigen Träumen heimgesucht, die einfach nicht verschwinden wollten. Er vertrieb sie mit einer alten Ausgabe von *Der Modellbahnfreund* und schlief wieder ein.

»Geli.«

»Ja, Promi, schieß los.«

»Es gibt Ärger.«

»Was?«

»Großen Ärger sogar.«

»Schön, großen Ärger also. Und welchen?«

Telepathische Kommunikation läuft natürlich eigentlich viel schneller ab. Sie rast mit geradezu beängstigender Geschwindigkeit durch die Luft – ähnlich der modernen Informationstechnologie, die ihr fast ebenbürtig ist –, und deshalb können wir Prometheus' Zusammenfassung von der Szene, die sich zwischen Jason und Mrs. Derry in der Küche abgespielt hatte, berechtigterweise auslassen und uns erst wieder an der Stelle einklinken, an der Gelos »Au *Scheiße!*« denkt, wobei wir nicht einmal drei Sekunden der tatsächlichen Zeit gekürzt haben.

»Au *Scheiße!*« dachte Gelos.

»Genau«, stimmte Prometheus ihm in Gedanken zu. »Was tun wir jetzt?«

»Wäre das nichts für …?«

»Du meinst ...?«

»Richtig«, dachte Gelos. »Der Adler ist bereits gelandet.«

Im Krankenrevier der Sonne hatte Äskulap an diesem einen Nachmittag mehr zu tun als in den gesamten vergangenen fünf Jahren zuvor.

»So, das könnte jetzt etwas weh tun«, sagte er in barschem Ton.

Niemand weiß genau, warum Ärzte das sagen. Zur Beruhigung des Patienten kann es nicht sein, denn jeder, der älter als drei Jahre ist, weiß aus bitterer Erfahrung, daß diese Floskel nichts anderes als das unweigerliche Vorspiel zu den reinsten Höllenqualen bedeutet. Genauso wie ›die nächsten zwanzig Stunden könnten Sie sich etwas benommen fühlen‹ nichts anderes heißt, als daß man die nächsten drei Tage gegen sämtliche Gegenstände läuft und sich wie ein LSD-Süchtiger nach einem ganz besonders schrecklichen Trip fühlt. ›Das ist nur für ein paar Routineuntersuchungen‹ bedeutet lediglich, daß es nun leider zu spät ist, noch die eine oder andere Lebensversicherung abzuschließen. Womöglich tun Ärzte das absichtlich, weil sie fürchten, daß man nicht von vornherein starr vor Angst ist.

Mars schloß die Augen und spannte die nur noch wenigen heilen Körperteile an. Es gab ein Klicken, dann flackerte die orangefarbene Behandlungsflamme auf, und gleich darauf war ein göttlicher Fluch zu vernehmen.

»Du kannst dich wieder anziehen«, sagte Äskulap.

»Darauf kannst du Gift nehmen«, antwortete Mars.

»Der nächste bitte!« rief Äskulap.

Mars erhob sich von der Liege, und Pluto nahm nun seinen Platz ein.

»Na, welche Beschwerden haben wir denn?« erkundigte sich der himmlische Arzt.

Pluto blickte ihn finster an. »Hast du auf der medizinischen Hochschule auch Anatomie gehabt?«

Äskulap nickte.

»Sehr gut. Dann schau dir mal mein Knochengerüst an und fang an, die Lücken zu zählen.«

Äskulap ging nicht weiter darauf ein und begann ihn abzutasten. »Ich verstehe, hier und da fehlen uns ein paar Knochen. Und in was haben wir uns da eingemischt, daß wir in solch einem Zustand sind?«

»Darüber möchte ich lieber nicht reden, jedenfalls war ein Hund daran beteiligt.«

Als Arzt besitzt Äskulap die absolute Freiheit, auf nichts eingehen zu müssen, was ihm jemand sagt. »Wir werden sehen, was sich machen läßt«, sagte er in gewohnt barschem Ton. »Warte hier.«

Er ging an den Knochenschrank, suchte einige Exemplare aus dem vorhandenen Bestand heraus und testete deren Größe. Mehr oder weniger paßten sie, ähnlich wie eine 9/16-Inch-Mutter auf ein 15-mm-Gewinde paßt, wenn man mit einem Vorschlaghammer nachhilft. Äskulap fügte die Ersatzknochen schnell und einigermaßen genau ein und forderte Pluto auf, sich zu erheben.

»Aua!« stöhnte Pluto mit schmerzverzerrtem Gesicht auf.

Äskulap half ihm auf die Beine, riet ihm, in nächster Zeit ein paar Bewegungsübungen zu machen, und wies darauf hin, daß er die nächsten achtundvierzig Stunden noch leichte Beschwerden haben könnte. Dann scheuchte er ihn hinaus und legte eine etwa halbstündige Pause ein, während der er eine Tasse Fleischbrühe zu sich nahm und eine gynäkologische Fachzeitschrift durchblätterte.

Vor dem Behandlungszimmer tauschten Mars und Pluto Erfahrungen aus.

»Es sieht nicht gut aus, wie?« meinte Mars.

»Ziemlich mies sogar«, stimmte Pluto ihm zu. »Mich interessiert bloß, wie dieser verflixte Bengel das hingekriegt hat.«

»Also, was mich betrifft, da hat er einfach mit der linken Faust ungefähr so ausgeholt und mich dann ...«

»Nein, nein«, unterbrach ihn Pluto, wobei er noch immer vor Schmerzen leicht stöhnte, »das wollte ich damit nicht sagen. Ich will wissen, woher er die Kraft hat, sich mit den Göttern zu messen. Normalerweise können Sterbliche es nicht mit Göttern aufnehmen – das ist genauso unmöglich, wie mit dem Wind zu ringen. Wir sind für sie in einer anderen Dimension – es sei denn, sie haben jemanden, der ihnen hilft.«

»Offenbar ist es diesem Jason nicht schwergefallen, so jemanden zu finden«, stellte Mars verbittert fest. »Ich habe genug Narben am Körper, um das zu beweisen.«

»Du hast völlig recht. In der Vergangenheit hat sich unsereins doch regelrecht darum gerissen, sich irgendeinen Lieblingshelden auszugucken, um ihm im Kampf gegen den Rest von uns beizustehen. Doch stellt sich das mittlerweile ganz anders dar. Wir sind alle vereint, und niemand hat etwas davon, wenn er Derry dazu befähigt, es mit uns aufzunehmen. Also entweder hat er sich diese Fähigkeit tatsächlich ohne jede fremde Hilfe selbst angeeignet – was bedeuten würde, daß er ein einflußreicherer Gott wäre als irgendwer sonst von uns –, oder jemand, der über sehr viel Macht verfügt, steht ihm zur Seite. Und die einzige Person, die soviel Macht besitzt, ist ...«

»Ganz genau!« unterbrach ihn Mars aufgeregt. »So was bringt nur Jupiter fertig« – er blickte sich ängstlich um –, »aber so verrückt ist selbst er nicht. Er macht sich wegen dieser ganzen Geschichte mehr Sorgen als wir alle zusammen. Das kann wiederum nur heißen, daß es der Bengel irgendwie geschafft haben muß, sich durchzuschlagen und Kontakt mit ...«

»Ja, es sieht wirklich nicht besonders gut für uns aus.«

»Das kann man wohl sagen«, sagte eine dritte Stimme. »Und da wir gerade bei dem Thema sind, ihr beide haltet mich also für verrückt, ja?«

Die beiden Götter blickten sich um und stellten zu ihrem Entsetzen fest, daß Jupiter hinter ihnen stand. Er hatte sich dort schon eine ganze Weile aufgehalten, aber wie er es schaffen konnte, von keinem der beiden gesehen zu werden, das gehört jetzt nicht zur Sache. Wenn man es nämlich mit einem allgegenwärtigen höheren Wesen zu tun hat, ist es nichts als Zeitverschwendung, hinter dem Sofa nachzusehen oder sämtliche Wasserhähne aufzudrehen.

»Jedenfalls habe ich die ganze Angelegenheit wie gewöhnlich auch ohne Mithilfe von euch Clowns erfolgreich zu Ende geführt«, fuhr Jupiter in rüdem Ton fort. »Alle eure Probleme sind vorbei; ihr könnt jetzt wieder den lieben Gott einen frommen Mann sein lassen und ansonsten dekorativ aussehen. Zieh mal deinen Kragen grade, Mars. Du siehst aus, als wärst du gerade aus dem Gefängnis gekommen.«

Dann verschwand Jupiter.

»Ich glaube, wir beide sollten uns jetzt erst mal einen genehmigen«, meinte Mars.

Pluto nickte. »Oder auch zwei«, schlug er vor.

»Recht hast du.«

Nachdem sie diesen äußerst vernünftigen Entschluß gefaßt hatten, verließen sie das Krankenrevier. Als sie die Straße zur Bar überquerten, näherte sich ihnen ein VW-Käfer, Baujahr 1960 (das Auto war zu einem von vier geflügelten Drachen gezogenen Streitwagen umgebaut worden und wurde gerade von Phöbus Apollo probegefahren) und überrollte sie.

Durch ein Geräusch, das fast genauso klang, als würde ein riesiger Vogel mit dem Schnabel gegen das

Fenster klopfen, wurde Jason aus tiefem Schlaf gerissen.

Als halbgöttliches Wesen konnte Jason normalerweise selbst bei massivsten Störungen durchschlafen, diese hier aber war selbst für ihn zuviel. Nach einer Halbschlafphase, während der er von Träumen heimgesucht wurde, in denen riesige Drosseln mit dem Schnabel auf bunten Schneckengehäusen herumtrommelten, zog er sich aus dem Bett, tastete im Dunkeln nach dem Schwert von Wen-zum-Teufel-kratzt-schon-der-Name und taumelte zum Fenster. Als er den Vorhang aufzog, sah er, wie ein großer Vogel ans Fenster klopfte.

»Hau ab hier, husch!«

Der Vogel ließ sich nicht verscheuchen. Dann fiel Jason auf, daß es sich um einen Adler handelte, und obwohl für ihn ein Adler fast wie der andere aussah, öffnete er aus einer spontanen Eingebung heraus das Fenster um eine Handbreit.

»Was willst du?« fragte er den Vogel.

Der Adler schob kreischend eine Kralle zwischen das Fenster. Seufzend öffnete Jason es ganz, und der Vogel hüpfte herein. Dann schüttelte sich der Adler den Regen aus den Federn und verwandelte sich in eine wunderschöne junge Frau.

»Hallo!« begrüßte sie Jason freundlich. »Tut mir leid, wenn ich dich geweckt habe, aber hast du vielleicht einen Augenblick Zeit für mich?«

Jason nickte nur und deutete mit einer knappen Geste auf den Stuhl. Auf ihm lagen etliche Socken herum, von denen einige das Haltbarkeitsdatum bereits beträchtlich überschritten hatten, aber das Mädchen tat so, als schere es sich nicht darum.

»Mein Name ist Adler«, sagte sie, »aber du kannst mich gern Mary nennen.«

Erneut fiel Jason als Antwort nur ein stummes Nicken ein, denn es hatte ihm schlichtweg die Sprache verschlagen.

»Ich bin eine gute Bekannte von Prometheus und Gelos«, fuhr das Mädchen fort. »Übrigens ist er eigentlich gar nicht Gelos, er heißt nur so; wenigstens ist das nicht sein richtiger Name, auch wenn er so genannt wird. In Wirklichkeit heißt er Dingsbums.«

Jason nickte ein drittes Mal, als hätte er nie etwas Logischeres gehört.

Das Mädchen lächelte ihn an, schlug die Beine übereinander und sagte: »Die beiden möchten gern wissen, ob du bereit wärst, ihnen einen kleinen Gefallen zu tun. Es hängt mit dem zusammen, was Dingsbums – das ist Gelos – dir neulich schon erzählt hat; also mit Jupiter und seinen Ablenkungstaktiken. Tut mir leid, wenn ich dich um diese Uhrzeit damit belästigen muß, aber das Haus ist fast die ganze Nacht von Göttern beobachtet worden, und mir ist es eben erst gelungen, sie loszuwerden.«

Jasons verdutzter Gesichtsausdruck schien dem Mädchen wie die Bitte um eine Erklärung vorzukommen, wie sie das allein geschafft haben wollte, denn sie errötete leicht und fuhr unaufgefordert fort: »Ach, das war gar nicht so schwer. Ich habe einfach jedem der Reihe nach gesagt, ich würde mich gern mit ihm in zehn Minuten hinter dem ...«

»Ach so.«

»Was die beiden jedenfalls von dir wollen ...«

»Nein«, widersprach er. »Tut mir leid, wirklich.«

Das Mädchen blickte ihn erstaunt an. »Wirklich?«

»Ja.«

»Nein, mein ›Wirklich‹ bezog sich auf das, was du davor gesagt hast.«

»Ich sagte, tut mir leid.«

»Und davor?«

»Nein.«

»Aha, und warum?«

»Ich habe morgen früh genug zu tun«, antwortete Jason. »Vielleicht ein andermal.«

Das schien auf das Mädchen eine merkwürdige Wirkung zu haben. Zuerst musterte sie aufmerksam ihre Arme, dann ihre Beine. Schließlich stand sie auf und betrachtete sich genau im Spiegel. Nachdem sie sich anscheinend davon überzeugt hatte, daß alles am richtigen Platz war, setzte sie sich wieder hin und sagte: »Jetzt mal im Ernst. Was die beiden von dir möchten ...«

»Nein, habe ich gesagt!« widersprach Jason heftig. »Das sollte ja wohl reichen.«

»Aber wir ...«

»Ich sage das nicht einmal besonders gern, aber für mich ist die ganze Geschichte endgültig aus und vorbei. Ich habe genau darüber nachgedacht, und Tatsache ist, daß es für mich kein Zurück mehr gibt. Immerhin ist Jupiter mein Vater, und es wäre nicht richtig, wenn ich ...«

»Er hat versucht, dich umzubringen.«

»Sicher, es gab da einige Unstimmigkeiten«, räumte Jason ein. »Und in gewisser Weise ist an deinen Worten etwas dran, aber ...«

»Er hat Mars und Pluto auf dich angesetzt – und einhundert Höllenkrieger.«

»Die Höllenkrieger waren bestimmt nur zum Spaß da. Ich meine, man kann nicht von einem erwarten, einen Gegner ernst zu nehmen, wenn er – wie in einem dieser Zeitrafferfilme über das Wachstum von Pflanzen – direkt vor einem aus dem Boden schießt.«

Mary neigte den Kopf zur Seite, knabberte geistesabwesend an ihrer Schulter herum und fragte dann: »Soll ich dir wirklich glauben, daß du dich anders besonnen hast? Im Ernst?«

»Ja.«

»Nein, das hast du nicht.«

Jason hatte das Gefühl, als würde seine allgemeine Verwirrung allmählich von einer gewissen Gereiztheit überlagert. »Bildest du dir etwa ein, Gedanken lesen zu können, oder was?« empörte er sich.

»Ja.«

Selbst damit wurde Jason spielend fertig, denn er fuhr im selben Ton fort: »Dann müßtest du ja auch wissen, daß ich mich tatsächlich entschieden habe. Wenn es dir jetzt nichts ausmachen würde, dann ...«

Das Mädchen schlug erneut bockig die Beine übereinander. »Willst du mich etwa rausschmeißen?«

»Wenn du es so ausdrücken willst, ja«, stellte Jason unmißverständlich klar. »Und deinen Freunden kannst du ausrichten, daß ich mich, wenn ich schon von der einen oder anderen Seite herumkommandiert werde, genausogut von Jupiter herumkommandieren lassen kann. Schließlich ist er mein Dad und wird am Ende sowieso gewinnen.«

»Wer kommandiert dich herum?«

»Alle!« brüllte Jason wütend. »Jeder kommandiert mich herum! Tu dies, tu das. Erfüll dein Schicksal. Schlag der Schlange dahinten den Kopf ab. Stiehl die goldenen Äpfel. Ihr könnt mir alle mal den Schuh aufblasen! Ich lasse mich nicht mehr herumkommandieren! Und falls du glaubst, ich werde meinen eigenen Vater betrügen, nur um mich von jemand anderem herumkommandieren zu lassen, dann ...«

»Aber Jason ...«

»Hör endlich auf, mich Jason zu nennen! Den ganzen Abend habe ich nichts anderes gehört als: ›Jason, Jason, Jason.‹ Und jetzt zieh dir wieder deine Federn an, und mach 'ne Fliege.«

»Jason ...«

»Und es bringt dir auch gar nichts, wenn du jetzt sagst, daß du einer bedrohten Tierart angehörst, denn dieses Haus fällt weder in den Zuständigkeitsbereich vom Tierschutzverein noch von Greenpeace. Und jetzt zisch ab, bevor ich dir ein Kissen ins Maul stopfe.«

»Jason ...«

»Ich meine, man kann durchaus behaupten, daß Jupiter und seine Horde nicht gerade die Krönung der

Schöpfung sind, aber wie sähe die Welt denn aus, wenn sie von einem Haufen Komödianten beherrscht würde? Alle hätten nur noch damit zu tun, sich gegenseitig Witze zu erzählen, und früher oder später kommt es dann so weit, daß sie nicht einmal mehr Getreide säen, und wohin würde uns das letztendlich führen?«

»Jason …«

Jason Derry prustete erschöpft durch die Nase, griff nach dem Schwert und schwang es über dem Kopf, wobei er unabsichtlich das elektrische Kabel von der Hängelampe durchtrennte. Das Mädchen kreischte erschrocken auf, ließ sich Federn wachsen und hüpfte auf den Fenstersims.

»Raus!« befahl Jason.

Der Adler warf ihm einen abfälligen Blick zu, spreizte die Flügel und verschwand.

Noch immer leicht zitternd vor Aufregung schloß Jason das Fenster und legte das Schwert beiseite. Dann ging er ins Bett und schlief kurz darauf wieder ein; das war, wie er im nachhinein wußte, ein Fehler.

Er hatte bereits länger als eine Viertelstunde friedlich geschlafen, als er von einem Traum heimgesucht wurde. Da das Fenster verschlossen war, mußte sich der Traum in das Stromnetz hineinzwängen und sich durch das zertrennte Lichtkabel hindurch ins Zimmer einschleichen. Eine ganze Weile stand er vor Jasons Bett, um erschöpft Luft zu holen. Dann schaltete er sich behutsam in Jasons Gehirn ein und machte sich ans Werk.

Jason hatte das Gefühl, als stünde er in einer Reihe. Es war eine lange Reihe, von der er nicht einmal das Ende sah und deren Zweck ihm völlig schleierhaft war. Die Leute vor und hinter ihm hatten keine Gesichter, sondern nur glatte Flächen ohne jede Öffnung.

Die Reihe schlurfte langsam vorwärts, und da es sich um einen Traum handelte, konnte Jason diese Sequenz ein Stück vorspulen, wodurch er schnell erkannte, daß er schon eine unendlich lange Zeit in dieser Schlange gestanden haben mußte, obwohl dieser Abschnitt des Traums nur den Bruchteil einer Sekunde gedauert hatte. Dann befand er sich plötzlich ziemlich weit vorn in der Reihe, und er sah Jupiter, neben dem Mars und Pluto standen. Alle drei hielten große Filzstifte in den Händen, und während sich die Leute in der Schlange an ihnen vorbeidrängten, malten sie auf die leeren Vorderseiten ihrer Köpfe Gesichter. Zumindest zeichneten sie zwei Kreise für die Augen und einen nach unten hin geöffneten Halbkreis für den Mund; ein trauriges Gesicht. Dann stießen sie einen nach dem anderen vom Rand eines Felsens in die Tiefe.

Das spricht wohl für sich selbst, möchte ich meinen, sagte Jasons Unterbewußtsein. *Jedenfalls geht es bei dieser sinnbildlichen Darstellung irgendwie um Werturteile, und vielleicht hätte ich vorm Schlafengehen lieber kein Käsesandwich essen sollen.*

Schließlich blickte er sich um und entdeckte eine zweite Reihe, die parallel zu seiner verlief. Sie war genau gleich, nur standen Gelos und Prometheus ganz vorn, und die Gesichter, die sie malten, hatten nach oben hin geöffnete Halbkreise; lächelnde Gesichter also. Und wenn diese Leute vom Felsen gestürzt wurden, fielen sie nicht. Statt dessen trieben sie wie Astronauten auf einem Raumspaziergang nach oben, schwebten einige Augenblicke in der Luft, landeten sanft auf dem Boden und stellten sich wieder hinten in der Schlange an.

Ganz schön daneben, sagte Jasons Unterbewußtsein. *Wenn Sigmund Freud sehen könnte, was sich hier abspielt, würde er mich schneller in eine Gummizelle stecken, als ich laufen kann.*

Dann war er plötzlich erster in seiner Reihe, und Jupiter – Dad – malte ihm ein Gesicht auf die leere Vorderseite seines Kopfes. Ein trauriges Gesicht. Danach nahm er im Rücken den Druck einer riesigen Hand wahr und stürzte über den Felsrand in die Tiefe. Er öffnete den Mund, weil er schreien wollte, doch schmeckte er nur die verschmierte Tinte.

Während er fiel (allerdings sehr langsam, da es ein Traum war), entdeckte er in weiter Ferne unter sich drei Punkte. Je tiefer er fiel, desto größer wurden die Punkte, bis sie sich in drei Adler verwandelten. Zwei von ihnen flogen einfach an ihm vorbei, aber der dritte tauchte hinter ihm her, schnappte ihn sich mit einer Kralle und zog ihn wieder nach oben. In der anderen Kralle hielt der Adler eine Tüte mit Pommes frites, die er ihm anbot.

Schließlich stand er wieder auf dem Felsen und war furchtbar wütend. Er hielt jetzt einen Schwamm in der Hand und ging damit zu Jupiter hinüber. Er wischte seinem großen Dad das Gesicht ab und malte statt dessen ein entsetzlich trauriges hinein. Dann packte er ihn und stürzte ihn vom Felsen. Sein Unterbewußtsein schlug zwar Krach ohne Ende, aber er achtete nicht darauf, und das war ein sehr angenehmes Gefühl.

Der Traum grinste und stand auf. Der Teil mit dem Schwamm war seine eigene Idee gewesen, und obwohl er wußte, daß Dingsbums nicht viel von spontanen Einfällen hielt, gewann er immer mehr das Gefühl, daß es wahrscheinlich erst dieser Schwamm gewesen war, der den entscheidenden Ausschlag gegeben hatte. Der Traum legte eine kurz Pause ein, um Jason in tiefen Schlaf zu versetzen, dann kroch er wieder in das Stromkabel zurück und verschwand.

Etwa eine halbe Stunde später wachte Jason schweißgebadet auf.

Er glaubte, etwas zu hören, und horchte genau hin. Nichts. Er fluchte benommen vor sich hin und versuchte, erneut einzuschlafen. Dann hörte er es schon wieder. Es war das Geräusch eines Hundes oder dreier Hunde, oder eines Hundes mit drei Köpfen, der bellte.

Magenkatarrh wachte plötzlich auf, gluckste einige Male nervös, bis er endlich bemerkte, was los war, und mit der Hand nach dem Radiowecker schlug.

Beim vierten Versuch traf er ihn und brachte das widerspenstige Gerät auf nachdrückliche Weise zum Verstummen. So ließ es sich schon besser ertragen, jedenfalls ein wenig.

Die verschiedenen Verkörperungen abstrakter Begriffe, die die unterste Schicht in der göttlichen Hierarchie bilden – Habgier, Angst, Frühling, Hoffnung, Pennsylvania, Reichtum und Blinddarmentzündung, um nur einige zu nennen –, haben es wirklich nicht leicht; Plato spricht von ihnen auch als Ideen, die gemeinsam die Ideenwelt bilden, warum auch nicht? Wie es ihr berühmter Sprecher Unzufriedenheit beim Januar-Aufstand von 1979* ausdrückte, müßten die Ideen die gesamte Arbeit leisten, während die Götter den ganzen Ruhm für sich einheimsten. Diese Kluft zwischen geleisteter Arbeit und gewährtem Status war bereits sehr groß gewesen, bevor die Götter den Olymp verlassen hatten. Doch nach ihrem Abmarsch übergaben die Götter auch noch das gesamte Management ihrer verschiedenen Geschäftsbereiche an die ihnen entsprechenden Ideenteams – beispielsweise trat Mars die Kriegsführung an Tod, Angst und Sieg ab, und Minerva ernannte Philosophie, Vernunft und (merkwürdigerweise) Stichelei zu ihren Anwältinnen –, dabei erhöhten sie den Ideen nicht einmal die Löhne, sondern garantierten ihnen lediglich das Recht, von nun an die Verehrung der Sterblichen für sie entgegenzunehmen und ihre alten Waschräume zu benutzen. Jede Idee muß sich zwar nach wie vor für irgendwelche Fehler oder Unterlassungen gegenüber ihrem Abteilungsleiter verant-

* Die unmittelbare Reaktion auf die Weigerung der Götter, den Ideen die Teilnahme am himmlischen Weihnachtsausflug nach Weymouth zu verbieten; mittlerweile ist dieser Aufstand besser als ›Winter der Unzufriedenheit‹ bekannt.

worten, doch erhält sie nur geringe oder gar keine Unterstützung von ihm, selbst wenn es sich dabei um die umfassendsten und weitreichendsten politischen Entscheidungen dreht. Ein gewisses Maß an Groll war unausweichlich; und der letzte Tropfen, der nach Auffassung der meisten Beobachter das Faß fast zum Überlaufen gebracht hätte, war die sogenannte Ideenumfangbegrenzung, die von Jupiter Anfang der achtziger Jahre eingeführt wurde. Folge davon war, daß seither sämtliche Ideen in den direkten Zuständigkeitsbereich des großen Himmelsgottes höchstpersönlich fallen.

Da Magenkatarrh die Schule des Humors nur mit einem Ausreichend absolviert hatte, kam er nur selten mit Jupiter zusammen, und er war heilfroh darüber. Die Arbeit war schon schlimm genug, ohne es mit dem Vater der Götter und Menschen zu tun haben zu müssen. Nehmen wir zum Beispiel nur mal den vorhergehenden Abend: Magenkatarrh hatte den Auftrag erhalten, beim Empfang des australischen Botschafters in Moskau zu erscheinen, und zwar mit der Auflage, wenigstens dreihundertzwanzig Gäste zu befallen. Durch den Trubel und insbesondere aufgrund der Wette des australischen Handelsattachés, den Staatssekretär für wirtschaftliche Angelegenheiten unter den Tisch saufen zu können, war Magenkatarrh erst am frühen Morgen um kurz vor vier Uhr ins Bett gekommen. Folglich war es nicht verwunderlich, daß er nun mit furchtbaren Kopfschmerzen aufwachte.

Nachdem er mit dem Radiowecker auf so grobe Weise klargekommen war, drehte er sich noch einmal um und versuchte weiterzuschlafen, aber irgendwie fand er den Dreh nicht mehr. Fluchen half auch nichts. Also stand die sich erbärmlich fühlende Idee auf, zog sich den Morgenmantel versehentlich verkehrt rum an und machte sich auf die Suche nach Orangensaft.

Glücklicherweise entdeckte Magenkatarrh im Eisschrank noch eine Flasche und trank sie sofort aus. Gerade als er ganz allmählich das Gefühl gewann, sich mit optimaler medikamentöser Unterstützung irgendwann zumindest einigermaßen erholen zu können, klingelte das Telefon.

Er machte den Hörer ausfindig und hielt ihn nur so dicht ans Ohr wie unbedingt notwendig, da es sich ohnehin um ein sehr lautes Telefon handelte.

»Wer da?« grummelte er in die Sprechmuschel.

»Morgen, Makar«, begrüßte ihn eine freundliche Stimme am anderen Ende der Leitung. »Wie ist die Lage?«

Magenkatarrh zuckte zusammen. »Könntest du bitte etwas leiser sprechen?« flüsterte er beispielhaft. »Mir geht es nicht so gut, und ich ...«

»Um Himmels willen, Makar! Hast du etwa schon *wieder* einen Kater? Mich haut das echt vom Hocker, wie du das andauernd wegstecken kannst.«

Magenkatarrh blickte den Hörer finster an, bis er feststellte, daß das Zusammenziehen der Augenbrauen die Kopfschmerzen nur noch unerträglicher machte. Der rüde Umgangston von Gesundheitszustand, seinem unmittelbaren Vorgesetzten, war typisch für ihn; trotzdem war er jetzt nicht in der Stimmung, darauf einzugehen oder gar irgendwelche Zugeständnisse zu machen.

»Hör mal, ich habe die ganze Nacht gearbeitet und heute meinen freien Tag«, antwortete er abweisend.

»Tut mir leid, Makar, aber auf Anordnung von ganz oben ist sämtlicher Urlaub gestrichen worden. Um punkt zehn bist du am Bahnhof.«

»Gezu, ich ...«

»Tut mir leid, mein Freund, daran läßt sich nicht rütteln«, beharrte sein Chef. »Sämtliche Krankheiten und Gebrechen haben sich umgehend zu melden; Ausreden gelten nicht.«

»Ach, hör mal, Gezu ...«

»Kein Wenn und Aber. Ach ja, und außerdem leitest

du den Einsatz. Das gefällt dir doch bestimmt, oder? Versau aber bitte nicht wieder alles, es steht nämlich eine Menge auf dem Spiel.«

»Verdammte Scheiße, ich…«

Gesundheitszustand lachte. »Ich weiß, ich weiß, aber ich selbst kann's leider nicht machen, weil ich krankgeschrieben bin. Na ja, außerdem habe ich der alten Schreckschraube hoch und heilig versprochen, heute morgen mit ihr einkaufen zu gehen. Wenn das nicht klappt, bringt sie mich glatt um. Aber das bleibt unter uns, klar?«

Trotz seiner schier unendlichen Wut empfand Magenkatarrh nun doch etwas Mitleid mit seinem Vorgesetzten. Schließlich war Gesundheitszustand mit Durchsetzungskraft verheiratet, die von den Leuten in der Buchhaltung hinter vorgehaltener Hand auch gern als ›Kompromißlose Durchsetzungskraft‹ bezeichnet wurde.

»Was ist denn so wichtig, daß ich an meinem freien Tag arbeiten muß?« erkundigte sich Magenkatarrh resigniert. »Falls es sich wieder mal nur um irgendeine Grippeepidemie handelt, dann…«

»Wenn es das nur wäre«, unterbrach ihn Gesundheitszustand. »Nein, mein Junge, da oben geht irgend etwas Megawichtiges vor. Ich habe allerdings keine Ahnung, worum es sich dabei dreht. Jedenfalls lautet der Befehl, daß wir uns bereithalten müssen und Prometheus befallen sollen, und das so schnell wie möglich.«

»Tut mir leid, ich dachte, du würdest mich nur auf den Arm nehmen.«

»Also, es geht um Prometheus«, wiederholte Gesundheitszustand. »Die Kutschen fahren um neun Uhr zwölf ab, und vergiß nicht, die Anwesenheitsliste zu überprüfen. Alle Ideen, die nicht erscheinen, meldest du mir persönlich, klar? Ich wünsche dir viel Erfolg.«

Die Leitung wurde unterbrochen, und Magenkatarrhs Schädel brummte noch immer wie verrückt. Er zog sich lustlos die Arbeitskleidung an, holte den Werkzeugkasten hinter dem Sofa hervor, wo er ihn nach der stürmischen Nacht von gestern einfach hatte hinfallen lassen, und machte sich auf den Weg zum Bahnhof.

Er traf gerade noch rechtzeitig ein, um den Abflug einiger geflügelter Streitwagen mitzubekommen, die mit schwerbewaffneten Geisterkriegern vollgepackt waren. Nach seinem Dafürhalten wäre es einem Wunder gleichgekommen, wenn es irgendwo im Kosmos auch nur noch einen einzigen Drachen mit Zähnen gegeben hätte. Logistik.

Dank Mrs. Durchsetzungskrafts Entschluß, lieber mit ihrem Mann einkaufen zu gehen, anstatt zu arbeiten, herrschte bezüglich des Transports ein totales Durcheinander. Als Magenkatarrh auf Bahnsteig 340 eintraf, erfuhr er, daß die Kutschen, mit denen die Krankheiten in den Kaukasus transportiert werden sollten, von Vulcanus und den Zyklopen requiriert worden waren, weil sie diese für sich selbst und den Transport ihrer mobilen Werkstatt benötigt hatten. Natürlich waren alle anderen Kutschen auch schon vergeben; und da sämtliche geflügelte Wagen vom Militär in Beschlag genommen worden waren, sah es ganz so aus, als sollte Prometheus, was immer ihm auch heute zustoßen sollte, bei bester Gesundheit bleiben. Nachdem Magenkatarrh fast eine Viertelstunde lang herumgelaufen war und sich mit allen möglichen Ideen, die ein Klemmbrett in der Hand hielten, auseinandergesetzt hatte, stieß er zufällig auf Venezuela, die in einer langen Schlange vor einer Telefonzelle stand, dem einzigen öffentlichen Fernsprecher auf dem Gelände, der keine Telefonkarten annahm.

»Was treibst du denn hier?« fragte er Venezuela.

»Ich bin für Vehemenz eingesprungen. Sie hat Karten für irgendeine Dichterlesung oder so was geschenkt bekommen, also habe ich ihr angeboten, mit ihr die

Schicht zu tauschen. Hätte ich allerdings gewußt, was hier gespielt wird, wäre mir das bestimmt nicht eingefallen.«

»Was wird denn eigentlich gespielt?«

Hämisch grinsend antwortete Venezuela. »Es heißt, daß der alte Narr plötzlich völlig durchgedreht ist und ihn – du weißt schon wen – für vogelfrei erklärt hat.«

Paranoia ist im Himmel derart verbreitet, daß Umschreibungen wie ›du weißt schon wer‹ praktisch zum Alltag gehören.

Magenkatarrh seufzte und bat Venezuela, sich genauer auszudrücken.

»Du weißt schon, wen ich meine«, zischte sie geheimnisvoll. »Diesen Witzbold.«

Magenkatarrh blickte sie ungläubig an. »Das kann doch nicht dein Ernst sein!«

»Ganz im Gegenteil sogar«, flüsterte Venezuela. »Wenn man dem großen J. Glauben schenken kann, ist das hier sogar deine allerletzte Gelegenheit, noch einmal unernst zu sein. In vierundzwanzig Stunden ist also der großen Freudentag X, und die Parole lautet ›Ist ja zum Totlachen‹, falls es dich interessiert.«

»Hör mal, was um Himmels willen ist denn eigentlich passiert. Habe ich irgendwas verpaßt?«

Venezuela blickte sich vorsichtig nach allen Seiten um, dann fuhr sie fort: »Ich habe mich ausführlich mit Klatsch und Tratsch unterhalten, und beide vermuten, daß dieser Held, der ein wenig auf die schiefe Bahn geraten ist und um den wir uns alle kümmern mußten … du weißt schon, dieser kleine Derry …«

»Den kenne ich nur zu gut«, warf Magenkatarrh ein.

»Ach, wirklich?«

»Er hat in letzter Zeit unglaublich viel gegessen«, klärte er Venezuela auf. »Aber erzähl weiter.«

»Nun, jedenfalls wurde dieser Junge offenbar von jemandem zum Umsturz angestachelt, und zwar von du weißt schon wem …«

»Ach, nun hör mal auf.«

»Also gut, von jener Person, deren Name mit G anfängt und die die Menschen zum Lachen bringt. Du weißt schon, diese uralte Geschichte.«

Magenkatarrh nickte, was er bei seinem Zustand lieber nicht hätte tun sollen.

»Als die beiden – Derry und die besagte Person – aus dem Versteck, in das sich G. die ganzen Jahre hindurch verkrochen hat, aufgebrochen sind – wobei Pluto und Mars von diesem Derry gehörig eins auf die Nase bekommen haben, sollte ich hinzufügen –, hat es der große J. ganz raffiniert geschafft, sich den Jungen zu kaufen und ihn dazu zu bringen, die Seiten zu wechseln.«

»Ich dachte, er hätte die Seiten schon längst gewechselt.«

»Ja, ich meine, nein. Paß auf, er stand erst auf unserer Seite, stimmt's? Dann ist er zur anderen Seite übergelaufen, und jetzt hat ihn Jupiter wieder zu uns zurückgeholt, klar? Ungefähr wie ein menschlicher Tennisball.«

»Ungefähr.«

»Offenbar hat Jupiter das so angestellt, daß er sich diesen Jason über dessen Mutter vorgeknöpft hat«, fuhr Venezuela fort. »Jedenfalls hat mir das gerade eben Glückseligkeit erzählt; aber du kennst sie ja, im Grunde kriegt sie immer nur die Hälfte mit. Auf alle Fälle heißt das nun, daß der Feind aus seinem Versteck kommt, ohne einen Helden dabei zu haben. Mit anderen Worten: er hat einen Soloauftritt. Deshalb sind wir alle aufgefordert, zum entscheidenden Zeitpunkt einzugreifen, damit wir ihn uns schnappen, bevor er sich wieder in sein sicheres Versteck zurückziehen kann. Klingt doch ganz lustig, findest du nicht?«

Magenkatarrh amtete tief durch und seufzte. Venezuela gehörte nicht unbedingt zu den Leuten, mit denen man sich freiwillig unterhalten wollte, wenn man einen Kater hatte, dennoch hatte er das Wesentliche mitgekriegt.

»Eine Frage hätte ich noch. Wenn wir uns auf die Suche nach Gel…«

»Pst!«

»Also gut, wenn wir uns auf die Suche nach du weißt schon wem machen, warum hat mir Gezu dann gesagt, wir sollen alle Prome…«

»Pssst!«

»… du weißt schon wen befallen?«

Venezuela grinste verschmitzt. »Was glaubst du wohl, wohin dieser vorwitzige Klugscheißer als erstes rennt, wenn ihm erst mal klar wird, daß ihn sein Lieblingsheld im Stich gelassen hat?«

»Ach so, ich verstehe.«

»Erst recht dann, wenn er davon erfährt, daß sein alter Kumpel und Mitverschwörer von allen möglichen Krankheiten und Geisterkriegern heimgesucht wird. Keine Sorge, er wird dort wie ein Blitz auftauchen, und dann haben wir ihn. Ganz schön gerissen, wie?«

Magenkatarrh nickte – dieses Mal sehr viel bedächtiger als zuvor – und verzog das Gesicht. »Na ja, irgend etwas mußte in dieser Richtung ja mal geschehen. Hör mal, noch etwas. Weißt du vielleicht, wo ich noch wenigstens vier Kutschen herbekommen kann? Wir müßten eigentlich schon seit einer Viertelstunde unterwegs sein.«

»Mit Kutschen wird's ein bißchen schwierig«, antwortete Venezuela. »Aber wenn dir ein geflügelter Wagen etwas nützt, dann…«

»Auch gut.«

»Dann solltest du mal zu MZ gehen… Na prima, die Telefonzelle ist endlich frei. Kannst du mir vielleicht einen Zwanziger wechseln?«

Magenkatarrh traf Mütterchen Zeit schließlich unten in der Kellerbar an und überredete sie bei einem Glas Guinness, ihn ihren alten, aber zuverlässigen Vulcanus

V12 Camaro zu leihen. Zwar fürchtete Magenkatarrh, daß es zu einem ganz schönen Gedränge kommen könnte, wenn sämtliche Krankheiten mitfahren sollten, aber einen Versuch war es ihm allemal wert; und falls es unter diesen Umständen ganz schlimm werden sollte, würde es wahrscheinlich nicht das Ende der Welt bedeuten, wenn man Tennisarm zu Hause ließe.

Bis er den Wagen gefunden, die Pferde geschirrt und angespannt hatte sowie den Reifendruck überprüft und den Bordfilm zurückgespult hatte, war es fast halb zehn. Glücklicherweise wird der Wagen von Mütterchen Zeit mit solch einem Problem spielend fertig, und so gelang es Magenkatarrh, gegen Viertel vor elf auf dem Gipfel eines der kaukasischen Berge zu landen. Dennoch war er dort nicht als erster angekommen; sogar bei weitem nicht.

XI

Es regnete.

»Willst du dir keine Jacke anziehen?« fragte Mrs. Derry.

»Nein«, antwortete Jason, der wirklich andere Dinge im Kopf hatte.

»Jetzt stell dich nicht so kindisch an. Warte, ich hole dir eine.« Mrs. Derry verschwand kurz und kehrte mit einem von Mr. Derrys Anoraks zurück. »Und mit *diesen* Schuhen kommst du mir sowieso nicht aus dem Haus.«

Durchs Fenster sah Jason, wie George draußen im Golfbuggy bereits nervös auf die Uhr schaute. War heute die schlangenbehaarte Gorgo von Sphakteria oder der hundertköpfige Höllendrachen dran? Eigentlich spielte das längst keine Rolle mehr; denn hatte man erst einmal eins von diesen Ungeheuern erlegt, dann hatte man sie im Grunde alle erlegt.

»Mum, jetzt laß mal«, wehrte sich Jason. »Ich darf mich nicht verspäten.«

»Du verläßt dieses Haus erst dann, wenn du dir andere Schuhe angezogen hast«, beharrte seine Mutter.

Jason zuckte zusammen. »Mum ...«

»Sofort!«

Kurz entstand eine spannungsgeladene Stille. Dann seufzte Jason resigniert, lehnte das Schwert von Glykerion im Leinensack gegen den Türrahmen und rannte die Treppe hinauf. Als er zurückkam, trug er andere Schuhe.

»Bist du nun zufrieden? Wenn du nichts dagegen hast, dann gehe ich jetzt.« Er schnappte sich den Leinensack und griff nach dem Türknauf.

»Taschentuch?«

»Ja«, grummelte Jason.

»Dann zeig's mir.«

»Wie bitte?«

»Ich will sehen, ob du ein sauberes Taschentuch dabei hast.«

Jason drehte sich langsam um und warf seiner Mutter einen Blick zu, der die Gorgo sofort zu Stein verwandelt und den Höllendrachen dazu gebracht hätte, umgehend das nächstbeste Heim für mißhandelte Drachen aufzusuchen. Seine Mutter hingegen ließ sich davon überhaupt nicht beeindrucken.

»Taschentuch.«

»Mum! Ich muß Ungeheuern den Kopf abschlagen, und dazu brauche ich wohl kaum ein …«

»Taschentuch.«

Meine Mutter, sagte sich Jason, *eine Frau mit eisernem Willen und einem beschränkten Vokabular.* »Hör mal, ich bin schon viel zu spät dran und …«

Diesesmal sagte Mrs. Derry nicht einmal mehr ›Taschentuch‹, sondern blickte ihren Sohn nur an, was unendlich viel schlimmer war.

»Also gut«, grummelte Jason. »Also gut.« Dann rannte er erneut die Treppe hinauf. Kurz darauf drang seine Stimme durchs Haus.

»Mum …!«

»Ja, mein Schatz?«

»Wo sind denn meine Taschentücher?«

»Im Trockenschrank, Schatz. Ganz hinten in der zweiten Schublade von unten, wo sie immer sind.«

»Ah ja, alles klar.«

»Und poltre nicht immer die Treppe so rauf und runter, Jason, das hält sie nämlich nicht mehr lange aus.«

»Ja, Mum.«

Nachdem er ein blitzsauberes Taschentuch vorgezeigt hatte, schnappte er sich erneut das Schwert, griff nach dem Türknauf und drehte ihn um. Dabei hatte er das bestimmte Gefühl, daß sich der Tag von nun an nur noch leichter für ihn gestalten konnte, selbst wenn sich herausstellen sollte, daß Jupiter heute das gesamte Titanengeschlecht mobilisiert hatte.

»Jason.«

Er erstarrte. »Ja, Mum?«

»Vergiß nicht, daß heute abend Sharon kommt.«

»Mum ...«

»Also sieh zu, daß du spätestens um Viertel vor sechs wieder zu Hause bist, weil du bestimmt noch baden und dir die Haare waschen mußt.«

»Mum ...«

»Schönen Tag noch. Und paß auf dich auf, mein Schatz, hörst du?«

»Ja, Mum ...« Und während er dies sagte, schlich sich Jason Derry, die Saat Jupiters, aus dem Haus und trottete zum Golfbuggy hinüber.

»Guten Morgen, Boß«, begrüßte ihn George.

»Wie?« Jason warf den Leinensack auf die Rückbank und setzte sich.

»Ich sagte, guten Morgen.«

»Wie du meinst«, antwortete Jason. »Nun, was will der alte Saftsack denn heute von mir?«

»Pst!« George fuhr vor Schreck zusammen. »Nicht so laut, Boß.«

Jason schüttelte störrisch den Kopf. »Wenn ich den alten Saftsack einen alten Saftsack nennen will«, brüllte er laut über die ganze Straße hinweg, so daß der gerade vorbeikommende Milchmann fast einen Kasten mit vollen Flaschen fallengelassen hätte, »dann nenne ich den alten Saftsack auch einen alten Saftsack, und wenn das dem alten Saftsack nicht paßt, dann weiß der alte Saftsack ganz genau, was er mich mal kann! Klar?«

George nickte. Da er mittlerweile fast unter den Sitz

gerutscht war, sah Jason zwar seinen Kopf nur von oben, doch anhand der Bewegungen konnte er zumindest näherungsweise ein Nicken ermitteln.

»Na prima. Also, was steht heute an?«

»Der Nemeische Löwe«, flüsterte George, »dann die Sturmriesen, anschließend eine halbe Stunde Mittagspause. Danach geht's weiter mit einem kurzen Gerangel mit Mütterchen Zeit. Zum Schluß mußt du die goldene Birne der Wahrheit aus dem Tempel der sieben Winde stehlen, der allerdings bewacht wird, und zwar von dieser …«

»Ich weiß«, unterbrach ihn Jason. »Also, laß uns endlich anfangen. Und falls ich mittendrin wegen Langeweile einschlafen sollte, vergiß nicht, mich aufzuwecken.«

George legte den ersten Gang ein. »Alles klar, Boß. Ach, und noch was, Boß …«

»Ja?«

»Du mußt schon entschuldigen, wenn ich das sage, aber es tut gut, daß du wieder der alte bist. Als du zur anderen Seite übergewechselt bist, war mir nämlich ganz schön mulmig zumute. Ich habe mir gesagt …«

»George.«

»Ja, Boß?«

»Fahr endlich los.«

George zuckte die Achseln und löste die Handbremse. »Trotzdem freue ich mich, daß du diesen ganzen Abtrünnigenscheiß hinter dich gelassen hast, Boß«, fügte er hinzu. »Ich hätte dir gleich sagen können, daß das nichts bringt.«

»George …«

»Die Kumpels haben alle gleich gesagt, das hält er nicht lange durch«, fuhr George unbeirrt fort, und Jason fragte sich, warum es anscheinend nie etwas bewirkte, wenn *er* den Namen von jemandem ganz normal aussprach. »Erst recht nicht, wenn ihn sich erst mal seine Mutter vorknöpft. Dieser alte Drachen …«

»George!«

»Ja, Boß?«

»Um Himmels willen, red nicht so laut, und fahr endlich los!« fauchte er ihn an, wobei er verstohlen über die Schulter hinweg auf die Eingangstür des Hauses schaute.

Der Adler drehte scharf ab und stürzte auf die Erde herab, wobei er die kalte Luft wie ein gewetztes Messer zu durchschneiden schien. Hinter ihm hielten zehn mit Geisterkriegern vollgestopfte geflügelte Streitwagen an, schwankten kurz in der dünnen Luft und änderten die Richtung. Ein greller Blitz verfehlte nur knapp die linke Flügelspitze des Adlers.

Ihm oder – besser gesagt – ihr war klar, daß ihr nichts anderes übrigblieb, als in den Steigflug überzugehen und zu versuchen, sie auf diese Weise auszumanövrieren. Die dabei notwendige Einbeziehung der Erdanziehung, des C_W-Werts, des aerodynamischen Auftriebs und all der anderen Geschichten, die man für den Kunstflug benötigte, hatte nie zu ihren Stärken gehört – zumal ihr die Berufsberater an der theologischen Hochschule nahegelegt hatten, sich nicht zu früh auf eine Lauf- und schon gar nicht auf eine Flugbahn festlegen zu lassen. So schnell wie möglich ging sie in den Steilflug und riß sich beim Emporsteigen fast die eigenen Flügel ab.

»Ihr nach!« brüllte der Hauptmann der Geisterkrieger.

»Aber ...«, setzte ein Wagenlenker zum Widerspruch an.

»Nix aber!« fauchte der Hauptmann. »Hinterher!«

»Okay, Boß.«

Kurz darauf trieben zehn leere Streitwagen auf die Erde zu, deren Besatzungsmitglieder allesamt herausgefallen waren, als man einem Adler folgen wollte, der einen Looping geflogen hatte. Mary verlangsamte die

Geschwindigkeit und legte auf dem Scheitelpunkt eines starken Aufwinds erschöpft eine Pause ein. Dann sah sie, wie plötzlich zehn weitere Streitwagen hinter einer Wolkenbank hervor auftauchten, und sie konnte gerade noch rechtzeitig ausweichen, um einer regelrechten Blitzkanonade zu entgehen.

Wütend stieg sie wieder empor; doch dieses Mal folgten ihr die Streitwagen nicht. Statt dessen spalteten sie sich auf, verteilten sich und stiegen, Adler Mary umkreisend, mit ihr nach oben. *Offensichtlich stammen diese Zähne von einem intelligenten Drachen,* sagte sie sich, *Weisheitszähne womöglich.*

Sie legte die Flügel an und schoß in die Tiefe, bis auf der Erdoberfläche die Kaninchen in alle Richtungen auseinanderstoben, um sich eilig einen Unterschlupf zu suchen. Als es schließlich so aussah, als werde sie mit Gewißheit auf dem Boden aufschlagen, drehte sie kurz vor dem vermeintlichen Aufprall so knapp wie möglich ab – war da etwa im linken Flügel ein Knochen gebrochen oder handelte es sich nur um eine Sehnenzerrung? – und flog parallel zur Erde weiter. Als sie sich nach hinten umblickte, sah sie, daß ihr die Wagen noch immer folgten. Gut. Natürlich nur gewissermaßen; wirklich gut hätte sie es gefunden, wenn die Wagen die Verfolgung eingestellt und sich zurückgezogen hätten, dennoch sollte ihr der Vorsprung vorläufig reichen.

Wie sich Mary erinnerte, geben Lerchen bei einem Festessen nicht nur leckere Vorspeisen ab, sondern sind auch gute Lehrmeister. Sie wurde langsamer und flog im Zickzack, wobei sie die leichte Fehlfunktion in ihrem linken Flügel bewußt übertrieb. Die Streitwagen steuerten direkt auf sie zu und näherten sich ihr jetzt sehr schnell, denn die Wagenlenker trieben die geflügelten Pferde mit Peitschen zur Höchstleistung an. Mittlerweile waren die Streitwagen sogar so schnell, daß sie das Opfer leicht in weniger als zwanzig Sekunden eingeholt hätten, wenn sie nicht zuvor an einer Eisenbahnbrücke zerschellt wären.

Adler Mary spreizte die schmerzenden Flügel und ging erst einmal in den Gleitflug über, bevor sie sich umblickte und zu ihrem Entsetzen feststellen mußte, daß ein Wagen unter der Eisenbahnbrücke hervorkam. Mit einem verzweifelten Kreischen flatterte sie mit den Schwingen und stieg in die Luft; und der Streitwagen, bemannt mit fünfzehn Geisterkriegern – allerdings allesamt ohne Helm –, folgte ihr.

Es dauerte nicht lange, bis sie begriff, daß dieser Haufen im Gegensatz zu den anderen Geisterkriegern weit intelligenter als der durchschnittliche Exbackenzahn war. So weigerten sich diese Geisterkrieger standhaft, in Baumkronen bruchzulanden, wenn Mary voranflog, um sie in die Falle zu locken, und als sie sich schließlich in Bodenhöhe auf einen Zweig niederhockte, schwebten sie eine Weile über dem Baum und setzten mit Blitzen den gesamten Wald in Brand. Notgedrungen mußte sie ihn nun verlassen. Dies gelang ihr, indem sie sich zwischen zwei langsam fliegenden großen Krähen versteckte. Als sie bereits fast den ganzen Weg klammheimlich zurückgelegt hatte, den sie erst kurz zuvor gekommen war, wurde sie von den Kriegern erspäht, die umgehend die Verfolgung wieder aufnahmen. Wie man sieht, nichts Außergewöhnliches, nichts sonderlich Gescheites, lediglich das Paradebeispiel einer Hetzjagd.

Marys Flügel schmerzten mittlerweile höllisch, und von den vielen Loopings und Steil- und Sturzflügen schwirrte ihr der Kopf.

Unterdessen kam der Streitwagen immer näher, bis die Entfernung allmählich auf ein beängstigendes Maß geschrumpft war. Die Geisterkrieger bewiesen sogar eine gewisse Umsicht, denn kaum versuchte es Mary erneut mit einem Looping, folgten sie ihr nicht, sondern stellten statt dessen die Hetzjagd einfach so lange ein, bis der Vogel wieder auf gleicher Höhe mit ihnen war und geradeaus flog. Als es Mary gelang, sich auf einer der beiden Landekufen eines vorbeifliegenden Hubschraubers eine Mitfahrgelegenheit zu verschaffen, gingen ihre Widersacher einfach längsseits und schleuderten so lange Blitze, bis der Pilot abgesprungen war und der Hubschrauber trudelnd außer Kontrolle geriet. Mary blieben nicht mehr viele Möglichkeiten, es sei denn, sie versuchte es mal mit einem Lächeln, aber das würde wahrscheinlich auch nichts mehr nützen.

»Nein«, sagte die Gorgo, »nicht R, sondern G.«

Jason blickte sie skeptisch an. »Wie heißt du?«

»Mein Name ist Goggo, nicht Gorgo«, rief das Ungeheuer mit dem Schlangenhaar durch den Briefschlitz hindurch. »Du mußt dich in der Adresse geirrt haben. Diese Gorgo wohnt … na ja, die wohnt ziemlich weit weg von hier. Soweit ich weiß, ganz dahinten auf der anderen Seite der Berge.«

»Das glaube ich dir nicht«, zischte Jason.

»Nein?« Die Klappe des Briefschlitzes zitterte leicht. »Warum denn nicht?«

Jason schaute auf die vielen Steinstatuen, die die Zufahrt zum Haus teils stehend, teils liegend umsäumten und einen höchst naturgetreuen Eindruck machten. Statuen von Postboten. Statuen von Milchmännern. Statuen von Zeugen Jehovas.

»Einfach nur so«, antwortete er schließlich. »Kommst du jetzt raus, oder muß ich die Tür eintreten?«

Die Klappe fiel herunter, und kurz darauf hörte Jason ein Geräusch, als lehnte jemand eine schwere Steinstatue von innen gegen die Tür. Wahrscheinlich ein Vertreter für Doppelverglasungen, vermutete Jason. Dann ging er ums Haus herum und trat die Hintertür ein.

Die Inneneinrichtung des Hauses war, gelinde gesagt, merkwürdig. Alle Möbel bestanden aus Stein, und nirgendwo gab es Spiegel oder reflektierende Flächen;

jedoch hatte Jason einen Vetter, der in einer dieser neuen Siedlungen in den Londoner Docklands wohnte, so daß ihn selbst das nicht sonderlich überraschte. Er durchquerte den Flur und ging in die Küche – auf der Arbeitsplatte stand eine Tasse mit buchstäblich steinaltem kalten Kaffee, und Jason fragte sich, wie sich dieses Wesen überhaupt ernähren konnte oder ob es von nichts anderem als Kieselsteinen lebte. Als er schließlich ins Wohnzimmer gehen wollte, war die Tür von innen verriegelt.

Seufzend klopfte er an. »Nun mach schon auf!«

»Hau ab!«

»Das geht nicht. Tut mir leid.«

»Nichts tut dir leid«, prustete die Stimme verächtlich.

Jason fuhr mit dem Finger über die Klinge des Schwerts von Glykerion und rieb den bereits auf Hochglanz polierten Schild noch einmal mit dem Taschentuch ab.

»Ich will damit nur sagen, daß ich das alles nicht zum Spaß mache. Wenn's nach mir geht, dann ist mir das völlig egal, was du treibst. Wenn du darauf bestehst, Menschen mit deinem Blick versteinern zu müssen, dann mußt du das mit dir und deinem Gewissen ausmachen. Aber ich muß meine Arbeit erledigen, und das werde ich auch tun. Also können wir das Ganze jetzt entweder auf die harte oder auf die sanfte Tour hinter uns bringen.«

Nach längerem Schweigen sagte die Stimme: »Und wie sähe die sanfte Tour aus?«

»Du kommst raus, und ich schlage dir mit dem Schwert den Kopf ab. Das ist alles.«

»Ich verstehe, dann sollten wir's lieber auf die harte Tour versuchen, findest du nicht?«

»Ich verstehe überhaupt nicht, warum du so ein Theater machst. Schließlich bin ich hier derjenige, der Angst haben müßte. Du brauchst mir doch nur in die Augen zu schauen, und schon verwandle ich mich zu

Stein, stimmt's? Ich muß meinerseits die Tür einschlagen, natürlich dabei aufpassen, dich nicht anzusehen, dann mit dir kämpfen, mich irgendwie vorsehen, daß ich nicht von deiner Haarpracht gebissen werde, dir den Kopf abschlagen und deine Einzelteile in einen schwarzen Plastiksack stecken. Jetzt frag dich doch mal selbst, was es bringt, erst einmal solch einen Flurschaden anrichten zu müssen, wenn wir's auch einfacher haben könnten.«

Jason erhielt keine Antwort. Nach einer kurzen Überlegungsphase lief er durch die Küche nach draußen und ums Haus herum zur Vordertür zurück. Sie stand offen.

»Verdammter Mist!«

Wütend hielt er sich den Schild so vor die Augen, daß sich darin die Umgebung widerspiegelte. Direkt neben der Tür lag eine Statue auf dem Boden, die dort vorher noch nicht gelegen hatte. Jason tat so, als hätte er nichts davon bemerkt, und pfiff unauffällig vor sich hin, denn seinen nächsten Schritt hatte er sich genau überlegt.

»Aua!« schrie die Gorgo kurz darauf.

»Selbst schuld«, stellte Jason lakonisch fest. »Vergiß nicht, daß ich dir die Wahl gelassen habe. Jetzt könnte es ein wenig weh tun.«

»Das ist Betrug.«

»Unsinn.«

»Wenn du so tust, als gingest du weg, und kommst dann plötzlich zurück und stülpst mir einen Blumentopf über den Kopf, dann nenne ich das jedenfalls Betrug, egal, als was du das bezeichnest. Ein echter Held hätte so etwas niemals getan.«

Jason wies die Gorgo darauf hin, daß die Auffahrt von einigen höchst realistisch aussehenden Statuen echter Helden umsäumt werde, auf denen selbst in den unmöglichsten Ecken und Winkeln Vögel nisteten.

»Das ist Betrug!« empörte sich die Gorgo.

»Das hast du dir selbst zuzuschreiben«, erwiderte Jason. »Andere Leute begnügen sich mit irgendwelchen Gartenzwergen, die Schubkarren ziehen oder eine Angelrute in die Regentonne halten; aber nein, du mußtest ja unbedingt etwas Besonderes haben.«

»Und was ist daran falsch?«

»Nichts, solange du nicht überall große Blumentöpfe herumliegen läßt. Man sollte nie zwei Dinge auf einmal machen. So, was jetzt kommt, ist etwas kompliziert, halt also bitte still…«

Ein Schlangenkopf stieß durch das im Boden des Blumentopfs befindliche Loch und zischte Jason gehässig an.

»Rüpel!« fauchte die Gorgo.

»Ach, halt's Maul! Jetzt laß uns mal den Stein ins Rollen bringen.« Jason blieb unnachgiebig. »Also…« Er preßte der Gorgo den rechten Fuß ins Kreuz, holte mit dem Schwert weit nach oben aus und wollte gerade zuschlagen, als er etwas sah.

»He, nun mach schon weiter, ja?« beschwerte sich die Gorgo.

»Jetzt wart's doch ab. Etwas mußt du dich schon noch gedulden können.« Er blickte zum Himmel oder, genauer gesagt, zu einem Adler hinauf.

Es sollte gleich betont werden, daß Jason nie ein Vogelbeobachter gewesen war; was immer er in seinem Leben getan oder auch nicht getan haben mochte, diesbezüglich verfügte er über keinerlei Wissen. Unter normalen Umständen interessierte er sich für diese Tiergattung auch nur dann, wenn ihm ein Vogel zwischen Bratkartoffeln und Butterbohnen auf einem Teller präsentiert wurde. Doch dieser Vogel war schon deshalb etwas Besonderes, weil er von einer Wagenladung Geisterkrieger gejagt wurde, die Blitze hinter ihm herschleuderten. Er ließ das Schwert sinken und guckte gespannt zu.

»Was treibst du da eigentlich?« beschwerte sich eine

verärgerte Stimme, die aufgrund der fünf Millimeter dicken Wand aus gebrannter Tonerde leicht, aber nicht übermäßig gedämpft wurde.

»Ach, halt's Maul«, murmelte er gedankenverloren. Für ihn sahen zwar alle Adler gleich aus, dennoch hätte er schwören können, diesen hier schon einmal gesehen zu haben. Zweimal sogar.

»Hör mal, ich …«

»Jetzt gedulde dich doch mal. Warte, ich bin gleich wieder zurück«, besänftigte er die Gorgo. Dann nahm er den Fuß von ihrem Rücken und lief davon.

Wenigstens zehn Sekunden lang lag die Gorgo einfach nur da, regungslos vor Entsetzen. Schließlich stand sie taumelnd auf und schlug mit dem Kopf gegen die lebensgroße Marmorskulptur einer erstarrten Avon-Vertreterin, schüttelte die Blumentopfscherben aus dem Schlangenhaar und nahm Reißaus. Verfasser mythologischer Lexika sollten vielleicht wissen, daß die weitverbreitete Ansicht, von der Gorgo sei danach nie wieder etwas gesehen oder gehört worden, nicht ganz der Wahrheit entspricht. Kurz darauf erhielt sie nämlich von Fabergé das Angebot, Eier anzustarren, und wurde auf diese Weise doch noch zu einem nützlichen Mitglied der Gesellschaft.

Eindeutig handelte es sich um denselben Adler, den Jason schon zweimal gesehen hatte, und während er ihn im Himmel um sein Leben kämpfen sah, fiel Jason ein, daß er ihm noch einen Hamburger schuldete. Er steckte das Schwert in die Scheide, legte die Hände trichterförmig an den Mund und rief ein paarmal laut hallo.

An Bord des geflügelten Streitwagens blickte der Hauptmann der Geisterkrieger erstaunt auf die Erde hinab. »Sofort anhalten!« befahl er dem Wagenlenker. »Da unten ist dieser kleine Derry.«

»Na und? Hier oben sind wir für ihn außer Reichweite«, meinte der Wagenlenker. »Jetzt laß uns lieber den Adler …«

»Was macht er denn da mit diesem Brocken in der Hand, der wird doch wohl nicht ... *Aua*!«

Jason schnellte herum, brach von dem zum Fossil erstarrten Wahlwerber den zweiten Arm ab – wodurch dieser letztendlich doch noch unter Beweis stellen konnte, jemandem nützlich zu sein – und schleuderte ihn in die Luft. Der Streitwagen drehte jäh ab und schoß wie ein verängstigter Komet davon. Der Adler flatterte eine Weile auf der Stelle, dann flog er auf die Erde hinab und verwandelte sich dort in ein Mädchen.

Jason eilte sofort herbei. »Hallo, Mary!« begrüßte er die junge Frau schon von weitem. Plötzlich blieb er wie angewurzelt stehen und blickte sie verdutzt an. »Oder, besser gesagt, Sharon.«

Betty-Lou Fisichelli putzte sich mit dem Taschentuch die Brille, setzte sie sich auf die Nase und holte tief Luft. Das hatte sie noch nie getan.

Niemand, der gegenwärtig lebte – niemand, der gegenwärtig lebte und sterben konnte –, hatte das je zuvor getan. Zum Teil weil es sich um das heiligste der heiligen Mysterien handelte; hauptsächlich aber weil es dazu nie einen Grund gegeben hatte. Mit einem leicht angefeuchteten Lappen wischte sie eine tausendjährige Staubschicht von der unvergänglichen Bronze des Statuengesichts, schlug das Bedienungshandbuch auf, das sie auf den Knien liegen hatte, und suchte die entsprechende Stelle.

Sie war aufgeregt. Zu der vollkommen verständlichen Besorgnis, die jeder verspüren würde, der sich an das heiligste der heiligen Mysterien wagt, gesellte sich noch der Umstand, daß sie sich nachts um halb eins ohne Genehmigung in den Kellergewölben des archäologischen Museums von Delphi aufhielt. So wie die griechische Polizei war, bezweifelte sie, daß selbst Apollo sie retten könnte, falls sie erwischt werden sollte.

KAPITEL EINS, las sie, VORBEREITUNG DES SYSTEMS.

Mit zitternden Fingern nahm sie die beiden kleinen glänzenden Chips aus der Streichholzschachtel in ihrer Handtasche und drückte sie der Statue vorsichtig in die leeren Augenhöhlen. Die Chips paßten sich mühelos ein und verursachten dabei ein leises Klicken. Gleich darauf leuchtete der breite Bronzeschild am Arm der Statue auf, der wegen der Patina ein hellgrünes Licht ausstrahlte. Dann wurde er plötzlich schwarz, und wie aus dem Nichts erschien eine Reihe grüner Linien. Kaum war sie wieder zu Atem gekommen, warf die Pythia einen erneuten kurzen Blick ins Handbuch.

Bedienung der Tastatur stand dort.

Der Schild hatte aufgehört, sie mit grünen Linien anzublitzen. Statt dessen erschien jetzt eine Mitteilung in funkelnden grünen Buchstaben darauf. Sie lautete: *Copyright Olympian Software – Jeder unerlaubte Gebrauch von Programmen, auch auszugsweise, wird zivil- und strafrechtlich verfolgt*.

Daraufhin wurde er wieder schwarz, und die Statue sagte: »Piep!«, ohne jedoch die Lippen zu bewegen. Und dann flammten wieder Buchstaben auf dem Bildschirm auf, und dort war zu lesen: *Hallo*!

Ms. Fisichelli hoffte, das *Hallo*! würde wieder verschwinden und durch etwas weitaus weniger beunruhigend Joviales ersetzt werden, doch das war nicht der Fall. Sie wandte ihre Aufmerksamkeit wieder dem Handbuch zu. Bedienung der Tastatur.

Oh, sehr raffiniert. Jede Fingerspitze der ausgestreckten Hand der Statue stellte eine Taste dar, und um die Großbuchstaben zu erreichen, mußte man der Statue auf die Zehen treten. Probeweise berührte Ms. Fisichelli den linken Zeigefinger. Der Schild flackerte und zeigte dann *Fehler*!!! an.

Na prima! Sie schaute noch einmal ins Handbuch und betätigte den linken Mittelfinger. Sofort war der ganze Schild von Wörtern übersät, unter denen ein kleiner grüner Punkt blinkte. Dabei, so erklärte das Handbuch, handle es sich um den Cursor. Unwillkürlich fragte sich Ms. Fisichelli, warum dieses flackernde Etwas sie so wütend anblinkte, und las sich aufmerksam durch, was das Handbuch zum Auswählen eines Funktionsmenüs zu sagen hatte.

Nach einigen Minuten verwirrter Konzentration entschied sie, daß die Funktion, die sie aufrufen wollte, ›Eingabeabfrage mit Rückmeldung‹ lautete, und drückte den entsprechenden Finger. Der Schild reagierte sofort. Jetzt war darauf *Hallöchen!!!!* zu lesen.

Ms. Fisichelli fragte sich, ob sie es nicht lieber mit einer Kartei und einem Kerbholz versuchen sollte. Wahrscheinlich wäre das auch nicht leichter. Das Handbuch riet ihr jetzt, gleichzeitig die Spitze des linken Ringfingers und den linken großen Zeh zu betätigen. Sie befolgte den Rat.

Aua!

Unwillkürlich entschuldigte sich Ms. Fisichelli und blickte nach unten. Nein, sie hatte es richtig gemacht. Sie warf einen Blick auf den Schirm, auf dem jetzt stand: *Mache nur Spaß!!!*

»Das darf doch wohl nicht wahr sein«, erzürnte sie sich. Wenn das der Stand der olympischen Mikroelektronik sein sollte, dann war es womöglich allmählich an der Zeit, den Übertritt zum Zen-Buddhismus näher ins Auge zu fassen.

Macht Spaß, das hier, was?

Sorgfältig wählte Ms. Fisichelli die erforderlichen Fingerspitzen, um *Nein* einzugeben.

Der Schild blickte sie verblüfft an und ließ das Wort *Fehler*!!! aufflammen, aber Ms. Fisichelli beachtete ihn gar nicht, sondern betätigte erneut die Spitze des rechten Ringfingers und den linken großen Zeh. Diesmal hielt sie sich zurück, während der Apparat seinen abgegriffenen kleinen Witz abspulte. Zweifellos mußte man etwas von einem mikroelektronischen Genie haben, wenn man den eigenen Humor in diesen Kasten eingeben wollte.

Mittlerweile stand auf dem Schild *Bereit*!!, und das war offensichtlich das, was dort auch zu lesen sein sollte. Unglücklicherweise fehlte die nächste Seite im Handbuch.

»So ein Mist!« fluchte Ms. Fisichelli in für sie untypischer Weise. Sie versuchte weiterzulesen, aber es war hoffnungslos. Es gab nur eins. Mit etwas unsicherem Gefühl trat sie der Statue auf beide Füße und ergriff beide Hände.

Die Wirkung war zwar unbegreiflich, aber erfreulicherweise umfassend. Der Schild erstrahlte mit gleißenden Mitteilungen in allen bekannten lebenden, toten und dazwischen befindlichen Sprachen und Alphabeten. Die Statue sagte »Piep!«, und zwar nicht nur einmal, sondern viele Male, und ihr linkes Ohr fing zu drucken an.

Nach einer Weile schien die wilde Betriebsamkeit allmählich nachzulassen, bis nur noch fünf Wörter auf dem Schild standen. Sie lauteten: *Also gut, du hast gewonnen*.

Ms. Fisichelli strahlte und fragte sich dann, was als nächstes zu tun sei. Zum Glück sagte der Schild es ihr. *Bereit für Stimmeneingabe*, war darauf zu lesen. *Bitte sprechen*.

»Ehm«, sagte sie.

Die Lippen der Statue erbebten und teilten sich.

»Guten Tag!« sagte die Statue.

Ms. Fisichelli klappte der Unterkiefer herunter, und sie vergaß, was sie als nächstes sagen wollte. Wahrscheinlich war das auch gut so.

»C in einem Kreis, wie Copyright«, fuhr die Statue wie ein Nachrichtensprecher mit einer hohen Roboterstimme fort. »Olympian Software. Jeder unerlaubte Gebrauch von Programmen, auch auszugsweise, wird zivil- und strafrechtlich verfolgt.«

»Ich ...«
»Fehler!!«
»Aber ...«
»Fehler!!«
»Arschgesicht!!«
»Bereit!!«

»Aha!« Ms. Fisichelli wunderte sich für einen Moment darüber und kam dann zu dem Schluß, daß man die Geduld mit diesem verflixten Kasten vielleicht extra verlieren sollte. »Hör mal ...«

»Eingabemodus ist gewählt«, sagte die Statue. »Erwarte Eingabe«, fügte sie hilfsbereit hinzu. Ms. Fisichelli holte tief Luft und fing aufgrund der Überlegung, höchstwahrscheinlich laut loszuschreien, falls der verfluchte Elektronikhaufen noch ein einziges Mal »Bereit!!« sagen sollte, zu sprechen an.

»Also«, sagte sie, »tut mir furchtbar leid, dich derart zu belästigen, aber von den anderen göttlichen Geräten hat offenbar keins funktioniert, und ich habe zu zaubern versucht, doch dafür braucht man wirklich eine Assistentin, und meine hat sich einfach in einen Adler verwandelt und ist weggeflogen, darum habe ich es auf diesem Wege nicht geschafft und war mit meiner Weisheit schon am Ende, als ich plötzlich gedacht habe, Moment mal, habe ich gedacht, es gibt ja immer noch die Heilige Statue, warum versuche ich's nicht mal mit der, und wenn du jetzt ›Bereit!!‹ zu mir sagst, werde ich dich einschmelzen und in ein Bettgestell umgießen, sei also äußerst vorsichtig!«

»Verarbeite Daten«, sagte die Statue. »Bitte warten!«

»Klar.«

Die Statue piepste einige Male, hustete und seufzte. »Befehlsbereit«, sagte sie. »Erwarte Eingabe.«

»Bitte?«

»Was haben wir denn für ein Problem?« präzisierte die Statue.

Ms. Fisichelli entspannte sich und lächelte. »Also

schön. Es ist etwa folgendermaßen. Du weißt, daß ich weissagen kann, ja?«

»Erwarte Eingabe«, erwiderte die Statue. »Oh, *Entschuldigung*, ganz vergessen. Ja?«

»Also, normalerweise kommen die Prophezeiungen von Apollo, weil... na ja, weil das eben sein Job ist, okay? Aber in den letzten Tagen habe ich diese Prophezeiungen, die eher so etwas wie prophetische Äußerungen waren, erhalten und bin mir sicher, daß sie nicht von ihm stammen können, weil... na, ich *weiß* es einfach irgendwie, klar? Frag mich nicht, woher, es ist einfach so. Und natürlich sind die alle so eine Art Rätsel, aus denen ich nicht schlau werde, und da habe ich gedacht, also, du könntest mir vielleicht etwas...«

»Eingabe«, sagte die Statue. »Oder eher, schieß los. Ach, zum Henker, Eingabe.«

»Ist das auch ganz bestimmt kein Problem?«

»Dafür bin ich ja hier, erwarte Eingabe, fahre fort, bitte warten, bereit.«

»Die erste hat mich gestern abend im Bad erreicht«, berichtete Ms. Fisichelli. »Ich habe da... na ja, einfach so rumgesessen, als ich plötzlich mich selbst diese *Sache* habe sagen hören.«

»Ach, du dickes Ei!«

»Bitte?«

»Fehler!« sagte die Statue. »Meiner, nicht deiner. Verzeihung. Eingabe. Eröffne das Feuer. Scheiße. *Schieß* los. Entschuldigung.«

»Nun ja. Jedenfalls lautet das, was ich gesagt haben muß,...«

»Eingabe?«

»Du mußt schon entschuldigen, aber mir ist es nur ein wenig peinlich, das laut auszusprechen. Ich meine, das klingt alles so komisch, falls du verstehst, was ich...«

»Kann ich nachvollziehen«, sagte die Statue verständnisvoll. »Ignoriere Fehler und fahre fort.«

»Danke. Sie lautet etwa folgendermaßen:

Wenn sich die Nachkommen des Schweins mit der
halbgeöffneten Tür verschwören,
Dann werden die Bewohner des Entenfeinds
an ihrem humorlosen Vorhaben verzweifeln,
Während Zippo, von seinen Ketten befreit,
ein Sandwich mit Schinkenspeck verschlingt.

Das ist jedenfalls der Wortlaut«, fügte Ms. Fisichelli verlegen hinzu. »Ehrlich.«

Die Statue piepste dreimal und rülpste. »Berechne«, murmelte sie. »Dateneingabe in Unterverzeichnisse eingetragen. Speicherkreise aktiv. Schreite zur ersten Stufe. Bereit.«

»Du meinst, du verstehst den ganzen Kram?«

»Bestätigung. Vergleichswerte folgen. Bitte warten.« Die Lichter in den Augen der Statue gingen aus und gleich wieder an. »Statt ›halb geöffnete Tür‹ lies: ›Wann ist eine Tür keine Tür, wenn sie ein Krug ist‹, suche, finde ›ersten Witz‹, suche Entsprechungen für lies, Ausgabe Entsprechung ›Gelos Prometheus‹. Statt ›Bewohner des Entenfeinds‹ lies ›schönes Wetter für Enten‹, finde ›Sonne ist der Feind der Enten‹, stimmt überein mit ›Sonnenbewohnern‹, Ausgabe ›Götter‹. Statt ›Zippo‹ lies ›Erzeuger des Feuers‹, finde ›Prometheus‹, stimmt überein. Statt ›Nachkommen des Schweins‹ lies ›Jupiter ist ein Schwein‹, finde Jason Derry, stimmt überein, piep. ›Sandwich mit Schinkenspeck‹ nicht kopierbar, vorgeschlagene Entsprechung ›Prometheus hat Hunger, ißt Sandwich mit Schinkenspeck‹, Suche abgeschlossen, bereit für neue Eingabe.«

»Mann«, staunte Ms. Fisichelli, »bist du vielleicht schlau. Also, der andere lautet:

Vergiß nicht, daß Mutter mit dem Zerschmetterer
der Zentauren am besten umzugehen weiß;
Daß Schwerter nicht schneiden können, was stärker
als in Kakao gehärteter Stahl ist;

So widerstandsfähig die Weißen auch sein mögen, auf die Kochwäsche kann jetzt verzichtet werden.«

Sehr lange Zeit gab die Statue kein wie auch immer geartetes Geräusch von sich. Dann kicherte sie und sagte: »Berechne. Nachkomme einer Hündin. Bereit.«

»Ja, aber ...«

»Vergleichswerte gefunden«, fuhr die Statue fort. »Statt ›Zerschmetterer der Zentauren‹ lies ›Jason Derry‹, als Abschätzung der Schwierigkeit lies: Sturz vom gefällten Baum. Als Einheitsvergleichswert lies: Jason Derry mag ja ein echter Rabauke sein, aber er hat Angst vor seiner Mutter, Programmende, Ausgang.«

Die Lichter in den Augen der Statue erloschen, der Schild hörte auf zu leuchten, die kleinen Metallchips fielen aus den Augenhöhlen und landeten leise klirrend auf dem Boden. Ms. Fisichelli bückte sich und steckte sie wieder in die Streichholzschachtel. Das war's anscheinend für heute abend. Da sie den Wink verstanden hatte, verstaute sie Streichholzschachtel und Handbuch wieder in der Handtasche, machte das Licht aus und schlich sich in die Haupthalle zurück. Dann wühlte sie in der Manteltasche nach ihrem Nachschlüssel, schloß die Kantinentür auf und verließ (endlich) das Gebäude.

Das war endlich mal wieder ein sinnvoll verbrachter Abend, sagte sie sich, *und sobald ich Apollo erwischen kann, sollte ich ihn lieber darüber unterrichten. Nur schade, daß die Statue nicht auch noch die dritte Prophezeiung abgewartet hatte.*

»Du undankbarer Mistkerl!«

»Ich bin kein undankbarer Mistkerl. Was zum Teufel hast du denn jemals groß für mich getan, als daß ich dir dafür dankbar sein müßte, he?«

Sharon stieß einen rüden Laut aus. »Ach, willst du das wirklich wissen? Gut, und wer hat dich denn wohl damals vor den Schlangen in deinem Kinderwagen gewarnt? Wenn ich das nicht ...«

»Niemand hat mich *gewarnt*«, stritt Jason verärgert ab. »Ich wußte einfach ...«

»Schwachsinn!« fiel ihm Sharon ins Wort, die sich nicht besonders damenhaft benahm, nicht mal für einen Adler. »Wenn ich nicht herabgestoßen wäre und dich durch schrille Schreie aufmerksam gemacht hätte, hättest du tief und fest weitergeschlafen. Du hast sogar fast den Schnuller verschluckt, und ich mußte ihn dir mit meiner Klaue aus dem Hals holen. Gebissen hast du mich auch noch.«

»Gut.«

Sharon hob einen Fuß und machte mit ihm eine Art scharrende Bewegung, bevor sie ihn wieder auf den Boden setzte. »Und was ist mit damals, als du drei warst und auf der Suche nach Phönixnestern auf halber Höhe an der großen Tanne hängengeblieben bist ...«

»Ich war nicht hängengeblieben«, unterbrach Jason sie verlegen, »ich hatte mich bloß ausgeruht, das war ... Einen Moment mal«, sagte er, als ihm ein unerfreulicher Gedanke durch den Kopf schoß. »Versuchst du mir damit etwa zu erzählen, du hättest seit meiner frühesten Kindheit irgendwie auf mich aufgepaßt oder so was?«

»Dann schon eher seit vor deiner Geburt. Schon damals bist du ein unglaublicher Frechdachs gewesen.«

»Ich ...«

»So was von einem dreckigen kleinen Biest«, erinnerte sich Sharon. »Wenn du nicht bis zu den Ellbogen in Löwenblut gesteckt hast, warst du von oben bis unten mit weich gewordener Schokolade beschmiert. Immer hast du dich vollgestopft, selbst dann noch.«

»Hör mal ...«

»Wenn ich nur an das Theater zurückdenke, das du jedesmal gemacht hast, wenn du in die Badewanne solltest! In der nächsten Straße konnten wir dich noch hören; als wenn jemand ein Schwein abgestochen hätte.«

Jason runzelte gefährlich die Stirn. »Jetzt hör mal ...«

»Und ich werde nie den Moment vergessen«, fuhr Sharon fort, die entweder vergeßlich oder leichtsinnig war, »als dich deine Mutter im Kinderwagen mit der Einkaufstasche vor der Post stehenließ, und als sie zurückkam ...«

Ein wahrer Held, sagt man, schlägt niemals eine Frau; deshalb war es für Jasons Blutdruck ein Glück, daß Sharon, zumindest bis zu einem gewissen Grad, ein Adler war. Im Zweifelsfall, so glaubte er, könnte er immer noch behaupten, nach den Adlerbestandteilen gezielt zu haben.

»Aua!«

Mit diesen entsetzlich ärgerlichen Schuldgefühlen, die für gewöhnlich kleinen Kindern vorbehalten sind, ließ Jason die Hand sinken. »Das ist deine Schuld«, warf er ihr halb knurrend, halb wimmernd vor. »Du hast damit angefangen.«

»Habe ich nicht«, stritt Sharon schniefend ab.

»Hast du doch.«

»Habe ich nicht.«

»Hast du doch.«

»Habe ich nicht, habe ich nicht, habe ich *nicht*.«

Jason wollte gerade diese Beweisführung widerlegen, als er sich selbst in dem auf Hochglanz polierten Schild erblickte, den er für den Kampf mit der Gorgo benutzt hatte. Was er dort sah, erkannte er sofort als einen Vollidioten.

»Hör mal«, seufzte er in sanftem Ton.

»Habe ich *nicht!*«

»Na schön«, schrie Jason, »du hast, verdammt noch mal, nicht damit angefangen, was es auch war. Hör um Himmels willen nur mit diesem verdammten Gejammer auf und sag mir, was los ist.«

»Das werde ich nicht.«

O Götter, gebt mir Kraft, flehte Jason im stillen, nahm den Wunsch aber sogleich wieder zurück. Schließlich hatten sie das schon längst getan, und wo ihn das hingeführt hatte, sah man ja. »Es tut mir leid«, entschuldigte er sich. »In Ordnung?«

»Du hast mir weh getan«, wimmerte Sharon und rieb sich eifrig das Ohr. Natürlich wäre es wirkungsvoller gewesen, wenn es sich um das richtige Ohr gehandelt hätte; aber für übernatürliche Wesen ist Schmerz eine äußerst flüchtige Erscheinung, und auf manchen Gebieten verfügen sie über ein extrem schlechtes Kurzzeitgedächtnis. Manchmal kann das wirklich lästig sein; zum Beispiel wenn sie sich ein Bein brechen.

»Na, so was«, sagte Jason. »Viel Lärm um Nichts, wie? Also, würdest du mir jetzt bitte sagen …?«

»Na gut«, gab Sharon widerstrebend nach. Und sie sagte es ihm.

Sie erzählte ihm von dem großen Plan, Gelos wiedereinzusetzen und dadurch die Götter für alle Zeiten zu vertreiben, und welch entscheidende Rolle er dabei spiele; wie es derart wichtig sei, daß er sich in die richtige Richtung entwickle, um sein Schicksal zu erfüllen, daß Prometheus damals seinen eigenen Adler geschickt habe, damit dieser als unerwünschtes Mädchen von nebenan geboren wurde, aufwuchs und in der Lage war, ein Auge auf ihn zu haben, ihn heimlich in die richtige Richtung zu schubsen, Winke mit Zaunpfählen über feindliche Schlangen im Kinderwagen zu geben und so weiter, wie …

»Wußte ich's doch!« Jason war jetzt fuchsteufelswild, und zwar mehr, als er seines Wissens je gewesen war. »Ist das nicht wieder mal verdammt typisch? Das heißt, mein ganzes Leben ist das!« Er spielte mit dem Gedanken, das Schwert zu ziehen, damit die Erdkruste zu spalten und so das unterirdische Königreich dem Sonnenlicht auszusetzen, aus purem Zorn. »Ich meine, das ist doch einfach fabelhaft, was? Auf der einen Seite habe ich Mum und Dad, die mich herumschubsen und dazu bringen, ein Held zu sein, Ungeheuer zu töten, goldene Äpfel zu stehlen und diesen ganzen Mist; und nun muß ich feststellen, daß Prometheus und dein verdammter Haufen die ganze Zeit genau das gleiche getan haben, nur anders. Warum könnt ihr Saubande nicht einfach abhauen und mich in Frieden lassen?« Er sprang auf den gorgowiderspiegelnden Schild, den er dabei über jede wirtschaftlich lohnende Reparatur hinaus verbeulte, und schoß ihn mit dem Fuß weg; Sharon kreuzte die Arme und blickte ihn an, was Jason sehr stark an seine Mutter erinnerte.

»Mein ganzes Leben lang hat es nicht anders geheißen, als tu dies, tu das«, fuhr er unbeirrt fort, »und niemanden kümmert es auch nur einen feuchten Kehricht, was ich will oder was ich darüber denke. Nein, damit ist das Maß voll, ich habe genug.« Er blickte sich nach etwas anderem zum Kaputtmachen um und entdeckte schließlich die lebensgroße Marmorstatue eines Klempners, die er enthauptete. »Wenigstens erklärt das, warum Mum versucht, mich dir in die Arme zu treiben, solange ich mich …«

Durch die rote Zorneswolke, die seinen Verstand benebelte, fiel ein hauchdünner Strahl der Verwirrung. Erklärte es das wirklich?

»Erklärt es das wirklich?« fragte Sharon folgerichtig.

»Natürlich erklärt es das.« Oder etwa nicht?

Natürlich erklärt es das …

O nein, nicht du schon wieder …

Aber …

Auf einmal schien Sharon zu zerlaufen. Ihre untersetzte und außergewöhnlich unerotische Figur verschwamm direkt vor Jasons Augen und wurde länger und weniger breit. Und dann war sie plötzlich nicht mehr da, sondern statt dessen stand Mary vor ihm; und man sah, daß Sharon nie wirklich existiert hatte, so wie ein Anzug jegliche echte Bedeutung verliert, sobald der

Mensch, der ihn getragen hat, nicht mehr in ihm steckt.

»So ist's recht«, sagte Mary.

»Sei nicht so verdammt herablassend«, gelang es Jason zu grummeln; aber das kam nicht vom Herzen, da es bereits anderweitig in Beschlag genommen war.

»Entschuldigung«, sagte Mary, »das wollte ich nicht. Hör mal, Sharon ist jetzt verschwunden, und zwar ein für allemal. Sie hat ihren Zweck erfüllt, weißt du? Jetzt bin nur noch ich da.«

›Nur noch ich‹ hörte sich aus ihrem Munde wie ein Widerspruch in sich selbst an. Dennoch glimmte der dünne Strahl der Verwirrung immer noch wie ein ferner, durch dichten Nebel gesehener Leuchtturm in seinen Gedanken.

»Sharons Zweck bestand darin, dich schön wütend zu machen, so wie du es jetzt bist«, erklärte Mary gerade. »Das ist der Beitrag, den du leisten mußtest. Deine Mum hatte nicht die leiseste Ahnung, wer Sharon war; ebensowenig Jupiter. Nein, Sharons ganzer Sinn bestand darin, daß du ihren Anblick, ihre widerliche, winselnde Stimme und ihr ewiges Herumgenörgele derart satt bekommen würdest, um schließlich den Mumm zu haben, dich von der Macht im Himmel und auf der Erde zu befreien, die dich zu beherrschen vermag.«

Jason runzelte die Stirn. »Du meinst Jupiter?«

»Nein.«

»Prometheus? Gelos?«

Mary schüttelte den Kopf. »Nein, deine Mutter.«

Darüber dachte Jason einen Augenblick nach. »Ich verstehe, was du meinst«, entgegnete er. »Komisch, da wäre ich früher nie allein drauf gekommen.«

»So? Und jetzt?« freute sich Mary.

»Ich glaube, immer noch nicht.«

»Genau das ist das Geheimnis«, fuhr Mary fort. »Auf diese Weise kontrolliert Jupiter dich nämlich. Wenn du jemals aus diesem Teufelskreis ausbrechen und dein eigener Herr werden willst, mußt du dich ihr widersetzen, ihr sagen, sie könne sich ihre Kommandos an den Hut stecken; und das einzige, was dich nach unserer Vorstellung dazu bringen konnte, war… na ja, eben diese Sharon. Und es hat doch auch einigermaßen funktioniert, oder? Eigentlich ist es ja in die Hose gegangen«, gab Mary zu, »weil du's herausgekriegt hast, bevor es soweit kommen konnte – vor der endgültigen Kraftprobe, meine ich –, aber der Erfolg ist der gleiche gewesen. Habe ich recht?«

Jason überlegte. »Ja«, antwortete er langsam, »ich glaube, wahrscheinlich hast du recht. Aber« – da war wieder der kleine Lichtfleck; nicht drei Lichtflecken oder -pünktchen, sondern bloß einer – »irgendwas stimmt an der ganzen Geschichte nicht.«

»Ach, wirklich?«

Jason kratzte sich am Kopf. »Ja«, bestätigte er. »Ganz sicher. Ich bin nämlich nicht mein eigener Herr, nicht ein Stück. Ich hatte am Anfang doch recht. Ihr schubst mich genauso herum wie Jupiters Bande. Und außerdem« – Jason stellte sich kerzengerade hin, blickte dem Mädchen seiner Träume in die Augen und entdeckte dort nichts, was ihn interessiert hätte – »habe ich mit der ganzen Sache nichts zu tun. Was soll das Ganze überhaupt?«

»Wie bitte?«

»Ich habe gesagt, was soll das Ganze überhaupt, verdammt noch mal!« wiederholte Jason. »Du bist genausowenig Mary, wie du Sharon warst. Sharon hast du dir ausdrücklich ausgedacht, um mir auf die Nerven zu gehen, und Mary, damit sie mich… damit sie… na ja, egal, was. Wenn man's ganz genau betrachtet, bist du nichts weiter als ein verdammt großer Adler. Und es tut mir furchtbar leid, aber meine Seele verkaufe ich nicht für irgendwas in einem Federkleid mit einer Flügelspannweite von einem Meter achtzig und kleinen, runden, gelben Augen. Meine aufrichtigste Entschuldigung, aber das Geschäft ist geplatzt.«

»Geplatzt?«

»Geplatzt«, bestätigte Jason. »Such dir einen anderen Helden, denn ich setze mich zur Ruhe. Kapiert?«

»Aber Jason...«

»Kommt mir nie wieder mit ›Jason‹!« brüllte der Held. »Von jetzt an sagt mir keiner mehr, was ich zu tun habe. Niemand!«

Unwillkürlich trat er einen Schritt zurück und legte die Hand auf den Schwertgriff. Auf einmal war er sich bewußt, daß er groß, stark und vor allem gemein genug war, um zu tun und zu lassen, was zum Teufel er wollte, und diese Erkenntnis war unglaublich angenehm und befreiend.

Mary lächelte verführerisch. »Siehst du das?«

Jason sackte in sich zusammen wie einer dieser Luftballons, die die Leute auf Partys aufblasen und dann losflitzen lassen. »Du...«

»Du hast völlig recht«, sagte Mary. »Es hat funktioniert. Jetzt hast du dich auch uns widersetzt.«

»Ach, ja?« Mit dem wenigen, was ihm an Geisteskraft verblieben war, setzte sich Jason mit dieser Widersetzungstheorie auseinander. »Tatsächlich?«

»Von hier sah's jedenfalls so aus.«

»Ehrlich?«

»Absolut.« Mary kam auf ihn zu und legte ihm sanft die Hände auf die Schultern. »Wir haben alle gewußt, daß es in dir steckt«, hauchte sie ihm ins Ohr.

»So? Wenn ich wollte, könnte ich euch jetzt alle auffordern, zu verschwinden und mir den Buckel runterzurutschen, stimmt's?«

»Wenn du das so wolltest, ja.«

»Und keiner kann mir sagen, was ich zu tun habe?«

»Das kann keiner«, säuselte Mary sanft, die Lippen ganz nahe an seinem Ohr. »Aber das wird sie nicht davon abhalten, dich darum zu bitten, oder?«

»Nein«, sagte Jason. »Wahrscheinlich nicht.«

Hätte Jason an Professor Haagedorns Kursus über

Vorherbestimmung am Institut für Trendanalyse und Selbstfindung, Wyoming, teilgenommen, hätte er gewußt, daß freier Wille absolut möglich ist, und zwar in derselben Hinsicht wie kostenloses Mittagessen absolut möglich ist. Nur eben nicht sehr wahrscheinlich, das ist alles.

»Und du wirst doch nicht wollen«, hauchte Mary, »daß die Götter das Lachen abschaffen, was?«

»Also, ich ... ehm, nein, wahrscheinlich nicht«, stammelte er.

»Und du denkst doch nicht wirklich, daß man Jupiter und Mars und Minerva und diesem ganzen Haufen erlauben sollte, wieder die Herrschaft über das Universum zu übernehmen, oder?«

»Ich ...«

»Denk bloß daran, was die beim letztenmal mit all dem für einen Mist gebaut haben.«

»Ehm ...«

»Du wirst uns also helfen, oder?« flehte Mary. »Bitte!«

XII

Das sind sechs und zwei, macht acht, mal zwei wegen eines Freiwurfs, plus sechs Strafpunkte von dir, weil du das Angebot ausgeschlagen hast, plus sechs Sonderpunkte für einen Straight-flush, plus fünfzehn für eine unbehinderte Runde um den Merkur, plus drei Bonuspunkte, weil ich dir das Aufschlagspiel abgenommen habe, macht insgesamt ...« Demeter waren die Finger ausgegangen. »Verdammt«, fluchte sie. »Also, das sind sechs plus zwei, macht acht, mal ...«

»Sechsundvierzig«, warf Minerva kühl ein. »Könnten wir jetzt bitte weitermachen?«

»Ach ja«, fügte Demeter hinzu, »und noch zwei, weil ich an Nowgorod heil vorbeigekommen bin. Insgesamt also achtundvierzig.«

Minerva warf ihr einen Blick zu, der Milch selbst in der Sahara frisch gehalten hätte. »Schön, achtundvierzig also, dann ...«

»Außerdem einen weiteren Punkt, weil ich gleich zweimal innerhalb eines Zugs richtig erhöht habe«, fuhr Demeter fort. »Neunundvierzig.«

»Na prima!« entgegnete Minerva. »Also, wenn du dann mit dem Würfeln fertig wärst, könnte ich vielleicht meinen nächsten ...«

Sie machte ihren Wurf, und die Würfel rollten klappernd über den Marmorfußboden der Sonne.

»Oh, so ein Pech aber auch, Mini«, bedauerte Demeter sie. »Das ist dir jetzt schon zum drittenmal passiert.«

»Ja«, zischte Minerva. »Das ist mir nicht entgangen, danke.«

»Ist wohl heute nicht dein Tag, wie?«

»Nein, wirklich nicht.«

»Also dann.« Demeter hob die Würfel auf, blies darüber (*Wo hat sie nur diese furchtbare Angewohnheit her?* fragte sich Minerva) und machte ihren Wurf, nicht ohne im passenden Moment »Ha!« zu rufen. »Oh, sieh mal!« rief sie entzückt. »Schon wieder 'ne Doppelneun. Ich habe heute einen guten Tag, was?«

»Wenn du in dieser Runde noch einmal eine Doppelneun wirfst, gehst du für drei Züge in den Hades«, warnte Minerva sie frostig.

»Na ja«, erwiderte Demeter, »das ist wohl ziemlich unwahrscheinlich, oder?«

»Es war schon ziemlich unwahrscheinlich, als du sie die letzten drei Male geworfen hast.«

»Reiner Zufall«, entgegnete Demeter vergnügt. »Nein, so ein Glück aber auch! Du warst gerade dicht davor, mich anzugreifen, und jetzt kann ich statt dessen dich angreifen. Ganz schönes Pech, Mini.«

Einen Moment lang, der für eine Göttin gerade ausreichte, um bis zehn zu zählen, schloß Minerva die Augen. »Na, macht nichts, ist ja schließlich nur ein Spiel.«

Die bloße Vorstellung, daß Minerva das Ganze nur als Spiel betrachtete, war für Demeter zuviel. Sie kicherte. Dann griff sie an.

»Das ist wirklich nicht dein Tag heute, was? Guck mal, Mini, deinen sämtlichen Truppen ist am anderen Ende der Wüste der Treibstoff ausgegangen. Also, wenn das nicht die allerfurchtbarste ...«

Minerva stand auf. »Es überrascht mich maßlos, wie du einfach dasitzen und deine Zeit mit diesem belanglosen Unsinn vergeuden kannst, während doch viel wichtigere Dinge zu erledigen sind«, schluchzte sie.

Demeter blickte auf. »Nun mach aber mal 'nen Punkt, ja?« protestierte sie.

»Ich finde wirklich, unter diesen Umständen ...«

»Du willst sagen, du verlierst?«

»Ich verliere nicht.«

»Doch, du verlierst«, erwiderte Demeter. »Aber was kümmert dich das, zumal es doch nur ein Spiel ist? Eigentlich hätte ich selbst nichts gegen ein paar Minuten Pause einzuwenden. Tschüs.«

Und schon schlenderte Demeter, nachdem sie sich betont auffällig die Position der Steine auf dem Brett eingeprägt hatte, in Richtung Küche. Während Minerva dasaß und auf ihre im fließendglatten Wüstensand festsitzende Armee starrte, ertappte sie sich – nicht zum erstenmal – bei dem Gedanken, wie schade es sei, daß Demeter mehrere Millionen Jahre vor der Entstehung Australiens ins Leben getreten war. Denn sonst, so glaubte sie, wären die beiden füreinander wie geschaffen gewesen.

Belangloser Unsinn, ermahnte sich Minerva. Sie sollte sich lieber aufmachen und herausfinden, was vor sich ging, und etwas dagegen unternehmen.

Um den Verlauf der Ereignisse besser verfolgen zu können, stieg sie die Wendeltreppe zur Beobachtungskuppel hinauf und setzte sich in den Aussichtsstuhl. Von hier aus konnte man dank einer abnormen Brechung des Lichts durch die Atmosphäre einer äußerst seltsamen Betamax-Welt hindurch die Vorgänge auf der Erdoberfläche in den kleinsten Einzelheiten erkennen. Minerva beugte sich im Stuhl vor und konzentrierte sich auf einen bestimmten Punkt im Kaukasus.

Was sie sah, war ...

Zum erstenmal seit langer Zeit – seit sehr langer Zeit, wirklich sehr langer Zeit – gelangte Mars allmählich zu der Ansicht, daß ihm das Leben eigentlich doch nicht so sehr auf den Geist ging, wie er immer befürchtet hatte.

Zwar hatte er was gegen das Kämpfen, aber er war nun einmal – wie es bei völlig chaotischen Leuten häufig der Fall ist – der geborene Organisator. Um den eigenen unaufgeräumten Schreibtisch und den überquellenden Schrank unter der Treppe scherte er sich nicht im geringsten, ging es aber darum, die Unordnung anderer zu beheben, machte er sich fast ein Vergnügen daraus. Drückte man ihm ein Klemmbrett, einen Karteikasten und siebentausend kleine gelbe Aufkleber in die Hand, war er so glücklich und zufrieden wie ein Lamm im Frühling.

»Also schön!« brüllte er. »Warum dauert das so lange? Ladet die Fuhre aus, und bringt sie runter ins Basislager zwei, und seht euch bloß damit vor. Das sind fünfzehntausend Tonnen Fertigteile einer Balkenbrücke, die wir hier durchzubringen versuchen … Oh, das darf doch wohl nicht wahr sein, nicht so herum, ihr Schwachköpfe! Und wer hat vergessen, die Butangasflaschen mitzubringen?«

Die Ideen, bis auf die Hemdsärmel ausgezogen und trotz der Kälte schwitzend, beachteten ihn gar nicht. Um einen in schweren Ketten liegenden Titanen zu lynchen, hätte ihrer Ansicht nach keine zwingende Notwendigkeit bestanden, einhundertfünfzigtausend Tonnen Salzbrezeln, acht Millionen Feldmützen, siebenundvierzig Millionen Ries weißes A4-Vervielfältigungspapier, fünfundneunzig Kilometer dreiadriges Elektrokabel und siebzigtausend Lötkolben herbeizuschaffen. Irgend jemand, fanden sie, hatte es ein ganz kleines bißchen übertrieben. Und was das Klavier betraf …

Unverstand, der für den heutigen Tag zum Tambourmajor befördert worden war, tippte Mars vorsichtig auf die Schulter.

»Sir«, sagte er. »Entschuldigen Sie, Sir.«

»Ja?«

»Was sollen wir mit dem Klavier machen, Sir?«

Mars blickte ihn finster an. »In das mobile Offizierskasino stellen«, antwortete er. »Was dachten Sie denn?«

»Aber, Sir«, entgegnete die Idee. »Das mobile Offizierskasino haben wir nicht mitgenommen ...«

»Was ist?«

»Es war nicht im Ausrüstungsverzeichnis aufgeführt, Sir«, erwiderte die Idee. »Sehen Sie ...« Er hielt Mars ein Klemmbrett unter die Nase.

Der Witwenmacher seufzte. »Na gut«, grummelte er. »In dem Fall räumen Sie eine der mobilen Feldfußpflegeanlagen aus, stellen ein paar Stühle und Tische hinein, besorgen einige Flaschen und Gläser und ein paar Schnittblumen und schieben das Klavier rein. Wo, zum Kuckuck, ist denn Ihre Eigeninitiative geblieben?«

»Sir!« Unverstand salutierte forsch, wandte sich um und entfernte sich, wobei er betrübt den Kopf schüttelte. Blutige Amateure.

Mars seinerseits setzte sich auf eine halbleere Kiste, die sechsundvierzigtausend Paar dünne Nylonsocken für tropische Temperaturen enthalten hatte, leckte an der Spitze seines Kulis und begann zu schreiben.

Von: Oberbefehlshaber, Kriegsschauplatz im Kaukasus

An: Divisionskommandeure

Betrifft: Zentralisierte Nachschubverteilung

Das Schreiben ging ihm gerade wunderbar von der Hand, als ein Oberst der Geisterkrieger ankam, ihm über die Schulter blickte und dabei einen Schatten aufs Papier warf.

»Alles abmarschbereit, Sir«, meldete der Geisterkrieger.

»Bitte?«

»Sämtliche Einheiten aufmarschiert, Sir«, erklärte der Krieger. »Waffen überprüft, Berichte des Nachrichtendienstes erhalten und ausgewertet, Munition ausgegeben, Sir.«

Mars blickte auf. »Und?«

»Und?« wiederholte der Geisterkrieger verblüfft. »Ziehen wir denn jetzt nicht los, um uns den Mistkerl zu schnappen, Sir?«

Mars überkam ein nervöses Zittern. »Sind Sie sicher, daß alles bereit ist?« erkundigte er sich.

»Völlig sicher, Sir.«

»Halten Sie eine letzte Überprüfung der Ausrüstung und eine allgemeine Bestandsaufnahme bei den einzelnen Brigaden für keine gute Idee?«

»Nein, Sir.«

»Die Versorgungslinien sind alle in Stellung, oder? Sämtliche Pontonbrücken sind gebaut?«

»Jawohl, Sir!«

»Den rosa Fragebogen zur Altersversorgung haben alle wieder abgegeben?«

»Jawohl, Sir.«

Mars mußte schwer schlucken. Jetzt kam der Teil, der ihm überhaupt nicht behagte.

»Damit wollen Sie sagen, daß uns absolut nichts mehr daran hindern kann, unseren Marschbefehl zu erfüllen, richtig?«

»Richtig, Sir.«

»Aha«, entgegnete Mars. »Schön. Gute Arbeit, alle Mann. Dann sollten wir jetzt lieber …«

Genau in diesem Augenblick tauchte am Himmel ein klitzekleiner Punkt auf. Er war so winzig und derart weit entfernt, daß man eigentlich hätte annehmen sollen, er wäre niemandem aufgefallen. Trotzdem wurde er aus irgendeinem Grund von allen bemerkt.

»Warten Sie mal kurz, Oberst«, sagte Mars. »Was halten Sie davon?«

Der Geisterkrieger schirmte sich die Augen mit den Händen ab. »Sieht mir wie ein Adler aus, Sir. Und ein Mann. Und ein Hund, Sir.«

Plötzlich stellte sich bei Mars das äußerst vertraute Gefühl ein, wie damals in der U-Bahn nur noch den Bruchteil eines Zentimeters von dieser stinkenden, klebrigen Masse entfernt zu sein. »Also, stehen Sie hier nicht länger rum!« schnauzte er den Oberst an. »Setzen Sie sich in Bewegung! Schnappen Sie sich diesen kleinen Dreckskerl!«

Der Oberst salutierte und wandte sich dann voller Verwirrung noch einmal um. »Sir, meinen Sie damit den Titanen oder den Adler mit diesen beiden …?«

Aber da war natürlich schon alles zu spät. Der Punkt hatte sich vergrößert. Zudem war er zu drei Punkten geworden. Zu drei Punkten, die durch die Luft pfiffen. Drei Punkte …

»Feuer!« kreischte Mars hysterisch. Nichts geschah.

In der Zwischenzeit war Jason vom Rücken des Adlers gesprungen und stand jetzt, mit dem Schwert fuchtelnd, auf einem Berggipfel. Zu seinen Füßen bellte der dreiköpfige Höllenhund – mit zwei Köpfen; der dritte beschnüffelte irgend etwas auf dem Boden, direkt unter Jasons linkem Fuß –, und oben kreiste drohend der Adler.

»Das ist doch idiotisch!« brüllte Mars seinem gewaltigen Heer zu, das stumm, mit den Füßen scharrend, dastand. »Wir sind zwanzig Millionen, und das sind nur drei! Jetzt zeigt denen mal, was 'ne Harke ist, ihr Bande! Vorwärts!«

In den Reihen der Geister rührte sich nichts. Die Ideen versuchten ausnahmslos, sich in Begriffe zurückzuverwandeln, ohne es jemanden merken zu lassen. Unverstand versteckte sich hinter dem Klavier und fing, ganz gegen seinen Instinkt, zu beten an.

Da trat aus den himmlischen Scharen eine einzelne Gestalt hervor.

»Verdammt und zugenäht!« brüllte der Witwenmacher. »Können wir jetzt bitte anfangen, bevor dieser alte Heini noch an Altersschwäche stirbt?«

Niemand schenkte ihm auch nur die geringste Beachtung. Zwanzig Millionen Augenpaare waren auf die einzelne schwarzgekleidete Gestalt geheftet, die gelassen den Berghang hinauf auf Jason, den Adler und den Hund zuspazierte.

Im Billardzimmer des Vereins und der Gesellschaft für geselliges Beisammensein der Geisterkrieger kann man, falls man über den erforderlichen Grad an masochistischer Veranlagung verfügt, die ekelhaftesten, magenaufwühlendsten Geschichten der Welt hören. Fast zweiundsiebzig Prozent davon drehen sich ständig um dieselbe Hauptfigur.

Da war zum Beispiel die Begebenheit, als Jupiter einen Auftrag bezüglich des Königs von Trasimene vergab, der sich durch das Tragen von zitronengelben Strümpfen und einer lavendelfarbenen Krawatte die unauslöschliche Feindschaft des Himmelsvaters zugezogen hatte. Wegen einer komplizierten Verknüpfung von Orakeln, Schwüren und mit Regenbogen besiegelten Bündnissen war es den Göttern verboten, Gorgias dem Zweiten zu Lebzeiten in irgendeiner Gestalt oder Form Gewalt anzutun. Deshalb ließen sie das einzige Wesen in der gesamten Schöpfung kommen, das dieses Problem lösen konnte; neben den Fluglotsen des Athener Flughafens fraglos das am meisten gefürchtete und gehaßte Wesen im ganzen Universum. Und tatsächlich weilte Gorgias der Zweite keine vierundzwanzig Stunden später nicht mehr unter den Lebenden. Nicht das geringste Überbleibsel wurde jemals von ihm gefunden, nicht einmal ein Hosen- oder ein verkohlter Manschettenknopf. Selbst die zwei Dutzend lavendelfarbenen Seidenkrawatten, die von ihm bei Gieves and Hawkes bestellt worden waren, hatten sich, wie man bei Eingang der Sendung feststellte, in ihre einzelnen Atome aufgelöst und sich ins Packpapier verflüchtigt.

Manche behaupten, das Wesen habe die Angelegenheit durch eine Zeitreise in die Vergangenheit erledigt.

Dort sei es um Gorgias' Mutter kurz vor deren Begegnung mit Gorgias' Vater herumgestrichen und habe den späteren König von Trasimene auf diese Weise daran gehindert, jemals geboren zu werden. Andere wiesen auf das Auftreten einer nicht vorhergesehenen Aufspaltung in der Möglichkeitenstruktur hin, der kurz darauf ein heftiger Ausbruch flüssiger Logik der Stärke 34,76 auf der nach oben hin offenen Dichterskala in Makedonien sowie die Beobachtung eines bislang nicht verzeichneten Himmelskörpers im Sternbild der Verteilerkappe gefolgt sei. Den meisten jedoch schauderte es nur, und sie bemühten sich, die ganze Geschichte lieber zu verdrängen.

Als die schwarze Gestalt auf dem Berggipfel angekommen war, herrschte eine derart zähflüssige Stille, daß man damit ganze Felsspalten hätte zuspachteln können, und Jason hörte kein anderes Geräusch als das Hämmern des eigenen Herzens. Ein besonders angenehmes Gefühl war das nicht, denn er wußte, daß es sich nicht um den gewöhnlichen Herzschlag à la ›Laßt das Blut zirkulieren, Jungs‹ handelte; das hier war ein Herz, das aus der Brust *herausspringen* wollte ...

»Hallo.«

»Ehm«, entgegnete Jason. Das war vielleicht nicht gerade die bissigste Antwort – und wenn sie von Boris Becker nach einem verlorenen Match auf der Pressekonferenz geäußert worden wäre, hätte sie sich der eine oder andere Journalist möglicherweise nicht notiert –, dennoch ist sie es wert, als eine der wenigen Antworten aufgezeichnet zu werden, die die schwarze Gestalt jemals von einem potentiellen Opfer erhalten hatte.

»Schön hier oben, was?«

»Also ...«

»Gute Aussicht.«

»Ich ...«

»Offenbar kann man von hier aus Stawropol sehen«, fuhr die Gestalt fort, wobei sie in die völlig verkehrte

Richtung starrte. »An einem klaren Tag natürlich«, fügte sie hinzu.

»Ehm.«

»In Stawropol bin ich noch nie gewesen«, fuhr sie fort, »aber im Café Jagadai, bei den Eisenbahnbrücken, soll man noch ein originalgetreues Schischkebab bekommen; ich meine, man kann wirklich die kleinen Stücke verbrannte Wolle und das alles herausschmecken. Wer mir das erzählt hat, habe ich allerdings vergessen.«

»Ehm.«

Die Gestalt wandte sich ab, schlenkerte mit den Armen und führte anscheinend tiefe Atemübungen durch. »Herrliche Luft ist hier auch«, sagte sie und hustete. »Irgendwie frisch.«

Jason preßte sich ein wenig von dieser wärmstens empfohlenen Luft an der reichlich großen Blockade vorbei, die sich in der Luftröhre gebildet hatte, in den Brustkasten, aber alles, was er nach der ganzen Anstrengung mit ihr anstellte, war, wiederum »Ehm« zu sagen.

»Wie bitte?«

»Nichts.«

»Tja«, sagte die Gestalt, »ist schön hier, nicht?«

Eine winzige Mitteilung schlängelte sich Jasons Wirbelsäule hinauf und kroch ihm ins Gehirn. *Dieser Bursche hat Angst,* besagte sie und wurde augenblicklich von Millionen nervösen Gehirnzellen zum Schweigen gebracht. Das ist wahrscheinlich der Grund, warum man diesen Bereich zum Zentralnervensystem zählt.

»Ehm«, wiederholte sich Jason.

Die beiden blickten sich an.

Gerade, als Jason spürte, wie ihm allmählich die Darmmuskeln den Dienst versagten – natürlich wüßte er nicht, was Angst ist; offenbar hatte er nur etwas Falsches gegessen –, stieß die Gestalt ein leises Winseln aus, drückte beide Hände auf die Ohren und rannte, so schnell die Beine sie trugen oder vielleicht noch ein bißchen schneller, wieder den Berg hinunter. In Jasons Kopf setzte eine kleine Gehirnzelle ein süffisantes Lächeln auf, sprach: *Habe ich dir ja gleich gesagt,* und fragte sich schließlich, warum es ihr so schwerfiel, Freundschaften zu schließen. Unterdessen stürmte Jason den Berg hinunter der Gestalt hinterher, und als diese über ihre wallende schwarze Kutte stolperte und mit dem Kopf voran der Länge nach hinfiel, befand er sich nicht mehr weit hinter ihr.

»Neiiiiiin!« rief sie und rollte sich wie ein stachelloser Igel zu einer festen zitternden Kugel zusammen.

»Komm da raus, du!« forderte Jason sie in strengem Ton auf. Es ist schon erstaunlich, welche Auswirkungen der Anblick eines sich furchtsam zusammenkauernden Feindes auf den eigenen Wortschatz haben kann; wäre Jason in diesem Moment nach einem Wort mit der Bedeutung ›durch drohende Gefahr oder heraufziehendes Unheil hervorgerufenes quälendes Gefühl‹ gefragt worden, hätte er wahrscheinlich ›Seekrankheit‹ geantwortet.

»Nein.«

»Dann eben nicht«, fauchte Jason. »Ist mir auch recht.«

In Windeseile entrollte sich die Kugel, und Jason erblickte zwei Augen, die ihn von unten aus den Tiefen der leichentuchähnlichen Kapuze heraus anstarrten.

»Erzähl ihn bitte nicht!« flehte die Gestalt.

Jason blinzelte zwar, schaffte es aber, den strengen, unbarmherzigen Gesichtsausdruck beizubehalten und nicht loszukichern. »Mal sehen«, entgegnete er. »Was genau soll ich nicht erzählen?«

»Den Witz«, bettelte die Gestalt. »Egal, was du tust, erzähl ihn bitte nicht. Ich will beileibe nicht behaupten, daß du ihn nicht großartig vortragen könntest, aber …«

Jason erinnerte sich. Natürlich: der Witz; Gelos' Witz, der große Witz, der Witz der Witze. Also das war's, wovor die alle Angst hatten …

»Kommt ein Typ in ...«, fing er schonungslos zu erzählen an, »nein, kommt ein Typ in die Eisenwarenhandlung, klar, und fragt ...«

»Neiiiiiiiiiiiin!«

»Nur keine Panik. Alles in Ordnung«, sagte Jason. »Ich habe nur Spaß gemacht. Aber du richtest deinen Kumpels da unten aus, das nächste Mal ...«

»Ja. Klar.«

»Kapiert?«

Die Gestalt nickte heftig. Hätte sie einen Schwanz gehabt, hätte sie damit gewedelt, und dann wäre es mit Jasons strengem, unbarmherzigem Gesichtsausdruck ein für allemal vorbei gewesen.

»Sehr schön. Und jetzt schieb ab.«

Die Gestalt rappelte sich auf, warf Jason einen Blick zu, aus dem pures Entsetzen sprach, und sprang den Abhang hinunter in die dicht geschlossenen Reihen der Geisterkrieger, die ein Stück zurückwichen. Der Adler, der oben seine Kreise gezogen hatte, stieß herab und stürzte sich auf Jasons Schulter.

»Aua!« fluchte Jason.

Der Adler beachtete ihn nicht und hielt ihm den Schnabel ans Ohr. Flüstern können Adler wegen des Knochenbaus ihrer Schnäbel natürlich nicht.

»Ja«, sagte Jason. »Prima.«

Der Adler breitete die Flügel aus und schwang sich in die Lüfte. Jason seinerseits drückte das Rückgrat durch, schob die Schultern zurück und blickte dem himmlischen Heer ins Angesicht, das sich unter ihm in dem durch Berghänge gebildeten natürlichen Amphitheater aufgestellt hatte. Er holte tief Luft und versuchte sich vorzustellen, er trage einen auffallenden karierten Anzug und eine rote Pappnase.

»Meine Damen und Herren«, rief Jason, »auf dem Weg in den Kaukasus ist mir heute abend etwas Lustiges passiert. Ich ging so vor mich hin und dachte an nichts Böses, als dieser Mann ...«

Er verstummte und blickte nach unten. Sämtliche Geisterkrieger, Ideen und Götter waren verschwunden, hatten sich in Luft aufgelöst. Er war allein. Natürlich bis auf den dreiköpfigen Hund; und den Adler, der über ihm schwebte und zustimmend nickte.

»Es liegt an der Art, wie du ihnen den Witz erzählst«, sagte der Adler.

»Sieh mal!« forderte ihn der Adler auf.

Jason wandte sich um. »Wo?« fragte er.

»Da!« antwortete der Adler. Da Adler gar nicht die Fähigkeit zu sprechen haben, folgt daraus natürlich, daß sie auch keine Stimme besitzen können, in der Scheu und Ehrfurcht mitschwingen. Deshalb mußte sich Jason das Ganze wohl eingebildet haben.

»Ich sehe nichts. Bist du sicher, daß du …«

»Da, du Schwachkopf«, entgegnete der Adler. »Ach, zum Henker mit dir!« Er breitete die Flügel aus und glitt auf einem warmen Luftschwall davon, der nicht die geringste meteorologische Grundlage hatte. Jason starrte zwar angestrengt in die angegebene Richtung, entdeckte aber nichts. Allmählich wurde es kalt und spät, und er konnte sich wirklich nicht vorstellen, daß er hier noch länger gebraucht wurde; obendrein bekam er langsam Hunger. Ihm fiel das Café Baisbekian ein.

Da räusperte sich der Berg hinter ihm.

Der Leser wird gebeten, den folgenden Ausführungen seine ganze Aufmerksamkeit zuzuwenden, da der Autor nicht für jede Verwirrung oder Verunsicherung, die möglicherweise auf schludrigen Lesegewohnheiten beruhen, verantwortlich gemacht werden kann.

»Jason, bist du gerade beschäftigt?« fragte der Berg.

Jason dachte scharf nach. Nein, entschied er, Berge können nicht sprechen, ebensowenig wie Adler, ganz zu schweigen von dreiköpfigen Hunden. In einer Welt wie dieser spricht vieles dafür, lieber im Bett zu bleiben und den Kopf unterm Kissen zu vergraben.

»Hallo?« traute er sich zu fragen.

»Ja, auch dir hallo«, erwiderte der Berg. »Bist du gerade beschäftigt?«

»Hängt ganz davon ab«, antwortete Jason.

»Wovon?«

»Davon, was du vorhast«, entgegnete Jason. »Außerdem, wenn du ein Berg bist, würdest du dann bitte aufhören, mit mir zu sprechen? Ich verfüge nämlich schon normalerweise nur über eine äußerst lose Verbindung zur Realität und möchte...«

»Ich bin kein Berg.«

»Daß du das sagst, ist ja schön und gut«, fuhr Jason fort, »aber wie kann ich mir da sicher sein? In meinen Augen siehst du ziemlich genau wie ein Berg aus.«

»Was du im Moment ansiehst, ist tatsächlich ein Berg«, sagte der Berg. »Zufällig befinde ich mich hinter dem Berg. Erhellt das die Angelegenheit für dich?«

»Nicht ganz«, antwortete Jason. »Wer bist du?«

»Prometheus.«

In Jasons Kopf setzten sich kleine Räder in Bewegung, und das Ergebnis waren drei Orangen und ein Bonusspiel. »Ach ja, richtig! Wo genau bist du denn?«

»Na, wie ich gerade gesagt habe, hinter diesem verdammten Berg.«

»Schön«, entgegnete Jason. »Laß mir...« Er überschlug rasch die Entfernung. »Laß mir 'ne halbe Stunde Zeit, dann bin ich bei dir.«

In Wirklichkeit brauchte er dank einer Abkürzung durch eine enge Schlucht, die ihn beim Durchklettern glücklicherweise nicht ansprach, nur knapp zwanzig Minuten, um in Sichtweite des Titanen zu gelangen.

»Wo bist du denn so lange geblieben?«

»Hör mal.« Jason hatte sich in der Schlucht den Knöchel verstaucht und war nicht gerade in allerbester Stimmung. »Würde es dir etwas ausmachen, mir einfach zu erklären...«

»Die Ketten«, sagte Prometheus.

»Ja, was ist mit denen?«

»Was soll mit denen denn sein?«

»Mit den Ketten.«

Prometheus hob den Kopf, wobei er einen gewaltigen Baum entwurzelte, und blickte entnervt Jason an. »Schneid sie einfach durch, ja?«

In Jasons Hinterkopf – dem einzigen noch funktionsfähigen Teil – trieb die richtige Frage an die Oberfläche und dümpelte unsicher hin und her.

»Warum?« fragte Jason.

»Was meinst du mit ›warum?‹?« wollte Prometheus wissen. »Weil sie mich an der freien Bewegung hindern, darum. Bitte, nun mach schon!«

»Aber ich meine: Warum sollte ich?« fuhr Jason fort. »Ich habe schon einmal versucht, das alles zu verstehen, aber die Dinge sind einfach weitergelaufen, und ich bin nie zu einem zufriedenstellenden Schluß gekommen. Kann mir eigentlich mal jemand sagen, was hier überhaupt gespielt wird? Sonst trete ich nämlich in den Streik.«

Zufällig hatten Helden tatsächlich hin und wieder gestreikt. Der bemerkenswerteste Fall war die Niederlegung der Arbeiten des Herkules gewesen. Diese Streiks hatten jedoch nur selten lange gedauert und nie etwas bewirkt, vielleicht weil jegliches Heldentum an sich überflüssig ist. Als zum Beispiel Herkules nach dem Scheitern der Verhandlungen über die Vergütung von Leistungen außerhalb der normalen Arbeitszeit einmal mit Jupiter aneinandergeraten war, antwortete der Himmelsvater darauf, indem er ganze Trupps von Ideen einberief, die Herkules' Heldentaten in der halben Zeit vollbringen konnten, und zwar ohne die überirdische Tierwelt zu terrorisieren und alle zwanzig Minuten eine Pause zum Kinderzeugen einzulegen. Andererseits sind nach herrschender Meinung vor Tempeln auf- und abmarschierende Helden mit Plakaten ein unschöner Anblick, und die Forderungen des Durchschnittshelden sind grundsätzlich derart bescheiden, daß es geradezu niederträchtig wäre, sie nicht zu erfüllen.*

»Das kannst du nicht«, widersprach Prometheus. »Dazu ist der Zeitplan zu knapp.«

»Welcher Zeitplan?«

»Schneid einfach die Ketten durch«, erwiderte Prometheus. »Na *mach* schon, ja?«

»Oh, das darf doch wohl ...« Jason hob das Schwert von Das-ist-sowieso-ein-blöder-Name-für-ein-Schwert hoch, wirbelte es über dem Kopf herum und durchtrennte die Kette, die ihm am nächsten war. Die Erschütterung des in den Adamant dringenden Metalls jagte ihm einen Schauer über den Rücken und ging durch Mark und Bein. Die Kette fiel auseinander.

»Aua!«

»Und die nächste.«

»In Ordnung. Immer mit der Ruhe. Laß dir deswegen keine grauen Haare wachsen.«

»Um meine Haare mache ich mir keine Sorgen.«

»Sagst du mir, was los ist, wenn ich die nächste Kette durchschneide?«

»Ich sage dir nicht, was los ist, wenn du die nächste Kette nicht durchschneidest.«

»Aua.«

»Damit wären zwei ab, fehlen noch zwei.«

»Hör mal ...«

»Du findest die Antwort dort oben, auf dem Gipfel dieses Berges. Wenn du läufst, brauchst du nicht mal 'ne Viertelstunde.«

»Aber ...«

---

* Es ist kaum bekannt, daß Helden vom Leben im Grunde nichts anderes als Macht, Ruhm, Siege, Wein, Sex, Geld, Respekt, Abenteuer und Schokolade erwarten, wenn auch nicht unbedingt in dieser Reihenfolge. Der berühmte Bellerophon, der das geflügelte Pferd Pegasus zähmte und die mörderische, todbringende Chimäre umbrachte, wollte außerdem noch Marmelade; aber was soll's? Schließlich ist Marmelade billig.

»Ich verstehe«, sagte Jupiter.

Großer Häuptling spricht mit gespaltener Zunge. Zumindest für Mars war es offensichtlich, daß Jupiter nichts verstand, kein bißchen. Ob sich am Ende ein letzter verzweifelter Versuch, ihn aufzuklären, auszahlen würde, konnte Mars (der, anders als Apollo, keine prophetische Gottheit ist) nur vermuten. Das, was er vermutete, war allerdings ziemlich sicher.

»Die ganzen Ideen«, fuhr Jupiter fort, »alle diese Geisterkrieger, die ganzen Überstunden – und du läufst einfach weg, nur weil« – die Augenbrauen des Himmelslicht- und Wettergottes zogen sich bedrohlich zusammen –, »nur weil dir ein Sterblicher angeboten – Entschuldigung, angedroht – hat, einen Witz zu erzählen?«

»Ehm, ja.«

»Einen Witz also.«

»Genau.«

Jupiter strich sich über den Bart, und die dabei erzeugte statische Aufladung hätte den Atomenergiebedarf der Industrieländer für ein Jahrhundert gedeckt. »Findest du nicht, daß du alles in allem eine Spur zu vorsichtig gehandelt hast? Ein bißchen zu sehr auf Nummer Sicher gegangen bist?«

Mars machte den Rücken gerade und schüttelte den Kopf. »Nein, bestimmt nicht.«

Jupiter zog eine Braue hoch. Kein Wesen sagte jemals *bestimmt* zu ihm, solange es nicht vollkommen von etwas überzeugt war oder aber das starke Verlangen verspürte, als Frosch weiterzuleben. »Vielleicht sollten wir eine Vorstandssitzung einberufen«, schlug der Himmelsvater vor.

Mars, der sich wie ein Truthahn am Heiligabend bei der Nachricht fühlte, über Nacht seien alle zum Dschainismus übergetreten, nickte und entfernte sich eiligst aus der Gegenwart des höchsten Wesens.

Im Wintergarten stieß er auf Minerva. Sie hatte sich

die Schuhe ausgezogen, lag ausgestreckt auf dem Sofa und las *Die Harfenistinnen und die Göttin*. Als sie ihn bemerkte, blickte sie ihn über den Brillenrand hinweg an.

»Na, wo brennt's?« fragte sie.

»Vorstandssitzung«, berichtete Mars. »In zehn Minuten im großen Saal.«

»Vorstandssitzung?« Minerva schwang die Beine vom Sofa und schlüpfte in die Pumps. »Was ist denn los, Marsi? Seit elfhundert Jahren hat es keine Vorstandssitzung mehr gegeben. Der ist doch nicht schon wieder auf Privatisierung aus, oder? Ich bin nämlich sämtliche Zahlen durchgegangen und habe ...«

Mars runzelte die Stirn. Daß sich Minerva in einer Zeit wie dieser auf dem Sofa aalte und in Ruhe las, kam ihm sowieso merkwürdig vor. »Es geht natürlich um die aktuelle Lage im Fall Prometheus, was hast du denn gedacht? Hör mal, ich muß mich sputen. Frag also jemand anders, okay?«

»Wie? Es geht um Prometheus? Was ist denn an der aktuellen Lage so wichtig? Ich dachte, du hättest ...«

»Das war 'n Reinfall«, unterbrach Mars sie schnell. »Also, dann ...«

»Du meinst, du hast es vermasselt?«

»Ja.«

»Wie denn?«

»Durch natürliche Begabung«, antwortete Mars. »Entweder man hat sie, oder man hat sie nicht.«

»Stimmt.« Minerva erhob sich energisch und marschierte aus dem Wintergarten hinaus.

Auweia, das wird vielleicht wieder eine Sitzung! seufzte Mars im stillen.

Apollo traf er in der Bibliothek an, Diana in der Turnhalle und Neptun neben dem Swimmingpool. Anschließend rannte er los, um Demeter zu suchen, die sich ausnahmsweise nicht in der Küche befand, wo er statt dessen Pluto begegnete, der sich gerade eine Tasse Tee zubereitete.

»Vorstandssitzung«, informierte ihn Mars.

»Nein, wirklich?« fragte Pluto. »Na so was!« Der Löffel zwischen seinen Fingern wand sich, zischte und glitt schlangenartig hinters Spülbecken.

Wie sich herausstellte, hielt sich Demeter im Gemüsegarten auf und goß gerade die Sonnenblumen. Sie reagierte mit der Frage: »Was ist eine Vorstandssitzung?«, und auf Mars' Erklärung hin erkundigte sie sich, ob solch ein Anlaß ein guter Zeitpunkt sei, um das Problem des Regengelds für Wolkenhirten anzuschneiden. Als Mars losrannte, um den Rest der zur Beschlußfassung erforderlichen Vorstandsmitglieder zusammenzutrommeln, ertappte er sich beim Grübeln über die Frage, warum er sich überhaupt die ganze Mühe machte.

»Allmächtige Götter!« fluchte er vor sich hin.

Peng! Klirr!

»*So!*« sagte Jason. »Erklärst du's mir jetzt?«

Die Erde bebte. Langsam, ganz langsam, furchtbar langsam streckte der Titan Muskeln, die er seit dem Untergang von Atlantis nicht mehr gerührt hatte. Er wackelte mit den Zehen und wirbelte dabei die Bodenkrume zu einer kreisenden Wolke auf.

»Es ist nur so«, fuhr Jason fort, »in letzter Zeit sind so viele ausgesprochen verrückte Dinge geschehen, in die ich alle verwickelt bin, daß ich, wenn mich nicht bald jemand in die ganze Sache einweiht...«

Stellen Sie sich das Geräusch – das letzte, was wir wollen, sind endlose Prozesse zur Durchsetzung der Produkthaftungspflicht, deshalb werden wir immer nur einen Bereich der Sinneswahrnehmung auf einmal strapazieren –, stellen Sie sich also das Geräusch eines Gletschers vor, der sich statt mit dem üblichen einen Kilometer in zweitausendfünfhundert Jahren mit fünfundsechzig Kilometern in der Stunde durch die Landschaft schiebt. So klang es, als sich Prometheus auf den Knien aufrichtete.

Der nächste Sinn, den wir durch schiere Unermeßlichkeit zerrütten werden, ist der Gesichtssinn. Stellen Sie sich einen Berg vor, der sich vor Ihren Augen erhebt, sich streckt, jammert und schließlich aufrecht dasteht. So sah es aus, als Prometheus aufstand.

Stellen Sie sich zum Schluß ein Erdbeben vor, wie es stattfände, wenn irgendeine riesige und übelwollende Gottheit die Erde wie einen gigantischen Pickel zusammendrücken würde und dadurch flüssiges Magma aus allen halberloschenen Vulkanen, Verwerfungen und Spalten spritzen ließe. Solch ein Gefühl hatte man, wenn man im Kaukasus stand, als Prometheus wieder landete, nachdem er einen Satz in die Höhe getan, mit der Faust durch die Luft geschlagen und aus vollem Halse »Juchhe!« geschrien hatte.

»Wenn du dich vielleicht allmählich beruhigen würdest«, nörgelte Jason.

Der Titan warf einen Blick auf den winzigen Punkt zu seinen Füßen und grinste. »Tut mir leid«, entschuldigte er sich. »Ich würde gern ein Weilchen mit dir plaudern, aber ich muß los. Frag den Adler, er … nein, *sie* wird dir alles erklären.«

Daraufhin eilte der Titan mit Riesenschritten davon, die ganze Berge überbrückten. Aus weiter Ferne hörte Jason ein Geräusch, das so klang, als schlüge jemand Großes und Starkes mit der Faust in die Hand und riefe: »Jetzt geht's los!«

»Na denn«, sagte Jason und machte sich an den Abstieg. Er war etwa dreißig Meter weit gekommen, als neben ihm ein Fuß von der Größe des Yorkschen Münsters landete.

»Jason Derry?«

Metaphern sind eine verzwickte Sache: Aus der Haut zu fahren ist eigentlich nicht möglich, aber man kann es zumindest versuchen, und Jason versuchte es.

»Du bist doch Jason Derry, oder?« Die Stimme klang ein wenig gedämpft, aber das lag an der dichten Wolkendecke, die die Worte auf dem Weg zu Jasons Ohren durchdringen mußten. »Ist er weg?«

Jason blickte nach oben und reckte den Hals, bis er das Gefühl hatte, ihn sich auszurenken. Doch schließlich entdeckte er gerade eben, weit oben am Himmel, eine Gürtelschnalle. »Wer denn?« fragte er scheinheilig. Da verzogen sich seine Lippen aus keinem ihm ersichtlichen Grund zu einem Lächeln, und er spürte, wie ihm hustenartig kratzend ein Lachen durch die Lunge kroch. Es war nun nicht mehr nötig, sich zu erkundigen, um wen es sich bei dem riesigen Neuankömmling handelte.

»Prometheus natürlich«, schnaubte Gelos' Stimme. »Ist er inzwischen weggegangen?«

»Ja.«

»In welche Richtung?«

Jason kniff die Augen zusammen. »Ich hätte eigentlich gedacht, daß du ihn von da oben sehen könntest.«

»Na, du weißt doch, wie das ist«, entgegnete die Stimme. »Die Augen sind nun mal nicht mehr das, was sie mal waren. Winzig kleine Einzelheiten kann ich nicht mehr ausmachen. Hör mal, die Zeit drängt ziemlich; uns bleiben nur noch fünf Minuten, bis sich Umlaufbahnen der anderen ...«

Zwar mag Jason im Vergleich zu Gelos klein gewesen sein, aber mittlerweile hatte er die Nase so gestrichen voll, daß die bloße Größe wirklich keine Rolle mehr spielte. »In Ordnung, Freundchen«, sagte er mit grimmiger Miene. »Erzähl mir, was los ist, oder ich ...« Er starrte an der berggleichen Schuhkappe hinauf, die sich hoch über seinen Kopf erhob. »Oder ich unterziehe dich einer Pediküre, die du nie vergessen wirst. Hast du mich verstanden?«

Gelos gluckste. »Erzählen werde ich's dir nicht«, entgegnete er, »aber du kannst mit eigenen Augen zusehen.«

Eine Hand – wir können sie als Hand erkennen, weil

wir weit genug entfernt sind, um alles im richtigen Größenverhältnis zu sehen; für Jason stellte sie lediglich einen riesengroßen rosafarbenen Gegenstand dar – kam herab und schaufelte Jason ganz behutsam mit der offenen Hand auf. »In welche Richtung ist er nun gegangen?« erkundigte sich die Stimme zum wiederholten Male.

Mit gewaltiger Anstrengung zog sich Jason aus einer Schlucht heraus, die in Wirklichkeit Gelos' Lebenslinie war. »Geradeaus«, antwortete er. »Halt auf den hohen Berg da drüben zu.«

Das riesige Ding wankte voran. »Welcher Berg?«

»Der, auf den du gerade getreten bist.«

»Schon gut, ich sehe ihn jetzt selbst. He, Promi! Wart mal!«

In weiter Ferne erkannte Jason den Titanen. Prometheus schien noch größer als zuvor zu sein, aber im Grunde war Jason das auch. Eigentlich war nichts weiter passiert, als daß sein Gehirn das Blickfeld und die interne Wahrnehmung der Proportionen aufeinander abgestimmt hatte, damit er den Größenordnungen, unter denen er jetzt operierte, gewachsen war. Unter normalen Umständen hätte das mehrere Millionen Jahre Evolutionsentwicklung erfordert, deshalb müssen wir wohl annehmen, daß Jason rasch dazulernte. Jedenfalls sah er Prometheus, über sich Gelos und unten – sehr weit unten – die Erde. Der Platz reichte für die beiden Titanen gerade zum Stehen aus, aber schon sehr bald würde das nicht mehr der Fall sein.

»Halt dich fest, Jason Derry.« Es klang, als hätten beide Riesen gleichzeitig gesprochen; aber das war gar nicht so ungewöhnlich, wie es unter normalen Umständen vielleicht gewesen wäre, denn jetzt, da Jason die beiden deutlich sehen konnte, bemerkte er, daß sie fast gleich aussahen. So wie Zwillinge oder Spiegelbilder. Nein, reden wir nicht weiter drum herum: Sie sahen *hundertprozentig* gleich aus.

Und jetzt war nur noch einer von ihnen da.

»Entschuldigung«, sagte Jason.

»Ja?« Das waren zwei Stimmen; doch beide sprachen in vollkommenem Einklang und kamen aus einer Kehle. Die zwei Riesen waren miteinander verschmolzen.

»Ach, nichts«, entgegnete Jason.

»Entschuldige«, sagte(n) der/die Riese(n), »aber wir müssen die Hände frei haben. Wenn du also nichts dagegen hast, dann ...«

Jason spürte, wie er in schwindelerregender Geschwindigkeit durch die Luft sauste; und dann nahm er eine Hand wahr, die ihn in eine – wie er erkennen konnte – Hemdtasche steckte. In die Tasche eines sehr großen Hemds; eines so großen Hemds, daß man mit einem Verkehrsflugzeug durch die Lücken im Baumwollgewebe hätte fliegen können. Zum Glück waren die Baumwollfasern selbst so breit wie eine durchschnittliche Autobahn, so daß keinerlei Gefahr bestand hindurchzufallen; und durchs Gewebe hindurch hatte Jason einen hervorragenden Blick auf das folgende Geschehen.

Weit über seinem Kopf sah er die Sterne; nicht als kleine Lichtpunkte, sondern als gewaltige Feuerbälle aus Gas. Die Planeten des Sonnensystems waren derart riesig, daß er nur die Hand ausstrecken zu müssen glaubte, um sie zu berühren. Hauptsächlich aber fielen ihm die anderen Erden auf.

Uns sind sie als Betamax-Welten bekannt, nicht aber Jason. Er hielt sie für nichts weiter als identische – ziemlich identische – Kopien dessen, was er, wie er sich erinnerte, auf Globen gesehen hatte. Einer dieser Planeten schwebte – einen Mond hinter sich herziehend – wie eine kugelrunde Dame mit einem kugelrunden Hund an der Leine durchs Himmelsgewölbe herab. Der/die Riese(n) streckte(n) eine Hand aus, hielt(en) den Planeten an, schloss(en) die Finger um ihn und rief(en): »Haben wir dich erwischt!«

»Entschuldigung?«

»Ja?«

»Was machst du da?«

Der/die Riese(n) lächelte(n). »Die Welt retten«, erklärte(n) er/sie.

»Aha«, sagte Jason. »Gut.«

»Natürlich nicht diese«, fuhr(en) der/die Riese(n) fort, »sondern die andere.«

»Prima.«

»Diese hier ist nämlich keinen Pfifferling wert«, sagte(n) der/die Riese(n), wobei er/sie die Betamax-Welt in die Luft warf(en) und wieder auffing(en).

»Tatsächlich?«

»Hier«, forderte(n) ihn der/die Riese(n) auf, »sieh selbst.«

»Nein, laß mal«, wehrte Jason ab. »Wenn du das sagst, genügt mir das völlig.«

Der/die Riese(n) lachte(n). »Du wolltest doch die ganze Zeit wissen, was los ist. Jetzt kannst du die Vorgänge mit eigenen Augen verfolgen. Hier, fang!« Und der/die Riese(n) warf(en) Jason den Planeten zu.

Der ihn zu seiner eigenen grenzenlosen Überraschung auffing.

Dem Glauben unserer Vorfahren zufolge stellt Delphi den absoluten Mittelpunkt der Welt dar; oder, wie es die alten Griechen so urig ausdrückten, den Nabel der Erde. An einem heißen Tag in der Hochsaison wäre jedoch ›Kaff‹ die treffendere Bezeichnung.

Betty-Lou Fisichelli schleppte sich aus ihrem Büro über die Straße vom Museum zum Tempelbezirk hinauf, um die Mitteilungen des Tages an der üblichen Stelle zu deponieren. Nicht, daß es sich um irgend etwas Besonderes gehandelt hätte: Botschaften wie *Ist jetzt der geeignete Zeitpunkt, Kapital in fernöstlichen Investmentgesellschaften anzulegen*? und *Herzlichen Glückwunsch*! *Sie sind als Schlußrundenteilnehmer unserer Preis-*

ziehung ausgewählt worden schienen ihr nicht gerade mit geheimnisvollen Bedeutungen überfrachtet zu sein und konnten wahrscheinlich warten. Trotzdem ist es nicht die Aufgabe einer guten Pythia, solche Dinge zu bewerten; sie leitet nur weiter.

Als sie schließlich im Schatzhaus der Athener ankam, fand sie es bis auf sechsundvierzig französische Touristen, einen dreiköpfigen Hund und einen Adler wie ausgestorben vor. Merkwürdigerweise schienen die Touristen weder Hund noch Adler zu sehen, aber von dem, was Touristen entging, überraschte Ms. Fisichelli nichts mehr. Verwundert war sie nur darüber, daß überhaupt der Adler da war.

»Du da!« rief sie.

Der Adler senkte den Kopf und blickte mit einer schwachen, aber abwehrenden Geste auf seine Krallen.

»Woher nimmst du die Frechheit, hier mit deinem Schnabel aufzukreuzen?« fuhr Ms. Fisichelli fort. »So, wie du mich behandelt ...« Sie brach mitten im Satz ab, denn der Hund blickte sie mürrisch an.

Im Grunde lag nichts Menschliches im Blick des Hundes; es handelte sich schlicht und ergreifend um den Blick eines Hundes. Aber Ms. Fisichelli machte die Gegenwart von Hunden normalerweise schon nervös, und ein Hundeblick in dreifacher Ausfertigung verursachte bei ihr nicht eben positive Schwingungen.

»Na schön.« Sie riß sich zusammen. »Also, falls du irgendwas zu sagen hast, wäre ich dir dankbar, wenn du damit rausrücken würdest. Ich habe meine Zeit nicht ...«

Der Adler deutete mit dem Kopf auf die Touristen, die Ms. Fisichelli anstarrten. Sie fühlten sich anscheinend unbehaglich, und keiner von ihnen hatte die Priesterin darum gebeten, sie neben einem Haufen aus herabgefallenem Mauerwerk zu fotografieren; das kommt in Delphi einer Ächtung gleich. Ms. Fisichelli seufzte und ging den Weg auf den Hügel voran.

Auf dem Hügel von Delphi befindet sich eine große römische Rennbahn, die geschmackvoll mit Büschen verziert ist. Dort ließ sich Ms. Fisichelli schwer auf einen Stein sinken (hatten wir erwähnt, daß der Hügel steil ist?) und fragte: »Also, was ist?«

Der Adler blickte den Hund an, der mit dem Schwanz wedelte, als wolle er andeuten, er sei keiner Sprache mächtig, und alles sei sowieso nicht seine Idee gewesen. Was mit den wenigen Zentimetern eines fellbewachsenen beweglichen Fortsatzes mitgeteilt werden kann, ist schon erstaunlich.

»Hallo, Betty-Lou«, sagte der Adler.

»Mary«, erwiderte Ms. Fisichelli mit betont kühler Freundlichkeit. »Wie ist es dir denn so ergangen?«

»Ach, eigentlich ganz gut«, antwortete sie. »Hör mal, ich glaube, ich schulde dir eine Erklärung.«

»Das glaube ich auch.«

»Also«, fuhr Mary fort, wobei sie die Krallen verlagerte, mit denen sie sich an den Felsen klammerte, und zuckte zusammen. »Sag mal, wäre es für dich einfacher, wenn ich für eine Weile menschliche Gestalt annähme?«

»Das liegt voll und ganz bei dir«, antwortete Ms. Fisichelli. »Es liegt mir fern, dir Vorschriften …«

»Danke«, fiel ihr Mary ins Wort, warf die Federn ab und zog ein blaßblaues Strandkleid mit kleinen rosaroten Blumen an. »Meine Krallen haben mich fast umgebracht«, erklärte sie.

»Also dann«, sagte Ms. Fisichelli. »Du wolltest gerade etwas sagen.«

»Ja«, bestätigte Mary. »Also, wahrscheinlich hast du schon vermutet oder gehört, daß ich Prometheus' Adler bin. Du weißt schon, der, der den Auftrag erhalten hatte, dem armen Kerl als Teil seiner Strafe jeden Morgen und Abend die Leber rauszuhacken …«

»Ich habe Studienabschlüsse an sechs Universitäten gemacht«, unterbrach Ms. Fisichelli sie. »In den Grundlagen der Mythologie kenne ich mich durchaus aus, danke.«

»Entschuldigung.« Mary unterdrückte den Trieb, in die Luft zu springen, die Flügel auszubreiten und zu schreien; statt dessen pickte sie verlegen am Daumennagel. »Na ja, Promi und ich ... Wenn man jemanden so lange kennt, muß man ihn mit der Zeit einfach irgendwie verstehen, und außerdem war es falsch, was ihm die Götter angetan haben. Er hat nur den Sterblichen zu helfen versucht, und diese Mistpickel haben ihn einfach außer Gefecht gesetzt. Die Götter mögen uns nicht, Betty-Lou, die ...«

»Meinst du mit ›uns‹ Menschen oder Adler?« wollte Ms. Fisichelli wissen.

»Beides«, antwortete Mary. »Die Götter mögen nur sich selbst. Du kennst doch den ersten Witz, oder? Und du weißt auch, daß sie die Komik abschaffen und die Weltherrschaft wieder übernehmen wollen, nicht?« Ms. Fisichelli nickte. »Und findest du demnach nicht, daß sie von jemandem aufgehalten werden müssen? Kannst du dir nur mal einen Augenblick lang vorstellen, wie das wäre, Betty-Lou? Eine Welt ohne Lachen? Das würden wir nicht überleben.«

Als sie das sagte, wurde Mary klar, daß Ms. Fisichelli es fertiggebracht hatte, über fünfunddreißig Jahre in dieser kalten, harten Welt zu überleben, ohne viel mit Humor zu tun gehabt zu haben; wahrscheinlich machte sie einen Bogen darum, und wenn das nicht möglich war, ging sie sozusagen darüber hinweg. Aber das, glaubte Mary, bewies nur die Richtigkeit ihrer Behauptung.

»Na ja«, fuhr sie fort, »jedenfalls würden *wir* das nicht überleben. Darum hat mich Promi gefragt, ob ich ihm helfen könne, und ich habe ja gesagt. Und so bin ich zu einer Art Gehilfin von ihm geworden und habe für ihn die ganze Kleinarbeit erledigt. Das hat Spaß gemacht, und ich habe es gern getan. Erst einmal hat er mir gezeigt, wie ich mich wieder in einen Menschen verwandeln kann beziehungsweise in verschiedene Menschen. Das ist toll, auch wenn mir einige der Gestalten gehörig auf den Geist gehen, aber egal. Ich muß schließlich nicht mit mir leben.«

Ms. Fisichelli beeindruckte das nicht. »Und weiter?« fragte sie.

»Und dann haben wir diesen Helden aufgestöbert, einen leiblichen Sohn von Jupiter, einen, der tatsächlich die Stirn besaß, sich den Göttern zu widersetzen, im richtigen Augenblick die Ketten durchzutrennen und ... Entschuldige, kannst du mir bitte mal die genaue Uhrzeit sagen?«

Ms. Fisichelli hielt Mary das Zifferblatt ihrer Armbanduhr hin.

»Das ist gut«, freute sich Mary, »denn jetzt wird Promi jeden Augenblick freigelassen, und der wird dieser Schluß-mit-dem-Lachen-Kampagne ein für allemal ein Ende bereiten. Und wenn das erst einmal passiert ist, Betty-Lou, dann gibt es richtigen Ärger.«

»Das befürchte ich auch«, merkte die Pythia loyal an.

»Für die Götter, meine ich.« Mary zuckte die Achseln. »Ich persönlich verstehe nicht, worum sich Promi Sorgen macht«, fuhr sie fort. »Wenn du mich fragst, müssen die sich auf was gefaßt machen. Aber er sagt, nein, das seien nun mal Götter, und solange die sich nicht zu sehr einmischen, brauche man sie einfach. Wen, hat er gesagt, könne man denn ohne Götter für alles verantwortlich machen? Er will sie beschützen.«

»Beschützen?« staunte Betty-Lou. »Wovor?«

»Hauptsächlich vor ihnen selbst«, antwortete Mary. »Genau in diesem Moment halten sie nämlich eine Vorstandssitzung ab. Hast du auch nur die leiseste Ahnung, was das bedeutet?«

Betty-Lou schüttelte den Kopf.

»Stell dir das Ende der Welt und zusätzliches Geplänkel um Kleinigkeiten vor, dann hast du einen ungefähren Begriff davon«, erklärte Mary. »Wenn die erst mal herausgefunden haben, was passiert ist, wird Jupiter stinksauer sein und das mit Blitzen ausdrücken wollen. So was kann man in der heutigen Zeit nicht mehr machen; man schleudert überall Blitze hin und setzt damit sämtliche nuklearen Frühwarnsysteme in Gang, die die Supermächte angeblich gar nicht mehr besitzen, und als nächstes ist einem klar, daß es ›Lebe wohl, Erde‹ heißt. Die Götter werden so damit beschäftigt sein, sich zu streiten und sich gegenseitig zu beschuldigen, Teile aus der Sonntagszeitung herausgeschnitten und die Zahnpastatube wieder nicht zugedreht zu haben, daß sie die Vorgänge gar nicht mehr bemerken und aufhalten können. Und wenn die Erde aufhört zu existieren, dann sterben auch die Götter. Das hier ist die Welt, an die sie gebunden sind. Vergeht sie, dann vergehen auch die Götter. Nicht wir«, fügte Mary hinzu, »sondern sie. Wenn sich der ganze Staub gelegt hat, sind sie es, die nicht mehr da sind. Uns hingegen wird nicht das geringste fehlen.«

»Wieso?«

»Realitätsaufspaltung«, antwortete Mary.

Ms. Fisichelli runzelte die Stirn; einen Moment lang hatte sie gedacht, Mary hätte ›Realitätsaufspaltung‹ gesagt. »Wie bitte?«

»Laut Artikel sieben der Allgemeinen Charta der Möglichkeiten können die Götter die Erde – die Original-Erde – nicht zerstören«, erklärte Mary, »außer zur vorgegebenen Zeit und in den ordnungsgemäßen Bahnen. Ach, dazu müssen zig Formulare ausgefüllt werden und solche Sachen. Öffentliche Anfragen. Bekanntmachungen sind an Rathäusern auszuhängen. Ich will damit sagen, die Götter können die Erde nicht einfach so zerstören. Aus diesem Grund wird eine Alternativwelt entstehen, auf der es ihnen *tatsächlich* gelingen wird, sich selbst zu zerstören – und den Planeten natürlich auch; ganz schön kurzlebige Welt, wie? –, und dann wird es einfach passieren. Nur sind sie dann nicht mehr hier. Dafür wird schon die Polizei zur Aufrechterhaltung der Möglichkeiten sorgen. Total fiese Typen sind das, das kann ich dir sagen. Wenn du den Tod für 'ne harte Sache hältst, dann mußt du erst mal abwarten, bis du Sergeant Kawalski kennengelernt hast.«

Betty-Lou sackte wie ein Osterei aus Schokolade auf einem Heizkörper zusammen. »Das kann doch nicht dein Ernst sein«, protestierte sie. »Das sind Götter, Mary; niemand kann die Götter herumkommandieren.«

»Darauf würde ich lieber nicht wetten«, entgegnete Mary. »Denk dran, was mit Wotan passiert ist.«

Ms. Fisichelli verstummte und nagte an der Lippe, da Mary unzweifelhaft recht hatte. Eins der ersten Dinge, in denen Studenten der Astrotheologie unterrichtet werden, ist die Geschichte, wie Wotan, oberster Gott des inzwischen nicht mehr existierenden nordischen Pantheons, kurz nachdem er seinen verstorbenen Sohn ohne gültiges Wiederbelebungszertifikat an einem Sonntag in einem Wohngebiet ins Leben zurückgerufen und damit gegen die Möglichkeitenverordnungen verstoßen hatte, von drei namenlosen großen Männern in einem blau-weißen Streitwagen entführt wurde. Seinen abgetrennten Kopf fand man später vor dem Palast von Offa, dem König der Angelsachsen (der kurz darauf die Überzeugungen seiner Vorväter aufgab, den christlichen Glauben annahm und nach Salt Lake City pilgerte); der Rumpf hingegen wurde nie entdeckt. Die Entführer identifizierte man später als Beamte der Polizei zur Aufrechterhaltung der Möglichkeiten. Obwohl nie jemand imstande war, zufriedenstellend nachzuweisen, was damals tatsächlich mit Wotan geschehen ist, glaubt man heute, daß ihm die Männer ein Angebot gemacht haben, das er nicht ablehnen konnte.

Darüber dachte Ms. Fisichelli nach, und sie bekam eine Gänsehaut, bis sie sich wie ein Streuselkuchen vorkam. »Aber Wotan war bestimmt kein richtiger Gott«, sagte sie schließlich. »Und überhaupt ...«

Sie verstummte; irgendwie war es ihr gelungen, keine ›Überhaupts‹ mehr parat zu haben.

»Die Sache ist ernst«, fuhr Mary fort. »Das glaubt Promi jedenfalls.«

Ms. Fisichelli runzelte die Stirn. »Aber was soll ich dagegen tun können?«

»Ganz einfach«, antwortete Mary. »Du brauchst nur Apollo herunterzulocken, bevor er die Gelegenheit hat, zur Vorstandssitzung zu gehen.«

»Apollo?« Ms. Fisichellis Brauen schossen in die Höhe wie die Aktienkurse im letzten April. »Wieso gerade den?«

Mary grinste. »Das wirst du schon sehen. Glaubst du, du kannst dich mit ihm in Verbindung setzen? Schnell, meine ich? Ohne diesen ganzen Hokuspokus?«

Ms. Fisichelli schüttelte den Kopf. »Nein«, entgegnete sie. »Du weißt genausogut wie ich, wie wir vorgehen müssen, um ihn herbeizurufen. Wenn du recht hast, bleibt uns einfach nicht genug Zeit, um ...«

Mary blickte ihr argwöhnisch in die Augen.

»Also schön«, gab Ms. Fisichelli nach. »Es gibt eine Möglichkeit. Aber dafür liegt mir zuviel an meinem Job ...«

Mary sah ihr abermals in die Augen, um ihrer Aussage mehr Nachdruck zu verleihen. »Betty-Lou, was, glaubst du eigentlich, ist dein Job denn wohl noch wert, wenn es Apollo nicht mehr gibt?«

»Also ...«

»Betty-Lou.«

Die Pythia zögerte nur noch einen Augenblick; dann zuckte sie mit den Schultern. »Verdammt! Ich nehme an, man kann nur einmal in einen Rüsselkäfer verwandelt werden. Also gut, du hast gewonnen.«

Während die Pythia einen Schritt zur Seite tat und

sich geistig auf das nun folgende vorbereitete, lächelte Mary.

Es gibt viele verschiedene Arten, Götter herbeizurufen. Man kann Ziegen opfern, Weihrauch verbrennen, Mantras rezitieren oder sich jeder x-beliebigen Kombination aus diesen drei Möglichkeiten bedienen. Darüber hinaus stehen komplizierte Beschwörungsrituale zur Verfügung, von denen uns schon einige begegnet sind; man kann Botschaften auf den Architraven von Tempeln hinterlassen oder dafür das Standbild benutzen. Im großen und ganzen haben die Götter eigentlich gegen keine der drei Herbeirufungsarten etwas einzuwenden, da diese nicht verbindlich sind und sich die Götter sozusagen der göttlichen Variante des Den-Hörer-einfach-auf-der-Gabel-liegen-Lassens bedienen können. Wendet man jedoch die einzige Methode an, der sie unabhängig vom momentanen Aufenthaltsort und der eventuellen derzeitigen Beschäftigung Folge leisten müssen, dann erhält man garantiert einen Gott – und zwar höchstwahrscheinlich einen in Unterhose und Socken, der sich nicht mehr das Gebiß einsetzen konnte und der mit an Sicherheit grenzender Wahrscheinlichkeit sehr verärgert ist. Schließlich geht einem allmächtigen Wesen nichts so sehr gegen den Strich, wie sich von jemand anderem bevormunden zu lassen.

Was man tun muß, ist folgendes: Man steckt zwei Finger in den Mund und pfeift.

Vor allem aufgrund des durch die Einführung der neuen Technologie hervorgerufenen quantitativ gewaltigen Anstiegs der philosophischen Produktivität bedurften viele der grundlegenden Maximen, aus denen das Weltbild des modernen Astrophilosophen besteht, der Verbesserung und Ausweitung. So wurde beispielsweise an der Universität von Princeton Descartes' unsterblicher Schluß *cogito ergo sum* durch eine von den Professoren Montjuic und Lauterbrunnen geleitete

Gruppe von Jungforschern einem Zerstörbarkeitsversuch unterzogen und lautet jetzt in der verbesserten Fassung, die in der *Shorter Harvard Orthodoxy* zu finden ist:

a) Ich denke, also bin ich; oder
b) Vielleicht habe ich gedacht, also bin ich gewesen; aber
c) Heutzutage überlasse ich solche Dinge lieber meiner Frau.

Entwicklungen wie diese haben wiederum zu einem wachsenden Geschäftssinn bei Akademikern beigetragen, die an theologischen Themen arbeiten, und viele von ihnen halten sich mittlerweile auf geistliche Fragen spezialisierte Anwälte, Buchhalter und natürlich Agenten. Das führende Unternehmen geistlicher Vertreter ist selbstverständlich Alfred Furbank mit Sitz in New York und London, dessen Mitarbeiter Mr. Kortright (neben vielen anderen) auch Betty-Lou Fisichelli vertritt. Begreiflicherweise ist Mr. Kortright ein sehr beschäftigter Mann, und als er mitten auf dem Flug zur jährlichen theologischen Handelsmesse in Frankfurt gleichzeitig zwei Anrufe von Klienten erhielt, wünschte er, er wäre in der Lage gewesen, einen Assistenten zu finden, dem er die Fälle hätte übertragen können. Die für die Arbeit als erfolgreicher geistlicher Agent erforderlichen Fähigkeiten sind jedoch dünn gesät.

»Wer ist dran?« erkundigte er sich nochmals.

»Die Pythia von Delphi auf rot«, antwortete die Vermittlung in New York, »Aleister Crowley auf blau. Letzterer ruft von einem Münzfernsprecher aus an. Die beiden warten.«

Kortright ergriff ein leichter Schauder. Gegen sein besseres Urteilsvermögen hatte das New Yorker Büro kürzlich eins dieser Geräte installiert, das Anrufer beim Warten mit Musik berieselte, und ein Trottel von einem geschäftsführenden Gesellschafter hatte ausgerechnet das *Dies irae* ausgewählt, weil es nach seinem Dafürhalten am besten geeignet sei. Etwas, um den Leuten Gottesfurcht beizubringen, hatte er gesagt.

Kortright drückte auf den Knopf. »In Ordnung«, teilte er New York mit, »geben Sie mir die Fisichelli, und richten Sie Aleister aus: ›Nein, nicht bevor ich das Geld bekomme‹, und dann bitte keine weiteren Anrufe bis zur Landung mehr. Sollte sich sonst noch irgend jemand melden, der vor Ungeduld brennt, sagen sie ihm, er möge sich an die Feuerwehr wenden.«

Knack.

»Hallo, Betty-Lou, was macht die Weissagerei?«

»Mister Kortright?«

»Am Apparat.«

»Mister Kortright, könnten Sie mir bitte Zugang zu allen größeren Sendenetzen verschaffen? Ich muß der Welt etwas sehr Wichtiges mitteilen. Von Apollo.«

Ich hatte geglaubt, es könnte nicht mehr schlimmer kommen, dachte Kortright, *aber ich habe mich geirrt.* »Betty-Lou«, entgegnete er, »wir alle haben der Welt etwas sehr Wichtiges mitzuteilen. Manche von uns tun das, indem sie den Präsidenten erschießen, andere nehmen Überdosen ein, wieder andere mischen sich per Telefon in Fernsehsendungen ein. Jedenfalls sind Sendezeiten immer hart umkämpft.«

»Aber es ist *wichtig*«, beteuerte Betty-Lou. »Es handelt sich um eine echte Botschaft der Götter. Oder zumindest von einem von ihnen«, erinnerte sie sich. »Durch diese deutliche Meinungsäußerung bringt er sich selbst in Gefahr; Sie haben ja keine Ahnung, wie viele Schwierigkeiten er am Hals hat, wenn Jupiter das herausfindet. Wir können doch wenigstens dafür sorgen, daß die Menschen ihn hören.«

»Sind Sie sich da sicher, Betty-Lou?« fragte Kortright. »Ich meine, für mich klingt das nach einer sehr schlechten Idee, jedenfalls von seinem Standpunkt aus betrachtet. Und von Ihrem auch«, fügte er hinzu. »Wissen Sie, es gibt da so etwas wie Glaubwürdigkeit, und ich habe sehr hart daran gearbeitet, die Ihre zu festigen. Ein kleiner Ausrutscher nur – zum Beispiel nur mal eine Teilnahme an der *Johnny Carson Show* und die Äußerung, Sie hätten Stimmen gehört –, und Sie werden der Ansicht sein, Johanna von Orléans habe es noch leicht dagegen gehabt. Es wären nicht nur die Engländer, die Sie bei lebendigem Leibe rösten würden, sondern auch die *Newsweek* und …«

»Mister Kortright«, schnitt ihm Betty-Lou mit fester Stimme das Wort ab, »Sie werden für mich eine weltweit ausgestrahlte Sendung anberaumen. Falls nicht …«

»Ja?« hakte Kortright ungeduldig nach. »Los! Nur weiter so, machen Sie mir das Leben schwer.«

»Also, ich tue das sehr ungern, aber Sie müssen verstehen …«

»Was?«

»Wenn Sie einmal aus dem Fenster schauen wollen, Mister Kortright.«

Kortright warf einen flüchtigen Blick aus dem Fenster. In der Luft direkt über dem Flügel des Learjets sah er einen Gegenstand, der eine auffallende Ähnlichkeit mit einem ältlichen Wagen aufwies, vor den mittels einer komplizierten Anordnung von Getriebeteilen und Antriebsketten vier geflügelte Pferde gespannt waren. Im Fahrersitz saß eine Gestalt, die Mr. Kortright instinktiv als einen äußerst aufgebrachten Sonnengott erkannte, der mit einem Bogen aus flammendem Gold nach ihm zielte.

»Mister Kortright?«

»Am Apparat.«

»Was, glauben Sie, können Sie für mich tun?«

Mr. Kortright blickte auf die Uhr. »Lassen Sie mir fünfzehn Minuten Zeit, okay?« bat er. »Wir können das über eine der großen Nachrichtenagenturen verbreiten.

Die schicken dann jemanden rüber, der das eigentliche Interview durchführt. Ach, und noch was, Betty-Lou ...«

»Ja, Mister Kortright?«

»Könnten Sie wohl Ihren Freund mit dem Bogen bitten, ein kleines Stück zurückzusetzen? Eins seiner Pferde versucht nämlich, den Flügel des Jets zu fressen, und wenn ich abstürze, wird es überhaupt kein Interview geben. Haben Sie mich verstanden?«

»Ich werde sehen, was sich machen läßt, Mister Kortright.«

Kortright drückte auf den Knopf, lehnte sich im Sitz zurück, schrie einmal kurz auf und riß sich dann wieder zusammen. Wenn man so weit war, mit eigenen Augen Gott zu sehen, war es an der Zeit, sich mehr auf die verwaltungstechnische Seite der Geschäfts hinzuorientieren.

Er rief das Londoner Büro an.

»Geben Sie mir Danny Bennett«, bat er.

XIII

Jason blickte sich um.

Hoch über sich konnte er gerade noch vier gewaltige rosafarbene Stangen ausmachen, die den Himmel an die Erde zu klammern schienen. Der Kaukasus war verschwunden, und er selbst stand offenbar in den Straßen einer Stadt, allerdings keiner Stadt, die er kannte. Es fiel dichter Schnee, doch aus irgendeinem Grund legte er sich nicht auf Jason; genauer gesagt, brachte es jede einzelne Schneeflocke irgendwie fertig, ihm in letzter Minute auszuweichen und woanders zu landen. Wo immer dieser Ort auch sein mochte, Jason hatte das seltsame Gefühl, sich in Wirklichkeit nicht dort, sondern ganz woanders zu befinden.

»Wo bin ich?« fragte er.

»Weißt du«, sagte eine Stimme neben ihm, »ich habe nie damit gerechnet, jemanden das tatsächlich fragen zu hören. Das tun doch nur diese Figuren in den Büchern ...«

»Mag sein«, entgegnete Jason, »aber wo, um Himmels willen, befinde ich mich eigentlich? Und solche literarischen Spitzfindigkeiten verschieben wir auf später. Und wer bist du?«

»Prometheus«, } antwortete die Stimme (oder die
»Gelos«, } Stimmen), wobei sie die Namen gleichzeitig aussprach,

»und du bist auf der Welt, die du in der Hand hältst. Das ist zwar, wie mir/uns klar ist, kaum ein origineller

Einfall, aber was soll's? Du bist selbst schuld, weil du unbedingt wissen wolltest, was hier gespielt wird.«

»Aha«, erwiderte Jason. »Dann weiß ich jetzt also Bescheid, was hier gespielt wird, wie? Vielen herzlichen Dank auch.«

»Jason«, sagte(n) die Stimme(n), »der Planet, auf dem du stehst, ist eine Welt, die wirklich existiert. Seine technische Bezeichnung lautet Betamax-Welt 87659807, und in materieller Hinsicht ist er größtenteils genau wie deine Welt. Er ist deine Welt; oder könnte es zumindest sein. Deine Welt könnte mit diesem Planeten verschmolzen werden, und niemand würde es merken. Zwar gibt es einige Unterschiede, wie du bald herausfinden wirst, aber an die würde sich nach der vollständigen Verschmelzung niemand mehr erinnern. Es wäre, als ob schon immer alles so gewesen sei, und jeder, dessen Erinnerung davon abweichen würde, käme an einen stillen und friedlichen Ort mit hohen Mauern, bis er sich wieder erholt hätte. Nun wollen die Götter deine Welt mit dieser verschmolzen haben und bemühen sich schon seit sehr langer Zeit, die Verschmelzung herbeizuführen. Mir/uns wäre es lieb, wenn du dir diese Welt ansehen und mich/uns wissen ließest, was du von ihr hältst.«

Jason zuckte die Achseln. Das war, fand er, wie diese Angebote, die man von Timesharing-Firmen bekommt, wo man hingeht, sich deren Blabla anhört und anschließend mit einem tragbaren Fernseher nach Hause geht. Das einzige, was hier auf den ersten Blick fehlte, war irgend etwas, das einem tragbaren Fernseher ähnelte.

»Wo sind wir denn jetzt?« fragte er. »Ich erkenne das hier überhaupt nicht.«

»Das ist die Straße, in der du wohnst oder gewohnt hättest oder wohnen wirst, und zwar in Anglia, das mit dem als England bezeichneten Land identisch ist, war oder sein wird«, sagte(n) die Stimme(n). »Und das

Datum ist der vierundzwanzigste Dezember. Entschuldige, wenn das alles etwas antiquiert erscheint, aber da wir nicht viel Zeit haben, sollte der Kulturschock so groß wie möglich sein. Dies ist eine Welt, auf der Prometheus nie den Witz aus dem Himmel gestohlen hat und wo sich die Götter nie zur Ruhe gesetzt haben. Gut, los geht's.«

Während Jason noch dastand und sich von dem obigen Gespräch erholte, das in ihm Erinnerungen an eine Prüfung in englischer Grammatik nach dem Multiple-choice-Verfahren geweckt hatte, sah er auf und erblickte einen kleinen Haufen armselig aussehender Menschen, die sich die Straße entlangschleppten. Sie trugen graue Wollmäntel und gestrickte graue Schals und wurden von einem vorbeifahrenden Ochsenkarren von oben bis unten mit Schneematsch bespritzt. Der Anführer der Gruppe trug eine Sammelbüchse mit der Aufschrift *Bitte eine ehrfürchtige Spende für die Götter*. Vor einem der baufälligen strohgedeckten Häuser blieb die Gruppe stehen und stimmte ein Lied an.

»*Wir wünschen euch Saturnalien*«, sangen sie,
»*Wir wünschen euch Saturnalien*
Wir wünschen euch Saturnalien
Und ein frommes neues Jahr.«

»Siehst du, kein Weihnachten«, sprach(en) die Stimme(n) in Jasons Ohr. »Keine Konstantinische Schenkung, kein Christentum, folglich kein Weihnachten.«

»Mhm«, erwiderte Jason, und um ein Haar hätte er ›Humbug‹ hinzugefügt. Weihnachten langweilte ihn immer zu Tode, zum einen weil er ein Held war und aufgrund seines Werdegangs auf einer höheren Erfahrungsebene lebte und zum anderen weil ihm seine Familie stets Strümpfe schenkte. Irgendwas an dem Lied störte ihn jedoch. »Müßte es nicht trotzdem ›Wir wünschen euch frohe Saturnalien‹ heißen?«

»So was wie frohe Saturnalien gibt es nicht.«

Die Sänger hatten ihr Lied beendet, und die Haustür öffnete sich. Ein verängstigt aussehender Mann streckte den Kopf heraus, schob zwei Goldmünzen in die Büchse und knallte die Tür zu. Der Anführer hakte einen Namen auf der Liste ab, und die Gruppe zog weiter die Straße entlang. Vor der nächsten Tür sangen sie:

»König Atreus blickte hinaus
Auf des Pindos steilen Hang.
Ein jäher Blitz löschte ihn aus
Zu Asche, gefolgt von Donnerklang.
Atreus schmiedete ein Komplott
Und vergrämte so den Jove.
Leute, beleidigt nie 'nen Gott,
Sonst steht ihr da wie Doofe.«

Eine Zeitlang herrschte absolute Stille, die nur durch das Muhen einer Kuh in der Ferne unterbrochen wurde; dann öffnete sich der Laden eines Fensters im oberen Stockwerk, und eine steinalte Frau schob den Kopf heraus.

»Verpißt euch!« rief sie. »Ich habe kein Geld, kapiert?«

Der Anführer sah rasch die Blätter auf seinem Klemmbrett durch. »Den Priestern zufolge hast du von deiner Rente zwei Denar und fünf Quadranten übrigbehalten«, sagte er.

»Aber damit muß ich bis Januar auskommen.«

»Pech«, erwiderte der Anführer – durchaus nicht unliebenswürdig; ihm machte das alles ganz offensichtlich keinen besonderen Spaß. Er war lediglich aufs äußerste entschlossen. »Dann hättest du nicht alles für Butter ausgeben sollen, nicht wahr? Mit einem Denar bist du dabei. Los, wir haben nicht die ganze Nacht Zeit.«

»Haut *ab!*«

»Hör mal, Oma«, ergriff ein anderes Mitglied der Gruppe das Wort, »wir wissen, wie hart das für dich ist, aber wir tun nur unsere Arbeit.«

»Bist du das, unser Timon?«

»Ja, Oma.«

»Dann solltest du dich was schämen.«

»Vorsicht, Oma!« warnte Timon sie. »Wir befinden uns gerade in der Zeit der Feindschaft, hast du das schon vergessen?«

Jason wandte sich um. Zwar sah er seinen beziehungsweise seine Begleiter nicht, aber er drehte sich trotzdem um. In den Kreisen, in denen er verkehrte, wandte man sich eben um, wenn man jemandem etwas so sagen wollte, daß es niemand mithören konnte, fertig, aus.

»Müßte jetzt nicht die Zeit der ...«

»Nein«, schnitt(en) ihm die Stimme(n) das Wort ab. »Sei still und hör zu!«

»Hör mal«, rief der Anführer der Gruppe, »uns juckt es nicht, wenn du keine freiwillige Spende gibst, klar? Falls du die Götter beleidigen, von einem Blitz in Stücke geschlagen und den Rest der Ewigkeit am falschen Ufer des Styx verbringen willst, nur weil dir der Gedanke, ein paar Tage zu hungern, mehr bedeutet hat, als den ewigen Göttern deine Aufwartung zu machen ...«

»Schon gut, schon gut«, gab Oma nach, und kurz darauf war das Zurückschieben eines Riegels und ein leises Klingeln zu hören, wie es eine kleine Silbermünze beim Fallen in eine sehr volle Sammelbüchse hervorgebracht haben könnte.

»Also, auf Wiedersehen, Oma«, sagte der Anführer. »Fromme Saturnalien!«

»Ach, haut ab!«

Die Gruppe latschte weiter die Straße entlang, und bald hörte Jason sie darüber singen, wie man *fern in der*

Krippe, kein Bett in der Not, den gottlosen Thyestes fand, mausetot. Es schneite. Jasons empfindliche Nasenlöcher bemerkten den stechenden Geruch einer völlig unzureichenden Kanalisation; beziehungsweise, richtiger gesagt, einer völlig fehlenden Kanalisation.

»Ein kurzer Ausflug in die Geschichte«, kündigte die Stimme oder die Stimmen an. »In unserer Welt erklärte der römische Kaiser Konstantin das Christentum zur Staatsreligion, und damit war die Verehrung der Götter vorbei. Doch in dieser Welt hat Konstantin nie gelebt. Hier hat kein konstantinischer Umschwung stattgefunden. Konstantins Vorgänger Diokletian blieb an der Macht. Nun war Diokletian sehr ordnungsliebend und achtete darauf, daß jeder an dem ihm gebührenden Platz war, und außerdem glaubte er an die Götter. Nach diesen Grundsätzen bildete er eine Regierungsform, die – in dieser Welt – funktioniert hat. Eintausendsiebenhundert Jahre später hat sich daran nicht viel geändert, vor allem weil niemand eine Notwendigkeit dafür gesehen hat. In Rom herrscht immer noch ein Kaiser – Severus der Dreiunddreißigste –, und die städtische Kanalisationstechnik ist im Anfangsstadium zum Stillstand gekommen; im Moment stehst du im Hauptabwasserkanal der Stadt. Erdöl ist nach wie vor nichts als eine schmutzige schwarze Substanz, von der Brunnenbohrarbeiten in Mesopotamien behindert werden. Penizillin ist das bedauerliche Nebenprodukt einer unzulänglichen Brotherstellung. Elektrizität ist etwas, das aus dem Himmel fährt, um einen daran zu erinnern, daß man vergessen hat, Minerva ein Opfer darzubieten. Das einzige bekannte Heilmittel gegen einen Abszeß unter einem Zahn ist der Tod. Darum haben die Menschen nie gelernt, über die Götter zu lachen, und folglich nie begriffen, daß es möglich ist, sie zum Verschwinden aufzufordern. Ohne Lachen kann es keine Unzufriedenheit geben.«

»War Diokletian nicht derjenige, der sein Pferd zum Konsul gemacht hat?«

»Das war Caligula, und außerdem ist das nicht auf dieser Welt passiert. Das war nämlich ein Witz, und auf dieser Welt gibt es keine Witze.«

»Überhaupt keine?«

»Probier es doch mal aus.«

Jason dachte darüber nach, und während er noch hin und her überlegte, tauchte am oberen Ende der Straße ein Mann auf. Jason hatte sich schon die ganze Zeit gefragt, ob er für die Menschen dieser Welt überhaupt sichtbar sei, und erkundigte sich danach bei seinem/seinen Gefährten.

»Nein«, antwortete(n) er/sie, »an sich nicht. Das würde die Polizei zur Aufrechterhaltung der Möglichkeiten nicht erlauben. Da wir es hier jedoch mit einer gesteuerten Umwelt zu tun haben, können wir dich, wenn du willst, für ein paar Minuten sichtbar machen.«

Nachdem das erledigt war, ging Jason zu dem Mann hinüber und stellte sich ihm in den Weg.

»Entschuldigung«, sagte er, »aber was ist grau, lebt im Meer und greift junge Frauen an?«

Der Mann blieb stehen und überlegte. »Gute Frage«, entgegnete er. »Da bin ich überfragt. Es könnte sich um Neptun handeln, denn der lebt im Meer und ist ein bißchen wie, na ja, wie dieser … sein Name sei gepriesen, aber daß er besonders grau wäre, habe ich nie gehört. Natürlich gibt es den Alten des Meeres, aber der greift einfach jeden an, auch ihm sei Dank. Dann wäre da, glaube ich, noch Porphyrion, nur ist der …«

»Die richtige Antwort lautet: Jack the Flipper«, unterbrach ihn Jason.

»Wer?«

»Jack the Flipper.«

»Nie gehört«, entgegnete der Mann nach einer kurzen Denkpause. »Ist das ein anderer Name von Skylla, dem hundertköpfigen Seeungeheuer?«

»Nein«, antwortete Jason, »das ist bloß ein Wortspiel.«

»Ein was?«

»Ein Wortspiel.«

Der Mann überlegte erneut. »Nein, tut mir leid«, sagte er schließlich, »da komme ich nicht mehr mit. Bist du dir sicher, daß du nicht den Alten des Meeres meinst, denn der ...«

»Also gut, also gut«, sagte Jason. »Probieren wir es mit dem hier. Warum überquerte das Huhn die Straße?«

»Welche Straße?«

»Entschuldigung, vergiß einfach, was ich gesagt habe. Wie viele Ostfriesen braucht man, um eine Glühbirne auszuwechseln?«

»Was ist ein Ostfriese?«

»Ehm, nun ja, vielen Dank für alles, schönen Tag noch.«

»Was ist schön?«

Jason fröstelte es, nicht ausschließlich wegen der Kälte. Glücklicherweise wählte sein oder seine Begleiter diesen Augenblick, um die Erinnerung des Mannes auszulöschen, der jetzt ohne ein weiteres Wort vorbeieilte.

»Gut, du hast bewiesen, daß ihr recht habt. Kann ich jetzt bitte gehen und etwas zu essen haben?«

Aber die Person oder Personen, die er nicht sehen konnte, schüttelte oder schüttelten den unsichtbaren Kopf beziehungsweise die unsichtbaren Köpfe. »Nicht jetzt«, sagte(n) er/sie. »Du wolltest doch verstehen, was im Moment vor sich geht, oder?«

»In gewisser Weise ja«, antwortete Jason. »Aber nicht auf diese Weise.«

»Wie dann?«

»Mehr in der Art einer auf tröstliche Weise bedeutungslosen Binsenwahrheit«, erwiderte Jason, »oder, wenn das nicht möglich ist, durch eine ausführliche Erklärung beim Mittagessen. Haben die Leute hier was zu essen?«

Sein(e) Begleiter überlegte(n). »Sie nehmen Nahrung zu sich«, lautete die Antwort.

»Worum es sich bei dieser Nahrung auch handeln mag, könnte ich sie denn ebenfalls essen?« erkundigte er sich vorsichtig.

»Nein.«

»Aha.« Jason überlegte und erinnerte sich an die Geschichte von Persephone in der Unterwelt. »Du meinst, wenn ich etwas von den hiesigen Nahrungsmitteln zu mir nähme, müßte ich für immer und ewig hierbleiben?«

»Nein«, antwortete(n) sein(e) Begleiter, »aber solltest du einige von den hiesigen Nahrungsmitteln zu dir nehmen, würdest du krank werden. Vergiß nicht, es ist Winter. Kein frisches Gemüse, das ganze Fleisch ist eingesalzen, und vom Brot bekommt man Mutterkornvergiftung. Falls du richtigen Hunger hast, gibt es immer noch Ratten, aber ...«

»Danke, ich glaube, ich warte lieber«, sagte Jason. »Na schön, also was muß ich mir noch alles ansehen, bevor ich Aufklärung erlange und du mich nach Hause gehen läßt? Es wird nämlich langsam spät und ...«

»Nicht hier.«

»Hör mal ...«

»Los geht's.«

»Hiermit rufe ich die Versammlung zur Ordnung!« donnerte Jupiter los.

Er warf einen Blick in die Runde und runzelte die Stirn. Entweder waren sämtliche Götter schlagartig taub geworden, oder sie hatten bereits vergessen, was beim letztenmal passiert war.

»Hiermit rufe ich die Versammlung zur Ordnung!« wiederholte Jupiter. »Und jeder, der nicht sofort den Mund hält, wird für alle Zeiten als Mistkäfer weiterleben. Danke!«

In der daraus resultierenden Stille blickte sich der große Himmelsgott um und zählte die Köpfe. Irgend jemand fehlte.

»Also gut, wer fehlt?« verlangte er zu wissen.

Schweigen.

»Aha«, fuhr Jupiter fort. »Solidarität. Gut.« Murmelnd blickte er in die Runde. Als er bis ›Ene-mene-muh‹ gekommen war, blitzte er direkt Mars an.

»Er ist abgerufen worden«, winselte Mars. »Ein dringender Ruf aus Delphi. Er hat mich gebeten, ihn zu entschuldigen, und …«

»Abgerufen?«

»Ja«, fuhr Mars mit einer Stimme fort, die wie eine ganze Hügellandschaft voller gleichzeitig blökender Schafe klang. Es gehört zum göttlichen Moralkodex, daß sich Götter für ihre Mitgötter einsetzen und deren Schnitzer vor dem großen Auge zu verbergen versuchen. Weitere Bestandteile des Kodexes sind der faire Umgang miteinander, Ehrlichkeit, Gerechtigkeit, Beständigkeit und Güte gegenüber Tieren. Dergleichen wurde zuletzt am 16. Oktober 1145 beobachtet. »Das ist zumindest das, was er mir gesagt hat«, fuhr Mars fort. »Ich habe zu ihm gesagt … also ich habe gesagt …«

»Abgerufen.«

»Ehm«, merkte Mars brillant und geistreich an. »Ja. Genau das habe ich zu ihm gesagt. Ich habe gesagt …«

Jupiter strich sich über den Bart und erzeugte dabei genügend statische Aufladung, um sämtliche nahrungsmittelverarbeitende Betriebe in New York mit Energie zu versorgen. »In dem Fall ist Apollo ab sofort kein Mitglied dieses Rats mehr«, verkündete er. »Merkur wird ihm diese Nachricht überbringen, sobald wir alle übrigen Angelegenheiten erledigt haben. In der Zwischenzeit wird Apollo aufhören, als selbständiges Lebewesen zu funktionieren. Das ist hiermit beantragt und hoffentlich einstimmig angenommen.«

Die Götter blickten sich an. Einerseits war das ein

furchterregender Präzedenzfall. Andererseits war es schlicht und ergreifend furchterregend. Sie nickten.

»Also beantragt und einstimmig angenommen«, faßte Jupiter selbstgefällig zusammen. »In diesem Tempo haben wir das Ganze bis zum späten Nachmittag unter Dach und Fach gebracht. Ist es nicht eine Genugtuung, wenn jeder tut, was er soll? Gut, nächster Punkt auf der Tagesordnung, die Zerstörung der Erde ...«

Irgend etwas hopste Mars in den Mund und prallte ihm gegen die zusammengebissenen Zähne. Er hatte furchtbare Angst, es könnte sich um einen Widerspruch handeln. »Ehm ...«, sagte er.

»Bitte?«

»Ehm«, wiederholte Mars. Irgend etwas sagte ihm, daß der Punkt, den er vorbringen wollte, eines gewissen Maßes an Klarstellung und Ausbreitung bedurfte, wenn er die größtmögliche Wirkung entfalten sollte. »Mhm ...«, fügte er hinzu. Die ganze Versammlung sah ihn an, und auf einmal wurde ihm bewußt, wie herrlich erholsam es war, lediglich mit Blicken bombardiert zu werden.

»Ich glaube«, sagte Jupiter (warum gibt es eigentlich kein Wort, das ›sagte‹ bedeutet, aber ausschließlich aus vielen harten, knirschenden Konsonanten besteht?), »Mars möchte das Wort ergreifen.«

»Nun ja«, entgegnete Mars, »es tut mir furchtbar leid, wenn ich die Sitzung unterbreche, den Fluß hemme und so weiter, aber hat der große Ehm gerade etwas von der Zerstörung der Erde gesagt? Als Tagesordnungspunkt und so weiter.«

»Ja.«

»Aha. Danke.«

»Dazu gehört auch die Verlegung unseres gesamten Wirkungsbereichs auf die Betamax-Welt 87659807«, fuhr Jupiter fort, »die schließlich den neuen Namen« – er legte eine melodramatische Pause ein –

»Neue Erde erhalten wird. Damit liegt der Antrag auf dem Tisch.«

Falls der Tisch irgendeine Meinung zum Thema hatte, so behielt er sie jedenfalls für sich, genau wie die Götter, die um ihn herum saßen. Die Erkenntnis, daß der Allmächtige endgültig durchgedreht ist, ruft möglicherweise immer Verwirrung hervor, sogar bei den Göttern.

»Wenn dazu niemand etwas anzumerken hat«, fuhr Jupiter fort, »lasse ich über den Antrag abstimmen. Von der ganzen Versammlung unterstützt und einstimmig ...«

»Nein.«

Alle Augen fuhren herum und richteten sich auf Mars; Demeter ging sogar so weit, seine Beine zu zählen. Jupiter runzelte die Stirn.

»Nein?«

»Nein.« Mars erhob sich. »Das kannst du nicht«, fügte er hinzu.

»Ach, das kann ich nicht?«

»Nein, das kannst du nicht.«

»Doch, das kann ich.«

»Nein, das kannst du nicht.«

»Doch, das kann ich.«

»Sagt mal«, unterbrach sie Merkur, der das Protokoll führte, »muß ich das alles mitschreiben? Wenn das nämlich noch lange so weitergeht, brauche ich ein neues Notizbuch.«

»Das wird nicht mehr lange so weitergehen«, erwiderte Jupiter, »weil Mistkäfer nicht das Recht haben, in einer Götterversammlung das Wort zu ergreifen.«

»Trotzdem kannst du das nicht«, beteuerte Mars. Seine rechte Hand kroch auf seinen Mund zu, in der unbestimmten Absicht, die eigene Zunge samt der Wurzel herauszureißen; doch war diese Hand von Natur aus vorsichtig und hatte erst Brusthöhe erreicht. In der Zwischenzeit redete Mars weiter. »Wenn du die

Erde zerstörst, hören wir nämlich alle auf zu existieren. Da führt kein Weg dran vorbei, und das weißt du genausogut wie ich.«

»Er hat recht.« Minerva ließ den Blick kreisen, um zu sehen, wer das gesagt hatte, und begriff, daß sie es selbst gewesen war.

»Wer hat dich nach deiner Meinung gefragt?« fauchte Jupiter sie an.

»Du. Du hast den Antrag auf den Tisch gelegt und ...«

»Aber du bist kein Tisch«, fiel ihr Jupiter ins Wort. »Obwohl man das einrichten könnte«, fügte er hinzu.

»Wenn du die Erde zerstörst«, erklärte Minerva, ohne ihn zu beachten – Jupiter nicht zu beachten, ist fast wie der Versuch, durch einen Berg hindurchzufliegen anstatt drumherum, aber für Götter ist ja alles möglich –, »dann verlangen es die Möglichkeitengesetze, daß wir aufhören zu existieren, zumindest in unserer gegenwärtigen Form.«

Jupiter dachte darüber nach, sagte »Quatsch!«, und die Olympier hielten den Atem an.

»Folgendes wird geschehen«, fuhr Minerva fort. »Es wird eine Realitätsaufspaltung in eine Welt geben, in der du dich für die Zerstörung entschieden hast – und die es demnach nicht besonders lange geben wird –, und in eine andere, in der du im letzten Moment deine Meinung geändert hast. Da das unmöglich ist, weil du deine Meinung nie im letzten Moment änderst, wird die letztere rasch vergehen und wir alle mit ihr. Auf der Welt, wo du dich zur Zerstörung entschlossen hast, werden wir alle mit zerstört. Sense.«

Jupiter kratzte sich an der Nasenspitze. »Da hast du natürlich recht«, räumte er ein.

»Da bin ich aber heilfroh«, seufzte Minerva erleichtert, »und verzeih mir bitte, daß ich die Kühnheit besessen habe, dich daran zu erinnern, aber ...«

»Trotzdem ...«

Apollo grinste nervös, brachte seinen Lorbeerkranz in Ordnung und starrte auf den Monitor.

»Sechs ... fünf ... vier ... drei ... zwei ... eins ... auf Sendung!«

Schlagartig verzogen sich Danny Bennetts Lippen zu einem breiten Lächeln, über das Amundsen mit einem Schlitten hätte fahren können, und der Reporter beugte sich vor.

»Eure Majestät«, sagte er, »stimmt es, daß die Götter insgeheim planen, das Ende der Welt herbeizuführen?«

Apollo öffnete den Mund zu einer Antwort, doch da passierte irgend etwas mit seinen Stimmbändern. Was genau geschah, ist schwer zu sagen; entweder waren sie auf einmal miteinander verschmolzen, oder innerhalb der letzten fünf Sekunden war jemand mal kurz in den Kehlkopf hinuntergeflitzt und hatte sie entfernt. Irgend etwas Komisches war zweifellos vorgefallen. Auf jeden Fall waren die Stimmbänder nicht mehr da. Unterdessen saßen draußen vor den Bildschirmen neunzig Billionen Menschen – oder waren es Milliarden oder gar nur Millionen? – und blickten ihn an. Live.

»Wissen Sie«, gelang es Apollo zu sagen, »ich bin froh, daß Sie mir diese Frage gestellt haben.«

»Und wie lautet die Antwort?« verlangte Danny zu wissen. »Eure Majestät«, fügte er hinzu.

Als er von seinem Agent über das großartige Angebot der Leute vom Satellitenfernsehen informiert worden war, hatte Danny das ganze Gerede, ihm seien keine Grenzen gesetzt, nicht so wörtlich genommen. Bei der BBC weiß man, woran man ist, hatte er sich gesagt, selbst wenn dieser Verein zum alten Eisen gehört. Den endgültigen Ausschlag, der staatlichen Sendeanstalt doch noch den Rücken zu kehren und die Piratenflagge zu hissen, hatte lediglich das Versprechen gegeben, er könne, wenn er auf der punktierten Linie unterschreibe, endlich seine bahnbrechende Dokumentation drehen, die auf den schockierenden Enthüllungen einer abtrünnigen Koryphäe der Astrotheologie beruhte und den Arbeitstitel *Tod eines Zimmermanns* trug. Und jetzt interviewte er diese seltsame, höchst schillernde Gestalt, bei der es sich, wie ihm der Produzent versichert hatte, um den Gott Apollo handelte. Etwa fünf Minuten lang hatte Danny panische Angst gehabt, bis ihm die goldene Regel für Interviewer eingefallen war: Je größer deine Gesprächspartner sind, desto tiefer kannst du sie treffen.

»Die Menschen haben ein Recht darauf, aufgeklärt zu werden«, fügte er hinzu.

»Nein, haben sie nicht«, widersprach Apollo.

»Dann geben Sie also zu, daß da etwas« – Dannys Lippen liebkosten die magischen Worte, während sie ihm von der Zunge kamen, – »vertuscht worden ist?«

»Natürlich ist da was vertuscht worden«, bestätigte Apollo. »Es wird immer etwas vertuscht. Darum dreht sich ja alles. Das ist nicht der Punkt. Hören Sie, sofern Sie nicht von mir in einen Frosch oder etwas Ähnliches verwandelt werden wollen …«

»Mister … Eure Majestät«, fiel ihm Danny ins Wort, »ich denke doch, Sie halten Drohungen nicht für die *quak, quak, quak, quak.*«

Apollo blickte erstaunt drein. *War ich das?* fragte er sich. *Muß ich wohl. Na ja.* Er nahm das Mikrofon vom Stativ und legte es auf den Stuhl neben den Frosch.

»Jetzt, glaube ich, haben Sie den Finger auf das gelegt, was ich als Kernpunkt des Problems bezeichnen würde, Mister Bennett«, sagte er sanft. »Im Prinzip, wenn man es genau nimmt, muß man im Grunde kein Frosch sein. Ich will damit sagen …«

»*Quak, quak, quak, quak, quak*«, warf der Frosch ein. »*Quak!*«

»Ganz recht«, entgegnete Apollo. »Ihr Einwand ist natürlich völlig begründet. Aber was ich den Zuschauern mitzuteilen versuche …«

Apollo verstummte. Verdammt, es lag ihm auf der

Zunge. Irgend etwas zu einem ganz wichtigen Punkt. In diesem Augenblick schwebten ein paar Worte aus der Luft herab in seinen Mund, und er sprach sie aus. Sie hatten einen weiten Weg zurückgelegt, waren ein wenig angesengt und schmeckten verdächtig nach Marzipan.

»Ach ja«, sagte Apollo. »Die Welt steht kurz vor ihrem Ende.«

»*Qua* ...«

»Es besteht absolut kein Grund zur Besorgnis«, fuhr Apollo fort. »Die Lage ist unter Kontrolle, und während ich hier zu Ihnen spreche, laufen bereits Verhandlungen, in dem Bemühen, eine für alle Seiten befriedigende Lösung zu erzielen.« Genau in diesem Moment schob sich eine Wolke vor die Sonne, und Apollo richtete sich abrupt auf. Was sollte das, fragte er sich, hier auf diesem Stuhl zu sitzen und von einer Kamera eingefangen zu werden, die einen dazu brachte, allen möglichen Unsinn zu reden, den man gar nicht meinte? »Die Verhandlungen werden natürlich ausnahmslos scheitern«, fügte er hinzu. »Dagegen könnt *ihr* alle sowieso überhaupt nichts unternehmen. Das hängt alles von dem Jungen von den Derrys ab und von dem Hund und dem Adler. Und natürlich von Prometheus und auch von Gelos, falls der inzwischen aufgetaucht ist. Aber ich kann nur sagen, für die wird es allmählich ganz schön eng, weil, na ja, im Moment auf der Sonne gerade eine Vorstandssitzung abgehalten wird und die da oben schon sehr bald alle mit Blitzen um sich werfen werden, und das müßt ihr alle dann ausbaden, und warum habt ihr denn die Kameras abgeschaltet, ich bin doch noch gar nicht fertig?«

»Also, hören Sie mal«, erklang die empörte Stimme des Produzenten, »ich habe in meiner Zeit als Produzent ja schon einige Verrückte in der Sendung gehabt, aber wenn Sie sich tatsächlich einbilden, ich würde meinen Job aufs Spiel setzen, indem ich Sie Dinge sagen lasse, wie beispielsweise diesen Unsinn über die *örk, örk, örk, örk…*«

Apollo drehte sich ein wenig im Stuhl herum und lächelte so strahlend wie die Sonne (die gerade wieder zwischen den Wolken über seinem Kopf hervorgetreten war) in die Kamera, die von einer Kreuzkröte in Lederjacke und Designerjeans bedient wurde. Man kann mit ihm anstellen, was man will, im Grunde bleibt ein Fernsehkameramann immer derselbe.

»Meine Damen und Herren, liebes Menschengeschlecht«, fuhr Apollo fort. Wenn man erst einmal den Dreh raus hatte, war es ganz einfach. Im Prinzip mußte man sich nur vor Augen halten, daß man zwangsläufig den Faden verlor, wenn man sich bewußt machte, daß da *neunzig Trillionen Menschen vor den Bildschirmen saßen und einen direkt ansahen,* jedoch keine Schwierigkeiten, nicht die geringste Schwierigkeit hat, wenn man einfach nicht daran denkt. »Hier spricht der liebe Apollo. Die ganze Menschheitsgeschichte hindurch ist es mir eine angenehme Aufgabe gewesen, die Botschaften des Himmels an die Sterblichen weiterzuleiten. Nun, alles Gute muß einmal ein Ende haben. Im großen und ganzen ist die Welt doch etwas Gutes gewesen, nicht wahr? Tja, auch sie muß ein Ende haben. Nun ist mir klar, daß das für manchen von Ihnen, vielleicht auch für Sie alle, schwer werden wird, doch letzten Endes wird Ihnen allen die Befriedigung des Wissens zuteil, daß diese Maßnahme zu einem göttlichen Plan gehört, der Tausende von Jahren bis zur Erschaffung des Menschen zurückreicht.«

Apollo machte eine kurze Pause, nahm alle seine Geisteskräfte zusammen und neigte den Kopf leicht zur Seite, als hätte er sein ganzes Leben lang nichts anderes getan. Nach seinem Dafürhalten blieb Öffentlichkeitsarbeit Öffentlichkeitsarbeit, ob sie nun durch Fernsehsendungen, die Eingeweide von Opfertieren oder durch seitlich an Bussen angebrachte Plakate betrieben wurde.

»Jetzt wird sich der eine oder andere von Ihnen sagen: ›Augenblick mal, das ist aber ein starkes Stück, was?‹«, fuhr Apollo fort. »Lassen Sie mich Ihnen versichern, daß die Gemeinschaft der Götter als Ganzes für diesen Standpunkt großes Verständnis hat. Wir wissen nur zu gut, wie schwer es ist, Opfer zu bringen – beziehungsweise, in unserem Fall, ohne Opfer zu leben. Wir verstehen Sie und werden alles tun, was in unserer Macht steht, um das, was ich als Übergangszeit bezeichnen möchte, so schmerzlos wie möglich zu gestalten. Aber ...«

In diesem Augenblick stieß ein großer Adler durch ein zersplitterndes Oberlicht herab und warf sich auf Dannys Stuhl, wodurch sich bei etwa neunzigtausend Zuschauern, die gerade aus der Küche mit dem Tee zurückgekehrt waren, der Eindruck einstellte, es handle sich um eine dieser Bauchrednernummern, die im Fernsehen nie ganz echt klingen.

Apollo runzelte die Stirn und versuchte sich zu erinnern, wen er in was verwandelt hatte, und während seine Gedanken vorübergehend auf diese Weise in Anspruch genommen waren, sprach der Adler zu ihm.

Diese Behauptung schreit geradezu nach einer Einschränkung. Die Tätigkeit des Adlers bestand weniger im Sprechen als vielmehr darin, direkt aus dem eigenen Gehirn telepathische Botschaften in das von Apollo zu übertragen; und genaugenommen wurden die Mitteilungen lediglich über den Adler von einem gewaltigen zusammengesetzten Gehirn ausgestrahlt, das sich momentan in der Möglichkeitenumlaufbahn um die Gesamtvorstellung von der Erde befand. Noch komplizierter wurde das Ganze dadurch, daß es in der Nähe ein leichtes Gewitter gab und sich die zusammengesetzte telepathische Stimme einer recht beliebten Gedankenwellenfrequenz bediente, wodurch sich starkes Knistern und einige ferne Bruchstücke eines Gesprächs zwischen zwei ambitionierten CB-Funkern einstellten, die im Bereich der M 25 mit zwei Jeeps herumkurvten; trotzdem waren die Mitteilungen mehr oder weniger verständlich.

»Was, verdammt noch mal, soll denn das?« fragte(n) die Stimme(n).

»Wie bitte?«

»Komm schon, Apo, es wird Zeit, daß du Nägel mit Köpfen machst. Hast du überhaupt mitbekommen, was du da gerade gesagt hast?«

»Ich ...«

»Hör zu.« Über das Gehirn des Adlers wurde das gesamte bisherige Interview abgespielt. Telepathischer Gedankenaustausch ist wirklich sehr schnell; verglichen mit zwei flink denkenden und erfahrenen Telepathen sind Worte nichts anderes als an einem Sonntag in Dundee aufgegebener Brief zweiter Klasse nach Penzance. »Hast du das wirklich sagen wollen?«

»Nein«, antwortete Apollo verblüfft. »Keineswegs.«

»Was dann?«

»Ich wollte sagen, daß die Götter im Begriff stehen, die Menschheit zu betrügen, und der einzige Ausweg für uns alle darin besteht, so schnell und ernsthaft wie möglich an sie zu glauben. Das habe ich dann durch das Vollbringen einiger Wunder zu untermauern beabsichtigt.«

»Weißt du, was passiert ist?«

»Ich bin beeinflußt worden.«

»Von wem?«

»Von Jupiter.«

»Richtig. Der hat gerade den Antrag zum Beschluß erhoben, daß du kein Gott mehr bist.«

»Der hat *was* getan?«

»Du hast mich schon verstanden. Du bist degradiert worden. Sobald die Sitzung vorbei ist, werden sie dich zurück auf den Olymp zerren, und dann steht dir eine Laufbahn als Immobilienmakler bevor. In der Zwischenzeit benutzt Jupiter dich als Sprachrohr, indem er dir von der Sonne aus Nachrichten ins Gehirn strahlt. Zum Glück ist die Sonne von mir/uns gerade mit einem grünen Billardtuch verhängt worden ...«

»Wie ...«

»Frag nicht. Dadurch hast du nach meiner/unserer Schätzung etwa noch drei Minuten Zeit. Auf wessen Seite stehst du, Apo?«

»Degradiert?« Apollos Gemüt wurde von göttlichem Zorn ergriffen. Er köchelte leicht, und die Armlehnen des Stahlrohrstuhls, auf dem er saß, verwandelten sich in pures Gold. »Ich werde diesem aufgeblasenen Lackaffen schon zeigen, wo er mich mal kann ...«

»So ist's gut. Das ist die richtige Einstellung, Apo! Also, warum erzählst du den Leuten zu Hause nicht einfach die Wahrheit?«

»Los geht's.«

Jason kam es vor, als würde er gleichzeitig fliegen und sich nicht vom Fleck rühren. Die Luft schien an ihm vorbeizubrausen, doch war er sich keiner Bewegung seinerseits bewußt. Er stand auf der Stelle, und der Planet drehte sich mit großer Geschwindigkeit. Auf diese Weise konnte man sehr schnell reisekrank werden.

Es klickte; der Planet hielt ruckweise an, blieb für den Bruchteil einer Sekunde, der einem wirklich den Magen umdrehen konnte, stehen und jagte daraufhin in die andere Richtung. Dann klickte es erneut.

»Jetzt sieht es richtig aus«, sagte(n) die Stimme(n). »Gut. Schau ganz genau zu.«

Inzwischen drehte sich der Planet wieder, aber diesmal mit seiner normalen Rotationsgeschwindigkeit; wäre Jason nicht bewußt geworden, daß die Bewegung zwischen den Klickgeräuschen fehlte, hätte er sie letztendlich gar nicht wahrgenommen. Dies war die mit normaler Wiedergabegeschwindigkeit laufende Zeit.

Anscheinend hatte sich Jason nicht nur in der Zeit,

sondern auch im Raum vorwärtsbewegt, denn er befand sich jetzt in so etwas wie einem Gebäude; einem dunklen, nicht besonders freundlichen Gebäude. Trotz seines angeborenen Optimismus glaubte Jason nicht so recht, daß es ein Restaurant darstellte. Damit wollte er keineswegs andeuten, es handle sich um ein Bauwerk, das nicht zumindest teilweise für die Nahrungsaufnahme bestimmt war; es war nur so, daß sich ein dort einkehrender Mensch mit gutem Recht gefragt hätte, an welchem Ende der Gabel er schließlich landen würde.

»Der Jupitertempel in Londinium«, flüsterte(n) die Stimme(n). »Manche halten ihn nicht gerade für erste Sahne.«

»Da wir gerade von Sahne…«

Erst da wurde Jason gewahr, daß es im Tempel von Menschen wimmelte; Tausende waren zugegen, doch sie verhielten sich so überaus still und leise, daß sie einfach nicht bis in sein Bewußtsein vorgedrungen waren. Sie trugen ausnahmslos die gleiche Kleidung, ziemlich schäbige Wolljacken und knielange Schottenröcke. Die Köpfe der Frauen waren bedeckt. In den Gesichtern aller stand diese scheue Schicksalsergebenheit geschrieben, wie man sie normalerweise nur in den Wartezimmern von Ärzten und in Finanzämtern vorfindet. Jason wunderte sich, was die vielen Leute hier trieben.

»Sich vergnügen«, flüsterte(n) die Stimme(n).

Jason runzelte die Stirn. »Wirklich?« fragte er.

»Der Begriff wird von mir/uns im weiten Sinne gebraucht«, antwortete(n) die Stimme(n). »Eigentlich gibt es hier so etwas wie Vergnügen nicht; die nächste Entsprechung ist Frömmigkeit, und davon haben die hier eine ganze Menge. Das ist populäre Unterhaltung im Stil von Betamax.«

»Um was handelt es sich denn genau?«

»Um eine Gameshow«, antwortete(n) die Stimme(n). »Hör zu.«

Jason wollte gerade um weitere und genauere Einzelheiten bitten, als sich am anderen Ende der Halle ein gewaltiger Vorhang teilte und eine Prozession heraustrat. An ihrer Spitze schritten zwei riesige Männer mit schwarzen Masken und sehr großen Beilen, denen ein dritter Mann mit einem Gegenstand folgte, der eine erschreckende Ähnlichkeit mit einem Hackblock hatte; dann kamen drei sehr mürrische junge Frauen in höchst schicklicher Kleidung – in Jasons Welt wären sie Zahnarzthelferinnen gewesen –, die Silbergefäße von unbekanntem Zweck trugen. Das Ende des Zugs bildete ein langer weißhaariger Mann mit einem Bart wie eine silberne Fußmatte. Er war in ein Gewand gehüllt, das mit den ausgefallensten Verzierungen übersät war, die Jason je gesehen hatte; jene Art von Bekleidung also, die von Ludwig dem Vierzehnten gewählt worden wäre, wenn er das Geld dazu gehabt hätte.

In der Mitte einer Art Podium blieb die Prozession stehen, und die maskierten Männer setzten krachend die Beile ab. Der schrill gekleidete Mann trat vor, stand einen Moment lang da und begann zu sprechen.

»Euch allen einen frommen Abend, liebe Andächtige und Frauen! Ich bin der gottesfürchtige George Maniakis und heute abend euer Gastgeber, wenn wir alle gemeinsam ›Gott ist mein Zeuge‹ spielen werden. Nun, bevor wir beginnen, möchte ich euch allen von einem geistig höchst erhebenden Erlebnis berichten, das ich heute abend auf dem Weg zum Tempel gehabt habe ...«

Nervös blickte sich Jason um. Das Gebäude war fast ebenso reich geschmückt wie das Kleid des gottesfürchtigen George; es besaß Strebepfeiler, Architrave, Lettner, Pilaster und irgend etwas, das Jason nicht als Narthex erkannte, doch gab es keinerlei Türen. Schade.

»›Dein Wille geschehe?‹ fragte ich, also, da hätte schon eine Schöpfkelle gereicht, um mich zu Boden zu strecken, deshalb drehte ich mich um und sagte ...« Der gottesfürchtige George wurde im Verlauf seiner Nummer zunehmend feierlicher, und in der Menge befiel den einen oder anderen ein leichtes Zittern. Jeden Augenblick, spürte Jason, würde irgendein Idiot ›Halleluja!‹ schreien. Er bemühte sich nach besten Kräften, die restliche Geschichte zu überhören, die irgend etwas mit ewiger Strafe und Seelenwanderung zu tun hatte. Schließlich ging sie zu Ende, und es trat eine tiefe, ehrfürchtige Stille ein.

»Und nun«, verkündete der gottesfürchtige George, »bleibt mir nur noch, die ersten Kandidaten des heutigen Abends zu begrüßen, die gemeinsam mit mir ›Gott ist mein Zeuge‹ spielen werden: Mister und Missis Constans! Viele sind geladen, aber für heute abend ausgewählt worden sind *Sie*!«

Aus der zweiten Reihe in der Menge ertönte ein spitzer Schrei. Kein Schrei, wie Sie vielleicht meinen, sondern ein echter Schrei. Erst geschah offenbar nichts; dann sprangen die beiden Männer mit den Beilen nach vorn und kehrten kurz darauf mit einem älteren Paar zurück, dessen Gegenwehr zwar energisch, aber vollkommen zwecklos war. Schließlich ließen auch die letzten Regungen des Widerstands nach, und das Paar stand dem gottesfürchtigen George mit der unbeschwerten Ausgelassenheit von Kaninchen gegenüber, die vom Scheinwerferkegel eines pfeilschnell heranbrausenden Lastwagens erfaßt worden sind.

»Und Ihr Name lautet?«

»Mhm ...«

»Könnten Sie etwas lauter sprechen, Mister Constans? Die Götter hören Sie zwar, aber wir nicht.«

»Flavius Constans«, wimmerte der Mann.

»Und Sie sind Scharfrichter im Ruhestand?« Mr. Constans nickte schwach. »Das muß ja ein furchtbarer Beruf gewesen sein, Flavius. Haben Sie sich nie gefragt, ob die Menschen, die Sie hingerichtet haben, nicht unschuldig gewesen sein könnten?«

Mr. Constans schniefte. Wie man unschwer erkannte, war ihm der Gedanke schon ein- oder zweimal gekommen. Der gottesfürchtige George wandte sich nun an Mrs. Constans, die sich mit leichter Verspätung bemühte, nie geboren worden zu sein, und warf ihr ein Lächeln zu, vor dem jede Farbe erblaßt wäre.

»Und wie steht es mit Ihnen... Domitilla, nicht wahr?« Mrs. Constans stieß einen ganz kurzen, sehr schrillen Laut aus – wie eine Feldmaus in einem Mixer. »Was halten denn Sie davon, Domitilla? Immerhin haben Sie die Jahre hindurch das Bett mit einem Mann geteilt, der sich seinen Lebensunterhalt durch das Töten von Menschen verdient hat. Haben Sie sich das nicht manchmal gefragt, Domitilla? Wie dem auch sei, liebe Andächtige und Frauen, wie wär's mit einem anständigen, inbrünstigen Gebet für die Seelen unserer beiden Kandidaten, die hier heute abend ›Gott ist mein Zeuge‹ spielen werden?«

In der Menge erhob sich ein wirres Summen wie von vielen verärgerten Bienen. Mr. und Mrs. Constans versuchten, sich aneinanderzuklammern, aber die maskierten Männer trennten sie mit den Stielen der Beile. Von einem Kasten aus Zedernholz, den ihm eine der ernsten jungen Damen präsentierte, nahm der gottesfürchtige George einen Stapel Karten. Von irgendwoher dämpfte jemand die Beleuchtung. Es herrschte Grabesstille.

»Also«, sprach der gottesfürchtige George feierlich, »ich bin sicher, ich brauche Sie nicht an die Spielregeln zu erinnern. In der ersten Runde geht es ausschließlich um Ihr Wissen in religiösen Fragen. Für jede falsch beantwortete Frage erhalten Sie Gelegenheit, fünftausend Jahre in der tiefsten Schwefelhölle zu verbringen – natürlich erst nach Ihrem Tod, obwohl ich Ihnen sicherlich nicht zu sagen brauche, daß das Leben nur ein Traum ist. Für jede richtige Antwort bekommen Sie fünf Denar, die Sie dem Gott Ihrer Wahl darbringen dürfen, wenn wir nachher ›Opfer des Jahrhunderts‹ spielen – natürlich immer vorausgesetzt, daß Sie so lange leben. Also gut, Flavius, Sie können jetzt wählen, ob Sie Fragen aus dem Bereich Mythos, Orthodoxie oder Häresie beantworten möchten.«

»Mythos, bitte«, sagte Mr. Constans.

»Sie haben sich für den Bereich Mythos entschieden und haben jetzt fünf Sekunden Zeit, die folgende Frage zu beantworten«, erklärte der gottesfürchtige George.

Die Beleuchtung wurde noch einen Hauch gedämpfter. In die Stille hätte man ganze Hochhäuser hineinstellen können, so tief war sie.

»Beantworten Sie mir also folgende Frage, Flavius«, holte der gottesfürchtige George aus, und Jason spürte, wie die Innenflächen seiner Hände ausgesprochen feucht wurden, »wie lauten die Namen der Töchter von König Adrastos in der Sage ›Sieben gegen Theben‹?«

Mr. Constans schien zu erstarren. Irgendwo hinter den Kulissen schlug eine große Trommel im Takt der verstreichenden Sekunden: eins, zwei, drei ...

»Deipyle!« krächzte Mr. Constans.

»Und?«

»Argeia!«

»Richtig!« Die Zuschauer sackten erleichtert zusammen, und irgendwer schrie nun tatsächlich »Halleluja«. »Der Himmel sei gepriesen, Mister Constans«, jubelte der gottesfürchtige George, »Deipyle und Argeia ist richtig! Nun, Mister Constans, die zweite Frage lautet ...«

Zu seiner grenzenlosen Überraschung wußte Jason die Antwort darauf (wer entwendete Orestes' Gebeine aus Tegea?), was man allerdings keineswegs von Mr. Constans behaupten konnte. Beim fünften Trommelschlag stieß er »Merkur!« hervor, und die Stille in der Halle vertiefte sich ins schier Bodenlose. Eine wilde Vermutung. Beim Gedanken daran, welche Belohnung man für eine wilde Vermutung erhielt, schauderte Jason. Mit ziemlicher Sicherheit gab es als Andenken kein Scheckbuch mit Kugelschreiber.

»Tut mir leid«, bedauerte der gottesfürchtige George, »aber die Sonne hat es an den Tag gebracht, Mister Constans. Die Antwort lautet natürlich Lichas. Vermutlich lag Ihnen der Name auf der Zunge, oder? Nun ja, im Tartaros haben Sie nun fünftausend Jahre Zeit, darüber nachzudenken, nicht wahr? Also schön: Missis Constans! Möchten Sie Fragen aus dem Bereich Mythos, Orthodoxie oder Häresie beantworten?«

Mrs. Constans entfuhr ein klägliches Quieken.

»Also Häresie. Nun, in den abscheulichen Riten der Paphlagonier ...«

Mrs. Constans schnitt nicht so furchtbar gut ab.

»Ach je«, seufzte der gottesfürchtige George, »das sind zwei falsche Antworten, Missis Constans, und wie Ihnen sicherlich klar ist, bedeutet das sofortige Enthauptung. Na, macht nichts, stimmen wir ein wirklich herzliches Gebet für Missis Constans' Seele an, liebe Andächtige und Frauen! Sie ist eine wahrhaft traurige Kandidatin gewesen ...«

Und das war mehr oder weniger alles, was Jason an einem Tag ertragen konnte. Wie er wußte, gab es Menschen, die nicht an die Götter glaubten, weder an diese Götter noch an sonstwelche. Das hatte ihn immer erstaunt; es war, wie nicht an Pest und Cholera zu glauben. Die zwei Gewißheiten im Menschenleben lauten erstens: Es gibt Götter; und zweitens: Von einem anständigen, kräftigen Schlag auf den Hinterkopf pflegen alle Götter enorm zu profitieren. Mit einem Schrei, der eigentlich ernste Schäden an der Bausubstanz des Tempels hätte verursachen müssen, zog Jason das Schwert von Dingsda und stürzte sich auf das Podium ...

Doch mußte er feststellen, daß es gar nicht da war. Übrigens genausowenig wie er selbst.

XIV

Na gut.« Jason wägte die Möglichkeiten ab. Innerhalb einer relativ kurzen Zeitspanne hatte er den Göttern getrotzt, einen Abstecher in die Hölle gemacht, den Beutetreiber und den Sensenmann besiegt, von seiner Mutter das Gefühl vermittelt bekommen, ein etwa zwölfjähriger Junge zu sein, entdeckt, daß er einen freien Willen besaß, festgestellt, daß – ganz im Gegenteil – sein gesamtes Leben von Anfang an von der Verkörperung des Lachens und einem Adler in allen Einzelheiten für ihn vorausgeplant worden war, einen dreiköpfigen Hund erworben, einen dreiköpfigen Hund verloren, das meiste, wenn auch nicht alles, über den lustigsten Witz aller Zeiten erfahren, ein göttliches Heer in die Flucht geschlagen, eine lange Zeit in der eigenen Hemdtasche verbracht und erfolglos versucht, den Gastgeber einer Gameshow zu ermorden. So ziemlich das einzige, was er in den letzten Tagen nicht getan hatte, war: etwas Anständiges zu essen.

Doch im Mann steckt dieses gewisse Etwas, das ihn ständig vorantreibt, so wie die Kraft der Jahreszeiten die Wurzeln der Blumen in den harten Boden; und deshalb entschied sich Jason gegen besseres Wissen, die Augen zu öffnen und herauszufinden, was ihm als nächstes bevorstand. Schließlich war er ein Held, ob es ihm nun gefiel oder nicht, und als man ihm die Wahl zwischen dem Weg des Reichtums und dem der Ehre gelassen hatte, hatte er sich für die als Umleitung ausgeschilderte Möglichkeit entschieden. Obwohl er kein Fachmann war, hatte er das instinktive Gefühl, daß diese Entscheidung unter die Rubrik ›das Schicksal herausfordern‹ fiel. Dennoch öffnete er die Augen.

»Und nun?«

Er sah sich um, und als erstes fielen ihm die Sandwiches ins Auge. Mit Schinken, Rindfleisch, Käse, Sardinen und Garnelen belegte Sandwiches; außerdem eine Schweinepastete, ein Teller mit Bratwürsten im Schlafrock, zwei Blätterteigtaschen mit Fleischfüllung und ein Stück Kuchen mit Zuckerguß.

»Das ist keine Bestechung«, versicherte ihm die Stimme über seinem Kopf.

»Nein, natürlich nicht«, entgegnete Jason voller Unschlüssigkeit. Es war ihm zwar schwergefallen, aber er hatte sich entschieden. Zuerst das Rindfleisch.

»Und da es sich nicht um eine Bestechung handelt«, fuhr die Stimme fort, während das Sandwich aus Jasons Hand flutschte und wie ein verängstigtes Kätzchen davonsauste, »wäre es das beste, wenn du nichts davon äßest, solange du dich nicht zu einer Entscheidung durchgerungen hast.«

»Habe ich ja gerade«, erwiderte Jason. »Ich dachte, zuerst das Rindfleisch, dann einen Happen von der Pastete, danach …«

»Über die Zukunft des Menschengeschlechts.«

»Ach darum geht's! Na ja, ich weiß ganz genau, daß einige Leute kein Rind oder Schwein essen dürfen, deshalb hätten die bestimmt nichts dagegen, wenn ich …«

»Darüber, ob man zulassen sollte, daß die Götter das Lachen vernichten.«

Jason erinnerte sich. Als es außer dem Essen nichts gab, worüber man nachdenken mußte, war das Leben sehr viel schöner gewesen, doch ganz offensichtlich hingen sein Schicksal, das der Welt und das der mit Rindfleisch belegten Sandwiches irgendwie zusammen;

er hatte zwar keine Ahnung, wie, aber das war schon in Ordnung, schließlich hatte er nie behauptet, Mark Aurel zu sein. Ach ja, die Welt. Mit dem kleinen Teil seines Gehirns, der nicht in Gedanken mit Rindfleisch belegte Sandwiches aß, dachte er über die ganze Geschichte nach, und nach kurzer Zeit verkündete er folgendes Urteil.

»Also«, sprach er, »wenn die Welt nach der Abschaffung der Komik durch die Götter so wäre wie der Ort oder die Welt, oder wie immer du es nennen willst, die ich gerade gesehen habe, dann halte ich nicht viel von ihr und würde dort persönlich nicht leben wollen. Andererseits möchte ich auch nicht gern in Florida leben, aber viele Menschen sind von Florida sehr angetan, und mit welchem Recht könnte ich mir anmaßen zu behaupten, die hätten unrecht? Ich meine, egal, was ich mache, es ist weder Fisch ...« Fleisch. Schinken. Rind. Schwein. Huhn. Truthahn. Kalb. Lamm. Würstchen. »... noch Fleisch«, brachte Jason mit aller Mühe heraus – Salami! Du liebe Zeit, gab es in der gesamten Schöpfung etwas derart Herrliches wie einen Salami-Mozzarella-Salat mit frischem Weizenbrot daneben und ... Er zwang sich fortzufahren: »Jetzt könnte ich gut einen Rinderschmorbraten oder geräucherte Forellen vertragen, aber egal. Worauf ich hinauswill ... Bist du noch da?«

»Ja.«

»Worauf ich hinauswill ... Gibt es dann auch Senf? Zum Schluß, meine ich.«

»Gut möglich.«

»Was ich zu sagen versuche: daß ich mich so oder so weigere, ein Urteil zu fällen. Was ich will und was ich tun würde, weiß ich, aber ich denke nicht im Traum daran, über irgend jemanden sonst zu bestimmen. Bitte unterbrich mich, bevor mein Gerede am Schluß noch vollkommen zusammenhanglos wird, aber ich lehne es ab, Entscheidungen für andere zu treffen.

Mein Vater macht so etwas, und dafür achte ich ihn nicht besonders. Ich halte es nicht für richtig zu entscheiden, wie das Leben anderer aussehen soll. Wenn ich persönlich an das Leipziger Allerlei mit Corned beef, nein, an den Mischmasch, an den Mist denke, den ich aus meinem eigenen Leben gemacht habe, kann ich wirklich nicht behaupten, mich in der Lage zu befinden, das Leben anderer Menschen zu gestalten. Übrigens, warum genau hängt das alles überhaupt von mir ab?«

»Darum.«

»Aha. Hätte ich mir denken können. Also, wenn ich mich zwischen dir und den Göttern entscheiden soll, dann entschließe ich mich unter Berücksichtigung aller meiner Erfahrungen in den vergangenen Tagen – was ich von dir mitbekommen habe und die verschiedenen Einsichten in die Art und Weise, wie die Götter mit den Dingen umgehen – sowie aufgrund der Tatsache, daß Jupiter mich immer rumkommandiert hat, ich von dir offenbar schon seit meiner Geburt künstlich beeinflußt worden bin und ich mich ständig dabei ertappe, daß ich das tue, was mir meine Mutter aufgetragen hat, für die Seite, die es mir ermöglicht, alle diese Leckereien so bald wie möglich zu verdrücken. Zufrieden?«

»Nein. Wie ich schon sagte, ist das keine Bestechung. Eher eine Art – wie heißt das Wort doch gleich? Folter? Ja, das ist es. Bevor du dich nicht entscheidest und zu einem gut begründeten Entschluß kommst, kriegst du nichts davon. Und jetzt denk weiter darüber nach.«

Jason machte ein finsteres Gesicht und stürzte sich mit der Geschwindigkeit einer Katze, die über ein kullerndes Wollknäuel herfällt, auf einen Topfkuchen, der prompt davonflitzte und in einem Kaninchenbau verschwand.

»Bist du Prometheus?« fragte Jason.

»Der bin ich«, antwortete Prometheus.

Jason blickte sich um; er hatte kein Ahnung, woher

die Stimme kam. »Wo bist du?« fragte er. »Ich sehe dich nicht.«

»Das überrascht mich nicht.«

»Wieso?«

»Weil du nicht in die richtige Richtung guckst.«

Jason ließ die Augen um dreihundertsechzig Grad umherwandern. Nichts; na ja, eine Menge Sandwiches und Pasteten und Blätterteigtaschen und Kuchen – und, wie er bemerkte, eine Schwarzwälder Kirschtorte sowie ein paar Käsestangen, die er vorher übersehen hatte. Für Käsestangen hatte er eine Schwäche. Nicht, daß er ein Feind von Cocktailoliven, Kartoffelchips, Cashewnüssen, mit kleinen Fischstückchen garnierten Crackern und Mini-Frankfurtern gewesen wäre – im Moment hätte er sogar das für die Vögel liegengelassene alte Brot verschlingen können. Ja, jede Menge zu essen. Aber keine Titanen, welcher Art auch immer.

»Warum ich?« fragte Jason. »Nur ein ›Darum‹ als Antwort kann ich nicht als Erklärung gelten lassen.«

»Warum nicht?«

»Weil es unsinnig und gönnerhaft und …«

»Nein«, unterbrach ihn Prometheus. »›Warum nicht‹ ist die Antwort auf deine Frage. Also, wenn du nichts dagegen hättest, dich zu entscheiden …«

»Nein.«

»Die Blätterteigtaschen werden kalt.«

»Ich habe keinen Hunger.«

»Sieh mal her …«

»Nein.« Jason verschränkte die Arme und vernahm plötzlich einen aus Schmerz und Schrecken gemischten Schrei. Er blickte nach unten und entdeckte in seiner Hemdtasche Prometheus, der von einem riesigen Unterarm gegen die wie eine Mauer in die Höhe ragende Brust gequetscht wurde. Schnell nahm Jason den Arm weg und entschuldigte sich. »Was, in aller Welt, machst du da drinnen?« fragte er.

»Verdammt noch mal, Jason!« fluchte der winzige

Riese. »Warum mußt du eigentlich ständig Fragen stellen?«

Seelenruhig holte Jason Prometheus aus der Tasche und setzte ihn sich auf die Handfläche. »Darum«, antwortete er. »Also, du kannst mir jetzt entweder erzählen, was los ist, und zwar diesmal ordentlich, oder zwischen zwei Brotscheiben gelegt und gegessen werden. Du hast die Wahl.«

»Wo willst du denn zwei Scheiben Brot herbekommen?«

»Zur Not kann ich das auch ohne Brot«, drohte Jason.

»Das wäre Kannibalismus.«

»Höchstwahrscheinlich.«

»Ich schmecke grauenhaft.«

»Woher willst du das wissen?«

»Ich kann dir die Vorgänge nicht erklären, solange du dich nicht entschieden hast«, sagte Prometheus wütend.

»Und ich kann mich nicht entscheiden, solange du es mir nicht erklärt hast!« schrie Jason zurück.

»Das darf doch wohl nicht wahr sein!« kreischte Prometheus. »Was ist denn daran so schwierig? Entweder wir oder sie, kapierst du das nicht?«

»Wer ist wer?«

Prometheus antwortete nicht; statt dessen steckte er den Kopf zwischen die Knie und fing aus vollem Hals zu summen an. Jason fluchte und setzte den kleinen Riesen behutsam auf eine Scheibe Anchovistoast, die sich sogleich wie ein fliegender Teppich in die Lüfte erhob und blitzschnell davonstob.

In diesem Augenblick kam Jason zu einer Entscheidung, und zwar zu der, daß er die Nase voll hatte. Er stand auf und bemerkte dabei in der Hosentasche einen runden und harten Gegenstand, ähnlich einer Kricketkugel. Das war unbequem, und deshalb holte ihn Jason, ohne hinzusehen, heraus und schleuderte ihn mit aller Kraft davon. Dadurch wollte er erreichen, sich besser zu fühlen. Es funktionierte. Er fühlte sich sehr viel besser.

»Ach, jetzt verstehe ich.«

»Daß du das schaffst, habe ich mir gedacht.«

Prometheus stand neben ihm.

»Hallo, Prometheus«, begrüßte ihn Jason. »Seit ich dich das letztemal gesehen habe, bist du ganz schön gewachsen.«

Und das traf in der Tat zu. Prometheus war mittlerweile zweieinhalb Meter groß und immer noch gut in Schuß.

»Und was verstehst du?« fragte er.

»Augenblick«, entgegnete Jason. Er stürzte sich zur Seite auf ein Cremehörnchen, das vollkommen reglos blieb und sich ohne die Spur einer Gegenwehr fangen ließ. Jason verdrückte es. Geschah dem Hörnchen ganz recht.

»Also gut«, sagte er, wobei er sich die sahnige Creme von der Oberlippe leckte. »Was verstehe ich? Mir ist klar, daß die Kugel, die ich gerade weggeworfen habe, der Planet war, auf dem ich mich vorhin aufgehalten hatte, der, wo es keine Witze gab und die Götter die Zügel in der Hand hatten. Wie ich weiß, habe ich den Planeten mit solcher Wucht weggeschleudert, daß er demnächst ein Loch in die Grenze des Raum-Zeit-Kontinuums reißen und für alle Zeiten verschwinden wird.«

»Sehr gut«, lobte ihn Prometheus. Der Titan schnippte mit den Fingern, und ein ferngelenktes Baiserstückchen sprang vom Boden auf und flog elegant in Jasons Mund. »Was noch?«

»Ich bin mir darüber im klaren, daß ich mich unterbewußt zu dieser Tat entschlossen habe, weil ich gegen die Götter bin. Klar, sie existieren, aber es hat keinen Zweck, sie zu unterstützen. Sie sind wirklich groß und stark genug, um auf sich selbst aufzupassen. Wie die Dinge liegen, betreiben sie die Herrschaft über die Welt wie ein riesiges Spiel, indem sie für all die schrecklichen Taten, zu denen sie uns verleiten, Punkte sammeln. Doch die Taten begehen wir, und zwar aus eigenem freien Willen – wenn du den Ausdruck entschuldigst. Die Götter überreden uns nur dazu, wie mein Vater mich dazu überredet hat, ein Held zu sein. Nein, die Götter können mich mal! Und die einzige Waffe, die wir gegen sie haben, ist das Lachen; wenn es nämlich erst mal das Lachen gibt, dann kann niemand mehr, wie grüblerisch und humorlos er auch sein mag, einen Haufen Witzfiguren wie Jupiter, Minerva, Mars und Neptun länger als fünf Minuten ernst nehmen. Stimmt's?«

Als Bestätigung hüpfte ihm eine Bratwurst im Schlafrock auf die Schulter und glitt ihm an der Brust hinab in die Hand. Einen Augenblick später tauchte in wildem Galopp ein keuchender Salzstreuer auf. Wie gewöhnlich war er zu spät.

»Andererseits kann das Lachen selbst nicht die Welt regieren, weil es eine anarchische Kraft ist – habe *ich* das gerade gesagt? Wo habe ich bloß diese Ausdrücke aufgeschnappt, frage ich mich –, weil es eine anarchische Kraft ist und nicht die Fähigkeit hat, sich durchzusetzen oder seine Autorität geltend zu machen. Durch Witze kann man zwar Menschen von einem Überfall auf das Nachbarland abbringen, aber dazu bewegen kann man sie nicht. Darum ist Gelos niemals imstande, die Welt zu beherrschen.«

»Du hast zwar den richtigen Schluß gezogen«, sagte Prometheus, während sich ein Doughnut aus eigener Kraft in zwei Hälften brach, von denen die eine auf Jasons Mund zuschwebte, »doch mit der falschen Begründung. Deshalb gibt's nur einen halben Doughnut. Aber fahr bitte fort.«

»Letztlich habe ich diese Entscheidung aus freiem Willen getroffen«, erklärte Jason, »und ich bin der einzige Mensch in der Weltgeschichte, der dazu fähig ist, weil... Moment mal, das kann nicht stimmen.«

»Denk nicht darüber nach«, bedrängte ihn Prometheus. »Hier, iß ein paar Mohrenköpfe.« Vor Jasons Augen sprangen mehrere Mohrenköpfe wie schokoladenüberzogene Kanonenkugeln zuvorkommend in die Luft, aber er beachtete sie nicht.

»Nein, aber mal ernsthaft«, sagte Jason. »Hier müssen einige Seiten herausgefallen sein oder so, denn...«

»Nicht aufgeben, Jason«, unterbrach ihn Prometheus, »und rede nicht mit leerem Mund.« Mit ungeduldigen Gesten wandte er sich an einen Käsekuchen, der offenbar verschlafen hatte, jetzt aber gähnend auf sie zuflitzte und sich im Flug mit Kiwifrüchten dekorierte.

»Ich habe diese Entscheidung aus freiem Willen getroffen«, wiederholte Jason langsam, »und ich bin der einzige Mensch in der Weltgeschichte, der dazu fähig ist, weil... Hör mal...«

»Sag es einfach.«

»*Weil es vom Schicksal so vorherbestimmt ist*. Jetzt hör mal, ja?«

»Na, bitte!« beruhigte ihn Prometheus zwischen Seufzern der Erleichterung. »Das war doch gar nicht so schlimm, oder? Nimm dir 'ne Portion Pfirsich Melba!«

Jason schüttelte ärgerlich den Kopf. »Ich will keine Pfirsiche!« schnauzte er den Titanen an. »Ich will eine Erklärung!«

»Ach, jetzt fang doch nicht wieder von vorn an!«

»Wie kann ich einen freien Willen haben, wenn alles längst vom Schicksal beschlossen ist?«

»Weil es vom Schicksal vorherbestimmt war, daß du einen freien Willen haben solltest«, erwiderte Prometheus ungeduldig. »Ingwerplätzchen?«

»Scheißingwerplätzchen!«

»Stück Sahnetorte?«

»Hör auf, übers Essen zu plappern, und erklär mir endlich, was das bedeutet! Gegen Offenbarungen selbst habe ich nichts, aber sie müssen unter allen Umständen verständlich sein. Ich meine, wie wäre sich denn Paulus vorgekommen, wenn sich plötzlich irgendwer auf der Straße nach Damaskus aufgebaut, ihn vom Pferd geworfen und anschließend gesagt hätte: ›Der Blumenkohl ist mächtiger als der Haartrockner‹?«

»Apfel-Doughnut?«

Lange Zeit schwiegen beide.

»Was hast du gerade gefragt?«

»Ob du einen Apfel-Doughnut möchtest.«

»Hör mal…«

»Zwei Apfel-Doughnuts?«

»Mit frischer Schlagsahne?«

Prometheus lief ein leichter Schauer über den Rücken. »Wenn du willst, auch das«, seufzte er erleichtert.

Während Jason über die Vorsehung nachdachte, hielt die Natur den Atem an. Schließlich entbehrte das ja nicht jeglicher Logik, oder? Zwar ist das Schicksal jedes anderen Menschen vorherbestimmt, aber es ist prophezeit worden, daß eines Tages ein Held auftauchen wird, der für sich selbst entscheiden kann. *Apfel-Doughnuts? Ach, verdammt, ja, warum eigentlich nicht?*

»Wenn du sie mir schon anbietest, ja«, sagte Jason.

»Ja was?«

»Ja bitte.«

»Das klingt schon besser.« Prometheus nickte einem dienstbaren Geist zu, der sogleich in Platos ideale Welt flitzte, um sich ein paar Apfel-Doughnuts zu borgen. Glücklicherweise erwischte er noch die letzten beiden und kehrte zurück.

»Nicht schlecht«, lobte Jason die Backwaren, während er sich die Finger ableckte. »Sind wir jetzt mit dem Thema durch?«

»Noch nicht ganz«, entgegnete Prometheus.

Instinktiv griff Jason nach dem nächsten Teller, verfehlte ihn jedoch um gut fünfzehn Zentimeter. Die

Leckereien trieben wieder ihr ›Fang-mich-wenn-du-kannst‹-Spielchen mit ihm.

»Gib dir keine Mühe«, riet ihm Prometheus. »Denk daran, wie peinlich es wäre, wenn du zum Beispiel essen gehst und der Krabbencocktail aus der Dessertschale springt und sich vor dir unter der Anrichte versteckt, bis du wieder gegangen bist. Jedem anderen würde sich allenfalls die Frage stellen, welche richtige Gabel man benutzen muß, um Krabben zu essen, während du es anscheinend vorziehst, sie mit einem Schmetterlingsnetz einzufangen. Ich will damit sagen, man kann nicht alles auf einmal haben.«

»Wenn das deine Vorstellung ist, mir zu helfen, unvoreingenommen und unbeeinflußt zu bleiben …«

Prometheus lachte. »Quatsch. Deine Entscheidung hast du getroffen. Jetzt brauchen wir dich für den eigentlichen Kampf auf unserer Seite.«

»Aha«, sagte Jason. »Für den Kampf.«

»Hatte ich diesen Punkt noch nicht angesprochen?«

»Nein, jedenfalls nicht direkt.«

»Also, wenn die Götter herausfinden, daß die Welt, in die sie derart große Hoffnungen gesetzt hatten, ins Aus geschossen worden ist und sich jetzt völlig außerhalb ihrer Reichweite befindet, besteht erhebliche Gefahr, daß sie sich darüber ziemlich aufregen werden«, erläuterte Prometheus und fügte hinzu: »Insbesondere weil sie geschworen haben, diesen Planeten zu vernichten, damit sie alles und jeden in die andere Welt hinüberretten können. Und wie das mit Göttern ist, weißt du ja; wenn die erst mal geschworen haben, etwas zu tun, dann muß das auch ausgeführt werden …«

»Blödsinn!« widersprach Jason.

Prometheus schüttelte den Kopf, wodurch er einen Schwarm Zitronenröllchen aufscheuchte, der sich in einem nahen Baum niedergelassen hatte. »Du denkst an Versprechen, die Sterblichen gegeben worden sind«, sagte er. »Das ist etwas anderes.* Ich rede von einem Versprechen, das sich Jupiter selbst gegeben hat. Das kann er nicht brechen.«

»Kann er nicht?«

»Nein. Du siehst also, in nicht allzu ferner Zukunft könnten uns tatsächlich noch eine ganz Menge Kämpfe bevorstehen.« Prometheus schwieg einen Augenblick. »Das wäre doch schön, oder?«

»Findest du?«

»Ich hätte gedacht, das gefiele dir«, entgegnete der Titan. »Du bist ein Held. Helden kämpfen gern. Das ist das Fach, von dem sie etwas verstehen.«

»Das eine folgt nicht unbedingt aus dem anderen«, erwiderte Jason. »Henry, der Vetter meiner Mutter, ist zum Beispiel Zahnarzt, und die Leute schwärmen immer davon, wie gut er ist, aber ihm macht die Arbeit überhaupt keinen Spaß. Manchmal glaube ich, genauso verhält sich das mit mir und dem Heldentum.«

»Unsinn!« widersprach Prometheus in bestimmtem Ton. »Wenn das erst mal losgeht, macht dir das auch Spaß, da bin ich mir sicher. Und außerdem sollte dir die Bedeutung von Angst vollkommen fremd sein.«

»Eigentlich habe ich das Wort auch nur im Wörterbuch gefunden«, gestand Jason. »Hat mich wirklich

---

* Versprechen, die Götter Sterblichen gegeben haben, sind zwar für sie selbst verbindlich, doch behalten sie sich das Recht vor, den Wortlaut des Versprechens selbst auszulegen.

Versprechen, die sich Götter untereinander gegeben haben, sind für die Betreffenden ebenfalls verbindlich; stellen letztendlich jedoch nur einen toten Buchstaben dar, weil ein Gott jederzeit auf die entsprechende Betamax-Welt verweisen kann, auf der das Versprechen tatsächlich erfüllt worden ist, und somit berechtigterweise behaupten darf, seine feste Zusage eingehalten zu haben.

Von Göttern sich selbst gegebene Versprechen sind absolut verbindlich, zum einen weil die Polizei zur Aufrechterhaltung der Möglichkeiten das verlangt, zum anderen weil Götter als unsterbliche Wesen mit sich selbst um einiges länger leben müssen als mit uns und allen anderen.

ziemlich überrascht. Ich habe immer gedacht, das wäre irgendeine große Vogelart.«

»Also gut, also gut«, winkte Prometheus ungeduldig ab. »Ich hätte lieber sagen sollen, du kennst keine Angst. Können wir jetzt …«

»Angst vielleicht nicht«, unterbrach ihn Jason, »aber mit starker Besorgnis und blinder Panik komme ich ziemlich leicht zurecht. Schließlich ist das reine Übungssache, und in den letzten Tagen …«

In diesem Moment spürte Jason etwas Kaltes und Feuchtes auf dem Handrücken. Etwas Kaltes, Feuchtes und Dreiteiliges. Er blickte nach unten.

»Hallo Zerberus, wo zur Hölle bist du gewesen?« rief er erstaunt. Dann bemerkte er, daß Prometheus den Hund mit einer Mischung aus Ekel und Entsetzen anstarrte. Normalerweise hätte sich Jason nichts dabei gedacht, da er eine Menge Leute kannte, die auf Hunde in genau derselben Weise reagierten; aber einen solchen Eindruck machte Prometheus eigentlich nicht. Er warf einen zweiten Blick nach unten. In einem der drei Mäuler hielt der Hund eine kleine blau-grün-braune Kugel, die einen höchst vertrauten Eindruck machte.

»Au, so ein Mist!« fluchte Jason. »Dieser Köter hat doch nicht etwa … oder doch?«

Prometheus nickte. »Sieht mir ganz danach aus«, antwortete er in krächzendem Flüsterton. »Du hast die Betamax-Welt weggeworfen, und unser kleiner Liebling hier hat sie dir zurückgebracht. *Verdammt!*«

Der Hund, dem schwante, daß der beste Freund des Menschen wieder einmal alles verbockt hatte, legte die Ohren an und schlenderte in den Schatten eines Findlings hinüber, wo er die Betamax-Welt zwischen die Vorderpfoten packte und daran herumzunagen begann. Jason und Prometheus blickten sich an.

»Wir sollten sie uns lieber schnell von ihm zurückholen«, schlug Prometheus vor.

»Mit *wir* meinst du ja wohl …«

»Jetzt steh da nicht dumm rum und halt dich mit langen Volksreden auf, sondern hol endlich das verdammte Ding!«

Jason zuckte die Achseln und griff nach einer Boden-Luft-Wurst. Die Wurst scheute zurück. Als Jason Protest erhob, entschuldigte sich Prometheus sofort und fragte: »Und was hast du jetzt vor damit?«

»Hundepsychologie«, antwortete Jason. »Außerdem brauche ich noch eine Sahnetorte und ein paar Hamburger.«

Er wurde mit allem versehen und schlenderte zum Findling hinüber, setzte sich und begann zu essen. Einen Augenblick später saß der Hund neben ihm und sah ihn mit diesem traurigen, sehnsüchtigen Blick an, der allen Hunden gemein zu sein scheint. Dann öffnete er das Maul, um das typische erwartungsvolle Hundejapsen auszustoßen, und dabei rollte natürlich die Betamax-Welt zwischen den Zähnen heraus und kullerte über den Boden. Prometheus stürzte sich auf die Kugel, hob sie auf und steckte sie sich vorn in das Gewand. Jason schob in jedes der drei Mäuler etwas zu essen, ließ sich die Betamax-Welt geben und schleuderte sie erneut fort.

Der Ordnung halber sei noch mitgeteilt, daß die Betamax-Welt das Zeit-Raum-Kontinuum gar nicht verließ. Durch die beim Verlassen der Erdatmosphäre entstehende Reibung geriet sie in Brand und verkam zu einem Kometen; aufgrund ihrer einzigartigen Entstehung verhielt sie sich jedoch nicht ganz so wie normale Kometen; das heißt, sie vereinigte die Gleichmäßigkeit der Flugbahn, die für sämtliche Kometen charakteristisch ist, mit der allen göttlichen oder halbgöttlichen Kunstprodukten anhaftenden Sturheit. Folglich kreiste sie für alle Ewigkeit durch die Galaxis und tauchte mit unbarmherziger Regelmäßigkeit immer genau dann auf, wenn man sie am wenigsten erwartete.

Auf alle Fälle hörte sie auf, eine Betamax-Welt zu

sein, und das war auch gut so. Denn kaum hatte sie Jasons Hand verlassen, als sich der Himmel verdunkelte und sich die Sonne blitzschnell in den Schutz einer dichten Wolkenwand zurückzog, zwischen der sie nur hervorlugte, um die Speerspitzen der Vorhut eines gewaltigen göttlichen Heeres bedeutsam funkeln zu lassen, das sich rasch der Planetenoberfläche näherte.

Seit sich die Götter zurückgezogen haben und auf die Sonne übergesiedelt sind, hat es auf der Original-Erde immer wieder religiöse Erweckungen gegeben. Über die Gründe ist sich niemand ganz im klaren. Der einen Auffassung zufolge hat die Menschheit das dringende Bedürfnis, an etwas zu glauben, vorzugsweise an etwas so schreiend Unsinniges, daß dem allein blindes, bedingungsloses Vertrauen gerecht wird – beispielsweise jene Überzeugung, die im späten neunzehnten Jahrhundert aufkam und auch zu Jason Derrys Zeit noch weitverbreitet war, wonach Menschen in Wirklichkeit gar nicht erschaffen worden sind, sondern auf irgendwelche unergründliche Weise die Nachkommen haarloser, mutierender Affen darstellen. Die andere Auffassung besagt, daß im Sommer nie etwas Besonderes im Fernsehen läuft.

Doch zu keiner Zeit hat es eine derart plötzliche und weitverbreitete religiöse Erweckung gegeben wie diejenige, die Apollos erste weltweit ausgestrahlte Sendung zur Folge hatte. Vielleicht lag es einfach an seinem anziehenden Charisma – schließlich sah Apollo wie ein junger griechischer Gott* aus, hatte ein besonders gewinnendes Lächeln und eine Art, in die Kamera zu blicken, als wäre es die einzige wahre Kamera, nach der er alle die Jahre gesucht hatte –, oder vielleicht einfach daran, daß seine Äußerungen zufällig der Wahrheit

* Hilfreich war natürlich, daß er tatsächlich ein junger griechischer Gott war.

entsprachen. Jedenfalls hatte er kaum das Studio verlassen und die Schritte nach draußen auf den Parkplatz gelenkt, um seinen zweirädrigen Pferdewagen abzuholen, als alle Welt plötzlich zu dem Schluß kam, erleuchtet worden zu sein. Diejenigen, die die Sendung gesehen hatten, machten sich sofort daran, allen anderen, bei denen das nicht der Fall gewesen war, davon zu berichten. Da es sich bei ihnen letztlich nur um Menschen handelte, drohten sie den Unwissenden, sie bei lebendigem Leibe zu verbrennen, wenn sie sich ihnen nicht anschlössen. Tatsächlich griff die Erweckung in einem derartigen Tempo um sich, daß es eine halbe Stunde nach der Sendung nicht nur einen Hohenpriester von Durham gab, sondern dieser auch schon im Fernsehen um Geldspenden bat.

Ein weiterer Aspekt dieser Erweckung, durch den sie sich von allen vorhergegangenen unterschied, war die Tatsache, daß die Götter trotz der weltweit einsetzenden Verehrung und des Glaubens, mit denen man ihnen nun überall begegnete, äußerst unbeliebt waren. Apollo hatte kein Blatt vor den Mund genommen. In aller Deutlichkeit hatte er klargestellt, daß die Götter keine Kuscheltierchen zum Liebhaben waren.

Religiöse Protestgruppen hat es natürlich schon früher gegeben – so fällt einem automatisch dazu die Vereinigung gewerbetreibender Stukkateure gegen Kreuzigung ein, die sich im ersten Bürgerkrieg der Puritanischen Revolution in England kurzer Berühmtheit erfreute –, aber keine der neuen Gruppierungen hatte die ausdrückliche Absicht, die Götter durch Glauben in Vergessenheit geraten zu lassen. Das war Apollos Verdienst, der einfach behauptet hatte, es sei vom Schicksal bestimmt, daß die Götter ihr angestrebtes Ziel nicht erreichen könnten, wenn die Menschheit aufrichtig an sie glaubte. Es gebe einen Orakelspruch in genau diesem Wortlaut, hatte er gesagt. Das entsprach selbstverständlich voll und ganz der Wahrheit;

als Gott der Weissagungen hatte er persönlich dafür gesorgt.

Gerade als er das geflügelte Pferd wieder vor den Wagen gespannt hatte, stieß abermals der Adler zu ihm herab.

»Alles klar?« fragte Apollo.

»Bestens«, antwortete der Adler. Er war ausgesandt worden, um zu überprüfen, ob die Sendung die gewünschte Wirkung erzielt hatte, und war gerade in siebenunddreißig Sekunden um die Welt geflogen. »Das hat hervorragend geklappt.«

»Bist du dir sicher?«

»Keinerlei Schwierigkeiten«, bestätigte der Adler. »Alle Welt stimmt Loblieder an und opfert, als wäre es ab morgen verboten. Wenn ich in diesem Moment ein weißer Widder wäre, hätte ich wirklich eine Heidenangst.«

»Prima«, freute sich Apollo. »Sag mal, mußt du das unbedingt machen?«

»Was?«

»Deinen Schnabel an meinem Spoiler wetzen. Ich habe den Wagen gerade erst neu lackieren lassen und keine ...«

»Entschuldige«, sagte der Adler. »Wäre es hilfreich, wenn ich menschliche Gestalt annähme?«

Apollo erinnerte sich, den Adler vor nicht langer Zeit in menschlicher Gestalt gesehen zu haben, und antwortete: »O ja, sehr sogar.«

Der Adler verwandelte sich in Mary und setzte sich auf den Beifahrersitz des Streitwagens. Sie verstellte den Rückspiegel und sah sich prüfend darin an.

»Das Ärgerliche am Adlerdasein sind die furchtbaren Folgen für die Haut«, erklärte sie schließlich. »Sie trocknet aus. Um diese Falten wieder loszuwerden, werde ich drei Tage unter einer Schlammpackung verbringen müssen.«

»Was passiert als nächstes?« fragte Apollo.

Mary sah ihn lächelnd an und kicherte: »Das weiß ich doch nicht, oder? Für wen hältst du mich, für Gott den Allmächtigen?«

Apollo runzelte gereizt die Stirn. »Als du mir vorhin im Studio gesagt hast, was zu tun ist, scheinst du ziemlich gut Bescheid gewußt zu haben«, monierte er. »Falls das ein fauler Witz sein soll, dann ...«

Mary versicherte ihm, daß dies bestimmt nicht der Fall sei, und fuhr fort: »Wenn ich einen Witz machen würde, wäre der alles andere als faul. Nein, natürlich weiß ich, was als nächstes passieren soll, allerdings übernehme ich keine Gewähr dafür.«

»Was passiert also als nächstes?«

»Jupiter müßte inzwischen von der Sonne aufgebrochen sein, um die Erde zu vernichten«, berichtete Mary. »Auf halbem Weg wird er von einer Woge des Glaubens an ein dem Wesen nach gewaltloses, ökologisch bewußtes Ebenbild seiner selbst empfangen werden, das nicht einmal einen Löwenzahn ausrisse, solange es eine Möglichkeit gäbe, das zu vermeiden. Dieser ihm entgegenschlagende Glaube wird ihm derart in die Knochen fahren, daß er gezwungen ist, das gesamte Vorhaben abzubrechen.«

»Prima.«

»Nun ja, nur bis zu einem gewissen Punkt«, schränkte Mary ein, wobei sie sich die Nase puderte. »Das Problem ist, daß ihm außer dem Willen, die Erde zu zerstören, auch die Unmöglichkeit, diesen Willen durchzusetzen, sehr deutlich bewußt sein wird, und darüber könnte er böse werden. Und nach dem, was ich noch aus dem College von den Glaubensmechanismen weiß, kann ihn nichts davon abhalten, seinen Zorn in großem Stil an irgend jemandem auszulassen, solange dieser Jemand nicht zufällig ein Planet ist. An deiner Stelle«, fügte sie hinzu, während sie die Puderdose mit einem Knacken schloß, »wäre ich ausgesprochen nervös.«

»Ich?«

»Ja, du«, bekräftigte Mary. »Ich will dich ja nicht beunruhigen, aber du trägst die unmittelbare Verantwortung dafür, ihm einen Strich durch die Rechnung zu machen. Eigentlich müßte er jetzt jeden Moment hier auftauchen.«

Apollo blickte in den Himmel; aus dem Osten zog eine dicke schwarze Wolkenwand heran, eine zweite näherte sich aus westlicher Richtung. Obwohl er es nicht wissen konnte, gab es genaugenommen noch ein drittes Kontingent, das aus nördlicher Richtung zu kommen versuchte, aber von einem Gegenströmungssystem über Finnland aufgehalten wurde.

»Was kann ich dagegen tun?« fragte er.

»Versuch einfach, es mit Würde durchzustehen«, riet ihm Mary. »Also, war nett mit dir. Tschau!«

»Halt, wart mal!« rief Apollo und hielt sie am Handgelenk fest.

»Oh, laß uns nicht wieder damit anfangen!«

Apollo errötete heftig. »Das hatte ich gar nicht vor«, widersprach er. »Ich wollte sagen, du hast mich da hineingezogen, jetzt holst du mich auch wieder ...«

»Damit habe ich nichts zu tun«, wehrte Mary ab. »Denk dran, Götter haben einen freien Willen. Und jetzt muß ich wirklich los.«

»Wohin denn?«

»Mich mit den anderen treffen. Mit Prometheus, Gelos und dem Kind von den Derrys. Wenn du also kurz mal aufhören würdest, mir das Handgelenk zu quetschen, könnte ich mich auf den Weg machen.«

»Laß mich dich hinfahren«, bat Apollo.

Eigentlich, sagte eine leise Stimme in Marys Hinterkopf, in einem Teil des Gehirns, den sie in der letzten Zeit lediglich mit der Steuerung einiger fast verkümmerter Federn am linken Flügel beschäftigt hatte, sieht er in gewisser Weise ganz gut aus. Für einen Gott hat er jedenfalls ein hübsches Lächeln.

»In Ordnung. Also los, ab in Richtung Kaukasus.«

»Wieso?«

»Weil da die anderen sind. Los, Beeilung!«

»Sind wir dort sicher?«

Über diese Frage dachte Mary kurz nach. »Ich finde immer, ›sicher‹ ist so ein furchtbar subjektiver Begriff. Was meinst du?«

»Welchen Begriff würdest du denn wählen?«

»Günstig gelegen.«

»Oh.« Apollo hatte die Hand schon am Zündschlüssel, zögerte aber noch. Die Zündanlage war einer der kniffligsten Teile des gesamten Umbaus gewesen, den Vulcanus schließlich gemeistert hatte, indem der Zündverteiler mit einer Elektrode verkabelt worden war, die er am Rumpf des Leitpferdes angebracht hatte. Drehte man den Schlüssel, erhielt das Pferd einen starken elektrischen Schlag. Als göttliches Pferd sollte es daraus ersehen, daß der Fahrer irgendwohin gebracht zu werden wünschte; doch selbst göttliche Pferde verkraften von derlei Dingen nur ein gewisses Maß und fangen irgendwann an, mit den Hinterläufen auszuschlagen. Zum Glück für seinen Seelenfrieden war Apollo technisch nicht bewandert und hatte sich bisher keine Gedanken darüber gemacht, wie die Zündung funktionierte.

»Günstig gelegen? Wofür?« wollte er wissen.

»Für einen guten Blick auf die Schlacht natürlich«, entgegnete Mary.

Apollo war der festen Überzeugung, den besten Blick auf eine Schlacht, in der Jupiter der gegnerischen beziehungsweise der weniger freundlich gesonnenen Seite angehörte, habe man vom anderen Ende des Raums und, falls möglich, auch noch der Zeit, und das sagte er auch. Mary antwortete darauf, indem sie einen Gegenstand aus der Handtasche zog, der sich später als kleiner Opferdolch herausstellte, und ihn Apollo, durchaus nicht unfreundlich, ins Kreuz drückte.

»Ich entführe diesen Wagen in den Kaukasus«, erklärte sie. »Du weißt, daß du unsterblich bist, aber vielleicht bin ich nicht davon überzeugt. Können wir jetzt fahren?«

»Ich...« Apollo dachte kurz nach, dann drehte er den Zündschlüssel. »Weißt du auch genau, was du da tust?« fragte er.

»Ja«, antwortete Mary mit Überzeugung. Da sie einen Hang zur Ehrlichkeit hatte, hielt sie es nur für gut, daß er sie nicht gefragt hatte, ob das, was sie tat, auch vernünftig war.

Einer der größten Nachteile an einer Fahrt zum Schlachtfeld im Herzen einer pechschwarzen Gewitterwolke besteht darin, daß man wirklich sehr naß wird. Trägt man einen reichen Vorrat an Blitzen bei sich, besteht zudem die Gefahr eines ernstzunehmenden Kurzschlusses. Aus diesem Grund war Jupiter auf der Reise von der Sonne zur Erde nicht gerade in umgänglichster Stimmung. Nach allgemeiner Ansicht war der Hauptmann der Geisterkrieger noch recht glimpflich davongekommen, zumal er den Gott aller Götter während einer leichten Zwischenmahlzeit mit der Anfrage nach möglichen Überstundenvergütungen für die Streitkräfte der Dunkelheit gestört hatte (und das bei hellichtem Tag!). Jedenfalls summte der Exhauptmann jetzt in Gestalt einer kleinen Biene traurig hinter seinen Exheerscharen her.

Als befehlshabende Offizierin für die Zerstörung im nordwestlichen Sektor saß Minerva in ihrer mobilen, von einem geflügelten Drachen angetriebenen Kommandozentrale und sah einen unordentlichen Stapel Karten sowie einen von Eselsohren durchsetzten Baedeker-Reiseführer durch, als Mars zaghaft an die Tür klopfte und eintrat.

»Na, Marsi, was ist denn jetzt schon wieder?« Minerva nahm die Brille ab und blickte ihn mürrisch an.

Versagern gegenüber neigte sie zur Ungeduld, und aufgrund des Umstands, daß man Mars nach dem letzten Debakel zeitweilig von seinen Kriegsaufgaben suspendiert und ihm die Leitung der Betreuung und Unterhaltung der Truppe übertragen hatte, war ihre Bereitschaft, kostbare Zeit mit ihm zu vergeuden, noch geringer als sonst – als sie schon nicht sonderlich groß gewesen war. »Falls ich beim Lagerkonzert singen soll, tut's mir leid, aber ich bin viel zu beschäftigt.«

Mars, der Minerva schon hatte singen hören, versicherte ihr, das verstehe er gut. »Nein«, fuhr er fort, »im Grunde wollte ich mich mal mit dir unter vier Augen darüber unterhalten, was eigentlich passiert, wenn wir die Welt vernichten.«

»Das haben wir doch schon lang und breit durchgekaut, Marsi«, stöhnte Minerva. »Und ich verstehe deine Argumente ja, aber so ist das nun mal. Wo gehobelt wird, da fallen auch Späne.«

»Verdammt noch mal, ich will nicht hobeln, Mini.« Mars warf ihr einen verzweifelten Blick zu. »Das darf doch nicht wahr sein! In etwa zwanzig Minuten werden wir alle sterben, und niemanden scheint das auch nur die Bohne zu interessieren. Was ist bloß in euch gefahren?«

»Wir versuchen, uns darüber keine Gedanken zu machen«, entgegnete Minerva, setzte sich die Brille auf und wandte sich wieder der Schreibarbeit zu. »Ich kann dir nur empfehlen, dich zu bemühen, das gleiche zu tun. Mach bitte die Tür hinter dir zu.«

Auf dem Rückweg zum Truppenbetreuungsbüro stieß Mars auf Diana, die den Posten der Verbindungsoffizierin für die Vernichtung erhalten und sich gerade im Heer umgehört hatte, um vielleicht herauszufinden, was das überhaupt zu bedeuten hatte.

»Ich habe keine Ahnung«, antwortete Mars, als sie ihn danach fragte. »Ich bin auch gar nicht besonders scharf darauf, das herauszufinden. Der ganze Sinn und

Zweck des Wissens besteht doch darin, habe ich immer gedacht, irgend etwas herauszufinden und sich dann den Rest des Lebens daran zu erinnern. Aber unter den gegenwärtigen Umständen kommt mir das ziemlich sinnlos vor, findest du nicht?«

Diana hörte ihm gar nicht zu. »Ich bin wegen Apo ein wenig beunruhigt«, sagte sie.

»Apo?« Mars machte große Augen. »Du machst dir Sorgen um Apollo?«

»Na ja, er ist mein Bruder«, verteidigte sich Diana. »Ich hoffe nur, er kommt wieder in Ordnung.«

»Wie kann er denn wieder in Ordnung kommen?« schrie Mars. »Nach dem Zeitplan ist er in weniger als fünfzehn Minuten tot! Genau wie wir anderen alle auch!«

»Ja, schon gut, darüber brauchst du dich jetzt gar nicht aufzuregen«, erwiderte Diana. »Ich meine: Kommt er bis dahin wieder in Ordnung?«

Mars ließ sie stehen und machte sich auf die Suche nach der Offiziersmesse, die den schönen Namen *Café Käse* trug. Seiner Ansicht nach traf diese Bezeichnung auf das gesamte Unternehmen zu, doch bei dem Teil, der ihn besonders interessierte, handelte es sich um diese geschmackvoll ausgestattete kleine Stube, in der berauschende Mittel verkauft wurden.

Schließlich spürte er die Messe im südöstlichen Winkel der Wolke auf und trat ein. Bei dem einzigen weiteren Gast handelte es sich um Neptun, der an der Theke saß und die Sorgen zu ertränken versuchte – für einen Meeresgott ein schwieriges Unterfangen.

»Pflansch dich nieder, Marschi«, sagte er. »'stell dir was schu trinken. Ich glaube, wir ham grad noch Scheit, kurz einen schu heben.«

»Darf ich dir einen ausgeben?«

»Klaro, isch glaub, isch nehm noch 'n ›Gorgoschs Rache‹.«

Mars blickte ihn an. »Bist du dir sicher?«

Neptun hickste und grinste. »'türlich bin isch mir schischer«, bekräftigte er. »Jetscht ist der einzige Moment in der Weltgeschischte, in der man sich fünf ›Gorgosch Rache‹ auf leeren Magen genehmigen kann, ohne sich Gedanken um den Morgen danach machen zu müschen. Auf deine Geschundheit!«

»Da ist was dran, Onkel Nepi«, entgegnete Mars. »Ich nehme das gleiche, bitte.«

Kurz darauf stellte ihnen der Barmann die Getränke hin, und Neptun brach sich versuchsweise einen Diamanten aus der Krone und ließ ihn ins Glas fallen. Der Diamant löste sich auf.

»Isch hab misch immer gefragt, wasch die wohl in diese Dinger reintun«, bemerkte er mit starrem Blick ins Glas. Für einen Augenblick machten ihn die Dünste blind.

»Am besten gar nicht danach fragen, heißt es immer«, entgegnete Mars. »So, hau weg den Scheiß!«

Neptun blickte sich um. »Welschen Scheiß?«

»Nein«, sagte Mars, »das ist nur so ein Trinkspruch. Cheers!«

»Pröschterschen«, antwortete Neptun. Beide nahmen einen großen Schluck und schwiegen für lange Zeit.

»Isch glaub, ich nehm noch einen davon«, verkündete Neptun.

»Warum nicht?« entgegnete Mars. »Auf die Art kann ja alles nur besser werden.«

Unterdessen hatte sich die Wolke krachend den Weg durch eine äußerst verworrene Stratosphäre gebahnt und raste jetzt auf die Erdoberfläche zu. Sie war gerade schön in Fahrt gekommen, als sie von den Gebeten getroffen wurde.

Von einem Gebet getroffen zu werden, ist kein Witz. Als erstes gingen sämtliche Lichter aus. Als die Notstromversorgung einsetzte, fanden Neptun und Mars ihre Blicke auf etwas ziemlich Unerwartetes gerichtet.

»Sach mal, wasch tun die bloß in diese Dinger rein?« verlangte Neptun nörgelnd zu wissen.

Ein goldener Lichtstrahl hatte die Wolke wie ein Fleischspieß durchbohrt. Außerdem waren da viele... also, es ist äußerst unangenehm, das zu erwähnen, aber es ließ sich nicht bestreiten, daß es sich um Engel handelte, die obendrein Flammenschwerter in den Händen hielten.

»Wie machen die das?« fragte Mars.

»Keine Ahnung«, antwortete Neptun. »Vielleischt mit Topfhandschuhen.«

Als wären Sonnenstrahl und Engel noch nicht schlimm genug, gab es weitere Anzeichen für reichlich ungewöhnliche Vorgänge. So waren zum Beispiel viele ziemlich unerbetene Blumen zu sehen, und der betäubende Duft eines starken, süßlichen und entsprechend billigen Parfüms lag in der Luft. Sowohl Mars als auch Neptun verspürten plötzlich den überwältigenden Drang, allen möglichen Bitten stattzugeben.

»Isch weisch nischt, wie's dir geht«, lallte Neptun, »aber isch fühl misch im Moment 'n bischen komisch. Isch glaub, ich verschwind jetzt und hau misch 'ne Minute hin.«

Mars nickte vorsichtig. »Gute Idee«, entgegnete er. »Wo geht's zur Tür?«

Draußen blieben die beiden noch einmal stehen und rissen die Augen auf. So seltsam die vorherigen Erscheinungen auch gewesen waren, das hier war etwas anderes.

Es war Jupiter. Mitten auf dem Exerzierplatz der Wolke stand er. Und lächelte.

Auf den ersten Blick sah man, daß er mit jeder Faser seines höchsten Wesens dagegen ankämpfte. Und je mehr er sich anstrengte, desto schwieriger wurde es anscheinend zu widerstehen. Der Sonnenstrahl hatte ihn direkt am Nabel gepackt.

»Findest du, wir sollten ihm …« Mars' Stimme war nicht mehr zu hören.

»Helfen, meinschte?«

»Also … ja.«

Neptun schüttelte den Kopf. »Nö, würde isch nischt machen«, sagte er.

»Würdest du nicht?«

»Beschtimmt nischt«, bekräftigte er. Auf seinem Gesicht blühten zwanzigtausend Jahre geschwisterlicher Rivalität zu einem Lächeln vom Umfang Kaliforniens auf. »Das wär Gotteschläschterung.«

»Gotteslästerung?«

»Klaro«, bekräftigte Neptun. »Wenn isch dem alten Sack helfe, würd isch doch seine Allmacht leugnen. Nee, lasch den Alten dasch mal selbst in Ordnung bringen. Isch geh wieder anne Theke.«

»Aber …«

»Diesmal geb isch einen aus.«

Mars warf noch einmal einen kurzen Blick auf den Vater der Götter und Menschen und kehrte dann zum Zelt zurück, in dem die Offiziersmesse untergebracht war.

»Was geht hier vor, Nepi?« fragte er.

»Dasch'n Gebet«, erklärte Neptun, während er sein Hinterteil auf einen Barhocker schob und sich Oliven in den Mund steckte. »Sogar 'n ganz gewaltigesch. Genaugenommen isses das gewaltigschte Gebet, dem isch in meinem ganzen Leben begegnet bin. Und Jupp isses direkt auf 'n Magen geschlagen. Schampanjer!« rief er dem Barmann zu.

Apollo und Mary kamen rechtzeitig im Kaukasus an, um verfolgen zu können, wie die Wolke schwerfällig zum Stehen kam, bebte und sich langsam zur Sonne zurückzog. Der goldene Strahl wurde allmählich schwächer, bis nichts mehr übrig war außer einem kleinen Gesprengsel silberner Partikel, den Überresten einiger unpassender Gebete, die Mitglieder der Börse in Tokio beigesteuert hatten.

»Danke fürs Mitnehmen«, sagte Mary. »Also, was ist? Willst du jetzt hier nur rumhängen und Däumchen drehen?«

»Habe ich denn eine Wahl?«

»Natürlich hast du eine Wahl«, antwortete Mary und verstärkte ganz behutsam den Druck des kleinen Messers. »Hast du mir nicht zugehört, als ich sagte, daß Götter einen freien Willen haben?«

»Ich meine nicht die Wahl zwischen hierbleiben und erstochen werden«, entgegnete Apollo. »So was würde ich wohl kaum eine Wahl nennen, oder?«

»Das ist genau das, womit sich die Sterblichen deiner Meinung nach fast die ganze Zeit über abfinden sollen«, begann Mary; doch dann fiel ihr wieder ein, wie sehr ihre Mutter ihr eingeschärft hatte, beim ersten Rendezvous bloß nicht über Politik zu reden. Allerdings hatte sie nichts davon erwähnt, daß es irgendwelche negativen Auswirkungen hätte, wenn man dem jungen Mann ein kleines Messer in den Rücken drückte, also ging das vermutlich in Ordnung.

»Na gut«, sagte Apollo, »was passiert hier eigentlich?«

»So, wie ich das sehe, haben die Götter gerade versucht, zu landen und die Erde zu vernichten, sind aber von den vielen Gebeten und dem Glauben, den du zu entfachen verstanden hast, zurückgetrieben worden«, erläuterte Mary. »Was die Zerstörung der Erde angeht, war's das damit, zumindest vorerst. In etwa fünf Minuten wird Jupiter vermutlich wieder hier sein, um jemanden umzubringen.«

»Entzückend.«

»Oh, guck mal!« rief Mary. »Da sind Promi und Geli und das Kind von den Derrys! Ich finde, wir sollten zu ihnen rübergehen und uns mit ihnen unterhalten. Was meinst du? Vielleicht fällt denen was ein, wie wir Jupiter davon abhalten können, uns alle umzubringen. Das wäre doch schön, oder?«

»Ganz bestimmt.«

Mary biß sich unschlüssig auf die Lippe. Einerseits war es, wie sie wußte, völlig unsinnig, herumzuziehen und sich anderen Leuten an den Hals zu werfen; andererseits hatte sie das Gefühl, daß hier eine vielversprechende Beziehung einfach im Sande verlaufen könnte, sofern sie jetzt nicht eine kleine Andeutung machte oder irgendeinen Wink gab.

»Ich weiß nicht, ob du dich das schon mal gefragt hast«, sagte sie, »aber zwischen mir und dem Kind von den Derrys läuft nichts.«

»Nein?«

»Nein.«

»Also, gehen wir«, sagte Apollo. »Ob du mir jetzt wohl das Messer aus dem Rücken nehmen könntest?«

»Eigentlich hätte da was laufen sollen«, fuhr Mary fort. »Ich meine, das war vom Schicksal so vorherbestimmt und so weiter. Aber verdammt noch mal, nur weil irgendwas vorherbestimmt ist, muß man doch nicht dazu verdammt sein, oder?«

»Meinst du?«

»Und was Promi und mich betrifft«, fuhr Mary standhaft fort, obwohl das alles viel anstrengender zu erklären war, als sie ursprünglich angenommen hatte, »wir sind wirklich nur gute Freunde. Ich meine, zwischen Promi und mir besteht ein ganz besonderes Verhältnis, versteh mich da nicht falsch, aber ehrlich, da gibt es den Altersunterschied, den Größenunterschied und den Unterschied zwischen unseren Spezies. Solche Dinge muß man realistisch betrachten, oder?«

»Aua!« antwortete Apollo.

»Oh, verdammt, *Entschuldigung*«, erwiderte Mary. »Manchmal bin ich dermaßen tolpatschig, nicht zu glauben. Meine Mutter hat immer zu mir gesagt...«

Prometheus hatte die beiden entdeckt und kam zu

ihnen herübergelaufen. Zwar sah er aus wie immer, aber irgendwie war etwas anders an ihm; hätte es sich bei ihm um ein Lied gehandelt, wäre er in Stereo statt in Mono gewesen.

»Apo, mein Junge!« brüllte er. »War anständig von dir zu kommen, und noch dazu rechtzeitig.«

»Hallo, Onkel Promi«, erwiderte Apollo resigniert. »Hör mal, hätte ich gewußt, daß das alles in so einen Schlamassel ausarten würde ...«

»Red doch keinen Quatsch!« fiel ihm Prometheus ins Wort. »Und überhaupt, es wird alles wieder gut. Wir haben den Adler, den Hund und den kleinen Derry ...«

»Hallo«, begrüßte Jason Apollo verlegen. Die erste Begegnung mit fremden Göttern machte ihn immer ein bißchen schüchtern.

Apollo nickte ihm kurz mit einem verkniffenen Lächeln zu und setzte die Suche nach Aufklärung fort. »Hör mal, Onkel Promi«, begann er – doch Prometheus brachte ihn mit einer Handbewegung zum Schweigen.

»Ich weiß«, sagte er. »Aber es gibt keinen Grund zur Beunruhigung. Falls Jupiter gewalttätig wird, wird ihm Jason hier androhen, den Witz zu erzählen.«

»Was für einen Witz?«

»*Den* Witz, du Blödmann.«

Apollos Augen wurden wie Luftballons beim Aufblasen immer größer. »Willst du damit sagen, *er* kennt den Witz?«

»Zum größten Teil«, antwortete Prometheus. »Ich habe dafür gesorgt, daß kein Teil des Witzes ohne den anderen wirkt.«

Apollo dachte über etwas nach. »Wie kommt es, daß du den Witz kennst, Onkel Promi?«

»Onkel Promi kennt den Witz nicht«, erwiderte Prometheus, »aber ich.«

Zunächst verstand ihn Apollo nicht; doch dann dämmerte ihm die Wahrheit. Er wich zurück. »Du meinst, du bist ...«

»Dingsbums.«

»Ja«, sagte Apollo. »Beginnt mit einem G… liegt mir auf der Zunge…«

»Nein, du Depp, das ist bloß mein Name«, fuhr ihn Prometheus an. »Es hat mir Spaß gemacht, mich Gelos zu nennen und einige Jahre lang eine bloße Gestalt zu spielen, aber in Wirklichkeit bin ich dein Großonkel, der Bruder von Kronos und Rhea. Glaubst du mir das?«

»Ja.«

»Gut«, sagte Prometheus, »nur für den Fall, daß du mir nicht…«

Er näherte sich Apollo mit den Augen und blickte ihn sehr lange intensiv an. Plötzlich lachte Apollo los, bis er glaubte, ihm würde vor Anstrengung gleich die Lunge platzen. Tatsächlich stand er kurz vor einem Ohnmachtsanfall, als das Lachen genauso schlagartig aufhörte, wie es begonnen hatte.

»Im Moment teile ich der Bequemlichkeit halber wieder den Körper mit meinem alten Freund Prometheus«, fuhr Prometheus fort. »Auch das Gehirn. In geistigen Dingen hatten Promi und ich immer einen ähnlichen Geschmack, stimmt's, Promi? Ja, so lange ich mich zurückerinnern kann, obwohl ich meins gern ein bißchen weniger vollgestopft habe. Na, das wollen wir jetzt mal nicht vertiefen; es gibt eben solche und solche. Ich wollte das nur mal gesagt haben. Später, Promi, in Ordnung? Gut, mach, was du willst. Entschuldigung, Apo, wie ich gerade sagte…«

Doch bevor er fortfahren konnte, riß er den Kopf nach oben. Apollo folgte seinem Blick und entdeckte hoch oben bei der Sonne etwas, das er sogleich wiedererkannte.

»Was ist das?« fragte Mary.

»Jupiter kommt zurück«, antwortete Prometheus. »Gut, alle Mann in Gefechtsstellung!«

»Was soll das denn heißen?«

»Ehm, du weißt schon, sich bereitmachen und so was alles.«

»Ich hoffe, du hast einen Plan«, merkte Apollo ängstlich an.

»Einen Plan? Ja.«

»Einen Schlachtplan«, präzisierte Apollo. »Mit der einen oder anderen Kriegslist und so weiter.«

»So in etwa.«

»Und wirst du uns in das Geheimnis einweihen, oder sollen wir ... Aua! Um Himmels willen, Frau, paß doch auf, was du mit deinem Messer machst! Du könntest jemanden damit verletzen.«

»Ist schon in Ordnung, Mary«, sagte Prometheus, »du kannst es jetzt wegstecken. In einem Moment wie diesem wird uns Apollo nicht im Stich lassen.«

»Wird er doch!« Apollo machte kehrt, um auf seinen Pferdewagen loszustürmen, doch mußte er feststellen, wie ihm die ersten Regungen eines erneuten gewaltigen Lachanfalls die Luftröhre blockierten. »Ist ja gut«, stöhnte er erschöpft, »du hast gewonnen.«

»Das wollen wir jedenfalls hoffen«, grummelte Prometheus. »Na gut, Apo. Du, ich, Mary und der Hund werden die Nachhut bilden, und der Rest von uns ...«

»Da bleibe ja nur noch ich«, warf Jason ein.

»Der Rest von uns bildet die Fronttruppen. Bist du bereit, Jason?«

»Nein.«

»Da kommen sie!«

Genaugenommen war es für Jupiter natürlich überhaupt nicht nötig zu kommen. Doch wenn es eins gab, was der Himmelsvater liebte, dann waren das melodramatische Auftritte, und falls es zu einem großen Kampf kommen sollte, wollte er persönlich zugegen sein, um mitzumischen und das Blut spritzen zu sehen. Auf der Sonne zu hocken und Blitze zu schleudern, war nur ein dürftiger Ersatz dafür, den Eingeweiden eines Feinds direkt zu Leibe rücken zu dürfen.

Über seine Prioritätenliste war er sich voll und ganz im klaren. Zuerst kam die Familie: Apollo und dieser undankbare kleine Schwachkopf namens Jason Derry – für den hatte er sich etwas wirklich Heißes ausgedacht. Sobald sich danach der erste Überschwang gelegt hatte und einem schönen grimmigen Ärger gewichen war, wollte er sich Prometheus und diesen verdammten Adler vorknöpfen. Dadurch blieb der Höhepunkt der Aktion bis zuletzt aufgespart: sein Onkel Dingsbums. Die Abrechnung mit Onkel Dingsbums war der Teil, auf den er sich am meisten freute.

Während er wie ein rachsüchtiger Meteor durch die Luft pfiff, ging er in Gedanken noch einmal rasch die Grundlagen der Anatomie durch. Vor die Netzhaut des geistigen Auges schob sich ihm eine Darstellung seiner Widersacher, die über und über mit punktierten Linien und Scherensymbolen bezeichnet waren, und er gab sich keine Mühe, das Bild wieder loszuwerden.

Hinter ihm flog wie ein Strom die erlesene Elitetruppe der göttlichen Sondereinheit. Es hatte keinen Sinn, den Ort der Entscheidung mit Rekruten und Schwachköpfen vollzustopfen, nicht jetzt, da das Vernichtungsprogramm auf unbestimmte Zeit verschoben war. Um pampig gewordene Unsterbliche umzubringen, bedarf es Qualität, nicht Quantität; und die in Jupiters Gefolge erdwärts stürzenden Ideen gehörten zu der Sorte Abstraktion, von der sich nur ein sehr starker und extrem gestörter Geist einen Begriff machen konnte. Selbst Jupiter überlief es schon bei dem bloßen Gedanken an sie eiskalt, und dabei waren sie lediglich die Personifikationen dessen, was sich in seinem eigenen Kopf abspielte, und das war nun wirklich erschreckend.

Bin ich verrückt? fragte sich Jupiter, als er, umgeben von blauen Flammen, durch die Erdatmosphäre schoß.

Er dachte darüber nach und kam zu dem Schluß: *Ja, höchstwahrscheinlich bin ich's.* Er brauchte ja nur einen Blick über die Schulter zu werfen, um zu sehen, wie zerrüttet sein Verstand war; es grenzte an ein Wunder, daß er ihm nicht Stück für Stück durch die Ohren herausbröselte.

Egal. Jetzt war es eh zu spät, etwas daran zu ändern.

»Und was macht ihr alle, während ich...?« wollte Jason wissen.

Da erblickte er die Flammen und Jupiter an der Spitze seiner unbeschreiblichen Staffel und wurde sich bewußt, daß er auf sich selbst gestellt war. Einzig und allein er konnte gegen das alles etwas tun, die Dinge so regeln, daß Jupiter nie wieder in der Lage wäre, den Befehl zur Vernichtung der Erde zu geben. Und wieso? Das schien niemand zu wissen. Weil es vom Schicksal vorherbestimmt war. Na klasse.

Plötzlich ertönte ein Kreischen – zwar handelte es sich dabei nur um die von der ungestüm heranbrausenden Staffel zerrissene Luft, klang aber viel schlimmer. Jason straffte die Schultern, zog das Schwert von... *(Ich habe nicht die leiseste Ahnung, wie man es nennen soll,* fiel ihm plötzlich dazu ein, *ich werde es ›Pünktchen‹ taufen.)* ... und trat einen Schritt vor. Er hätte ja gar nichts dagegen gehabt, so etwas wie das hier zu tun, wenn ihn die Leute bloß darüber aufgeklärt hätten, worum es eigentlich ging.

»Hallo, Dad«, sagte er.

Jupiter hielt mitten in der Luft inne, und durch die vom plötzlichen Verlust des Schwungs hervorgerufenen Stoßwellen wurden die Wolken in einem Schub über vier Kontinente hinweg durch den Himmel gejagt.

»Hallo, mein Sohn«, begrüßte ihn Jupiter. »Diesmal bist du dran.«

»Ach, wirklich?«

»O ja«, bekräftigte Jupiter. »Ich meine, das hier ist

keine Lappalie wie das Parken im Halteverbot. Dies ist der Augenblick, da du von deinem Leben Abschied nehmen mußt. Tut mir leid, mein Junge, aber so ist das nun mal.«

»Na schön«, sagte Jason. »In dem Fall: *klopf, klopf*.«

»Wie bitte?«

»*Klopf, klopf*«, wiederholte Jason. »Jetzt mußt du fragen: ›Wer ist da?‹«

Jupiter hatte das Gefühl, als gäbe auf einmal die Luft unter seinen Füßen nach. »Nun mal sachte, mein Junge«, entgegnete er. »Wir sollten uns jetzt beide nicht dazu hinreißen lassen, Dinge zu sagen, die wir später bereuen könnten.«

»Frag: ›Wer ist da?‹«

»Das werde ich garantiert nicht tun«, lehnte Jupiter ab. »Ich weiß doch, wer da ist, schließlich stehst du vor mir.«

»Wer ist da?« machte Jason allein weiter. »Cassivelaunus. Cassivelaunus wer?«

Da blieb er mitten im Text stecken.

Jeder Alleinunterhalter wird einem bestätigen, daß es ein furchtbares Gefühl ist, mitten in einem Witz einen solchen Hänger zu haben, und wenn das Publikum aus einem Himmelsgott mit einem Heer abgrundtief böser Ideen im Rücken besteht, stellt sich die ganze Angelegenheit sogar äußerst bedrohlich dar. Jason machte den Mund auf, doch nichts kam heraus.

»Nun erzähl schon weiter«, forderte Jupiter ihn auf, wobei er die Arme kreuzte und mit der Fußspitze auf einen Streifen Kondenswasser klopfte. »Cassivelaunus wer?«

»Ehm ...«

»Cassivelaunus wer?«

»Kennst du den von dem Vertreter, der in dieses, ehm ...«

»Ich hab dir 'ne Frage gestellt«, ermahnte ihn Jupiter. »Cassivelaunus wer?«

Und da fiel es Jason wieder ein – er konnte die Pointe nicht erzählen, weil er sie gar nicht kannte. Aber der Hund wußte sie. Er drehte sich um, stieß einen Pfiff aus und rief so laut, wie er konnte: »Hierher, alter Junge!« Der Hund rührte sich keinen Millimeter von der Stelle.

»War's das?« wunderte sich Jupiter. »Cassivelaunus Hierher-alter-Junge? Da habe ich in Knallbonbons aber schon witzigere Sachen gefunden.«

»Hierher, alter Junge!« brüllte Jason. »Zerberus! *Böser* Hund!« Der Hund stand da und wedelte ihm mit dem Schwanz zu. Dann löste er sich ganz langsam auf.

Jason blickte seinen Vater wieder an. Er lächelte verlegen, und während er das tat, war er in Gedanken wie wild am Improvisieren.

»Und?«

»Ehm. Also kennst du den? Ruft jemand: ›Cassie, der Rasen muß dringend gemäht werden‹ und ehm ...«

»Was?«

»Du hast mich schon verstanden.«

»Cassie, der Rasen muß dringend gemäht werden«, wiederholte Jupiter langsam, wobei er sich jedes einzelne Wort auf der Zunge zergehen ließ. »Das war's schon, oder?«

»Ja. Und laß es dir eine Lehre sein!« drohte ihm Jason. »Gut, wenn du dann fertig bist ...«

»O nein, ich hab noch gar nicht angefangen.«

Der Himmelsgott grinste, und das brachte das Faß irgendwie zum Überlaufen. Der ganze Ärger, der sich schon seit Beginn dieser ganzen ermüdenden Angelegenheit in Jason aufgestaut hatte, brach plötzlich aus ihm hervor und entlud sich. In diesem Moment, stellte Jason fest, war an Jupiter etwas, das ihm nicht nur gewaltig stank, sondern ihm auch schwer im Magen lag. Mit einem Schrei, der das Blut in den Adern derart erstarren ließ, daß man daraus hätte Blutwurst machen können, schwenkte er das Schwert Pünktchen über dem Kopf und griff an.

Jupiter hatte keine Chance. Die Ideen, die hinter ihm standen, erkannten das schneller als er, und bevor Jupiter auch nur im vergeblichen Bemühen, das Gesicht zu schützen, den Arm heben konnte, hatte sich selbst die langsamste von ihnen schon einen Weg durch den Kumulonimbus gebahnt und sich bereits ein gutes Stück zurückgezogen. Während die Wolke in Richtung Sonne jagte, hörten die Ideen gerade noch jemanden sehr Großes in weiter Entfernung »Aua!« rufen. Sie unterbrachen lieber erst gar nicht den Flug, um herauszufinden, um wen es sich dabei gehandelt haben könnte.

Unterdessen fand Jason allmählich gut in seinen Rhythmus. Er hatte bereits den Helm der Macht gespalten, die Blitze in Mortadellascheiben geschnitten, den Brustharnisch der Kraft zerschmettert und wollte der Sache gerade ein Ende setzen, als …

»Jason!« sagte eine Stimme hinter ihm. »Du hörst sofort damit auf, hast du mich verstanden?«

Jason stieß einen sehr, sehr tiefen Seufzer aus und ließ entmutigt das Schwert sinken.

»Ja, Mum«, sagte er.

»So, jetzt habt ihr das hoffentlich alles verstanden.«

Jason nickte. In gewisser Weise hatte sich eigentlich alles recht plausibel angehört. Oder, wenn es nicht absolut plausibel geklungen hatte, dann hatte es sich zumindest nicht so himmelschreiend unplausibel angehört wie viele andere Dinge, die als Bestandteile jenes Riesenhaufens schmutziger Wäsche durchgehen, den man aus praktischen Gründen als ›Die Wahrheit‹ kennt. Vielleicht war es eine bessere Betrachtungsweise zu sagen, daß es, wenn es schon nicht stimmte, wenigstens dem entsprach, was sämtliche Hauptpersonen für wahr hielten. Unter Umständen wie diesen, so wurde Jason allmählich klar, kann man eine Unwahrheit, wenn sie mit einer Art Tarnfarbe überzogen wurde, von der Wahrheit kaum mehr unterscheiden.

»Hast du das auch alles verstanden, Mum?« fragte Jason.

»Nein«, antwortete seine Mutter.

Jason seufzte. Er kam also nicht um eine Erklärung herum.

»Paß auf, Prometheus sagt, daß der Grund, warum es ...« Die Sprache, merkte Jason, machte einen Großteil des Problems aus, denn die Wörter sagen, was sie wollen, und nicht das, was man selbst will. »... warum es von Anfang an vom Schicksal vorherbestimmt war, daß ich der einzige bin, der sich Dad gegenüber behaupten und den ganzen Kram in Ordnung bringen könnte ...« Er machte eine Pause; irgendwie hatte sich ihm der Satz wie ein schnell im Kreis rennender Hund an einer langen Leine um die Beine gewickelt. »Der Grund, warum ich es sein mußte«, wagte er einen neuen Ansatz, »ist der ... Also, am Anfang war dieses Wort, nicht wahr ...«

»Ich glaube, Jason versucht Ihnen damit zu sagen«, unterbrach ihn Prometheus, »daß er einzigartig in der Geschichte ist, weil er von einer bestimmten Eigenschaft mehr besitzt als alle anderen, die je gelebt haben, und gerade diese Eigenschaft, diese Stärke, erforderlich war, damit die ganze Sache funktionieren konnte.«

»Ach ja?« warf Mrs. Derry höflich ein. Sie hatte nicht die leiseste Ahnung, um wen es sich bei diesem riesigen Mann handelte, und sie war sich nicht sicher, ob sie ihn mochte. Aber offenbar behauptete er, ihr Sohn sei ein wichtiger und ganz besonderer Mensch, und dem konnte sie nur zustimmen. Wie alle Mütter hatte sie das von Anfang an gewußt, aber es war schön, jemandem zu begegnen, der diese Ansicht mit ihr teilte.

»Lassen Sie es mich so ausdrücken«, fuhr Prometheus fort. »Manche Leute behaupten, Liebe sei die stärkste Kraft im Universum. Also, Sie können mir glauben, sie ist es nicht. Andere vertreten die viel einleuchtendere Auffassung, es seien Angst, Habgier,

Hoffnung oder Glaube, worum sich letztendlich alles dreht. Auch diese Leute irren sich. Und was diejenigen betrifft, die die physikalischen Gesetze als Brennstoff und Antriebsfeder des Universums betrachten, kann ich nur sagen, die leben in einer eigenen Welt. Nein, die stärkste und bedeutendste Kraft im Universum, die einzige Macht, die die Dinge geschehen und uns die Dinge bewältigen läßt, ist der Ärger.«

»Der Ärger?«

»Richtig. Ärger. Warum, glauben Sie, bewegen sich die Atome in ihren Molekülen hin und her, stoßen wie Kauflustige im Weihnachtstrubel zusammen und rufen diesen Effekt hervor, der Wissenschaftlern als Brownsche Molekularbewegung bekannt ist? Glauben Sie, das ist Liebe oder Angst oder der Glaube an das höchste Wesen? Nichts dergleichen! Die schlichte Wahrheit ist doch, daß sich die Atome, wenn man mehr als zwei oder drei davon für längere Zeit zusammen in einen begrenzten Raum steckt, früher oder später allmählich gegenseitig auf den Wecker gehen und dann anfangen, durch die Gegend zu flitzen und miteinander zusammenzustoßen. Obendrein schreien sie viel herum, aber da die Physik noch in ihren Anfängen steckt, hat bislang niemand ein Instrument konstruiert, das empfindlich genug wäre, die Stimmen von Millionen winziger Atome zu belauschen, die sich darüber streiten, wer mit dem Abwasch an der Reihe ist. Aber wahrscheinlich ist das nur besser so, wenn Sie mich fragen.«

»Ich verstehe«, log Mrs. Derry. »Aber was hat das mit…?«

»Als Gelos und ich zu dem Schluß gekommen waren, daß etwas gegen Jupiter unternommen werden müsse, wenn er nicht völlig außer Kontrolle geraten sollte«, fuhr Prometheus fort, »wurde uns klar, daß das einzige, was stark genug wäre, um Jupiter standzuhalten, aus einer wirklich kräftigen Portion schieren Ärgers bestehen müßte. Glaube allein genügte nicht. Der wäre gerade ausreichend gewesen, wenn man die Erde vielleicht ein paar tausend Jahre hätte brachliegen lassen; dadurch hätte die Welt ihre Glaubensreserven dann auf den Höchststand treiben und so ein Glaubenskraftfeld erzeugen können, das stark genug gewesen wäre, um Jupiter einmal zurückzuschlagen, aber eben nur einmal; nachdem sich Jupiter daraufhin die Wunden geleckt und eine andere Betamax-Welt ausfindig gemacht hätte, um diejenige zu ersetzen, die Jason für uns aus dem Weg geräumt hat, hätte er zurückkehren und einen zweiten Versuch starten können. Nein, sagten wir uns, niemand sollte sich Jupiter allein vorknöpfen müssen, und so blieb für diesen Zweck nur der Ärger übrig. Deshalb haben wir uns darangemacht, den perfekten Regisseur des Ärgers ins Leben zu rufen. Dafür haben wir Jason ausgesucht.«

»Na«, sagte Mrs. Derry, »das ist ja hochinteressant. Und jetzt muß ich mich mit Jason auf den Weg machen. Komm, Jason…«

»Den Anforderungen nach mußte es sich dabei um einen Helden handeln, der mindestens so groß, stark und tapfer wie einer der großen Drei des Altertums, Herkules, Theseus und Achilles, war – in anderen Worten: ein Sohn Jupiters –, den man aber sein ganzes Leben lang ausgenutzt, herumgestoßen und ganz allgemein herumkommandiert hatte«, setzte Prometheus seine Erklärungen fort. »Auf diese Weise konnten wir in ihm das notwendige Potential an Ärger aufstauen und es im richtigen Augenblick sozusagen scharf machen, indem wir ihn darüber aufklärten, in welchem Ausmaß man ihn die ganzen Jahre hindurch herumkommandiert hatte, und ihm zudem den Eindruck vermittelten, er sei nicht nur von Mutter und Vater, sondern von allen Seiten als eine Art menschliche Kombination aus Hammer, Dosenöffner und Schraubenschlüssel mißbraucht worden. Zum Schluß wollten wir ihn in eine gewaltige Streßsituation bringen und ihn sich selbst überlassen. Dafür haben wir den ganzen Unsinn mit dem Hund veranstaltet. Nie und nimmer hätten wir es gewagt, Jason den Witz oder auch nur einen Teil davon anzuvertrauen, geschweige denn einem dreiköpfigen Hund. Wir haben ihn nur glauben lassen, daß dies der Fall sei. Wir haben ihn gut und richtig vorbereitet. Tut uns leid, Jason.«

»Ist schon in Ordnung«, erwiderte Jason automatisch. Eigentlich hatte er vorgehabt, Prometheus den Kopf abzureißen und als Fußball zu benutzen, seit er in dem kritischen Moment, als Zerberus verschwunden war, die wahren Zusammenhänge des Ganzen erkannt hatte. Trotzdem war er jetzt, da es eigentlich darauf ankam, irgendwie nicht in der richtigen Stimmung dazu. Was sollte es also?

»Jedenfalls haben wir alle gesehen, was passiert ist«, sagte Prometheus. »Jupiter hat gar nicht mitbekommen, was ihn getroffen hat. Die Mischung aus Jasons Verärgerung und dem bei ihm selbst angestauten gewaltigen Zorn über den mißlungenen Angriff auf die Erde führte zu einem mordsmäßigen Ausbruch reiner, unverfälschter Wut, und Jupiter ist einfach die Sicherung durchgebrannt. Es war, als hätte man einen maßlos übertrieben starken Strom durch einen auf fünf Ampere ausgelegten Stecker gejagt. Jason ist natürlich von Natur aus ein überragender Regisseur des Ärgers, und darum ist der Strom durch ihn hindurchgefahren wie Wasser durch ein Leitungsrohr.«

Es trat eine lange Stille ein.

»Sie meinen«, faßte Mrs. Derry schließlich zusammen, »unser Jason hat die Welt gerettet?«

»Genau«, bestätigte Prometheus. »Er hat die Geduld verloren und dadurch die Welt gerettet.«

»Und was ist mit Dad?« fragte Jason. »Nicht daß ich mir irgendwie Sorgen um ihn machen würde, nach dem, was er mir – na ja, uns allen – antun wollte, ehrlich, aber …«

»Du darfst ihm keine Vorwürfe machen«, antwortete Prometheus. »Die traurige Wahrheit ist, daß Jupiter schon sehr lange mehr oder weniger übergeschnappt war, und zwar ziemlich genau seit dem Zeitpunkt, als ich vor vielen Jahren den ersten Witz aus dem Himmel gestohlen habe. Anders als den meisten Göttern lag ihm die Welt nämlich wirklich am Herzen, und deshalb war er – meiner Ansicht nach irrigerweise – felsenfest davon überzeugt, daß die Sterblichen einen unerschütterlichen Glauben an die Götter haben müßten, wenn er überleben wollte. Als ich ihn diesbezüglich ausgelacht habe, stauten sich in ihm jede Menge Aggressionen an, mit denen er, wie wir gesehen haben, einfach nicht zurechtkommt. Damals ist irgend etwas in seinem Kopf ausgeklinkt, und seitdem ist sein Motor im Kopf allenfalls noch auf zwei Töpfen gelaufen. Was heute geschehen ist, hat dem armen alten Teufel leider endgültig den Rest gegeben. Ich fürchte, seine Tage als höchstes Wesen sind ein für allemal vorbei.«

»Was soll denn jetzt passieren?« fragte Jason. »Heißt das, Onkel Dingsbums übernimmt die Herrschaft?«

»Das wäre ja wohl noch schöner!« widersprach Prometheus. »Das wäre ein ganz schwerer Fehler, und das weiß Dingsbums auch. Er wird sich wieder dorthin zurückziehen, wo er hingehört. Wie er mir erzählt hat, will er einen Roman schreiben, und dazu wünsche ich ihm viel Glück. Nein, wir haben uns dafür entschieden, daß Jupiter weiterhin, allerdings nur dem Namen nach, das höchste Wesen bleibt, und Apollo als eine Art Prinzregent fungiert. So, wie Apollo nun einmal ist, werden sich die Götter auf diese Weise die ganze Zeit über streiten und die Sterblichen in Ruhe lassen. Das bedeutet erst einmal das Ende des Spiels, und das kann nicht schlecht sein.«

»Was für ein Spiel?« fragte Jason.

»Und falls Apollo jemals irgendein Anzeichen von Größenwahn zeigen sollte«, fuhr Prometheus fort,

»dann haben wir ja noch Missis Apollo, um ihn unter Kontrolle zu halten.«

»Missis Apollo?«

»Mary«, erläuterte Prometheus. »Wie du selbst am besten weißt, ist das einzige, das einen Mann von unbegrenzter Körperkraft beherrschen kann, eine Frau mit einem ebenbürtigen Maß an Geisteskraft. Ich glaube nicht, daß Mary sehr lange braucht, um Apollo anständig zu erziehen, oder was meinst du?«

»Ach, Mary also ...«

»Ja. Ich weiß, das ist nicht so wie vom Schicksal vorherbestimmt, aber du kannst mir glauben, du bist noch mal mit einem blauen Auge davongekommen. Vergiß nicht, daß Mary gleichzeitig deine Sharon ist.«

»Ach ja«, seufzte Jason erleichtert. »Das ist ein sehr guter Hinweis. Danke.«

»Na prima.« Prometheus gähnte und streckte sich. Die Sonne versank langsam hinter den Gipfeln des Kaukasus. In weiter Ferne machten Apollo und Mary einen geruhsamen Spaziergang und führten einen angenehmen Plausch über dies und das. Eine Gruppe von Ideen in weißen Mänteln versuchte Jupiter nach besten Kräften davon zu überzeugen, daß er jetzt unbesorgt vom Baum herabsteigen könne.

»Damit wäre die Sache dann mehr oder weniger erledigt«, sagte Prometheus. »Danke für alles, Jason. Ohne dich hätten wir's nicht geschafft. Oder richtiger, du hättest es ohne uns nicht geschafft.«

»Wird die Welt denn jetzt besser?« fragte Jason.

Prometheus schüttelte den Kopf. »Das bezweifle ich«, antwortete er. »Es erstaunt mich immer wieder, wie schnell die alte Erde zum Normalzustand zurückkehrt, gleichgültig, was man auch versucht, um sie zu verbessern. Nein, schlechter kann man sie machen, gar kein Problem, aber sie zu verbessern ist praktisch unmöglich. Vergiß nicht, ich hab's versucht. Ich habe ihnen das Feuer gegeben, und trotzdem sind noch immer Millionen Menschen die reinsten Eisklumpen. Ich habe sie in der Landwirtschaft unterrichtet, und dennoch hungern Millionen von ihnen. Ich habe ihnen das Lachen gegeben, doch die Mehrheit von ihnen ist auch heute noch so trübselig wie die Einkommensteuer. Ich kann mir das nur dadurch erklären, daß es ihnen im Grunde so gefällt.«

»Willst du denn gar nichts dagegen unternehmen?« fragte Jason.

»Ich?« Prometheus lächelte. »Ich mache erst mal Urlaub. Was zum Teufel hast du denn gedacht? Was ich danach unternehme, weiß ich nicht. Vielleicht versuche ich, den Göttern ein wenig mehr Feuer unterm Arsch zu machen, aber das bezweifle ich. Jedenfalls will ich dich und deine Mutter jetzt nicht länger aufhalten. Nochmals danke.«

Er lächelte ihnen noch einmal zu und fing dann an zu wachsen, bis sich ihrem Blick zuerst der Kopf, dann der Rumpf und schließlich die Kniescheiben in den Wolken entzogen. Zum Schluß war er einfach nicht mehr da, und Jason und Mrs. Derry stellten fest, daß sie in Wirklichkeit einen Berg betrachteten.

»Das wäre also auch erledigt«, stellte Mrs. Derry fest. »Machen wir uns auf den Weg nach Hause. Ich könnte eine Tasse Tee gebrauchen und du ein Bad.«

»Mum ...«

»Ein Bad«, wiederholte Mrs. Derry, »und keine Widerrede!«

»Aber Mum, ich habe doch erst heute morgen gebadet ...«

»Jason!« ermahnte ihn seine Mutter.

In diesem Moment tauchte ein Hubschrauber am Himmel auf. In ihm befanden sich Betty-Lou Fisichelli und ihr Agent, ein Kamerateam sowie ein Glasbehälter, in dem ein Frosch hockte. Der Frosch schien recht aufgeregt zu sein, und Ms. Fisichelli versuchte ihn nach besten Kräften zu beruhigen, indem sie ihm versicherte, es werde alles wieder in Ordnung kommen, Apollo werde ihn bald in einen Menschen zurückverwandeln und ihm anschließend das historisch mit Abstand bedeutsamste Interview aller Zeiten geben, solange er sich benehme und verspreche, in seinem ganzen Leben nie das Schlagwort ›Olympgate-Affäre‹ zu prägen. Der Frosch trat ein- oder zweimal mit den Hinterbeinen gegen die Wand seines gläsernen Gefängnisses, gab ein jämmerliches »Quak!« von sich und nickte dann verbittert mit dem Kopf.

»Das war ein langer Tag«, stellte Mrs. Derry unnötigerweise fest. »Hast du eigentlich verstanden, was dieser große Mann da eben über deinen Dad und den Ärger und all das gesagt hat?«

Jason dachte darüber nach. Zum erstenmal in seinem Leben hatte er eine vage, verschwommene Vorstellung davon, was gespielt wurde, womit er auf der Schwelle zur Weisheit stand.

»Nein«, antwortete er schließlich. »Gut, dahinten ist George mit dem Wagen. Komm, Mum, steig ein.«

In seinem Learjet, neuntausend Meter über Nebraska, telefonierte Mr. Kortright mit Nostradamus auf Leitung blau.

»Klar, das ist eine hübsche Idee«, sagte er, »und im Prinzip gefällt sie mir auch. Aber Sie sollten sich mal selbst die Frage stellen, ob Sie mit Ihrer Arbeit nicht vielleicht auf den falschen Markt abzielen, okay? Ich meine, wollen die Leute wirklich etwas über Napoleon wissen? Kümmert es irgendwen auch nur einen Fliegenschiß, wie und wann der Atomkrieg beginnt? Solche Dinge deprimieren die Menschen nämlich nur, Nossi. Warum müssen Sie bloß immer so verdammt *pessimistisch* sein?«

Vom anderen Ende der Leitung kam lediglich ein erregtes Brummen. Kortright seufzte, grummelte irgendwas davon, daß man vielleicht am Donnerstag gemein-

Die Schlange wickelte sich um Kortrights Knöchel und machte sich daran, seine Schnürsenkel zu fressen. Das war bestimmt ein gutes Zeichen, sagte sich der Agent.

»Wie wäre es etwa mit dem folgenden?« fragte er. *»Am Anfang war das Wort, und das Wort lautete ›integrierte Schaltkreise aus Kawagutschi‹, und alle Rechte waren weltweit vorbehalten, so daß jede unerlaubte Veröffentlichung des Worts, auch auszugsweise, in irgendeiner anderen als der vom Herausgeber genehmigten Form (Umschlag, Buch oder elektronisches Datenabfragesystem) zivil- und strafrechtlich verfolgt wurde …«*

Da biß die Schlange zu.

Jason Derry lehnte sich behaglich zurück, wischte sich den Seifenschaum aus den Augen und griff nach der Gummiente.

Man kann nun mal nicht alles auf einmal haben, sagte er sich.

sam essen gehen könne, und legte den Hörer auf. Er schob sich eine Silberzwiebel in den Mund.

»Odin für Sie auf der roten Leitung, Mister Kortright.«

Kortright schluckte ein paar Stückchen Zwiebelhaut hinunter und nahm den Hörer ab. »Odin? Na, wie geht's? Tut mir leid, daß Sie schon wieder nicht auf den fahrenden Zug springen konnten, aber Sie wissen ja, wir bemühen uns weiterhin um Sie.«

Der Hörer verwandelte sich in seiner Hand in eine Schlange, und Kortright setzte ein breites, freundliches Lächeln auf. Einen verärgerten Klienten möchte schließlich niemand haben.

»Hören Sie, ich habe noch einmal nachgedacht«, fuhr er fort. »Was wir für Sie brauchen, ist ein ganz neues Image. Sie wissen schon, wir müssen Sie von einer völlig anderen Seite rausbringen. Ich meine, Blut und Menschenopfer und so was haben wir ja alles schon mal ausprobiert. Wie wär's, wenn wir Sie etwas liebenswerter machen würden? Sie wissen schon«, erläuterte Kortright, der trotz allem ernst blieb, »mehr so ein Typ zum Anfassen. Wir könnten behaupten, Sie seien ursprünglich von einem anderen Planeten gekommen und hier gestrandet, und wir würden angeblich versuchen, Ihre Heimreise zu arrangieren ...«

Die Schlange leuchtete blau auf und bildete einen zweiten Kopf aus. Kortright machte eine beruhigende Geste.

»Ist ja gut«, beschwichtigte er. »Legen wir den Plan erst mal auf Eis. Was Sie wirklich brauchen«, fuhr er rasch fort, »ist eine Glaubenslehre.«

Von der Schlange kam ein interessiertes Zischen. Kortright überlegte kurz und lächelte.

»Mit einer guten Glaubenslehre könnten wir Sie groß rausbringen. Wir könnten Sponsoren an Land ziehen, wissen Sie? Kommerzielle Unterstützung. Wir könnten ganz groß einsteigen!«